余华作品精选

夏季台风

名家作品精选

余华 著

长江出版传媒 | 长江文艺出版社

图书在版编目（ＣＩＰ）数据

余华作品精选：夏季台风 / 余华著. -- 武汉 ：长
江文艺出版社，2019.11
（名家作品精选）
ISBN 978-7-5702-0965-1

Ⅰ. ①余… Ⅱ. ①余… Ⅲ. ①中篇小说－小说集－中
国－当代②短篇小说－小说集－中国－当代③随笔－作品
集－中国－当代 Ⅳ. ①I217.2

中国版本图书馆 CIP 数据核字(2019)第 069233 号

责任编辑：周　聪　　　　　　　责任校对：毛　娟
封面设计：沐希设计　　　　　　责任印制：邱　莉　胡丽平

出版：长江出版传媒　长江文艺出版社
地址：武汉市雄楚大街 268 号　　　邮编：430070
发行：长江文艺出版社
http://www.cjlap.com
印刷：中印南方印刷有限公司

开本：640 毫米×970 毫米　　　1/16　印张：18.75　插页：1 页
版次：2019 年 11 月第 1 版　　　2019 年 11 月第 1 次印刷
字数：267 千字

定价：36.00 元

目　录

河边的错误

第一章

一

住在老邮政弄的幺四婆婆，在这一天下午将要过去、傍晚就要来临的时候发现自己养的一群鹅不知去向。她是准备去给鹅喂食时发现的。那关得很严实的篱笆门，此刻像是夏天的窗户一样敞开了。她心想它们准是到河边去了。于是她就锁上房门，向河边走去，走时顺手从门后拿了一根竹竿。

那是初秋时节，户外的空气流动时很欢畅，秋风吹动着街道两旁的树叶，发出"沙沙"那种下雨似的声音。落日尚未西沉，天空像火烧般通红。

幺四婆婆远远就看到了那一群鹅，鹅在清静的河面上像船一样浮来浮去，另一些鹅在河岸草丛里或卧或缓缓走动。幺四婆婆走到它们近旁时，它们毫无反应，一如刚才。本来她是准备将它们赶回去的，可这时又改变了主意。她便在它们中间站住，双手支撑着那根竹竿，像支撑着一根拐杖，她眯起眼睛如看孩子似的看起了这些白色的鹅。

看了一会，幺四婆婆觉得时候不早了，该将它们赶到篱笆里去。于是她上前了几步，站在河边，嘴里"哦哦"地呼唤起来。在她的呼唤下，草丛中的鹅都纷纷一挪一挪地朝她跑来，而河里的鹅则开始慢慢地游向岸边，然后一只一只地爬到岸上，纷纷张开翅膀抖了起来。接着有一只鹅向幺四婆婆跑了过去，于是所有的鹅都张开翅膀跑了起来。

幺四婆婆嘴里仍然"哦哦"地叫着，因为有一只鹅仍在河里。那

1

是一只小鹅，它仿佛没有听到她的呼唤，依旧在水面上静悄悄地移动着，而且时时突然一个猛扎，扎后又没事一般继续游着，远远望去，优美无比，似乎那不是鹅，而是天空里一只飘动的风筝在河里的倒影。

幺四婆婆的呼唤尽管十分亲切，可显然已经徒劳了，于是她开始"嘘嘘"地叫了起来，同时手里的竹竿也挥动了，聚集在她身旁的那些鹅立刻散了开去。她慢慢移动脚步，将鹅群重又赶入河中。

当看到那群被赶下去的鹅已将那只调皮的小鹅围在中间后，她重又"哦哦"地呼唤起来。听到了幺四婆婆的呼唤，河里所有的鹅立刻都朝岸边游来。那情景真像是雪花纷纷朝窗口飘来似的。

这时幺四婆婆感到身后有脚步走来的声音。当她感觉到声音时，那人其实已经站在她身后了，于是她回过头来张望……

他觉得前面那个人的背影有些熟悉，但一时又想不起究竟是谁。于是他就心里猜想着那人是谁而慢慢地沿着小河走。他知道这人肯定不是他最熟悉的人，但这人他似乎又常常见到。因为在这个只有几千人的小镇里，没有不似曾相识的脸。这时他看到前面那人回头望了他一下，随即又快速地扭了回去。接着他感到那人越走越快，并且似乎跑了起来。然后他看不到那人了。

他是在这个时候看到那一群鹅的，于是他就兴致勃勃地走了过去。但是当他走到鹅中间时，不由大惊失色……

初秋时节依然是日长夜短。此刻落日已经西沉，但天色尚未灰暗。她在河边走着。

她很远就看到了那一群卧在草丛里的鹅，但她没看到往常常见到的幺四婆婆。她漫不经心地走了过去。走到近旁时那群鹅纷纷朝她奔来，有几只鹅伸着长长的脖颈，围上去像是要啄她似的，她慌忙转过身准备跑。

当她转过身去时不由发出了一声惊叫，同时呆呆地站了好一会，然后她没命地奔跑了起来。没跑出多远她就摔在地上，于是她惊慌地哭了起来。哭了一阵后，她才朝四周望去，四周空无一人，她就爬起来继续跑。她感到两腿发软，怎么跑也跑不快，当跑到街上时，她又摔倒了。

这时一个刚与她擦身而过的年轻人停下脚步，惊诧地望着她，她坐在地上爬不起来，只能惊恐地望着他。他犹豫了一下，然后才走上去将她扶起来，同时问："你怎么啦？"

她站起来后用手推开了他，嘴巴张了张，没有声音，便用手指了指小河那个方向。

年轻人惊讶地朝她指的那个方向看去，什么也没有看到。而当他重新回过头来时，她已经慢慢地走了。他朝她的背影看了一下，才莫名其妙地笑笑，继续走自己的路。

那孩子窝囊地在街上走来走去，刚才他也到河边去了。当他一路不停地跑到家中将看到的那些告诉父亲时，父亲却挥手给了他一个耳光，怒喝道："不许胡说。"那时父亲正在打麻将，他看到父亲的朋友都朝着他嘻嘻地笑。于是他就走到角落里，搬了一把椅子在暗处坐了下来。这时母亲提着水壶走来，他忙伸出手去拉住她的衣角，母亲回头望了他一下，他就告诉她了。不料她脸色一沉，说道："别乱说。"孩子不由悲伤起来。他独自一人坐了好一会后，便来到了外面。

这时天已经黑了，弄里的路灯闪闪烁烁，静无一人。只有孩子在走来走去，因为心里有事，可又没人来听他叙述，他急躁万分，似乎快要流下眼泪了。

就在这个时候，他看到有几个年轻人走了过来。他立刻跑上去，大声告诉了他们。他看到他们先是一怔，随即都哈哈大笑起来。有一个人还拍拍他的脑袋说："你真会开玩笑。"然后他们就头也不回地走了。

孩子望着他们的背影，心想，他们谁也不相信我。

孩子慢慢地走到了大街上，大街上有很多人在来来往往。商店里的灯光从门窗涌出，铺在街上十分明亮。孩子在人行道上的一棵梧桐树旁站了下来。他看到很多人从他面前走过，他很想告诉他们，但他很犹豫。他觉得他们不会相信他的。因为他是个孩子。他为自己是个孩子而忧伤了起来。

后来他看到有几个比他稍大一点的孩子正站在街对面时，他才兴奋起来，立刻走了过去。他对他们说："河边有颗人头。"

他看到他们都呆住了，便又补充了一句："真的，河边有颗人头。"

他们互相望着，然后才有人问："在什么地方？"

"在河边。"他说。

随即他们中间就有人说："你领我们去看看。"

他认真地点点头，因为他的话被别人相信了，所以他显得很激动。

二

刑警队长马哲是在凌晨两点零六分的时候,被在刑警队值班的小李叫醒的。他的妻子也惊醒过来,睁着眼睛看丈夫穿好衣服,然后又听到丈夫出去时关门的声音。她那么呆呆地躺了一会后,才熄了电灯。

马哲来到局里时,局长刚到。然后他们一行六人坐着局里的小汽艇往案发地点驶去。从县城到那个小镇还没有公路,只有一条河流将它们贯穿起来。

他们来到作案现场时,东方开始微微有些发白,河面闪烁出了点点弱光,两旁的树木隐隐约约。

有几个人拿着手电在那里走来走去,手电的光芒在河面上一道一道地挥舞着。看到有人走来,他们几个人全迎了上去。

马哲他们走到近旁,看到不远处有一个刚刚用土堆成的坟堆。坟堆上有一颗人头。因为天未亮,那人头看上去十分模糊,像是一块毛糙的石头。

马哲伸手拿过身旁那人手中的手电,向那颗人头照去。那是一颗女人的人头,头发披落下来几乎遮住了整个脸部,只有眼睛和嘴若隐若现。

现场保护得很好。马哲拿着手电在附近仔细照了起来。他发现附近的青草被很多双脚踩倒了,于是他马上想象出曾有一大群人来此围观时的情景,各种姿态和各种声音。

这当儿小李拿着照相机从几个不同的角度拍下了现场,然后法医和另两个人走了上去,他们将人头取下,接着去挖坟堆,没一会一具无头女尸便显露了出来。

马哲依旧地在近旁转悠。他的脚突然踩住了一种软绵绵的东西。他还没定睛观瞧,就听到脚下响起了几声鹅的叫声,紧接着一大群鹅纷纷叫唤了起来,然后乱哄哄地挤成一团,又四散开去。这时天色开始明亮起来了。

局长走来,于是两人便朝河边慢慢地走过去。

"罪犯作案后竟会如此布置现场!"马哲感到不可思议。

局长望着潺潺流动的河水,说:"你们就留下来吧。"

马哲扭过头去看那群鹅,此刻它们安静下来了,在草丛里走来走去。

"有什么要求吗?"局长问。

马哲皱一下眉,然后说:"暂时没有。"

"那就这样,我们每天联系一次。"

法医的验尸报告是在这天下午出来的。罪犯是用柴刀突然劈向受害者颈后部。从创口看,罪犯将受害者劈倒在地后,又用柴刀劈了三十来下,才将死者的头劈下来。死者是住在老邮政弄的幺四婆婆。

小李在一旁插嘴:"这镇上几乎每户人家都有那种柴刀。"

现场没有留下罪犯任何作案时的痕迹。在某种意义上,现场已被那众多的脚印所破坏。

马哲是在这天上午见到那个孩子的。

"所有的人都不相信我。"那孩子得意洋洋地对马哲说,"父亲还打了我一个耳光,说'不许胡说'。"

"你是什么时候发现的?"马哲问。

"所有的大人都不相信我。"孩子继续在说,"因此我只能告诉和我差不多大的孩子了,他们相信我。"孩子说到这里还装模作样地叹了口气,"本来我是想先告诉大人的。"

"你是在什么时候发现的?"马哲问。

这时孩子才认真对待马哲的问话了。他装出一副回忆的样子,装了很久才说:"我没有手表。"

马哲不禁微笑了。"大致上是什么时候?比如说天是不是黑了,或者天还亮着?"

"天没有黑。"孩子立刻喊了起来。

"那么天还亮着?"

"不,天也不是亮着。"孩子摇了摇头。

马哲又笑了,他问:"是不是天快黑的时候?"

孩子想了想后,才慎重地点点头。

于是马哲便站了起来,可孩子依旧坐着。他似乎非常高兴能和大人交谈。

马哲问他:"你到河边去干什么呢?"

"玩呀。"孩子响亮地回答。

"你常去河边?"

"也不是,我想去哪儿就去哪儿。"

孩子临走时十分认真地对马哲说:"你抓住那个家伙后,让我来

看看。"

幺四婆婆离家去河边的时候，老邮政弄有四个人看到她。

从他们回忆的时间来看，幺四婆婆是下午四点到四点半的时候去河边的。而孩子发现那颗人头的时候是七点左右。因此罪犯作案是在这三个小时左右的时间里。据查，埋掉幺四婆婆死尸的地方有一个坑，而现在这个坑没有了，因此那坑是现成的。所以估计罪犯作案时间很可能是在一个小时以内完成的。

下午局长打电话来询问时，马哲将上述情况做了汇报。

幺四婆婆的家是在老邮政弄的弄底。那是一间不大的平房。屋内十分整洁，尽管没有什么摆设，可让人心情舒畅。屋内一些家具是很平常的。引起马哲注意的是放在房梁上的一堆麻绳，麻绳很粗，并且编得很结实。但马哲只是看了一会，也没更多地去关注。

吃过晚饭后，马哲独自一人来到了河边。河两旁悄无声息，只有那一群鹅在河里游来游去。

昨天这时，罪犯也许就在这里，他心里这样想着而慢慢走过去。而现在竟然如此静，竟然没人来此。他知道此案已经传遍小镇，他也知道他们是很想来看看的，现在他们没有人敢来，那是他们怕被当成嫌疑犯。

他听到了河水的声音。那声音不像是鹅游动时的声音，倒像是洗衣服的声音，小河在这里转了个弯，他走上前去时，果然看到有人背对着他蹲在河边洗衣服。

他惊讶不已，便故意踏着很响的步子走到这人背后，这人没回过头来，依然洗衣服。他好像不会洗衣服似的，他更像是在河水里玩衣服。

他在这人身后站了一会，然后说话了："你常到这儿来洗衣服?"他知道镇里几年前就装上自来水了，可竟然还会有人到河边来洗衣服。

这时那人扭回头来朝他一笑，这一笑使他大吃一惊。那人又将头转了回去，把被许多小石头压在河里的衣服提出来，在水面上摊平，然后又将小石头一块一块压上去，衣服慢慢沉到了水底。

他仔细回味刚才那一笑，心里觉得古怪。此刻那人开始讲话了，自言自语说得很快，一会轻声细语，一会又大叫大喊。马哲一句也没听懂，但他已经明白了，这人是个疯子。难怪他怎么会在这种时候到这里来。

于是马哲继续往前走。河边柳树的枝长长地倒挂下来，几乎着地。他每走几步都要用手拨开前面的柳枝。当他走出一百来米的时候，他看到草丛里有一样红色的东西。那是一枚蝴蝶形状的发卡。他弯腰捡了起来用手帕包好放进了口袋，接着仔细察看发卡的四周。在靠近河边处青草全都倒地，看来那地方人是经常走的。但发卡刚才搁着的地方却不然，青草没有倒下。可是中间有一块地方青草却明显地斜了下去。大概有人在这里摔倒过，而这发卡大概也是这个人的。"是个女的？"他心想。

"死者叫幺四婆婆。老邮政弄所有的人都这样叫她，不管是老人还是孩子。谁都不知道她的真实姓名，知道的那个人已经死了，那人是她的丈夫，她是十六岁嫁到老邮政弄来的，十八岁时她丈夫死了，现在她六十五岁。这四十八年来她都是独自一人生活过来的。她每月从镇政府领取生活费同时自己养了二十多年鹅了。每年都养一大群，因此她积下了一大笔钱。据说她把钱藏在胸口，从不离身。这是去年她去镇政府要求不要再给她生活费时才让人知道的。为了让他们相信她，她从胸口掏出了一沓钱来，她的钱从来不存银行，因为她不相信别人。但是我们没有发现她的尸体上有一分钱，在她家中也仔细搜寻过，只在褥子下找到了一些零钱，加起来还不到十元。所以我想很可能是一桩抢劫杀人案……"小李说到这里朝马哲看看，但马哲没有反应，于是他继续说，"镇里和居委会几次劝她去敬老院，但她好像很害怕那个地方，每次有人对她这么一提起，她就会眼泪汪汪。她独自一人，没有孩子，也从不和街坊邻居往来，她的闲暇时间是消磨在编麻绳上，就是她屋内梁上的那一堆麻绳。但是从前年开始，她突然照顾起了一个三十五岁的疯子，疯子也住在老邮政弄。她像对待自己儿子似的对待那个疯子……"这时小李突然停止说话，眼睛惊奇地望着放在马哲身旁桌子上的红色发卡。"这是什么？"他问。

"在离出事地点一百米处捡的，那地方还有人摔倒的痕迹。"马哲说。

"是个女的！"小李惊愕不已。

马哲没有回答，而是说："继续说下去。"

三

幺四婆婆牵着疯子的手去买菜的情节，尽管已经时隔两年，可镇

上的人都记忆犹新。就是当初人们一拥而上围观的情景，也是历历在目。他们仿佛碰上了百年不遇的高兴事，他们的脸都笑烂了，然而幺四婆婆居然若无其事，只是脸色微微有些泛红，那是她无法压制不断洋溢出来的幸福神色。而疯子则始终是嘻嘻傻笑着。篮子拎在疯子手中，疯子不知是出于愤怒还是出于与他们同样的兴奋，他总把篮子往人群里扔去。幺四婆婆便一次一次地去将篮子捡回来。疯子一次比一次扔得远。起先幺四婆婆还装着若无其事，然而不久她也像他们一样嘻嘻乱笑了。

当初幺四婆婆这一举止，让老邮政弄的人吃了一惊。因为在此之前他们一点没有看出她照顾过疯子的种种迹象。所以当她在这一天突然牵着疯子的手出现时他们自然惊愕不已。况且多年来幺四婆婆给他们的印象是讨厌和别人来往，甚至连说句话都很不愿意。

尽管如此，他们还是觉得她这不过是一时的异常举动。这种心血来潮的事在别人身上恐怕也会发生。可是后来的事实却让他们百思不解。有那么一段时间里，他们甚至怀疑幺四婆婆是不是也疯了，直到一年之后，他们才渐渐习以为常。

此后，他们眼中的疯子已不再如从前一样邋遢，他像一个孩子一样干净了，而且他的脖子上居然出现了红领巾。但是他早晨穿了干净的衣服而到了傍晚已经脏得不能不换。于是幺四婆婆屋前的晾衣竿上每天都挂满了疯子的衣服，像是一排尿布似的迎风飘扬。

当吃饭的时候来到时，老邮政弄的人便能常常听到她呼唤疯子的声音。那声音像是一个生气的母亲在呼喊着贪玩不归的孩子。

而且在每一个夏天的傍晚，疯子总像死人似的躺在竹榻里，幺四婆婆坐在一旁用扇子为他拍打蚊虫。

从那时起，幺四婆婆不再那么讨厌和别人说话。尽管她很少说话，可她也开始和街坊邻居一些老太太说些什么了。

她自然是说疯子。她说疯子的口气就像是在说自己的儿子。她常常抱怨疯子不体谅她，早晨换了衣服傍晚又得换。

"他总有一天要把我累死的。"她总是愁眉苦脸地这么说，"他现在还不懂事，还不知道我死后他就要苦了，所以他一点也不体谅我。"

这话让那些老太太十分高兴，于是她继续数落："我对他说吃饭时不要乱走，可我一转身他人就没影了。害得我到处去找他。早晚他要把我累死。"说到这里，幺四婆婆便叹息起来。

"你们不知道，他吃饭时多么难侍候。怎么教他也不用筷子，总是用手抓，我多说他几句，他就把碗往我身上砸。他太淘气了，他还不懂事。"

她还说："他这么大了，还要吃奶。我不愿意他就打我，后来没办法就让他吸几下，可他把我的奶头咬了下来。"说起这些，她脸上居然没有痛苦之色。

在那些日子里，他们总是看到幺四婆婆把疯子领到屋内，然后关严屋门，半天不出来。他们非常好奇，便悄悄走到窗前。玻璃窗上糊着报纸，没法看进去。他们便蹲在窗下听里面的声音。有声音，但很轻微。只能分辨出幺四婆婆的低声唠叨和疯子的自言自语。有时也寂然无声。当屋内疯子突然大喊大叫时，总要吓他们一跳。

慢慢地他们听到了一种奇特的声音。而且每当这种声音响起来时，又总能同时听到疯子的喊叫声。而且还夹杂着人在屋内跑动的声音，还有人摔倒在地，绊倒椅子的声响。起先他们还以为幺四婆婆是在屋内与疯子玩捉迷藏，心里觉得十分滑稽。可是后来他们却听到了幺四婆婆呻吟的声音。尽管很轻，可却很清晰。于是他们才有些明白，疯子是在揍幺四婆婆。

幺四婆婆的呻吟声与日俱增，越来越响亮，甚至她哭泣求饶的声音也传了出来，而疯子打她的声音也越来越剧烈。然而当他们实在忍不住，去敲她屋门时，却因为她紧闭房门不开而无可奈何。

后来幺四婆婆告诉他们："他打我时，与我那死去的丈夫一模一样，真狠毒啊。"那时她脸上竟洋溢着幸福的神色。小李用手一指，告诉马哲："就是这个疯子。"此刻那疯子正站在马路中间来回走着正步，脸上得意洋洋。马哲看到的正是昨天傍晚在河边的那个疯子。

四

那女孩子坐在马哲的对面，脸色因为紧张而变得通红。

"……后来我就拼命地跑了起来。"她说。

马哲点点头。"而且你还摔了一跤。"

她蓦然怔住了，然后眼泪簌簌而下。"我知道你们会怀疑我的。"

马哲没有答理，而是问："你为什么要去河边？"

她立刻止住眼泪，疑惑地望着马哲，想了很久才喃喃地说："你刚才好像问过了。"

马哲不动声色地看着她。

"难道没有问过?"她既像是问马哲,又像是问自己,随后又自言自语起来,"好像是没有问过。"

"你为什么去河边?"马哲这时又问。

"为什么?"她开始回想起来,很久后才答,"去找一只发卡。"

"是吗?"

马哲的口气使她一呆,她怀疑地望着马哲,嘴里轻声说:"难道不是?"

"你是什么时候丢失的?"马哲随便地问了一句。

"昨天。"她说。

"昨天什么时候?"

"六点半。"

"那你是什么时候去找的?"

"六点半。"她脱口而出,随即她被自己的回答吓呆了。

"你是在同一个时间里既丢了发卡又在找。"马哲嘲笑地说,接着又补充道,"这可能吗?"

她怔怔地望着马哲,然后眼泪又流了下来。"我知道你们会怀疑我的。"

"你看到过别的什么人吗?"

"看到过。"她似乎有些振奋。

"什么样子?"

"是个男的。"

"个子高吗?"

"不高。"

马哲轻轻笑了起来,说:"可你刚才说是一个高个子。"

她刚刚变得振奋起来的脸立刻又痴呆了。"我刚才真是这样说吗?"她可怜巴巴地问马哲。

"是的。"马哲坚定地说。

"我怎么会这么说呢?"她悲哀地望着马哲。

"你为什么到今天才来?"马哲又问。

"我害怕。"她颤抖着说。

"今天就不害怕了?"

"今天?"她不知该如何回答。她低下了头,然后抽泣起来。"我知道你们会怀疑我的。因为我的发卡丢在那里了，你们肯定要怀疑我了。"

马哲心想，她不知道，使用这种发卡的女孩子非常多，根本无法查出是谁的。"所以你今天来说了？"他说。

她边哭边点着头。

"如果发卡不丢，你就不会来说这些了？"马哲说。

"是这样。"

"你真的看到过别的人吗？"马哲突然严肃地问。

"没有。"她哭得更伤心了。

马哲将目光投向窗外，他觉得有点累了，他看到窗外有棵榆树，榆树上有灿烂的阳光在跳跃。那女孩子还在伤心地哭着。马哲对她说："你回去吧，把你的发卡也拿走。"

五

一个星期下来，案件的侦破毫无进展。作为凶器的柴刀，也没有下落。幺四婆婆家中的一把柴刀没有了，显而易见凶手很可能就是用这把柴刀的。据老邮政弄的人回忆，说是幺四婆婆遇害前一个月的时候曾找过柴刀，也就是说那柴刀在一个月前就遗失了，作为一桩抢劫杀人案，看来凶手是早有准备的。马哲曾让人在河里寻找过柴刀，但是没有找到。

这天傍晚，马哲又独自来到河边。河边与他上次来时一样悄无声息。马哲心想：这地方真不错。

然后他看到了在晚霞映照的河面上嬉闹的鹅群。幺四婆婆遇害后，它们就再没回去过。它们日日在此，它们一如从前那么无忧无虑。马哲走过去时，几只在岸上的鹅便迎着他奔来，仲出长长的脖子包围了他。

这个时候，马哲又听到了那曾听到过的水声。于是他提起右脚轻轻踢开了鹅，往前走过去。

他又看到了那个疯子蹲着的背影。疯子依旧在水中玩衣服。疯子背后十米远的地方就是曾搁过幺四婆婆头颅的地方。

在所有的人都不敢到这里来的时候，却有一个疯子经常来，马哲不禁哑然失笑。他觉得疯子也许不知道幺四婆婆已经死了，但他可能会发现已有几天没见到幺四婆婆，幺四婆婆生前常赶着鹅群来河边，

现在疯子也常到河边，莫不是疯子在寻找幺四婆婆？

马哲继续往前走。此刻天色在渐渐地灰下来，刚才通红的晚霞现在似乎燃尽般暗下去。马哲听着自己脚步的声音走到一座木桥上。他将身体靠在了栏杆上，栏杆摇晃起来发出"吱吱"的声响。栏杆的声音消失后，河水潺潺流动的声音飘了上来。他看到那疯子这时已经站了起来，提着水淋淋的衣服往回走了。疯子走路姿态像是正在操练的士兵。不一会疯子消失了，那一群鹅没有消失，但大多爬到了岸上，在柳树间走来走去。在马哲的视线里时隐时现。他感到鹅的颜色不再像刚才那么自得明亮，开始模糊了。

在他不远处有一幢五层的大楼，他转过身去时看到一些窗户里的灯光正接踵着闪亮了。同时他听到从那些窗户里散出来的声音。声音传到他耳中时已经十分轻微，而且杂乱。但马哲还是分辨出了笑声和歌声。

那是一家工厂的集体宿舍楼。马哲朝它看了很久，然后他像是想起了什么，便离开木桥朝那里走去。

走到马路上，他看到不远处有个孩子正将耳朵贴在一根电线杆上。他从孩子身旁走过去。

"喂!"那孩子叫了一声。

马哲回头望去，此刻孩子已经离开电线杆朝他跑来。马哲马上认出了他，便向他招了招手。

"抓到了吗?"孩子跑到他跟前时这样问。

马哲摇摇头。

孩子不禁失望地埋怨道："你们真笨。"

马哲问他："你怎么在这儿?"

"听声音呀，那电线杆里有一种'嗡嗡'的声音，听起来真不错。"

"你不去河边玩了?"

于是孩子变得垂头丧气，他说："是爸爸不让我去的。"

马哲像是明白似的点点头。然后拍拍孩子的脑袋，说："你再去听吧。"

孩子仰起头问："你不想听吗?"

"不听。"

孩子万分惋惜地走开了，走了几步他突然转过身来说："你要我帮你抓那家伙吗?"

已经走起来的马哲，听了这话后便停下脚步，他问孩子："你以前常去河边吗?"

"常去。"孩子点着头，很兴奋地朝他走了过去。

"你看到过什么人吗?"马哲又问。

"看到过。"孩子立刻回答。

"是谁?"

"是一个大人。"

"是男的吗?"

"是的，是一个很好的大人。"孩子此刻开始得意起来。

"是吗?"马哲说。

"有一次他朝我笑了一下。"孩子非常感动地告诉马哲。

马哲继续问："你知道他住在什么地方吗?"

"当然知道。"孩子用手一指，"就在这幢楼里。"

这幢耸立在不远处的楼房，正是刚才引起马哲注意的楼房。

"我们去找他吧。"马哲说。

两人朝那幢大楼走去，那时天完全黑了，传达室的灯光十分昏暗，一个戴老花眼镜的老头坐在那里。

"你们这幢楼里住了多少人?"马哲上前搭话。

那老头抬起头来看了一会马哲，然后问："你找谁?"

"找那个常去河边的人。"孩子抢先回答。

"去河边?"老头一愣。他问马哲："你是哪儿的?"

"他是公安局的。"孩子十分神气地告诉老头。

老头听明白了，他想了想后说："我不知道谁经常去河边。你们自己去找吧。"

马哲正要转身走的时候，那孩子突然叫了起来："公安局找你。"马哲看到一个刚从身旁擦身而过的人猛地扭回头来，这人非常年轻，最多二十三岁。

"就是他。"孩子说。

那人朝他俩看了一会，然后走了上去，走到马哲面前时，他几乎是怒气冲冲地问："你找我?"

马哲感到这声音里有些颤抖，马哲没有回答，只是看着他。

孩子在一旁说："他要问你为什么常去河边。"孩子说完还问马

哲："是吗?"

马哲依旧没有说话，那人却朝孩子逼近一步，吼道："我什么时候去河边了?"

吓得孩子赶紧躲到马哲身后。孩子说："你是去过的。"

"胡说。"那人又吼一声。

"我没有胡说。"孩子可怜地申辩道。

"放你的屁。"那人此刻已经怒不可遏了。

这时马哲开口了，他十分平静地说："你走吧。"

那人一愣，随后转身就走。马哲觉得他走路时的脚步有点乱。

马哲回过头来问老头："他叫什么名字?"

老头犹豫了一下，说："我不知道。"

"真的不知道?"马哲走上一步。

老头又犹豫了起来，结果还是说："我真不知道。"

马哲看了他一会，然后点点头就走了。孩子追上去，说："我没有说谎。"

"我知道。"马哲亲切地拍拍他的脑袋。

回到住所，马哲对小李说："你明天上午去农机厂调查一个年轻人，你就去找他们集体宿舍楼的门卫，那是一个戴眼镜的老头，他会告诉你一切的。"

六

"那是一个很不错的老头。"小李说，"我刚介绍了自己，他马上把所有的情况都告诉了我，仿佛他事先准备过似的。不过他好像很害怕，只要一有人进来他马上就不说了，而且还介绍说我住在不远，是来找他聊天的。但是这老头真不错。"

马哲听到这里不禁微微一笑。

小李继续说："那人名叫王宏，今年二十二岁，是两年前进厂的。他这人有些孤僻，不太与人交往。他喜欢晚饭后去那河边散步。除了下雨和下雪外，他几乎天天去河边。出事的那天晚上，他是五点半多一点的时候出去，六点钟回来的，他一定去河边了。当八点多时，宿舍里的人听说河边有颗人头都跑去看了，但他没去。门房那老头看到他站在二楼窗口，那时老头还很奇怪他怎么没去。"

王宏在这天下午找上门来了。他一看到马哲就气势汹汹地责问：

"你凭什么理由调查我?"

"谁告诉你的?"马哲问。

他听后一愣,然后嘟哝着:"反正你们调查我了。"

马哲说:"你来就是为了说这些?"

他又是一愣,看着马哲有点不知所措。

"那天傍晚你去河边了?"

"是的。"他说,"我不怕你们怀疑我。"

马哲继续说:"你是五点半多一点出去六点钟才回来的,这时间里你在河边?"

"我不怕你们怀疑我。我告诉你,我是天不怕地不怕的。你可以到厂里去打听打听。"

"现在要你回答我。"

他迟疑了一下,然后说:"我先到街上去买了盒香烟,然后去了河边。"

"在河边看到了什么?"

他又迟疑了一下,说道:"看到那颗人头。"

"你昨天为何说没去过河边?"

"我讨厌你们。"他叫了起来,"我讨厌你们,你们谁都怀疑,我不想和你们打交道。"

马哲又问:"你看到过什么人?"

"看到的。"他说着在椅子上坐下来,"我今天就是来告诉你们的,我看到的只是背影,所以说不准。"他飞快地说出一个姓名和单位,"本来我不想告诉你们,要不说你们就要怀疑我了。尽管我不怕,但我不想和你们打交道。"

马哲点点头,表示知道了他的意思,然后说:"你先回去吧,什么时候叫你,你再来。"

七

据了解,王宏所说的那个人在案发的第二天就请了病假,已经近半个月了,仍没上班。从那人病假开始的第一天,他们单位的人就再也没有见到他。

"难道他溜走了?"小李说。

那人住在离老邮政弄有四百米远的杨家弄。他住在一幢旧式楼房

的二楼，楼梯里没有电灯，在白天依旧漆黑一团。过道两旁堆满了煤球炉子和木柴。马哲他们很困难地走到了一扇灰色的门前。

开门的是一个三十来岁的男子，他的脸色很苍白，马哲他们要找的正是这人。

他一看到进来的两个人都穿着没有领章的警服，便知道发生了什么。他像是对熟人说话似的说："你们来了?"然后把他们让进屋内，自己在一把椅子上坐了下来。

马哲和小李在他对面坐下。他们觉得他非常虚弱，似乎连呼吸也很费力。

"我等了你们半个月。"他笑笑说，笑得很忧郁。

马哲说："你谈谈那天傍晚的情况。"

他点点头，说："我等了你们半个月。从那天傍晚离开河边后，我就等了。我知道你们这群人都是很精明的，你们一定会来找我的。可你们让我等了半个月，这半个月太漫长了。"说到这里，他又如刚才似的笑了笑。接着又说，"我每时每刻都坐在这里想象着你们进来时的情景，这两天就是做梦也梦见你们来找我了。可你们却让我等了半个月。"他停止说话，埋怨地望着马哲。

马哲他们没有做声，等待着他说下去。

"我天天都在盼着你们来，我真有点受不了。"

"那你为何不来投案?"小李这时插了一句。马哲不由朝小李不满地看了一眼。

"投案?"他想了想，然后又笑了起来。接着摇头说，"有这个必要吗?"

"当然。"小李说。

他垂下头，看起了自己的手，随后抬起头来充满忧伤地说："我知道你们会这样想的。"

马哲这时说："你把那天傍晚的情况谈一谈吧。"

于是他摆出一副回忆的样子。他说道："那天傍晚的河边很宁静，我就去河边走着。我是五点半到河边的。我就沿着河边走，后来就看到了那颗人头。就这些。"

小李莫名其妙地看看马哲，马哲没有一点反应。

"你们不相信我，这我早知道了。"他又忧郁地微笑起来，"谁让我那天去河边了。我是从来不去那个地方的。可那天偏偏去了，又偏偏出了事。这就是天意。"

"既然如此,你就不想解释一下吗?"马哲这时说。

"解释?"他惊讶地看着马哲,然后说,"你们会相信我吗?"

马哲没有回答。

他又摇起了头,说道:"我从来不相信别人会相信我。"

"你当时看到过什么吗?"

"看到一个人,但在我后面,这个人你们已经知道了。就凭他的证词,你们就可以逮捕我。我当时真不应该跑,更不应该转回脸去。但这一切都是天意。"说到这里,他又笑了起来。

"还看到了什么?"马哲继续问。

"没有了,否则就不会是天意了。"

"再想一想。"马哲固执地说。

"想一想。"他开始努力回想起来,很久后他才说,"还看到过另外一个人,当时他正蹲在河边洗衣服。但那是一个疯子。"他无可奈何地看着马哲。

马哲听后微微一怔,沉默了很久,他才站起来对小李说:"走吧。"

那人惊愕地望着他俩,问:"你们不把我带走了?"

八

那人名叫许亮,今年三十五岁。没有结过婚。似乎也没和任何女孩子有过往来。他唯一的嗜好是钓鱼。邻居说他很孤僻,单位的同事却说他很开朗。有关他的介绍,让马哲觉得是在说两个毫不相关的人。马哲对此并无多大兴趣。他所关心的是根据邻居的回忆,许亮那天是下午四点左右出去的,而许亮自己说是五点半到河边。

"在那一个多小时里,你去了什么地方?"在翌日的下午,马哲传讯了许亮。

"什么地方也没去。"他说。

"那么你是四点左右就去了河边?"马哲问。

"没有。"许亮懒洋洋地说,"我在街上转了好一会。"

"碰到熟人了吗?"

"碰到了一个,然后我和他在街旁人行道上聊天了。"

"那人是谁?"

许亮想了一下，然后说："记不起来了。"

"你刚才说是熟人，可又记不起是谁了。"马哲微微一笑。

"这是很正常的。"他说，"比如你写字时往往会写不出一个你最熟悉的字。"说完他颇有些得意地望着马哲。

"总不会永远记不起吧?"马哲说。

"也很难说。也许我明天就会想起来，也许我永远也想不起来了。"他用一种无所谓的态度说，仿佛这些与他无关似的。

这天马哲让许亮回去了。可是第二天许亮仍说记不起是谁，以后几天他一直这么说。显而易见，在这个细节上他是在撒谎。许亮已经成了这桩案件的重要嫌疑犯。小李觉得可以对他采取行动了。马哲没有同意，因为仅仅只是他在案发的时间里在现场是不够的，还缺少其他的证据。当马哲传讯许亮时，小李他们仔细搜查了他的屋子，没发现任何足以说明问题的证据。而其他的调查也无多大收获。

与此同时，马哲调查了另一名嫌疑犯，那人就是疯子。在疯子这里，他们却得到了意想不到的进展。

当马哲一听说那天傍晚疯子在河边洗衣服时，蓦然怔住了，于是很快联想起了罪犯作案后的奇特现场。当初他似乎有过一个念头，觉得作案的人有些不正常。但他没有深入下去。而后来疯子在河边洗衣服的情节也曾使他惊奇，但他又忽视了。

老邮政弄有两个人曾在案发的那天傍晚五点半到六点之间，看到疯子提着一件水淋淋的衣服走了回来。他们回忆说当初他们以为疯子掉到河里去了，可发现他外裤和衬衣是干的，又惊奇了起来。但他们没在意，因为对疯子的任何古怪举动都不必在意。

"还看到了什么?"马哲问他们。

他们先是说没再看到什么，可后来有一人说他觉得疯子当初另一只手中似乎也提着什么。具体什么他记不起来了，因为当时的注意力被那件水淋淋的衣服吸引了过去。

"你能谈谈印象吗?"马哲说。

可那人怎么说也说不清楚，只能说出大概的形状和大小。

马哲蓦然想起什么，他问："是不是像一把柴刀?"

那人听后眼睛一亮："像。"

关于疯子提着水淋淋的衣服，老邮政弄的人此后几乎天天傍晚都看到。据他们说，在案发以前，疯子是从未有过这种举动的。而且在案发的那天下午，别人还看到疯子在幺四婆婆走后不久，也往河边的方向走去。身上穿的衣服正是这些日子天天提在他手中的水淋淋的衣服。

于是马哲决定搜查疯子的房间。在他那凌乱不堪的屋内，他们找到了幺四婆婆那把遗失的柴刀。上面沾满血迹。经过化验，柴刀上血迹的血型与幺四婆婆的血型一致。

接下去要做的事是尽快找到幺四婆婆生前积下的那笔钱。"我要排除抢劫杀人的可能性。"马哲说，看来马哲在心里已经认定罪犯是疯子了。

然而一个星期下来，尽管所有该考虑的地方都寻找过了，可还是没有找到那笔钱。马哲不禁有些急躁，同时他觉得难以找到了。尽管案件尚留下一个疑点，但马哲为了不让此案拖得过久，便断然认为幺四婆婆将钱藏在一个不为人知的地方，而决定逮捕疯子了。

当马哲决心已下后，小李却显得犹豫不决，他问马哲："逮捕谁？"

马哲仿佛一下子没有明白这话是什么意思。

"可是，"小李说，"那是个疯子。"

马哲没有说话，慢慢走到窗口。这二楼的窗口正好对着大街。他看到不远处围着一群人，周围停满了自行车，两边的人都无法走过去了。中间那疯子正舒舒服服躺在马路上。因为交通被阻塞，两边的行人都怒气冲冲，可他们无可奈何。

第二章

一

河水一直在流着，秋天已经走进了最后的日子。两岸的柳树开始苍老，天空仍如从前一样明净，可天空下的田野却显得有些凄凉。几只麻雀在草丛里踱来踱去，青草苗壮成长，在河两旁迎风起舞。

有一行人来到了河边。

"后来才知道是一个疯子干的。"有人这么说。显然他是在说那桩凶杀案，而他的听众大概是异乡来的吧。

"就是我们刚才看到的那个疯子。"那人继续说。

"就是一看到你就吓得乱叫乱跑的那个疯子?"他们中间一人问。

"是的,因为他是个疯子,公安局的人对他也就没有办法,所以把他交给我们了。我用绳子捆了他一个星期,从此他一看到我就十分害怕。"

此刻他们已经走到了小河转弯处,那人说:"到了,就在那个地方,放着一颗人头。"

他们沿着转弯的小河也转了过去。"这地方真不错。"有一人这么说。

那人回过头去笑笑,然后用手一指说:"就在这里,有颗人头。"他刚一说完马上就愣住了。随即有一个女子的声音哨子般惊叫起来,而其他的人都吓得目瞪口呆。

二

马哲站在那小小的坟堆旁,那颗人头已经被取走,尸体也让人抬走了。暴露在马哲眼前的是一个浅浅的坑,他看到那翻出来的泥土是灰红色的,上面有几块不规则的血块,一只死者的黑色皮鞋被扔在坑边,皮鞋上也有血迹,皮鞋倒躺在那里,皮鞋与马哲脚上穿的皮鞋一模一样。

马哲看了一会后,朝河边走去了,此刻中午的阳光投射在河面上,河面像一块绸布般熠熠生辉。他想起了那一群鹅,若此刻鹅群正在水面上移动,那将是怎样一幅景象?他朝四周望去,感到眼睛里一片空白,因为鹅群没有出现在他的视线中。

"那疯子已经关起来了。"马哲身旁一个人说,"我们一得到报告,马上就去把疯子关起来,并且搜了他的房间,搜到了一把柴刀,上面沾满血迹。"

在案发的当天中午,曾有两人看到疯子提着一件水淋淋的衣服走回来,但他们事后都说没在意。

"为什么没送他去精神病医院?"马哲这时转过身去问。

"本来是准备送他去的,可后来……"那人犹豫了一下,又说,"后来就再没人提起了。"

马哲点点头,离开了河边。那人跟在后面,继续说:"谁会料到他还会杀人。大家都觉得他不太会……"他发现马哲已经不在听了,便停止不说。

在一间屋子的窗口，马哲又看到了那个疯子。疯子那时正自言自语地坐在地上，裤子解开着，手伸进去像是捉跳蚤似的十分专心。捉了一阵，像是捉到了一只，于是他放进嘴里津津有味地咀嚼起来。这时他看到了窗外的马哲，就乐呵呵地傻笑起来。

马哲看了一会，然后转过脸去。他突然吼道："为什么不把他捆起来？"

三

死者今年三十五岁，职业是工人。据法医验定，凶手是从颈后用柴刀砍下去的，与幺四婆婆的死状完全一致，而疯子屋里找到的那把柴刀上的血迹，经过化验也与死者的血型一致。那疯子被绳子捆了两天后，便让人送到离此不远的一家精神病医院去了。

"死者是今年才结婚的，他妻子比他小三岁。"小李说，"而且已经怀孕了。"

死者的妻子坐在马哲对面，她脸色苍白，双手轻轻搁在微微隆起的腹部。她的目光在屋内游来游去。

此刻是在死者家中，而在离此二里路的火化场里，正进行着死者的葬礼。家中的一切摆设都让人觉得像阳光一样新鲜。

"我们都三十多岁了，我觉得没必要把房间布置成这样。可他一定要这样布置。"她对马哲说，那声音让人觉得她似乎有些不好意思。

也不知是什么原因，在下午就要离开这里的时候，马哲突然想去看望一下死者的妻子。于是他就坐到这里来了。

"结果结婚那天，他们一进屋就都惊叫了起来，他们都笑我们俩，那天你没有来吧？"

马哲微微一怔。她此刻正询问似的看着他，他一时间不知该如何回答。

她仔细看了一会马哲，然后说："你是没有来。那天来的人很多，但我都记得。我没有看到你。"

"我是没有来。"马哲说。

"你为什么不来呢？"她惊讶地问。

这话让马哲也惊讶起来。他有点不知所措地看着她。

"你应该来。"她将目光移开，轻轻地埋怨道。

"可是……"马哲想说他不知道他们的婚事，但一开口又犹豫起

来。他想了想后才说："我那天出差了。"他心想，我与你们可是素不相识。

她听后十分遗憾地说："真可惜，你不来真可惜。"

"我很后悔。"马哲说，"要是当初不去出差，我就能参加你们的婚礼了。"

她同情地望着马哲，看了很久才认真地点点头。

"那天他喝了很多酒，一到家就吐了。"她说着扭过头去在屋内寻找着什么，找了一会才用手朝放着彩电的地方一指，"就吐在那里，吐了一大摊。"她用手比划着。

马哲点了点头。

"你也听说了？"她略略有些兴奋地问。

"是的。"马哲回答，"我也听说了。"

她不禁微微一笑，接着继续问："你是听谁说的？"

"很多人都这么说。"马哲低声说道。

"是吗？"她有些惊讶，"他们还说了些什么？"

"没有了。"马哲摇摇头。

"真的没有说什么？"她仍然充满希望地问道。

"没有。"

她不再说话，扭过头去看着她丈夫曾经呕吐的地方，她脸上出现了羞涩的笑意。接着她回过头来问马哲："他们没有告诉你我们咬苹果的事？"

"没有。"

于是她的目光又在屋内搜寻起来，随后她指着那吊灯说："就在那里。"

马哲仰起头，看到了那如莲花盛开般的茶色吊灯。吊灯上还荡着短短的一截白线。

"线还在那里呢。"她说，"不过当时要长多了，是后来被我扯断的。他们就在那里挂了一只苹果，让我们同时咬。"说到这里，她朝马哲微微一笑，"我丈夫刚刚呕吐完，可他们还是不肯放过他，一定要让他咬。"接着她陷入了沉思之中，那苍白的脸色开始微微有些泛红。

这时马哲听到楼下杂乱的脚步声。那声音开始沿着楼梯爬上来，他知道死者的葬礼已经结束，送葬的人回来了。

　　她也听到了那声音。起先没注意，随后她皱起眉头仔细听了起来。接着她脸上的神色起了急剧的变化，她仿佛正在慢慢记起一桩被遗忘多年的什么事。

　　马哲这时悄悄站了起来，当他走到门口时，迎面看到了一只被捧在手中的骨灰盒。他便侧身让他们一个一个走了进去。然后他才慢慢地走下楼，直到来到大街上时，他仍然没有听到他以为要听到的那撕心裂肺的哭喊声。

　　当走到码头时，他看到小李从汽艇里跳上岸，朝他走来。

　　"你还记得那个叫许亮的人吗？"小李这样问。

　　"怎么了？"马哲立刻警觉起来。

　　"他自杀了。"

　　"什么时候？"马哲一惊。

　　"就在昨天。"

四

　　发现许亮自杀的，是一个二十五六岁的年轻人。

　　"我是许亮的朋友。"他说。他似乎很不愿意到这里来。

　　"我是昨天上午去他家的，因为前一天我们约好了一起去钓鱼，所以我就去了。我一脚踢开了他的房门。我每次去从不敲门，因为他告诉我他的门锁坏了，只要踢一脚就行了。他自己也已有两年不用钥匙了。他这办法不错。现在我也不用钥匙，这样很方便。而且也很简单，只要经常踢，门锁就坏了。"说到这里，他问马哲，"我说到什么地方了？"

　　"你踢开了门。"马哲说。

　　"然后我就走了进去，他还躺在床上睡觉。睡得像死人一样。我就去拍拍他的屁股，可他没理我。然后我去拉他的耳朵，大声叫着他的名字，可他像死人一样。我从来没有见过睡得这么死的人。"他说到这里仿佛很累似的休息了一会，接着又说，"然后我看到床头柜上有两瓶安眠酮，一瓶还没有开封，一瓶只剩下不多了。于是我就怀疑他是不是自杀。但我拿不准，便去把他的邻居叫进来，让他们看看，结果他们全惊慌失措地大叫起来。完了。"他如释重负般地舒了口气，随后又低声嘟哝道，"自杀有什么好大惊小怪的。"

　　然后他站起来准备走了，但他看到马哲依旧坐着，不禁心烦地问：

"你还要知道点什么？"

马哲用手一指，请他重新在椅子上坐下，随后问："你认识许亮多久了？"

"不知道。"他恼火地说。

"这可能吗？"

"这不可能。"他说，"但问题是这很麻烦，因为要回忆，而回忆实在太麻烦。"

"你是怎样和他成为朋友的？"马哲问。

"我们常在一起钓鱼。"说到钓鱼他开始有些高兴了。

"他给你什么印象？"马哲继续问。

"没印象，"他说，"他又不是什么英雄人物。"

"你谈谈吧。"

"我说过了没印象。"他很不高兴地说。

"随便谈谈。"

"是不是现在自杀也归公安局管了？"他恼火地问。

马哲没有回答，而是摆出一副认真听讲的样子。

"好吧。"他无可奈何地说，"他这个人……"他皱起眉头开始想了，"他总把别人的事想成自己的事。常常是我钓上来的鱼，可他却总说是他钓上来的。反正我也无所谓是谁钓上的。他和你说过他曾经怎样钓上来一条三十多斤的草鱼吗？"

"没有。"

"可他常这么对我说，而且还绘声绘色。其实那鱼是我钓上的，他所说的是我的事。可是这和他的自杀有什么关系呢？他的自杀和你们又有什么关系？"他终于发火了。

"他为什么要自杀？"马哲突然这样问。

他一愣，然后说："我怎么知道。"

"你的看法呢？"马哲进一步问。

"我没有看法。"他说着站起来就准备走了。

"别走。"马哲说，"他自杀与疯子杀人有关吗？"

"你别老纠缠我。"他对马哲说，"我对这种事讨厌，你知道吗？"

"你回答了再走。"

"有关又怎样？"他非常恼火地重新在椅子上坐下，"你们既然已经知道了，为什么还要问我？"

"你说吧。"马哲说。

"好吧。"他怨气冲冲地说,"那个幺四婆婆死时,他找过我,要我出来证明一下,那天傍晚曾在什么地方和他聊天聊了一小时,但我不愿意。那天我没有见过他,根本不会和他聊天。我不愿意是这种事情太麻烦。"他朝马哲看看,又说,"我当时就怀疑幺四婆婆是他杀的,要不他怎么会那样。"他又朝马哲看看,"现在说出来也无所谓了,反正他不想活了。他想自杀,尽管没有成功,可他已经不想活了。你们可以把他抓起来,在这个地方。"他用手指着太阳穴,"给他一枪,一枪就成全他了。"

五

当马哲和小李走进病房时,许亮正半躺在床上,他说:"我知道你们会来找我的。"仍然是这句话。

"我们是来探望你的。"马哲说着在病床旁一把椅子上坐下,小李便坐在了床沿上。

许亮已经骨瘦如柴,而且眼窝深陷。他躺在病床上,像是一副骨骼躺在那里。尽管他说话的语气仍如从前,可那神态与昔日相比简直判若两人。

"怎么办呢?"他自言自语地说着,两眼茫然地望着马哲。

"你有什么话就说吧。"马哲说。

许亮点点头,他说:"我知道你们要来找我的,我知道自己随便怎样也逃脱不掉了。上次你们放过我,这次你们一定不会放过我的。所以我就准备……"他暂停说话,吃力地喘了几口气,"这一天迟早都要到来的,我想了很久,想到与其让一颗子弹打掉半个脑壳,还不如吃安眠酮睡过去永远不醒。"说到这里他竟得意地笑了笑,随后又垂头丧气起来,"可是没想到我又醒了过来,这些该死的医生,把我折腾得好苦。"他恶狠狠低声骂了一句。"但是也怪自己,"他立刻又责备自己了,"我不想死得太痛苦。所以我就先吃了四片,等到药性上来后,再赶紧去吃,可是已经来不及了。我吞下了大半瓶后就不知道自己了,我就睡死过去了。"他说到这里竟滑稽地朝马哲做了个鬼脸,接着他又哭丧着脸说,"可是谁想到还是让你们找到了。"

"那么说,你前天中午也在河边?"小李突然问。

"是的。"他无力地点点头。

小李用眼睛向马哲暗示了一下，但马哲没有理会。

"自从那次去河边过后，我就再也没有去过，但后来越想越觉得不对劲。我怕自己要是不再去河边，你们会怀疑我的。"他朝马哲狡猾地笑笑，"我知道你们始终没有放弃对我的怀疑，我觉得你们真正怀疑的不是疯子，而是我。你们那么做无非是想让我放松警惕。"他脸上又出现了得意的神色，仿佛看破了马哲的心事。"因此我就必须去河边走走，于是我又看到了一颗人头。"他悲哀地望着马哲。

"然后你又看到了那个疯子在河边洗衣服？"小李问。

"是的。"他说，然后苦笑了。

"你就两次去过河边？"

他木然地点点头。

"而且两次都看到了人头？"小李继续问。

这次他没有什么表示，只是迷惑地看着小李。

"这种可能存在吗？会有人相信吗？"小李问道。

他朝小李亲切地一笑，说："就连我自己都不会相信。"

"我认为……"小李在屋内站着说话，马哲坐在椅子里。局里的汽艇还得过一小时才到，他们得在一小时以后才能离开这里。"我认为我们不能马上就走。许亮的问题还没调查清楚。幺四婆婆案件里还有一个疑点没有澄清。而且在两次案发的时间里，许亮都在现场。用偶然性来解释这些显然是不能使人信服的，我觉得许亮非常可疑。"

马哲没有去看小李，而是将目光投到窗外，窗外有几片树叶在摇曳，马哲便判断着风是从哪个方向吹来的。

"我怀疑许亮参与了凶杀。我认为这是一桩非常奇特的案件。一个正常人和一个疯子共同制造了这桩凶杀案。这里有两种可能性：一是整个凶杀过程以疯子为主，许亮在一旁望风和帮助。二是许亮没有动手，而是教唆疯子，他离得较远，一旦被人发现他就可以装出大叫大喊的样子。但这两种可能都是次要的，作为许亮，他作案的目的是抢走幺四婆婆身上的钱。"

马哲这时转过头来了，仿佛他开始听讲。

"而作案后他很可能参与了现场布置，他以为这奇特的现场会转移我们的注意。因为正常人显然是不会这样布置现场的。案发后他又寻求别人做伪证。"

马哲此刻脸上的神色认真起来了。

"第二起案发时这两人又在一起。显然许亮不能用第一次方法来蒙骗我们了，于是他假装自杀，自杀前特意约人第二天一早叫他，说是去钓鱼。而自杀的时间是在后半夜，这是他告诉医生的，并且只吃了大半瓶安眠酮，一般决心自杀的人是不会这样的。他最狡猾的是主动说出第二次案发时他也在河边，这是他比别的罪犯高明之处，然后他装着害怕的样子而去自杀。"

这时马哲开口了，他说："但是许亮在第二起案发时不在河边，而在自己家中，他的邻居看到他在家中。"

小李惊愕地看着马哲，许久他才喃喃地问："你去调查过了？"

马哲点点头。

"可是他为什么说去过河边？"小李感到迷惑。

马哲没有回答，他非常疲倦地站了起来，对小李说："该去码头了。"

六

两年以后，幺四婆婆那间屋子才住了人。当那人走进房屋时，发现墙角有一堆被老鼠咬碎的麻绳，而房梁上还挂着一截麻绳，接着他又在那碎麻绳里发现了同样被咬碎的钞票。于是幺四婆婆一案中最后遗留的疑点才算澄清。幺四婆婆把钱折成细细一条编入麻绳，这是别人根本无法想到的。

也是在这个时候，疯子回来了。疯子在精神病医院待了两年。他尝尽了电疗的痛苦，出院时已经憔悴不堪。因为疯子一进院就殴打医生，所以他在这两年里接受电疗的次数已经超出了他的生理负担。在最后的半年里，他已经卧床不起。于是院方便通知镇里，让他们把疯子领回去。他们觉得疯子已经不会活得太久了，他们不愿让疯子死在医院里。而此刻镇里正在为疯子住院的费用发愁，本来镇上的民政资金就不多，疯子一住院就是两年，实在使他们发愁，因此在此时接到这个通知，不由让他们松了一口气。

疯子是躺在担架上被人抬进老邮政弄的，此前，镇里已经派人将他的住所打扫干净。

疯子被抬进老邮政弄时，很多人围上去看。看到这么多的人围上来，躺在担架里的疯子便缩成了一团，惊恐地低叫起来。那声音像鸭子似的。

此后疯子一直躺在屋内，由居委会的人每日给他送吃的去。那些日子里，弄里的孩子常常扒在窗口看疯子。于是老邮政弄的人便知道什么时候疯子开始坐起来，什么时候又能站起来走路。一个多月后，疯子竟然来到了屋外，坐在门口地上晒太阳，尽管是初秋季节，可疯子坐在门口总是瑟瑟打抖。

当疯子被抬进老邮政弄时，似乎奄奄一息，没想到这么快他又恢复了起来。而且不久后他不再怕冷，开始走来走去，有时竟又走到街上去站着了。

后来有人又在弄口看到疯子提着一件水淋淋的衣服走了过来。起先他没在意，可随即心里一怔，然后他看到疯子另一只手里正拿着一把沾满血迹的柴刀，不禁毛骨悚然。

许亮敲开了邻居的房门，让他的邻居一怔。这个从来不和他们说话的人居然站到他们门口来了。

许亮站在门口，随便他们怎么邀请也不愿进去。他似笑似哭地对他们说："我下午去河边了，本来我发誓再也不去河边，可我今天下午又去了。"

疯子又行凶杀人的消息是在傍晚的时候传遍全镇的。此刻他们正在谈论这桩事，疯子三次行凶已经使镇上所有的人震惊不已。许亮就是在这个时候出现在他们面前的。听了许亮的话，他们莫名其妙。因为他们看到许亮整个下午都在家。

"我也不知道自己怎么又到河边去了。"许亮呆呆地说。既是对他们说，又像是自言自语。

"可是你下午不是在家吗？"

"我下午在家？"许亮惊讶地问，"你们看到我在家？"

他们互相看看，不知该如何回答。

于是许亮脸上的神情立刻黯了下去。他摇着头说："不，我下午去河边了。我已经发誓不去那里，可我下午又去了。"他痛苦地望着他们。

他们面面相觑。

"我又看到了一颗人头。"说到这里，许亮突然笑了起来，"我又看到了一颗人头。"

"可是你下午不是在家吗？"他们越发觉得莫名其妙。

"而且我又看到，"他神秘地说，"我又看到那个疯子在洗衣服了。"

他们此刻目瞪口呆了。

许亮这时十分愉快地嬉笑起来，然而随即他又立刻收起笑容像是想起了什么，茫然地望着他们，接着转身走开了。不一会他们听到许亮敲另一扇门的声音。

马哲又来到了河边，不知为何他竟然又想起了那群鹅。他想象着它们在河面上游动时那像船一样庄重的姿态。他现在什么都不愿去想，就想那一群鹅，他正努力回想着当初凌晨一脚踩进鹅群时的情景，于是他仿佛又听到了鹅群因为惊慌发出的叫声。

此刻现场已经被整理过了，但马哲仍不愿朝那里望。那地方叫他心里恶心。

这次被害的是个孩子。马哲只是朝那颗小小的头颅望了一眼就走开了。小李他们走了上去。不知为何马哲突然发火了，他对镇上派出所的民警吼道："为什么要把现场保护起来？"

"这……"民警不知所措地看着马哲。

马哲的吼声使小李有些不解，他转过脸去迷惑地望着马哲。这时马哲已经沿着河边走了过去。那民警跟在后面。

走了一会，马哲才平静地问民警："那群鹅呢？"

"什么？"民警一时没有反应过来。

"幺四婆婆养的那些鹅。"

"不知道。"民警回答。

马哲听后若有所思地点了点头。

这天晚上，小李告诉马哲，被害者就是发现幺四婆婆人头的那个孩子。

马哲听后呆了半天，然后才说："他父亲不是不准他去河边了吗？"

小李又说："许亮死了，是自杀的。"

"可是那孩子为什么要去河边呢？"马哲自言自语，随即他惊愕地问小李，"许亮死了？"

第三章

一

那是一个夏日之夜，月光如细雨般掉落下来。街道在梧桐树的阴影里躺着，很多人在上面走着，发出的声音很零乱，夏夜的凉风正在吹来又吹去。

那个时候他正从一条弄堂里走了出来，他正站在弄堂口犹豫着。他在想着应该往左边走呢还是往右边走。因为往左边或者右边走对他来说都是一样，所以他犹豫着但他犹豫的时候心里没感到烦躁，因为他的眼睛没在犹豫，他的眼睛在街道上飘来飘去。因此渐渐地他也就不去考虑该往何处走了，他只是为了出来才走到弄口的，现在他已经出来了也就没必要烦躁不安。他本来就没打算去谁的家，也就是说他本来就没有什么固定的目标。他只是因为夏夜的诱惑才出来的，他知道现在去朋友的家也是白去，那些朋友一定都在外面走着。

所以他在弄口站着时，就感到自己与走时一样。这种感觉是旁人的走动带给他的。他此刻正心情舒畅如欣赏电影广告似的，欣赏着女孩子身上裙子的飘动，她们身上各种香味就像她们长长的头发一样在他面前飘过。而她们的声音则在他的耳朵里优美地旋转，旋得他如醉如痴。

从他面前走过的人中间，也有他认识的，但不是他的朋友。他们有的就那么走了过去，有的却与他点头打个招呼，但他们没邀请他，所以他也不想加入进去。他正想他的朋友们也会从他面前经过，于是一方面盼着他们，一方面又并不那么希望他们出现。因为他此刻越站越自在了。

这个时候他看到有一个人有气无力地走了过来，那人不是在街道中间走，而是贴着人行道旁的围墙走了过来。大概是为了换换口味，他就对那人感兴趣了，他感到那人有些古怪，尤其是那人身上穿的衣服让他觉得从未见过。

那人已经走到了他跟前，看到他正仔细打量着自己，那人脸上露出了奇特的笑容，然后笑声也响了起来，那笑声断断续续、时高时低，十分刺耳。

他起先一愣，觉得这人似乎有些不正常，所以也就转回过脸去继续往街道上看。可是随即他又想起了什么，便立刻扭回头去，那人已经走了几步远了。

他似乎开始想起了什么，紧接着他猛地蹿到了街道中间，随即朝着和那人相反的方向跑了起来，边跑边声嘶力竭地喊："那疯子又回来了。"

正在街上走着的那些人都被他的叫声搞得莫名其妙，便停下脚步看着他。然而当听清了他的叫声后，他们不禁毛骨悚然，互相询问着同时四处打量，担心那疯子就在身后什么地方站着。

他跑出了二十多米远，才慢慢停下来，然后气喘吁吁又惊恐不已地对周围的人说："那杀人的疯子又回来了。"

这时他听到远处有一个声音飘过来，那声音也在喊着疯子回来了。起先他还以为是自己刚才那叫声的回音，但随即他听出了是另一个人在喊叫。

二

马哲是在第二天知道这个消息的，当时他呆呆地坐了半天，随后走到隔壁房间去给妻子挂了个电话，告诉她今晚可能不回家了。妻子在电话里迟疑了片刻，才说声知道。

那时小李正坐在他对面，不禁抬起头来问："又有什么情况？"

"没有。"马哲说着把电话搁下。

两小时后，马哲已经走在那小镇的街上了，他没有坐局里的汽艇，而是坐小客轮去的。当他走上码头时，马上就有人认出了他。有几个人迎上去告诉他："那疯子又回来了。"他点点头表示已经知道。

"但是谁都没有看到他。"

听了这话，马哲不禁站住了。

"昨晚上大家叫了一夜，谁都没睡好。可是今天早晨互相一问，大家都说没见到。"那人有些疲倦地说。

马哲不由皱了一下眉，然后他继续往前走。

街上十分拥挤，马哲走去时又有几个人围上去告诉他昨晚的情景，大家都没见到疯子，难道是一场虚惊？

当他坐在小客轮里时，曾想象在老邮政弄疯子住所前围满着人的情景。可当他走进老邮政弄时，看到的却是与往常一样的情景。弄里

十分安静，只有几位老太太在生煤球炉，煤烟在弄堂里弥漫着。此刻是下午两点半的时候。

一个老太太走上去对他说："昨晚上不知是哪个该死的在乱叫疯子回来了。"

马哲一直走到疯子的住所前，那窗上没有玻璃，糊着一层塑料纸，塑料纸上已经积了厚厚一层灰尘。马哲在那里转悠了一会，然后朝弄口走去。

来到街上他看到派出所的一个民警正走过来，他想逃避已经来不及了，因为民警叫着他的名字走了上来。

"你来了？"民警笑着说。

马哲点了点头。

"你知道吗？昨晚上大家虚惊一场。说是疯子又回来了，结果到今天才知道是一场恶作剧。我们找到了那个昨晚在街上乱叫的人，可他也说是听别人说的。"

"我听说了。"马哲说。

然后那民警问："你来有事吗？"

马哲迟疑了一下，说："有一点私事。"

"要我帮忙吗？"民警热情地说。

"已经办好了，我这就回去。"马哲说。

"可是下一班船要三点半才开，还是到所里去坐坐吧。"

"不，"马哲急忙摇了摇手，说，"我还有别的事。"然后就走开了。

几分钟以后，马哲已经来到了河边。河边一如过去那么安静，马哲也如过去一样沿着河边慢慢走去。

此刻阳光正在河面上无声地闪耀，没有风，于是那长长倒垂的柳树像是布景一样。河水因为流动发出了掀动的声音。马哲看到远处那座木桥像是一座破旧的城门。有两个孩子坐在桥上，脚在桥下晃荡着，他们手中各拿着一根钓鱼竿。

没多久，马哲就来到了小河转弯处，这是一条死河，它是那条繁忙的河流的支流。这里幽静无比。走到这里时，马哲站住脚仔细听起来。他听到了轻微却快速的说话声。于是他走了过去。

疯子正坐在那里，身上穿着精神病医院的病号服。他此刻正十分舒畅地靠在一棵树上，嘴里自言自语。他坐的那地方正是他三次作案的现场。

马哲看到疯子，不禁微微一笑，他说："我知道你在这里。"

疯子没有答理，继续自言自语，随即他像是愤怒似的大叫大嚷起来。

马哲在离他五米远的地方站住。然后扭过头去看看那条河和河那边的田野接着又朝那座木桥望了一会，那两个孩子仍然坐在桥上。当他回过头来时，那疯子已经停止说话，正朝马哲痴呆地笑着。马哲便报以亲切一笑，然后掏出手枪对准疯子的脑袋。他扣动了扳机。

三

"你疯啦?"局长听后失声惊叫起来。

"没有。"马哲平静地说。

马哲是在三点钟的时候离开河边的。他在疯子的尸体旁站了一会，犹豫着怎样处理他。然后他还是决定走开，走开时他看到远处木桥上的两个孩子依旧坐着，他们肯定听到了刚才那一声枪响，但他们没注意。马哲感到很满意。十分钟后，他已经走进了镇上的派出所。刚才那个民警正坐在门口。看着斜对面买香蕉的人而打发着时间。当他看到马哲时不禁兴奋地站了起来，问："办完了?"

"办完了。"马哲说着在门口另一把椅子上坐了下来。这时他感到口干舌燥，便向民警要一杯凉水。

"泡一杯绿茶吧。"民警说。

马哲摇摇头，说："就来杯凉水。"

于是民警进屋去拿了一杯凉水，马哲一口气喝了下去。

"还要吗?"民警问。

"不要了。"马哲说。然后他眯着眼睛看他们买香蕉。

"这些香蕉是从上海贩过来的。"民警向马哲介绍。

马哲朝那里看了一会，也走上去买了几斤。他走回来时，民警说："在船里吃吧?"他点点头。

然后马哲看看表，觉得时间差不多了，便对民警说："疯子在河边。"

那民警一惊。

"他已经死了。"

"死了?"

"是被我打死的。"马哲说。

民警目瞪口呆，然后才明白似的说："你别开玩笑。"

但是马哲已经走了。

现在马哲就坐在局长对面，那支手枪放在桌子上。当马哲来到局里时，已经下班了，但局长还在。起先局长也以为他在开玩笑，然而当确信其事后局长勃然大怒了。

"你怎么干这种蠢事？"

"因为法律对他无可奈何。"马哲说。

"可是法律对你是有力的。"局长几乎喊了起来。

"我不考虑这些。"马哲依旧十分平静地说。

"但你总该为自己想一想。"局长此刻已经坐不住了，他烦躁地在屋内走来走去。

马哲像是看陌生人似的看着他，仿佛没有听懂他的话。

"可你为什么不这样想呢？"

"我也不知道。"马哲说。

局长不禁叹了口气，然后又在椅子上坐下来。他难过地问马哲："现在怎么办呢？"

马哲说："把我送到拘留所吧。"

局长想了一下，说："你就在我办公室待着吧。"他用手指一指那折叠钢丝床，"就这样睡吧，我去把你妻子叫来。"

马哲摇摇头，说："你这样太冒险了。"

"冒险的是你，而不是我。"局长吼道。

四

妻子进来的时候，刚好有一抹霞光从门外掉了进去。那时马哲正坐在钢丝床上，他没有去想已经发生的那些事，也没想眼下的事。他只是感到心里空荡荡的，所以他竟没听到妻子走进来的脚步声。

是那边街道上有几个孩子唱歌的声音使他猛然抬起头来，于是他看到妻子就站在身旁。他便站起来，他想对她表示一点什么，可他重又坐了下去。

她就将一把椅子拖过来，面对着他坐下。她双手放在腿上，这个坐姿是他很熟悉的，他不禁微微一笑。

"这一天终于来了。"她说。同时如释重负似的松了口气。

马哲将被子拉过来放在背后，他身体靠上去时感到很舒服。于是他就那么靠着，像欣赏一幅画一样看着她。

"从此以后，你就不再会半夜三更让人叫走，你也不会时常离家了。"她脸上露出了心满意足的神色。

她继续说："尽管你那一枪打得真蠢，但我还是很高兴，我以后再也不必为你担忧了，因为你已经不可能再干这一行。"

马哲转过脸去望着门外，他似乎想思索一些什么，可脑子里依旧空荡荡的。

"就是你要负法律责任了。"她忧伤地说，但她很快又说，"可我想不会判得太重的，最多两年吧。"

他又将头转回来，继续望着他的妻子。

"可我要等你两年。"她忧郁地说，"两年时间说短也短，可说长也真够长的。"

他感到有些疲倦了，便微微闭上眼睛。妻子的声音仍在耳边响着，那声音让他觉得有点像河水流动时的声音。

五

医生是一个五十多岁的男子，他有着一双忧心忡忡的眼睛。他从门外走进来时仿佛让人觉得他心情沉重。马哲看着他，心想这就是精神病医院的医生。

昨天这时候，局长对马哲说："我们为你找到了一条出路，明天精神病医生就要来为你诊断，你只要说些颠三倒四的话就行了。"

马哲似听非听地望着局长。

"还不明白？只要能证明你有点精神失常，你就没事了。"

现在医生来了，并在他对面坐了下来，局长和妻子坐在他身旁。他感到他俩正紧张地看着自己，心里觉得很滑稽。医生也在看着他，医生的目光很忧郁，仿佛他有什么不快要向马哲倾吐似的。

"你是哪一年出生的？"

他看到医生的嘴唇嚅动了一下，然后有一种声音飘了过来。

"你哪一年出生的？"医生重新问了一句。

他听清了，便回答："五一年。"

"姓名？"

"马哲。"

"性别？"

"男。"

马哲觉得这种对话有点可笑。

"工作单位？"

"公安局。"

"职务？"

"刑警队长。"

尽管他没有朝局长和妻子看，但他也已经知道了他们此刻的神态。他们此刻准是惊讶地望着他。他不愿去看他们。

"你什么时候结婚的？"医生的声音越来越忧郁。

"八一年。"

"你妻子是谁？"

他说出了妻子的名字，这时他才朝她看了一眼，看到她正怔怔地望着自己。他不用去看局长，也知道他现在的表情了。

"你有孩子吗？"

"没有。"他回答，但他对这种对话已经感到厌烦了。

"你哪一年参加工作的？"

马哲这时说："我告诉你，我很正常。"

医生没理睬，继续问："你哪一年出生的？"

"你刚才已经问过了。"马哲不耐烦地回答。

于是医生便站了起来，当医生站起来时，马哲看到局长已经走到门口了，他扭过头去看妻子，她这时正凄凉地望着自己。

六

医生已经是第四次来了。医生每一次来时脸上的表情都像第一次，而且每一次都是问着同样的问题。第二次马哲忍着不向他发火，而第三次马哲对他的问话不予理睬。可他又来了。

妻子和局长所有的话，都使马哲无动于衷。只有这个医生使他心里很不自在。当医生迈着沉重的脚步，忧心忡忡地在他对面坐下来时，他立刻垂头丧气了。他试图从医生身上找出一些不同于前三次的东西。可医生居然与第一次来时一模一样的神态，这使马哲感到焦躁不安起来。

"你哪一年出生的？"

又是这样的声音，无论是节奏还是音调都与前三次无异。这声音让马哲觉得连呼吸都有些困难。

"你哪一年出生的？"医生又问。

这声音在折磨着他。他无力地望了望自己的妻子。她正鼓励地看着他。局长坐在妻子身旁，局长此刻正望着窗外。他感到再也无法忍受了，他觉得自己要吼叫了。

"八一年。"马哲回答。

随即马哲让自己的回答吃了一惊。但不知为何他竟感到如释重负一样轻松起来。于是他长长地舒了一口气。

医生继续问："姓名？"

马哲立刻回答了妻子的姓名。随后向妻子望去。他看到她因高兴和激动眼中已经潮湿。而局长此刻正转回脸来，满意地注视着他。

"工作单位？"

马哲迟疑了一下，接着说："公安局。"随后立即朝局长和妻子望去，他发现他俩明显地紧张了起来，于是他对自己回答的效果感到很满意。

"职务？"

马哲回答之前又朝他们望了望，他们此刻越发紧张了。于是他说："局长。"说完他看到他俩全松了口气。

"你什么时候结婚的？"

马哲想了想，然后说："我还没有孩子。"

"你有孩子吗？"医生像是机器似的问。

"我还没结婚。"马哲回答，他感到这样回答非常有趣。

医生便站起来，表示已经完了。他说："让他住院吧。"

马哲看到妻子和局长都目瞪口呆了，他们是绝对没有料到这一步的。

"让我去精神病医院？"马哲心想，随后他不禁哧哧笑起来，笑声越来越响，不一会他哈哈大笑了。他边笑边断断续续地说："真有意思啊。"

一九八七年五月二十日

现实一种

一

那天早晨和别的早晨没有两样，那天早晨正下着小雨。因为这雨断断续续下了一个多星期，所以在山岗和山峰兄弟俩的印象中，晴天十分遥远，仿佛远在他们的童年里。

天刚亮的时候，他们就听到母亲在抱怨什么骨头发霉了。母亲的抱怨声就像那雨一样滴滴答答。那时候他们还躺在床上，他们听着母亲向厨房走去的脚步声。

她折断了几根筷子，对两个儿媳妇说："我夜里常常听到身体里有这种筷子被折断的声音。"两个媳妇没有回答，她们正在做早饭。她继续说："我知道那是骨头正一根一根断了。"

兄弟俩是这时候起床的，他们从各自的卧室里走出来，都在嘴里嘟哝了一句："讨厌。"像是在讨厌不停的雨，同时又像是讨厌母亲雨一样的抱怨。

现在他们像往常一样围坐在一起吃早饭了，早饭由米粥和油条组成。

老太太长年吃素，所以在桌旁放着一小碟咸菜，咸菜是她自己腌制的。她现在不再抱怨骨头发霉，她开始说："我胃里好像在长出青苔来。"

于是兄弟俩便想起蚯蚓爬过的那种青苔，生长在井沿和破旧的墙角，那种有些发光的绿色。他们的妻子似乎没有听到母亲的话，因为她们脸上的神色像泥土一样。

山岗四岁的儿子皮皮没和大人同桌，他坐在一只塑料小凳上，他在那里吃早饭，他没吃油条，母亲在他的米粥里放了白糖。

38

刚才他爬到祖母身旁，偷吃一点咸菜。因此祖母此刻还在眼泪汪汪，她喋喋不休地说着："你今后吃的东西多着呢，我已经没有多少日子可以吃了。"因此他被父亲一把拖回到塑料小凳子上。所以他此刻心里十分不满，他用匙子敲打着碗边，嘴里叫着："太少了，吃不够。"

他反复叫着，声音越来越响亮，可大人们没有理睬他，于是他就决定哭一下。而这时候他的堂弟嘹亮地哭起来，堂弟正被婶婶抱在怀中。他看到婶婶把堂弟抱到一边去换尿布了。于是他就走去站在旁边。堂弟哭得很激动，随着身体的扭动，那叫小便的玩意儿一颤一颤的。他很得意地对婶婶说："他是男的。"但是婶婶没有理睬他，换毕尿布后她又坐到刚才的位子上去了。他站在原处没有动。这时候堂弟不再哭了，堂弟正用两个玻璃球一样的眼睛看着他。他有点沮丧地走开了。他没有回到塑料小凳上，而是走到窗前。他太矮，于是就仰起头来看着窗玻璃，屋外的雨水打在玻璃上，像蚯蚓一样扭动着滑了下来。

这时早饭已经结束。山岗看着妻子用抹布擦着桌子。山峰则看着妻子抱着孩子走进了卧室，门没有关上，不一会妻子又走出来，妻子走出来以后走进了厨房。山峰便转回头来，看着嫂嫂擦着桌子的手，那手上有几条静脉时隐时现。山峰看了一会才抬起头来，他望着窗玻璃上纵横交叉的水珠对山岗说："这雨好像下了一百年了。"

山岗说："好像是有这么久了。"

他们的母亲又在喋喋不休了。她正坐在自己房中，所以她的声音很轻微。母亲开始咳嗽了，她咳嗽的声音很夸张。接着是吐痰的声音。那声音很有弹性。他们知道她是将痰吐在手心里，她现在开始观察痰里是否有血迹了。他们可以想象这时的情景。

不久以后他们的妻子从各自的卧室走了出来，手里都拿着两把雨伞，到了去上班的时候了。兄弟俩这时才站起来，接过雨伞后四个人一起走了出去，他们将一起走出那条胡同，然后兄弟俩往西走，他们的妻子则往东走去。兄弟两人走在一起，像是互不相识一样。他们默默无语一直走到那所中学的门口，然后山峰拐弯走上了桥，而山岗继续往前走。他们的妻子走在一起的时间十分短，她们总是一走出胡同就会碰到各自的同事，于是便各自迎上去说几句话后和同事一起走了。

他们走后不久，皮皮依然站在原处，他在听着雨声，现在他已经听出了四种雨滴声，雨滴在屋顶上的声音让他感到是父亲用食指在敲

打他的脑袋，而滴在树叶上时仿佛跳跃了几下。另两种声音来自屋前水泥地和屋后的池塘，和滴进池塘时清脆的声响相比，来自水泥地的声音显然沉闷了。

于是孩子站了起来，他从桌子底下钻过去，然后一步一步走到祖母的卧室门口，门半掩着，祖母如死去一般坐在床沿上。孩子说："现在正下着四场雨。"祖母听后打了一个响亮的嗝。孩子便嗅到一股臭味，近来祖母打出来的嗝越来越臭了。所以他立刻离开，他开始走向堂弟。

堂弟躺在摇篮里，眼睛望着天花板，脸上笑眯眯的，孩子就对堂弟说："现在正下着四场雨。"

堂弟显然听到了声音，两条小腿便活跃起来，眼睛也开始东张西望。可是没有找到他。他就用手去摸摸堂弟的脸，那脸像棉花一样松软。他禁不住使劲拧了一下，于是堂弟"哇"的一声灿烂地哭了起来。

这哭声使他感到莫名的喜悦，他朝堂弟惊喜地看了一会，随后对准堂弟的脸打去一个耳光。他看到父亲经常这样揍母亲。挨了一记耳光后堂弟突然窒息了起来，嘴巴无声地张了好一会，接着一种像是暴风将玻璃窗打开似的声音冲击而出。这声音嘹亮悦耳，使孩子异常激动。然而不久之后这哭声便跌落下去，因此他又给了他一个耳光。堂弟为了自卫而乱抓的手在他手背上留下了两道血痕，他一点也没觉察。他只是感到这一次耳光下去那哭声并没有窒息，不过是响亮一点，远没有刚才那么动人。所以他使足劲又打去一个，可是情况依然如此，那哭声无非是拖得长一点而已。于是他就放弃了这种办法，他伸手去卡堂弟的喉管，堂弟的双手便在他手背上乱抓起来。当他松开时，那如愿以偿的哭声又响了起来。他就这样不断去卡堂弟的喉管又不断松开，他一次次地享受着那爆破似的哭声。后来当他再松开手时，堂弟已经没有那种充满激情的哭声了，只不过是张着嘴一颤一颤地吐气，于是他开始感到索然无味，便走开了。

他重新站在窗下，这时窗玻璃上已经没有水珠在流动，只有杂乱交错的水迹，像是一条条路。孩子开始想象汽车在上面奔驰和相撞的情景。随后他发现有几片树叶在玻璃上摇晃，接着又看到有无数金色的小光亮在玻璃上闪烁，这使他惊讶无比。于是他立刻推开窗户，他想让那几片树叶到里面来摇晃，让那些小光亮跳跃起来，围住他翩翩起舞。那光亮果然一涌而进，但不是雨点那样一滴一滴，而是一片，他发现天晴了，阳光此刻贴在他身上。刚才那几片树叶现在清晰可见，屋外的榆树正在伸过来，树叶绿得晶亮，正慢慢地往下滴着水珠，每滴一颗树叶都要轻微地颤抖一下，这优美的颤抖使孩子笑了起来。

然后孩子又出现在堂弟的摇篮旁，他告诉他："太阳出来了。"堂弟此刻已经忘了刚才的一切，笑眯眯地看着他。他说："你想去看太阳吗？"堂弟这时蹬起了两条腿，嘴里"哎哎"地叫了起来。他又说："可是你会走路吗？"堂弟这时停止了喊叫，开始用两只玻璃球一样的眼睛看着他，同时两条胳膊伸出来像是要他抱。"我知道了，你是要我抱你。"他说着用力将他从摇篮里抱了出来，像抱那只塑料小凳一样抱着他。他感到自己是抱着一大块肉。堂弟这时又"哎哎"地叫起来。"你很高兴，对吗？"他说。他有点费力地走到屋外。

那时候远处一户人家正响着鞭炮声，而隔壁院子里正在生煤球炉子，一股浓烟越过围墙滚滚而来。堂弟一看到浓烟高兴得哇哇大叫，他对太阳不感兴趣。他也没空对太阳感兴趣，因为此刻有几只麻雀从屋顶上斜飞下来，逗留在树枝上，那几根树枝随着它们喳喳的叫声而上下起伏。

然而孩子感到越来越沉重了，他感到这沉重来自手中抱着的东西，所以他就松开了手，他听到那东西掉下去时同时发出两种声音，一种沉闷一种清脆，随后什么声音也没有了。现在他感到轻松自在，他看到几只麻雀在树枝间跳来跳去，因为树枝的抖动，那些树叶像扇子似的一扇一扇。他那么站了一会后感到口渴，所以他就转身往屋里走去。

他没有一下子就找到水，在卧室桌上有一只玻璃杯放着，可是里面没有水。于是他又走进了厨房，厨房的桌上放着两只搪瓷杯子，盖着盖。他没法知道里面是否有水，因为他够不着，所以他重新走出去，将塑料小凳搬进来。在抱起塑料小凳时他蓦然想起他的堂弟，他记得自己刚才抱着他走到屋外，现在却只有他一人了。他觉得奇怪，但他没往下细想。他爬到小凳子上去，将两只杯子拖过来时感到它们都是有些沉，两只杯子都有水，因此他都喝了几口。随后他又惦记起刚才那几只麻雀，便走了出去。而屋外榆树上已经没有鸟在跳跃，鸟已经飞走了。他看到水泥地开始泛出了白色，随即看到了堂弟，他的堂弟正舒展四肢仰躺在地上。他走到近旁蹲下去推推他，堂弟没有动，接着他看到堂弟头部的水泥地上有一小摊血。他俯下身去察看，发现血

是从脑袋里流出来的，流在地上像一朵花似的在慢吞吞开放着。而后他看到有几只蚂蚁从四周快速爬了过来，爬到血上就不再动弹。只有一只蚂蚁绕过血而爬到了他的头发上。沿着几根被血凝固的头发一直爬进了堂弟的脑袋，从那往外流血的地方爬了进去。他这时才站起来，茫然地朝四周望望，然后走回屋中。

他看祖母的门依旧半掩着，就走过去，祖母还是坐在床上。他就告诉她："弟弟睡着了。"祖母转过头来看了看他，他发现她正眼泪汪汪。他感到没意思，就走到厨房里，在那只小凳子上坐了下来。他这时才感到右手有些疼痛，右手被抓破了。他想了很久才回忆起是在摇篮旁被堂弟抓破的，接着又回忆自己怎样抱着堂弟走到屋外，后来他怎样松手。因为回忆太累，所以他就不再往下想。他把头往墙上一靠，马上就睡着了。

很久以后，她才站起来，于是她又听到体内有筷子被折断一样的声音。声音从她松弛的皮肤里冲出来后变得异常轻微，尽管她有些耳聋，可还是清晰地听到了。因此这时她又眼泪汪汪起来，她觉得自己活不久了，因为每天都有骨头在折断。她觉得自己不久以后不仅没法站和没法坐，就是躺着也不行了。那时候她体内已经没有完整的骨骼，却是一堆长短形状粗细都不一样的碎骨头不负责任地挤在一起。那时候她脚上的骨头也许会从腹部顶出来，而手臂上的骨头可能会插进长满青苔的胃。

她走出了卧室，此后她没再听到那种响声，可她依旧忧心忡忡。此刻从那敞开的门窗涌进来的阳光使她两眼昏花，她看到的是一片闪烁的东西，她不知道那是什么，便走到了门口。阳光照在她身上，使她看到双手黄得可怕。接着她看到一团黄黄的东西躺在前面。她仍然不知道那是什么。于是她就跨出门，慢吞吞地走到近旁，她还没认出这一团东西就是她孙儿时，她已经看到了那一摊血，她吓了一跳，赶紧走回自己的卧室。

二

孩子的母亲是提前下班回家的。她在一家童车厂当会计。在快要下班的前一刻，她无端地担心起孩子会出事。因此她坐不住了，她向同事说一声要回去看儿子。这种担心在路上越发强烈。当她打开院子的门时，这种担心得到了证实。

她看到儿子躺在阳光下，和他的影子躺在一起。一旦担心成为现实，她便恍惚起来。她在门口站了一会，她似乎看到儿子头部的地上有一摊血迹。血迹在阳光下显得不太真实，于是那躺着的儿子也仿佛是假的。随后她才走了过去，走到近旁她试探性地叫了几声儿子的名字，儿子没有反应。这时她似乎略有些放心，仿佛躺着的并不是她的儿子。她挺起身子，抬头看了看天空，她感到天空太灿烂，使她头晕目眩。然后她很费力地朝屋中走去，走入屋中她觉得阴沉觉得有些冷。卧室的门敞开着，她走进去。她在柜前站住，拉开抽屉往里面寻找什么，抽屉里堆满羊毛衫。她在里面翻了一阵，没有她要找的东西，她又拉开柜门，里面挂着她和丈夫山峰的大衣，也没有她要找的东西。她又去拉开写字台的全部抽屉，但她只是看一眼就走开了。她在一把椅子上坐了下来，眼睛开始在屋内搜查起来。她的目光从刚才的柜子上晃过，又从圆桌的玻璃上滑下，斜到那只三人沙发里；接着目光又从沙发里跳出来到了房上。然后她才看到摇篮。这时她猛然一惊，立刻跳起来。摇篮里空空荡荡，没有她的儿子。于是她蓦然想起躺在屋外的孩子，她疯一般地冲到屋外，可是来到儿子身旁她又不知所措了。但是她想起了山峰，便转身走出去。

她在胡同里拼命地走着，她似乎感到有人从对面走来向她打招呼。但她没有答理，她横冲直撞地往胡同口走去。可走到胡同口她又站住。一条大街横在眼前，她不知该朝哪个方向走，她急得直喘气。

山峰这时候出现了，山峰正和一个什么人说着话朝她走来。于是她才知道该往那个方向去。当她断定山峰已经看到她时，她终于响亮地哭了起来。不一会她感到山峰抓住了她的手臂，她听到丈夫问："出了什么事？"她张了张嘴却没有声音。她听到丈夫又问："到底出了什么事？"可她依旧张着嘴说不出话来。"是不是孩子出事了？"丈夫此刻开始咆哮了。这时她才费力地点了点头。山峰便扔开她往家里跑去。她也转身往回走，她感到四周有很多人，还有很多声音。她走得很慢，不一会她看到丈夫抱着儿子跑了过来，从她身边一擦而过。于是重新转回身去。她想走得快一点好赶上丈夫，她知道丈夫一定是去医院了。可她怎么也走不快。现在她不再哭了。她走到胡同口时又不知该往何处去，就问一个走来的人，那人用手向西一指，她才想起医院在什么地方。她在人行道上慢吞吞地往西走去，她感到自己的身

体像一片树叶一样被风吹得摇摇晃晃。她一直走到那家百货商店时，才恢复了一些感觉。她知道医院已经不远了，而这时她却看到丈夫抱着儿子走来了。山峰脸上僵硬的神色使她明白了一切，所以她又号啕大哭了。山峰走到她眼前，咬牙切齿地说："回家去哭。"她不敢再哭，她抓住山峰的衣服，跟着他往回走去。

山岗回家的时候，他的妻子已在厨房里了。他走进自己的卧室，在沙发里坐了下来。他感到无所事事，他在等着吃午饭。皮皮是在这时出现在他眼前的。皮皮因为母亲走进厨房而醒了，醒来以后他感到全身发冷，他便对母亲说了。正在忙午饭的母亲就打发他去穿衣服。于是他就哆哆嗦嗦地出现在父亲的跟前。他的模样使山岗有些不耐烦。

山岗问："你这是干什么？"

"我冷。"皮皮回答。

山岗不再答理，他将目光从儿子身上移开，望着窗玻璃。他发现窗户没有打开，就走过去打开了窗户。

"我冷。"皮皮又说。

山岗没有去理睬儿子，他站在窗口，阳光晒在他身上使他感到很舒服。

这时山峰抱着孩子走了进来，他妻子跟在后面，他们的神色使山岗感到出了什么事。兄弟俩看了一眼，谁也没有说话。山岗听着他们迟缓的脚步跨入屋中，然后一声响亮的关门声。这一声使山岗坚定了刚才的想法。

皮皮此刻又说了："我冷。"

山岗走出了卧室，他在餐桌旁坐了下来，这时妻子正从厨房里将饭菜端了出来，皮皮已经坐在了那只塑料小凳上。他听到山峰在自己房间里吼叫的声音。他和妻子互相望了一眼，妻子也坐了下来。她问山岗："要不要去叫他们一声？"

山岗回答："不用。"

老太太这时走了出来，手里拿着一碟咸菜。她从来不用他们叫，总会准时地出现在餐桌旁。

山峰屋中除了吼叫的声音外，增加了另外一种声音。山岗知道那是什么声音。他嘴里咀嚼着，眼睛却通过敞开的门窗看到外面去了。不一会他听到母亲在一旁抱怨，他便转过脸来，看到母亲正愁眉苦脸望着那一碗米饭，他听到她在说："我看到血了。"他重新将头转过去，继续看着屋外的阳光。

山峰抱着孩子走入自己的房门，把孩子放入摇篮以后，用脚狠命一蹬关上了卧室的门。然后看着已经坐在床沿上的妻子说："你现在可以哭了。"

他妻子却神情恍惚地望着他，仿佛没有听到他的话，那双睁着的眼睛似乎已经死去，但她的坐姿很挺拔。

山峰又说："你可以哭了。"

可她只是将眼睛移动了一下。

山峰往前走了一步，问："你为什么不哭？"

她这时才动弹了一下，抬起头疲倦地望着山峰的头发。

山峰继续说："哭吧，我现在想听你哭。"

两颗眼泪于是从她那空洞的眼睛里滴了出来，迟缓而下。

"很好。"山峰说，"最好再来点声音。"

但她只是无声地流泪。

这时山峰终于爆发了，他一把揪住妻子的头发吼道："为什么不哭得响亮一点。"

她的眼泪骤然而止，她害怕地望着丈夫。

"告诉我，是谁把他抱出去的？"山峰再一次吼叫起来。

她茫然地摇摇头。

"难道是孩子自己走出去的？"

她这次没有摇头，但也没有点头。

"你什么都不知道，是吗？"山峰不再吼叫，而是咬牙切齿地问。

她想了很久才点点头。

"这么说你回家时孩子已经躺在那里了？"她又点点头。

"所以你就跑出来找我？"

她的眼泪这时又淌了下来。

山峰咆哮了："你当时为什么不把他抱到医院去，你就成心让他死去。"

她慌乱地摇起了头，她看着丈夫的拳头挥了起来，瞬间之后脸上挨了重重的一拳。她倒在了床上。

山峰俯身抓住她的头发把她提起来，接着又往她脸上揍去一拳。这一拳将她打在地上，但她仍然无声无息。

山峰把她再拉起来，她被拉起来后双手护住了脸。可山峰却是对

准她的乳房捧去，这一拳使她感到天昏地暗，她窒息般地呜咽了一声后倒了下去。

当山峰再去拉起她的时候感到特别沉重，她的身体就像掉入水中一样直往下沉。于是山峰就屈起膝盖顶住她的腹部，让她贴在墙上，然后抓住她的头发狠命地往墙上撞了三下。山峰吼道："为什么死的不是你。"吼毕才松开手，她的身体便贴着墙壁滑了下去。

随后山峰打开房门走到了外间。那时候山岗已经吃完了午饭，但他仍坐在那里。他的妻子正将碗筷收去，留下的两双是给山峰他们的。山岗看到山峰杀气腾腾地走了出来，走到母亲身旁。

此刻母亲仍端坐在那里喋喋不休地抱怨着她看到血了。那一碗米饭纹丝未动。

山峰问母亲："是谁把我儿子抱出去的？"

母亲抬起头来看看儿子，愁眉苦脸地说："我看到血了。"

"我问你。"山峰叫道，"是谁把我儿子抱出去的？"

母亲仍然没对儿子的问话感兴趣，但她希望儿子对她看到血感兴趣，她希望儿子来关心一下她的胃口。所以她再次说："我看到血了。"

然而山峰却抓住了母亲的肩膀摇了起来："是谁？"

坐在一旁的山岗这时开口了，他平静地说："别这样。"

山峰放开了母亲的肩膀，他转身朝山岗吼道："我儿子死啦！"

山岗听后心里一怔，于是他就不再说什么。

山峰重新转回身去问母亲："是谁？"

这时母亲眼泪汪汪地嘟哝起来："你把我的骨头都摇断了。"她对山岗说："你来听听，我身体里全是骨头断的声音。"

山岗点点头，说："我听到了。"但他坐着没动。

山峰几乎是最后一次吼叫了："是谁把我儿子抱出去的？"

此时坐在塑料小凳上的皮皮用比山峰还要响亮的声音回答："我抱的。"当山峰第一次这样问母亲时，皮皮没去关心。后来山峰的神态吸引了他，他有些费力地听着山峰的吼叫，刚一听懂他就迫不及待地叫了起来，然后他非常得意地望望父亲。

于是山峰立刻放开母亲，他朝皮皮走去。他凶猛的模样使山岗站了起来。

皮皮依旧坐在小凳上，他感到山峰那双血红的眼睛很有趣。

山峰在山岗面前站住，他叫道："你让开。"

山岗十分平静地说："他还是孩子。"

"我不管。"

"但是我要管。"山岗回答，声音仍然很平静。

于是山峰对准山岗的脸狠击一拳，山岗只是歪了一下头却没有倒下。

"别这样。"山岗说。

"你让开。"山峰再次吼道。

"他还是孩子。"山岗又说。

"我不管，我要他偿命。"山峰说完又朝山岗打去一拳，山岗仍是歪一下头。

这情景使老太太惊愕不已，她连声叫着："吓死我了。"然而却坐着未动，因为山峰的拳头离她还有距离。此时山岗的妻子从厨房里跑了出来，她朝山岗叫道："这是怎么了？"

山岗对她说："把孩子带走。"

可是皮皮却不愿意离开，他正兴致勃勃地欣赏着山峰的拳头。父亲没有倒下使他兴高采烈。因此当母亲将他一把拖起来时，他不禁愤怒地大哭了。

这时山峰转身去打皮皮，山岗伸手挡住了他的拳头，随即又抓住山峰的胳膊，不让他挨近皮皮。

山峰就提起膝盖朝山岗腹部顶去，这一下使山岗疼弯了腰，他不由呻吟了几下。但他仍抓住山峰的胳膊，直到看着妻子把孩子带入卧室关上门后，才松开手，然后挪几步坐在了凳子上。

山峰朝那扇门狠命地踢了起来，同时吼着："把他交出来。"

山岗看着山峰疯狂地踢门，同时听着妻子在里面叫他的名字，还有孩子的哭声。他坐着没有动。他感到身旁的母亲正站起来离开，母亲嘟嘟哝哝像是嘴里塞着棉花。

山峰狠命地踢了一阵后才收住脚，接着他又朝门看了很久，然后才转过身来，他朝山岗看了一眼，走过去也在凳子上坐下，他的眼睛继续望着那扇门，目光像是钉在那上面，山岗坐在那里一直看着他。

后来，山岗感到山峰的呼吸声平静下来了，于是他站起身，朝卧室的门走去。他感到山峰的目光将自己的身体穿透了。他在门上敲了几下，说："是我，开门吧。"同时听着山峰是否站了起来，山峰坐在

那里没有声息。他放心了，继续敲门。

门战战兢兢地打开了，他看到妻子不安的脸。他对她轻轻说："没事了。"但她还是迅速地将门关上。

她仰起头看着他，说："他把你打成这样。"

山岗轻轻一笑，他说："过几天就没事了。"

说着山岗走到泪汪汪的儿子身旁，用手摸他的脑袋，对他说："别哭。"接着他走到衣柜的镜子旁，他看到一个脸部肿胀的陌生人。他回头问妻子："这人是我吗？"

妻子没有回答，她正怔怔地望着他。

他对她说："把所有的存折都拿出来。"

她迟疑了一下后就照他的话去办了。

他继续逗留在镜子旁。他发现额头完整无损，下巴也是原来的，而其余的都已经背叛他了。

这时妻子将存折递了过去，他接过来后问："多少钱？"

"三千元。"她回答。

"就这么多？"他怀疑地问。

"可我们总该留一点。"她申辩道。

"全部拿出来。"他坚定地说。

她只得将另外两千元递过去，山岗拿着存折走到了外间。

此刻山峰仍然坐在原处，山岗打开门走出来时，山峰的目光便离开了门而钉在山岗的腹部，现在山岗向他走来，目光就开始缩短。山岗在他面前站住，目光就上升到了山岗的胸膛。他看到山岗的手正在伸过来，手中捏着十多张存折。

"这里是五千元。"山岗说，"这事就这样结束吧。"

"不行。"山峰斩钉截铁地回答，他的嗓音沙哑了。

"我所有的钱都在这里了。"山岗又说。

"你滚开。"山峰说。因为山岗的胸膛挡住了他的视线，他没法看到那扇门。

山岗在他身旁默默地站了很久，他一直看着山峰的脸，他看到那脸上有一种傻乎乎的神色。然后他才转过身，重新走回卧室。他把存折放在妻子手中。

"他不要？"她惊讶地问。

他没有回答，而是走到儿子身旁，用手拍拍他的脑袋说："跟我来。"

孩子看了看母亲后就站了起来，他问父亲："到哪里去?"

这时她明白了，她挡住山岗，她说： "不能这样，他会打死他的。"

山岗用手推开她，另一只手拉着儿子往外走去，他听到她在后面说："我求你了。"

山岗走到了山峰面前，他把儿子推上去说："把他交给你了。"

山峰抬起头来看了一下皮皮和山岗，他似乎想站起来，可身体只是动了一下。然后他的目光转了个弯，看到屋外院子里去了。于是他看到了那一摊血。血在阳光下显得有些耀眼。他发现那一摊血在发出光亮，像阳光一样的光亮。

皮皮站在那里显然是兴味索然，他仰起头来看看父亲，父亲脸上没有表情，和山峰一样。于是他就东张西望，他看到母亲不知什么时候起也站在他身后了。

山峰这时候站了起来，他对山岗说："我要他把那摊血舔干净。"

"以后呢?"山岗问。

山峰犹豫了一下才说："以后就算了。"

"好吧。"山岗点点头。

这时孩子的母亲对山峰说："让我舔吧，他还不懂事。"

山峰没有答理，他拉着孩子往外走。于是她也跟了出去。山岗迟疑了一下后走回了卧室，但他只走到卧室的窗前。

山岗看到妻子一走近那摊血迹就俯下身去舔了，妻子的模样十分贪婪。山岗看到山峰朝妻子的臀部蹬去一脚，妻子摔向一旁然后跪起来拼命地呕吐了，她喉咙里发出了那种令人毛骨悚然的声音。接着他看到山峰把皮皮的头按了下去，皮皮便趴在了地上。他听到山峰用一种近似妻子呕吐的声音说："舔。"

皮皮趴在那里，望着这摊在阳光下亮晶晶的血，使他想起某一种鲜艳的果浆。他伸出舌头试探地舔了一下，于是一种崭新的滋味油然而生。接下去他就放心去舔了，他感到水泥上的血很粗糙，不一会舌头发麻了，随后舌尖上出现了几丝流动的血，这血使他觉得更可口，但他不知道那是自己的血。

山岗这时看到弟媳伤痕累累地出现了，她嘴里叫着"咬死你"扑向了皮皮。与此同时山峰飞起一脚踢进了皮皮的胯里。皮皮的身体腾

空而起，随即脑袋朝下撞在了水泥地上，发出一声沉重的声音。他看到儿子挣扎了几下后就舒展四肢瘫痪似的不再动了。

三

那时候老太太听到"咕咚"一声，这声音使她大吃一惊。声音是从腹部钻出来的，仿佛已经憋了很久总算散发出来，声音里充满了怨气。她马上断定那是肠子在腐烂，而且这种腐烂似乎已经由来已久。紧接着她接连听到了两声"咕咚"，这次她听得更为清楚，她觉得这是冒出气泡来的声音。由此看来，肠子已经彻底腐烂了。她想象不出腐烂以后的颜色，但她却能揣摩出它们的形态。是很稠的液体在里面蠕动时冒出的气泡。接下去她甚至嗅到了腐烂的那种气息，这种气息正是从她口中溢出。不久之后她感到整个房间已经充满了这种腐烂气息，仿佛连房屋也在腐烂了。所以她才知道为什么不想吃东西。

她试着站起来，于是马上感到腹内的腐烂物往下沉去，她感到往大腿里沉了。她觉得吃东西实在是一桩危险的事情，因为她的腹腔不是一个无底洞。有朝一日将身体里全部的空隙填满了以后，那么她的身体就会胀破。那时候，她会像一颗炸弹似的爆炸了。她的皮肉被炸到墙壁上以后就像标语一样贴在上面，而她的已经断得差不多了的骨头则像一堆乱柴堆在地上。

她的脑袋可以想象如皮球一样在地上滚了起来，滚到墙角后就搁在那里不再动了。

所以她又眼泪汪汪了，她感到眼泪里也在散发着腐烂气息，而眼泪从脸颊上滚下去时，也比往常重得多。她朝门口走去时感到身体重得像沙袋。这时她看到山岗抱着皮皮走进来，山岗抱着皮皮就像抱着玩具，山岗没有走到她面前，他转弯进了自己的卧室。在山岗转弯的一瞬间，她看到了皮皮脑袋上的血迹，这是她这一天里第二次看到血迹，这次血迹没有上次那么明亮，这次血迹很阴沉。她现在感到自己要呕吐了。

山岗看着儿子像一块布一样飞起来，然后迅速地摔在了地上。接下去他什么也看不到了，他只觉得眼前杂草丛生，除此以外还有一口绿得发亮的井。

那时候山岗的妻子已经抬起头来了。她没看到儿子被山峰一脚踢起的情景，但是那一刻里她那痉挛的胃一下子舒展了。而她抬起头来所看到的，正是儿子挣扎后四肢舒展开来，像她的胃一样，这情景使她迷惑不解，她望着儿子发怔。儿子头部的血这时候慢慢流出来了，那血看去像红墨水。

然后她失声大叫一声："山岗。"同时转回身去，对着站在窗前的丈夫又叫了一声。可山岗一动不动，他眯着眼睛仿佛已经睡去。于是她重新转回身，对站在那里也一动不动的山峰说："我丈夫吓傻了。"然后她又对儿子说："你父亲吓傻了。"接着她自言自语："我该怎么办呢？"

杂草和井是在这时消失的，刚才的情景复又出现，山岗再一次看到儿子如一块布飘起来和掉下去。然后他看到妻子正站在那里望着自己，他心想："干吗这样望着我。"他看到山峰在东张西望，看到他后就若无其事地走来了，他那伤痕累累的妻子跟在后面，儿子没有爬起来，还躺在地上。他觉得应该去看一下儿子，于是他就走了出去。

山峰往屋中走去时，感到妻子跟在后面的脚步声让他心烦意乱，所以他就回头对她说："别跟着我。"然后他在门口和山岗相遇，他看到山岗向他微笑了一下，山岗的微笑捉摸不透。山岗从他身旁擦过，像是一股风闪过。他发现妻子还在身后，于是他就吼叫起来："别跟着我。"

山岗一直走到妻子面前，妻子怔怔地对他说："你吓傻了。"

他摇摇头说："没有。"然后他走到儿子身旁，他俯下身去，发现儿子的头部正在流血，他就用手指按住伤口，可是血依旧在流，从他手指上淌过，他摇摇头，心想没办法了。接着他伸开手掌挨近儿子的嘴，感觉到一点微微的气息，但是这气息正在减弱下去，不久之后就没了。他就移开手去找儿子的脉搏，没有找到。这时他看到有几只蚂蚁正朝这里爬来，他对蚂蚁不感兴趣。所以他站起，对妻子说："已经死了。"

妻子听后点点头，她说："我知道了。"随后她问："怎么办呢？"

"把他葬了吧。"山岗说。

妻子望望还站在屋门口的山峰，对山岗说："就这样？"

"还有什么？"山岗问。他感到山峰正望着自己，便朝山峰望去，但这时山峰已经转身走进去了。于是山岗像是想起来什么似的反身走到儿子身旁，把儿子抱了起来，他感到儿子很沉。然后他朝屋内走去。

他走进门后看到母亲从卧室走出来，他听到母亲说了一句什么话，但这时他已走入自己的卧室。他把儿子放在床上，又拉过来一条毯子盖上去。然后他转身对走进来的妻子说："你看，他睡着了。"

妻子这时又问："就这样算了？"

他莫名其妙地望着她，仿佛没明白妻子的话。

"你被吓傻了。"妻子说。

"没有。"他说。

"你是胆小鬼。"妻子又说。

"不是。"他继续争辩。

"那么你就出去。"

"上哪去？"

"去找山峰算账。"妻子咬牙切齿地说。他微微笑了起来，走到妻子身旁，拍拍她的肩膀说："你别生气。"

妻子则是冷冷一笑，她说："我没生气，我只是要你去找他。"

这时山峰出现在门口，山峰说："不用找了。"他手里拿着两把菜刀。他对山岗说："现在轮到我们了。"说着将一把菜刀递了过去。

山岗没去接，他只是望着山峰的脸，他感到山峰的脸色异常苍白。他就说："你的脸色太差了。"

"别说废话。"山峰说。

山岗看到妻子走上去接过了菜刀，然后又看到妻子把菜刀递过来。他就将双手插入裤袋，他说："我不需要。"

"你是胆小鬼。"妻子说。

"我不是。"

"那你就拿住菜刀。"

"我不需要。"

妻子朝他的脸看了很久，接着点点头表示知道了。她将菜刀送回山峰手中。"你听着。"她对他说，"我宁愿你死去，也不愿看你这样活着。"

他摇摇头，表示无可奈何。他又对山峰说："你的脸色太差了。"

山峰不再站下去，而是转身走进了厨房。从厨房里出来时他手里已没有菜刀。他朝站在墙角惊恐万分的妻子说："我们吃饭吧。"然后走到桌旁坐了下来。他妻子也走了过去。

山峰坐下来后没有立刻吃饭，他的眼睛仍然看着山岗。他看到山岗右手伸进口袋里摸着什么，那模样像是在找钥匙。然后山岗转身朝外面走去了。于是他开始吃饭。他将饭菜送入嘴中咀嚼时感到如同咀嚼泥土，而坐在身旁的妻子还在微微颤抖。所以他非常恼火，他说："抖什么。"说毕将那口饭咽了下去。然后他扭头对纹丝不动的妻子说："干吗不吃？"

"我不想吃。"妻子回答。

"不吃你就走开。"他越发恼火了。同时他又往嘴中送了一口饭。他听到妻子站起来走进了卧室，然后在一把椅子上坐了下来。是靠近墙角的一把椅子。于是他又咀嚼起来，这次使他感到恶心。但他还是将这口饭咽了下去。

他不再吃了，他已经吃得气喘吁吁了，额头的汗水也往下淌。他用手擦去汗珠，感到汗珠像冰粒。这时他看到山岗的妻子从卧室里走了出来。她在门口阴森森地站了一会后，朝他走来了。她走来时的模样使他感到像是飘出来的。她一直飘到他对面，然后又飘下去坐在了凳子上。接着用一种像身体一样飘动的目光看着他。这目光使他感到不堪忍受，于是他就对她说："你滚开。"

她将胳膊肘搁在桌上，双手托住下巴仔细地将他观瞧。

"你给我滚开！"他吼了起来。

可是她却像是凝固了一般没有动。

于是他便将桌上所有的碗都摔在了地上，然后又站起来抓住凳子往地上狠狠摔去。

待这一阵杂响过去后，她轻轻说："你为何不一脚踢死我？"

这使他暴跳如雷了。他走到她眼前，举起拳头对她叫道："你想找死！"

山岗这时候回来了。他带了一大包东西回来，后面还跟着一条黄色的小狗。

看到山岗走了进来，山峰便收回拳头，他对山岗说："你让她滚开。"

山岗将东西放在了桌上，然后走到妻子身旁对她说："你回卧室去吧。"

她抬起头来，很奇怪地问："你为什么不揍他一拳？"

山岗将她扶起来，说："你应该去休息了。"

她开始朝卧室走去，走到门口她又站住了脚，回头对山岗说：

"你起码也得揍他一拳。"

山岗没有说话，他将桌上的东西打了开来，是一包肉骨头。这时他又听到妻子在说："你应该揍他一拳。"随后，他感到妻子已经进屋去了。

此刻山峰在另一只凳子上坐了下来，他往地上指了指，对山岗说："你收拾一下。"

山岗点点头，说："等一下吧。"

"我要你马上就收拾。"山峰怒气冲冲地说。

于是山岗就走进厨房，拿出簸箕和笤帚将地上的碎碗片收拾干净，又将散架了的凳子也从地上捡起，一起拿到院子里。当他走进来时，山峰指着那条此刻正在屋中转悠的狗问山岗："哪来的？"

"在街上碰上的。它一直跟着我，就跟到这里来了。"山岗说。

"把它赶出去。"山峰说。

"好吧。"山岗说着走到那条小狗近旁，俯下身把小狗招呼过来，一把抱起它后山岗就走入了卧室。他出来时随手将门关紧。然后问山峰："还有什么事吗？"

山峰没理睬他，也不再坐在那里，他站起来走入了自己的卧室。

那时妻子仍然坐在墙角，她的目光在摇篮里。她儿子仰躺在里面，无声无息像是睡去了一样。她的眼睛看着儿子的腹部，她感到儿子的腹部正在一起一伏，所以她觉得儿子正在呼吸。这时她听到了丈夫的脚步声，于是她就抬起了头。不知为何她的身体也站了起来。

"你站起来干什么？"山峰说着也往摇篮里看了一眼，儿子舒展四肢的形象让他感到有些张牙舞爪。因此他有些恶心，便往床上躺了下去。

这时他妻子又坐了下去。山峰感到很疲倦，他躺在床上将目光投到窗外。他觉得窗外的景色乱七八糟，同时又什么都没有。所以他就将目光收回，在屋内瞟来瞟去。于是他发现妻子还坐在墙角，仿佛已经坐了多年。这使他感到厌烦，他便坐起来说："你干吗总坐在那里？"

她吃惊地望着他，似乎不知道他刚才在说些什么。

他又说："你别坐在那里。"

她立刻站了起来，而站起来后该怎么办，她却没法知道。

于是他恼火了，他朝她吼道："你他妈的别坐在那里。"

　　她马上离开墙角，走到另一端的衣架旁。那里也有一把椅子，但她不敢坐下去。她小心翼翼地看看丈夫，丈夫没朝她看。这时山峰已经躺下了，而且似乎还闭上了眼睛。她犹豫了一下，才十分谨慎地坐了下去。可这时山峰又开口了，山峰说："你别看着我。"

　　她立刻将目光移开，她的目光在屋内颤抖不已，因为她担心稍不留心目光就会滑到床上去。后来她将目光固定在大衣柜的镜子上。因为角度关系，那镜子此刻看去像一条亮闪闪的光芒。她不敢去看摇篮，她怕目光会跳跃一下进入床里。可是随即她又听到了那个怒气冲冲的声音："别看着我。"

　　她霍地站起，这次她不再迟疑或者犹豫。因为她看到了那扇门，于是她就从那里走了出去。她来到外间时，看到山岗走进他们卧室的背影。那背影很结实，可只在门口一闪就消失了。她四下望了望，然后朝院子里走去。院子里的阳光使她头晕目眩。她觉得自己快站不住了，便在门前的台阶上坐下去。然后看起了那两摊血迹。她发现血迹在阳光下显得特别鲜艳，而且仿佛还在流动。

　　山岗没有洗那些肉骨头，他将它们放入了锅子以后，也不放作料就拿进厨房，往里面加了一点水后便放在煤气灶上烧起来。随后他从厨房走出来，走进了自己的卧室。

　　妻子正坐在床沿，坐在他儿子身旁，但她没看着儿子。她的目光和山岗刚才一样也在窗外。窗外有树叶，她的目光在某一片树叶上。

　　他走到床前，儿子的头朝右侧去，创口隐约可见。儿子已经不流血了，枕巾上只有一小摊血迹，那血迹像是印在上面的某种图案。他那么看了一会后，走过去把儿子的头摇向右侧，这样创口便隐蔽起来，那图案也隐蔽了起来，图案使他感到有些可惜。

　　那条小狗从床底下钻出来，跑到他脚上，玩弄起了他的裤管。他这时眼睛也看到窗外去，看着一片树叶，但不是妻子望着的那片树叶。"你为什么不揍他一拳？"他听到妻子这样说。妻子的声音像树叶一样在他近旁摇晃。

　　"我只要你揍他一拳。"她又说。

四

　　老太太将门锁上以后，就小心翼翼地重新爬到床上去。她将棉被

压在枕头下面，这样她躺下去时上身就抬了起来。她这样做是为了提防腹内腐烂的肠子侵犯到胸口。她决定不再吃东西了，因为这样做实在太危险。她很明白自己体内已经没有多少空隙了。为了不使那腐烂的肠子像水一样在她体内涌来涌去，她躺下以后就不再动弹。现在她感到一点声音都没有，她对此很满意。她不再忧心忡忡，相反她因为自己的高明而很得意。她一直看着屋顶上的光线，从上午到傍晚，她看着光线如何扩张和如何收缩。现在对她来说只有光线还活着，别的全都死了。

翌日清晨，山峰从睡梦中醒来时感到头疼难忍，这疼痛使他觉得脑袋都要裂开了。所以他就坐起来，坐起来后疼痛似乎减轻了一些，但脑袋仍处在胀裂的危险中，他没法大意。于是他就下了床，走到五斗柜旁，从最上面的抽屉里找出一根白色的布条，然后绑在了脑袋上，他觉得安全多了。因此他就开始穿衣服。

穿衣服的时候，他看到了袖管上的黑纱，他便想起昨天下午山岗拿着黑纱走进来。那时他还躺在床上。尽管头疼难忍，但他还是记得山岗很亲切地替他戴上了黑纱。他还记得自己当时怒气冲冲地向山岗吼叫，至于吼叫的内容他此刻已经忘了。再后来，山岗出去借了一辆劳动车，劳动车就停在院门外面。山岗抱着皮皮走出去他没看到，他只看到山岗走进来将他儿子从摇篮里抱了出去。他是在那个时候跟着出去的。然后他就跟着劳动车走了。他记得嫂嫂和妻子也跟着劳动车走了。那时候他刚刚感到头疼。他记得自己一路骂骂咧咧，但骂的都是阳光，那阳光都快使他站不住了。他在那条路上走了过去，又走了回来。路上似乎碰到很多熟人，但他一个都没有认真认出来。他们奇怪地围了上来，他们的说话声让他感到是一群麻雀在喳喳叫唤。他看到山岗在回答他们的问话。山岗那时候好像若无其事，但山岗那时候又很严肃。他们回来时已是傍晚了。那时候那两个孩子已经放进两只骨灰盒里了。他记得他很远就看到那个高耸入云的烟囱。然后走了很久，走过了一座桥，又走入了一个很大的院子，院子里满是青松翠柏。那时候刚好有一大群人哭哭啼啼走出来，他们哭哭啼啼走出来使他感到恶心。然后他站在一个大厅里了，大厅里只有他们四个人。因为只有四个人，所以那厅特别大，大得有点像广场。他在那里站了很久后，才听到一种非常熟悉的音乐，这音乐使他非常想睡觉。音乐过去之后他又不想睡了，这时山岗转过身来脸对着他，山岗说了几句话，他听懂了山岗的话，山岗是在说那两个孩子的事，他听到山岗在说："由于两桩不幸的事故。"他心里觉得很滑稽。很久以后，那时候天色已经黑下来了，他才回到现在的位置上。他在床上躺了下来，闭上眼睛以后觉得有很多蜜蜂飞到脑袋里来嗡嗡乱叫，而且整整叫了一个晚上。直到刚才醒来时才算消失，可他感到头痛难忍了。

现在他已经穿好了衣服，他正站到地上去时，看到山岗走了进来，于是他就重新坐在床上。他看到山岗亲切地朝自己微笑，山岗拖过来一把椅子也坐下，山岗和他挨得很近。

山岗起床以后先是走到厨房里。那时候两个女人已在里面忙早饭了。她们像往常一样默不作声，仿佛什么也没发生，或者说发生的一切已经十分遥远，远得已经走出了她们的记忆。山岗走进厨房是要揭开那锅盖，揭开以后他看到昨天的肉骨头已经烧烂了，一股香味洋溢而出。然后山岗满意地走出了厨房，那条小狗一直跟着他。昨天锅子里挣扎出来的香味使它叫个不停，它的叫声使山岗心里很踏实。现在它紧随在山岗后面，这又使山岗很放心。

山岗从厨房里出来以后就在餐桌旁坐了下来，他把狗放在膝盖上，对它说："待会儿就得请你帮忙了。"然后他眯起眼睛看着窗外，他在想是不是先让山峰吃了早饭。那条小狗在山岗腿上很安静。他那么想了一阵以后决定不让山峰吃早饭了。"早饭有什么意思。"他在心里对自己说。于是他就站起来，把狗放在地上，朝山峰的卧室走去，那条狗又跟在了后面。

山峰卧室的门虚掩着，山岗就推门而入，狗也跟了进去。他看到山峰神色疲倦地站在床前，头上绑着一根白布条。山峰看到他进来后就一屁股坐在了床上，那身体像是掉下去似的。山岗就拉过去一把椅子也坐下。在刚才推门而入的一瞬间，山岗就预感到接下去所有的一切都会非常顺利。那时他心里这样想："山峰完全垮了。"

他对山峰说："我把儿子交给你了，现在你拿谁来还？"

山峰怔怔地望了他很久，然后皱起眉头问："你的意思是？"

"很简单，"山岗说，"把你妻子交给我。"

山峰这时想到自己儿子已经死了，又想到皮皮也死了。他感到这两次死中间有某种东西。这种东西是什么他实在难以弄清，他实在太疲倦了。但是他知道这种东西联系着两个孩子的死去。

所以山峰说："可是我的儿子也死了。"

"那是另一桩事。"山岗果断地说。

山峰糊涂了。他觉得儿子的死似乎是属于另一桩事，似乎是与皮皮的死无关。而皮皮，他想起来了，是他一脚踢死的。可他为何要这样做？这又使他一时无法弄清。他不愿再这样想下去，这样想下去只会使他更加头晕目眩。他觉得山岗刚才说过一句什么话，他便问："你刚才说什么？"

"把你妻子交给我。"山岗回答。

山峰疲倦地将头靠在床栏上，他问："你怎样处置她？"

"我想把她绑在那棵树下。"山岗用手指了指窗外那棵树，"就绑一小时。"

山峰扭回头去看了一下，他感到树叶在阳光里闪闪发亮，使他受不了。他立刻扭回头来，又问山岗："以后呢？"

"没有以后了。"山岗说。

山峰说："好吧。"他想点点头，可没力气。接着他又补充道："还是绑我吧。"

山岗轻轻一笑，他知道结果会是这样，他问山峰："是不是先吃了早饭？"

"不想吃。"山峰说。

"那么就抓紧时间。"山岗说着站了起来。山峰也跟着站起来，他站起来时感到身体沉重得像是里面灌满了泥沙。他对山岗说："我觉得自己快要死了。"山岗回过头来说："你说得很有道理。"

两人走出房间后，山岗就走进了自己的卧室，他出来时手里拿着两根麻绳，他递给山峰，同时问："你觉得合适吗？"

山峰接过来后觉得麻绳很重，他就说："好像太重了。"

"绑在你身上就不会重了。"山岗说。

"也许是吧。"现在山峰能够点点头了。

然后两人走到了院子里，院子里的阳光太灿烂，山峰觉得天旋地转。他对山岗说："我站不住了。"

山岗朝前面那棵树一指说："你就坐到树荫下面去。"

"可是我觉得太远。"山峰说。

"很近。才两三米远。"山岗说着扶住山峰，将他扶到树荫下。然后将山峰的身体往下一压，山峰便倒了下去。山峰倒下去后身体刚好靠在树干上。

"现在舒服多了。"他说。

"等一下你会更舒服。"

"是吗?"山峰吃力地仰起脑袋看着山岗。

"等一下你会哈哈乱笑。"山岗说。

山峰疲倦地笑了笑,他说:"就让我坐着吧。"

"当然可以。"山岗回答。

接着山峰感到一根麻绳从他胸口绕了过去,然后是紧紧将他贴在树干上,他觉得呼吸都困难起来,他说:"太紧了。"

"你马上就会习惯的。"山岗说着将他上身捆绑完毕。

山峰觉得自己被什么包了起来。他对山岗说:"我好像穿了很多衣服。"

这时山岗已经进屋了。不一会他拿着一块木板和那只锅子出来,又来到了山峰身旁。那条小狗也跟了出来,在山峰身旁绕来绕去。

山峰对他说:"你摸摸我的额头。"

山岗便伸手摸了一下。

"很烫吧?"山峰问。

"是的。"山岗回答,"有四十度。"

"肯定有。"山峰吃力地表示同意。

这时山岗蹲下身去,将木板垫在山峰双腿下面,然后用另一根麻绳将木板和山峰的腿一起绑了起来。

"你在干什么?"山峰问。

"给你按摩。"山岗回答。

山峰就说:"你应该在太阳穴上按摩。"

"可以。"此刻山岗已将他的双腿捆结实了,便站起来用两个拇指在山峰太阳穴上按摩了几下,他问:"怎么样?"

"舒服多了,再来几下吧。"

山岗就往前站了站,接下去他开始认认真真替山峰按摩了。

山峰感到山岗的拇指在他太阳穴上有趣地扭动着,他觉得很愉快,这时他看到前面水泥地上有两摊红红的什么东西。他问山岗:"那是什么?"

山岗回答:"是皮皮的血迹。"

"那另一摊呢?"他似乎想起来其中一摊血迹不是皮皮的。

"也是皮皮的。"山岗说。

他觉得自己也许弄错了，所以他不再说话。过了一会他又说："山岗，你知道吗？"

"知道什么？"

"其实昨天我很害怕，踢死皮皮以后我就很害怕了。"

"你不会害怕的。"山岗说。

"不。"山峰摇摇头，"我很害怕，最害怕的时候是递给你菜刀。"

山岗停止了按摩，用手亲切地拍拍他的脸说："你不会害怕的。"

山峰听后微微笑了起来，他说："你不肯相信我。"

这时山岗已经蹲下身去脱山峰的袜子。

"你在干什么？"山峰问他。

"替你脱袜子。"山岗回答。

"干吗要脱袜子？"

这次山岗没有回答。他将山峰的袜子脱掉后，就揭开锅盖，往山峰脚心上涂烧烂了的肉骨头。那条小狗此刻闻到香味马上跑了过来。

"你在涂些什么？"山峰又问。

"清凉油。"山岗说。

"又错了。"山峰笑笑说，"你应该涂在太阳穴上。"

"好吧。"山岗用手将小狗推开，然后伸进锅子里抓了两把像扔烂泥似的扔到山峰两侧的太阳穴上。接着又盖上了锅盖，山峰的脸便花里胡哨了。

"你现在像个花花公子。"山岗说。

山峰感到什么东西正缓慢地在脸上流淌。"好像不是清凉油。"他说。接着他伸伸腿，可是和木板绑在一起的腿没法弯曲。他就说："我实在太累了。"

"你睡一下吧。"山岗说，"现在是七点半，到八点半我放开你。"

这时候那两个女人几乎同时出现在门口。山岗看到她们怔怔地站着。接着他听到一声令人毛骨悚然的嗷叫，他看到弟媳扑了上来，他的衣服被扯住了。他听到她在喊叫："你要干什么？"于是他说："与你无关。"

她愣了一下，接着又叫："你放开他。"

山岗轻轻一笑，他说："那你得先放开我。"当她松开手以后，他就用力一推，将她推到一旁摔倒在地了。然后山岗朝妻子看去，妻子仍然站在那里，他就朝她笑了笑，于是他看到妻子也朝自己笑了笑。

当他扭回头来时，那条小狗已向山峰的脚走去了。

山峰看到妻子从屋内扑了出来，他看到她身上像是装满电灯似的闪闪发亮，同时又像一条船似的摇摇晃晃。他似乎听到她在喊叫些什么，然后又看到山岗用手将她推倒在地。妻子摔倒时的模样很滑稽。接着他觉得脖子有些酸就微微扭回头来，于是他又看到刚才见过的那两摊血了。他看到两摊血相隔不远，都在阳光下闪闪烁烁，它们中间几滴血从各自的地方跑了出来，跑到一起了。这时候想起来了，他想起来另一摊血不是皮皮的，是他儿子的。他还想起来是皮皮将他儿子摔死的。于是他为何踢死皮皮的答案也找到了。他发现山岗是在欺骗他，所以他就对山岗叫了起来："你放开我！"可是山岗没有声音，他就再叫："你放开我。"

然而这时一股奇异的感觉从脚底慢慢升起，又往上面爬了过来，越爬越快，不一会就爬到胸口。他第三次喊叫还没出来，他就由不得自己将脑袋一缩，然后拼命地笑了起来。他要缩回腿，可腿没法弯曲，于是他只得将双腿上下摆动。身体尽管乱扭起来可一点也没有动。他的脑袋此刻摇得令人眼花缭乱。山峰的笑声像是两张铝片刮出来一样。

山岗这时的神色令人愉快，他对山峰说："你可真高兴啊。"随后他回头对妻子说："高兴得都有点让我妒忌了。"妻子没有望着他，她的眼睛正望着那条狗，小狗贪婪地用舌头舔着山峰赤裸的脚底。他发现妻子的神色和狗一样贪婪。接着他又去看弟媳，弟媳还坐在地上，她已经被山峰古怪的笑声弄糊涂了。她呆呆地望着狂笑的山峰，她因为莫名其妙都有点神志不清了。

现在山峰已经没有力气摆动双腿和摇晃脑袋了，他所有的力气都用在了脖子上，他脖子拉直了哈哈乱笑。狗舔脚底的奇痒使他笑得连呼吸的空隙都快没有了。

山岗一直亲切地看着他，现在山岗这样问他："什么事这么高兴？"

山峰回答他的是笑声，现在山峰的笑声里出现了打嗝。所以那笑声像一口一口从嘴中抖出来似的，每抖一口他都微微吸进一点氧气。那打嗝的声音有点像在操场里发出的哨子声，节奏鲜明嘹亮。

山岗于是又对站在门口的妻子说："这么高兴的人我从来没有见过。"而他妻子依然贪婪地看着小狗。他继续说："你高兴得连呼吸都不需要了。"然后他俯下身去问山峰："什么事这么高兴？"此刻的笑

声不再节奏鲜明，开始杂乱无章了。他就挺起身对弟媳说："他不肯告诉我。"山峰的妻子仍坐在地上，她脸上的神色让人感到她在远处。

这时候那条小狗缩回了舌头，它弓起身体抖了几下，然后似乎是心安理得地坐了下来。它的眼睛一会望望那双脚，一会望望山岗。

山岗看到山峰的脑袋奄拉了下去，但山峰仍在呼吸。山岗便说："现在可以告诉我了，什么事这么高兴。"可是山峰没有反应，他在挣扎着呼吸，他似乎奄奄一息了。于是山岗又走到那只锅子旁，揭开盖子往里抓了一把，又涂在山峰的脚底。那条狗立刻扑了上去继续舔了。

山峰这次不再哈哈大笑，他奄拉着脑袋"呜呜"地笑着，那声音像是深更半夜刮进胡同里来的风声。声音越拉越长，都快没有间隙了。然而不久之后山峰的脑袋突然昂起，那笑声像是爆炸似的疯狂地响了起来。这笑声持续了近一分钟，随后戛然而止。山峰的脑袋猛然摔了下去，摔在胸前像是挂在了那里。而那条狗则依然满足地舔着他的脚底。

山岗走上前，伸手托住山峰的下巴，他感到山峰的脑袋特别沉重。他将那脑袋托起来，看到了一张扭曲的脸。他那么看了一会才松开手，于是山峰的脑袋跌落下去，又挂在了胸前。山岗看了看表，才过去四十分钟。于是他转过身，朝屋内走去。他在屋门口站住了脚，他听到妻子这样问他："死了吗？"

"死了。"他答。

进屋后他在餐桌旁坐了下来，早餐像仪仗队似的在桌上迎候他，依旧由米粥油条组成。这时妻子也走了进来。妻子一直看着他，但妻子没在他旁边坐下，也没说什么。她脸上的神色让人觉得什么都没有发生。她走进了卧室。

山岗通过敞开的门，望着坐在地上死去的山峰。山峰的模样像是在打瞌睡。此刻有一条黑黑的影子向山峰爬去，不一会弟媳出现在了他的视线中。他看到她在山峰旁边站了很久，然后才俯下身去。他想她是在和山峰说话。过了一会他看到她直起身体，随后像不知所措似的东张西望。后来她的目光从门口进来了，一直来到他脸上。她那么看了一会后朝他走来。她一直走到他身旁，她皱着眉头看着他，似乎是在看着一件叫她烦恼的事。而后她才说："你把我丈夫杀了。"

山岗感到她的声音和山峰的笑声一样刺耳，他没有回答。

"你把我丈夫杀害了。"她又说。

"没有。"山岗这次回答了。

"你杀害了我的丈夫。"她咬牙切齿地说道。

"没有，"山岗说，"我只是把他绑上，并没有杀他。"

"是你！"她突然神经质地大叫一声。

山岗继续说："不是我，是那条狗。"

"我要去告你。"她开始流泪了。

"你那是诬告。"山岗说，"而且诬告有罪。"说完他轻轻一笑。

她似乎有些不知所措，她迷惑地望着山岗，很久后她才轻轻说："我要去告你。"然后她转身朝门外走去。

山岗看着她一步一步出去。她在山峰旁边站了一会，然后她抬起手去擦眼睛。山岗心想：她现在哭得像样一点了。接着她就走出了院门。

山岗的妻子这时从卧室走了出来。她手里提着一个塞得鼓鼓的黑包。她将黑包放在桌上，对山岗说："你的换洗衣服和所有的现钱都放在里面了。"

山岗似乎不明白她的意思，他望着她有些发怔。

因此她又说："你该逃走了。"

山岗这才点点头。接着他又看了看手表，八点半还差一分钟。于是他就说："再坐一分钟吧。"说完他继续望着坐在树下的山峰，山峰的模样仍然像是在打瞌睡。同时他感到妻子在他对面坐了下来。

他站起来时没有看表，他只是觉得差不多过去了一分钟。他走到了院子里。那时候那条小狗已将山峰的脚底舔干净了，它正在舔着山峰的太阳穴。山岗走到近旁用脚轻轻踢开小狗，随后蹲下去解开绑在山峰腿上的绳子，接着又解开了绑在他身上的绳子。此后他站起来往外走去。没走几步他听到身后有一声沉重的声响，他回头看到山峰的身体已经倒在了地上。于是他就走回去将山峰扶起来，仍然把他靠在树上。然后他才走出院门。

他走在那条胡同里。胡同里十分阴沉，像是要下雨了。可他抬起头来看到了灿烂的阳光。他觉得很奇怪。他一直往前走，他感到身旁有人在走来走去，那些人像是转得很慢的电扇叶子一样，在他身旁一闪一闪。

在走到那家渔行时，他站住了脚。里面有几个人在抽烟聊天。他对他们说："这腥味受不了。"可是他们谁也没有理睬他，所以他又说

了一遍。这次里面有人开口了，那人说："那你还站着干什么？"他听后依旧站着不走开。于是他们都笑了起来。他皱皱眉，又说："这腥味受不了。"说完还是站了一会。然后他感到有些无聊，便继续往前走了。

来到胡同口他开始犹豫不决，他没法决定往哪个方向走。那条大街就躺在眼前，街上乱七八糟。他看到人和自行车以及汽车手扶拖拉机还有手推车挤在一起像是买电影票一样乱哄哄。后来他看到一个鞋匠坐在一根电线杆下面在修鞋，于是他就走了过去。他默默地看了一阵后，就抬起自己脚上的皮鞋问鞋匠那皮质如何。鞋匠只是瞟了一眼就回答："一般。"这个回答显然没使他满意，所以他就告诉鞋匠那可是牛皮，可是鞋匠却告诉他那不是牛皮，不过是打光了的猪皮。这话使他大失所望，因此他便走开了。

他现在正往西走去。他走在人行道上，他对街上的自行车汽车什么的感到害怕。就是走在人行道上他也是小心翼翼，免得被人撞倒在地，像山峰一样再也爬不起来。走了没多久，他走到了一厕所旁，这时候他想小便了，便走了过去。里面有几个人站在小便池旁正痛痛快快地撒尿，他也挤了过去，将那玩意儿揪出来对准小便池。他那么站了很久，可他听到的都是别人小便的声音，他不知为何居然尿不出来。他两旁的人在不停地更换着，可他还那么站着。随后他才发现了什么，他对自己说："原来我不是来撒尿的。"然后他就走了出去，依然走在人行道上。但他忘了将那玩意儿放进去，所以那玩意儿露在外面，随着他走路的节奏正一颤一颤，十分得意。他一直那么走着。起先居然没人发现。后来走到影剧院旁时，才被几个迎面走来的年轻人看到了。他看到前面走来的几个年轻人突然像虾一样弯下了腰，接着又像山峰一样哈哈乱笑起来。他从他们中间走过去后，听到他们用一种断断续续又十分滑稽的声音在喊："快来看。"但他没在意，他继续往前走。然而他随即发现所有的人都在顷刻之间变了模样，都前仰后合或者东倒西歪了。一些女人像是遇上强盗一样避得远远的。他心里觉得很滑稽，于是就笑了起来。

他一直那么走着，后来他在一幢尚未竣工的建筑物前站住了脚，他朝这幢建筑物打量了好一阵，接着就走了进去。他感到里面很潮湿，但他很满意这个地方。里面有很多房间，都还没有装门。他挨个将这些房间审视一遍，随后决定走入其中一间。那是比较阴暗的一间。他走进去后就找了个角落坐了下来。他将身体靠在墙上，此刻他觉得可以心安理得地休息一下，因为他实在太疲倦。所以他闭上眼睛后马上就睡着了。

三小时以后他被人推醒，他看到几个武警站在他面前，其中一个人对他说："请你把那东西放进去。"

五

一个月以后，山岗被押上了一辆卡车，一伙荷枪的武警像是保护似的站在他周围。他看到四周的人像麻雀一样汇集过来，他们仰起脑袋看着他。而他则低下头去看他们，他感到他们的脸是画出来似的。这时前面那辆警车发出了西北风一样的呼叫后往前开了，可卡车只是放屁似的响了几声竟然不动了。那时候山岗心里已经明白。自从他在那幢建筑里被人叫醒后，他就在等着这一刻来到。现在终于来了。于是他就转过脸去对一个武警说："班长，请手脚干净点。"

那武警的眼睛看着前方，没去答理山岗。因此山岗将脸转向另一边，对另一个武警说："班长，求你一枪结束我吧。"这个武警也一样无动于衷。

山岗看到很多自行车像水一样往前面流去了。这时候卡车抖动了几下，然后他感到风呼呼地刮在他的两只耳朵上，而前面密集的自行车井然有序地闪向两旁。路旁伸出来的树叶有几次像巴掌一样打在他脸上。不久之后那一块杂草丛生的绿地出现在了他的视线中，他知道自己马上就要站在这块绿地的中央。和绿地同时出现的是那杂草丛生一般的人群。他还看到一辆救护车，救护车停在绿地附近。公路两旁已经挤满自行车了，自行车在那里东倒西歪。他感到救护车为他而来。他觉得他们也许要一枪把他打个半死之后，再用救护车送他去医院救活他。这样想着的时候，卡车又抖动了一下，他的胸肋狠狠地撞在车栏上，但他居然不疼。随后他感到有人把他拉了过去，于是他就转过身来。他看到几个武警跳下了卡车，他也被推着跳了下去。他跳下去跪在了地上，随后又被拖起。他感到自己被簇拥着朝前走去，他觉得自己被五花大绑的上身正在失去知觉。而他的双腿却莫名其妙地在摆动。他似乎看到很多东西，又似乎眼前什么也没有。在他朝前走去时，他开始神情恍惚起来。不一会他被几只手抓住，他没法往前再走，于

是他就站在那里。

他站在那里似乎有些莫名其妙。脚下长长的杂草伸进了他的裤管，于是他有了痒的感觉。他便低下头去看了看，可是他什么都没有看到。他只得把头重新抬起来，脸上出现了滑稽的笑容。慢慢地他开始听到嘈杂的人声，这声音使他发现四周像茅草一样遍地的人群。于是他如梦初醒般重又知道了自己的处境。他知道不一会就要脑袋开花了。

现在他想起来了，想起先前他常来这里。几乎每一次枪毙犯人他都挤在前排观瞧。可是站在这个位置上倒是第一次，所以现在的处境使他感到十分新奇。他用眼睛寻找他以前常站的位置，但是他竟然找不到了。而这时候他又突然想小便，他就对身旁的武警说："班长，我要尿尿了。"

"可以。"武警回答。

"请你替我把那东西拿出来。"他又说。

"就尿在裤子里吧。"武警说。

他感到四周的人在嬉皮笑脸，他不知道他们为何高兴成这样。他微微劈开双腿，开始愁眉苦脸起来。

过了一会武警问："好了没有？"

"尿不出来。"他痛苦地说。

"那就算了。"武警说。

他点点头表示同意。接着他开始朝远处眺望。他的目光从矮个的头上飘了过去，又从高个的耳沿上滑过，然后他看到了那条像静脉一样的柏油公路。这时他感到腿弯里被人蹬了一脚，他双腿一软跪在了地上。他没法看到那条静脉颜色的公路了。

一个武警在他身后举起了自动步枪，举起以后开始瞄准。接着"砰"地响了一声。

山岗的身体随着这一枪竟然翻了个筋斗，然后他惊恐万分地站起来，他朝四周的人问："我死了没有？"

没有人回答他，所有的人都在哈哈大笑，那笑声像雷阵雨一样向他倾泻而来。于是他就惊慌失措哇哇大哭起来，因为他不知道自己是死是活。他的耳朵被打掉了，血正畅流而出。他又问："我死了没有？"

这次有人回答他了，说："你还没死。"

山岗又惊又喜，他拼命地叫道："快送我去医院。"随后他感到腿弯里又挨了一脚，他又跪在了地上。他还没明白过来，第二枪又出现了。

第二枪打进了山岗的后脑勺，这次山岗没翻筋斗，而是脑袋沉重地撞在了地上，脑袋将他的屁股高高支起。他仍然没有死，他的屁股像是受寒似的抖个不停。

那武警上前走了一步，将枪口贴在山岗的脑袋上，打出了第三枪，像是有人往山岗腹部踢了一脚，山岗一翻身仰躺在地了。他被绑着的双手压在下面，他的双腿则弯曲了起来，随后一松也躺在了地上。

六

这天早晨山岗的妻子看到一个人走了进来，这人只有半个脑袋。那时刚刚进入黎明。她记得自己将门锁得很好，可他进来时却让她感到门是敞开的。尽管他只有半个脑袋，但她还是一眼认出他就是山岗。

"我被释放了。"山岗说。

他的声音嗡嗡的，于是她就问："你感冒了？"

"也许是吧。"他回答。

她想起抽屉里有速效感冒胶囊，她就问他是否需要。

他摇摇头，说他没有感冒，他身体很好，只是半个脑袋没有了。

她问他那半个脑袋是不是让一颗子弹打掉的。他回答说记不起来了。然后他就在一把椅子里坐了下来。坐下后他说饿了，要她给一点零钱买早点吃。她就拿了半斤粮票和一元钱给他。他接过钱以后便站起来走了。他走出去时没有随手关门，于是她就去关门，可发现门关得很严实。她并没有感到惊奇，她脱掉衣服上床去睡觉了。

那个时候胡同里响起了单纯的脚步声，是一个人在往胡同口走去。她是在这个时候醒过来的，这时候黎明刚刚来临，她看到房间里正在明亮起来。四周很静，因此她清楚地听着那声音似乎是从她梦里走出去的脚步声。她觉得这脚步声似乎是从她梦里走出去的，然后又走出了这所房子，现在快要走出胡同了。

她开始穿衣服，脚步声是她穿好衣服时消失的。于是她走到窗前，拉开窗帘后阳光便涌进来，阳光这时候还是鲜红的。不久以后就会变成肝炎那种黄色。她叠好被子后就坐在梳妆台前，她看看镜中自己的脸，她感到索然无味。因此她站起身走出了卧室。在外间她看到山峰的妻子已在那里吃早饭了。于是她就走进厨房准备自己的早饭。她点燃煤气灶后，就站在一旁刷牙洗脸。

五分钟以后，她端着自己的早饭走了出来，在弟媳对面坐下，然后默不作声地吃了起来。那时候弟媳却站起身走入厨房，她吃完了。她听到弟媳在厨房里洗碗时发出很响的声音。不一会弟媳就走出来了，走进了卧室。然后又从卧室里走出，锁上门以后她就往外走了。

她继续吃着早饭，吃得很艰难，她一点胃口也没有。她眼睛便望着窗外那棵树上，那棵树此刻看去像是塑料制成的。她一直看着。后来她想起了什么，她将目光收回来在屋内打量起来。她想起已有很多日子没有见到婆婆了。她的目光停留在婆婆卧室的门上。但是不久之后她就将目光移开，继续又看门外那棵树。

在山峰死去的第六天早晨，老太太也溘然长逝。那天早晨她醒来时感到一阵异样的兴奋。她甚至能够感到那种兴奋如何在她体内流动。而同时她又感到自己的身体正在局部地死去。她明显地觉得脚指头是最先死去的，然后是整双脚，接着又伸延到腿上。她感到脚的死去像冰雪一样无声无息。死亡在她腹部逗留了片刻，以后就像潮水一样涌过了腰际，涌过腰际后死亡就肆无忌惮地蔓延开来。这时她感到双手离她远去了，脑袋仿佛正被一条小狗一口一口咬去。最后只剩下心脏了，可死亡已经包围了心脏，像是无数蚂蚁似的从四周爬向心脏。她觉得心脏有些痒滋滋的。这时她睁开的眼睛看到有无数光芒透过窗帘向她奔涌过来，她不禁微微一笑，于是这笑容像是相片一样固定了下来。

山峰的妻子显然知道这天早晨发生了一些什么，所以她很早就起床了。现在她已经走出了胡同，她走在大街上。这时候阳光开始黄起来了。她很明白自己该去什么地方。她朝天宁寺走去，因为在天宁寺的旁边就是拘留所。这天早晨山岗被人从里面押出来。

她在街上走着的时候，就听到有人在议论山岗。而且很多人显然和她一样往那里走去。这镇上已有一年多时间没枪毙人了，今天这日子便显得与众不同。

一个月以来，她常去法院询问山岗的案子，她自称是山岗的妻子（尽管一个月前她作为原告的身份是山峰的妻子，但是谁也没有注意到这一点）。直到前天他们才告诉她今天这种结果。她很满意，她告诉他们，她愿将山岗的尸体献给国家。法院的人听了这话并不兴高采烈，但他们表示接受。她知道医生们会兴高采烈的。她在街上走着的时候，脑子里已经开始想象着医生们如何瓜分山岗，因此她的嘴角始终挂着微笑。

七

在这间即将拆除的房屋中央，一只一千瓦的电灯悬挂着。此刻灯亮着，光芒辉煌四射。电灯下面是两张乒乓桌，已经破旧。乒乓桌下面是泥地。几个来自上海和杭州的医生此时站在门口聊天，他们在等着那辆救护车来到。那时候他们就有事可干了。

现在他们显得悠闲自在。在不远处有一口池塘，池塘水面上漂着水草，而池塘四周则杨柳环绕。池塘旁边是一片金黄灿烂的菜花地。在这种地方聊天自然悠闲自在。

救护车此刻在那条泥路上驶来了，车子后面扬起了如帐篷一般的灰尘。救护车一直驰到医生们身旁才停车。于是医生们就转过脸去看了看。车后门打开后，一个人跳了下来，那人跳下来后立刻转身从车内拖出了两条腿，接着身体也出现了。另一个人抓住山岗的两条胳膊也跳下了车。这两人像是提着麻袋一样提着山岗进屋了。

医生们则继续站在门口聊天，他们仿佛对山岗不感兴趣，他们感兴趣的是刚才的话题，刚才的话题是有关物价。进去的两个人这时走了出来。这两人常去镇上医院卖血。现在他们还不能走，他们还有事要干，待会儿他们还要挖个坑把山岗扔进去埋掉。那时的山岗由一些脂肪和肌肉以及头发牙齿这一类医生不要的东西组成。所以他们走到池塘旁坐了下来。他们对今天的差使很满意，因为不久之后他们就会从某一个人手中接过钱来，然后放入自己的口袋。

医生们又在门口站了一会，然后才一个一个走了进去，走到各自带来的大包旁。他们开始换衣服了，换上手术服，戴上手术帽和口罩，最后戴上了手术手套。接着开始整理各自的手术器械。

山岗此刻仰躺在乒乓桌上，他的衣服已被刚才那两个人剥去。他赤裸裸的身体在一千瓦的灯光下像是涂上了油彩，闪闪烁烁。

首先准备完毕的一个男医生走了过去，他没带手术器械，他是来取山岗的骨骼的，他要等别人将山岗的皮剥去，将山岗的身体掏空后，才上去取骨骼。所以他走过去时显得漫不经心。他打量了一下山岗，

然后伸手去捏捏山岗的胳膊和小腿，接着转回身对同行们说："他很结实。"

来自上海的那个三十来岁的女医生穿着高跟鞋第二个朝山岗走去。因为下面的泥地凹凸不平，她走过去时臀部扭得有些夸张。她走到山岗的右侧。她没有捏他的胳膊，而是用手摸了摸山岗的皮肤，她转过头对那男医生说："不错。"

然后她拿起解剖刀，从山岗颈下的胸骨上凹一刀切进去，然后往下切一直切到腹下。这一刀切得笔直，使得站在一旁的男医生赞叹不已。于是她就说："我在中学学几何时从不用尺画线。"那长长的切口像是瓜一样裂了开来，里面的脂肪便炫耀出了金黄的色彩，脂肪里均匀地分布着小红点。接着她拿起像宝剑一样的尸体解剖刀从切口插入皮下，用力地上下游离起来。不一会山岗胸腹的皮肤已经脱离了身体像是一块布一样盖在上面。她又拿起解剖刀去取山岗两条胳膊的皮了。她从肩峰下刀一直切到手背。随后去切腿，从腹下髂前上棘向下切到脚背。切完后再用尸体解剖刀插入切口上下游离。游离完毕她休息了片刻。然后对身旁的男医生说："请把他翻过来。"那男医生便将山岗翻了个身。于是她又在山岗的背上划了一条直线，再用尸体解剖刀游离。此刻山岗的形象好似从头到脚披着几块布条一样。她放下尸体解剖刀，拿起解剖刀切断皮肤的联结，于是山岗的皮肤被她像捡破烂似的一块一块捡了起来。背面的皮肤取下后，又将山岗重新翻过来，不一会山岗正面的皮肤也荡然无存。

失去了皮肤的包围，那些金黄的脂肪便松散开来。首先是像棉花一样微微鼓起，接着开始流动了，像是泥浆一样四散开去。于是医生们仿佛看到了刚才在门口所见的阳光下的菜花地。

女医生抱着山岗的皮肤走到乒乓桌的一角，将皮一张一张摊开刮了起来，她用尸体解剖刀像是刷衣服似的刮着皮肤上的脂肪组织，发出的声音如同车轮陷在沙子里无可奈何地叫唤。

几天以后山岗的皮肤便覆盖在一个大面积烧伤了的患者身上，可是才过三天就液化坏死，于是山岗的皮肤就被扔进了污物桶，后又被倒入那家医院的厕所。

这时站在一旁的几个医生全上去了。没在右边挤上位置的两个人走到了左侧，可在左侧够不到，于是这两人就爬到乒乓桌上去，蹲在桌上瓜分山岗，那个胸外科医生在山岗胸筋交间处两边切断软骨，将左右胸腔打开，于是肺便暴露出来，而在腹部的医生只是刮除了脂肪组织和切除肌肉后，他们需要的胃、肝、肾脏便历历在目了。眼科医生此刻已经取出了山岗一只眼球。口腔科医生用手术剪刀将山岗的脸和嘴剪得稀烂后，上颌骨和下颌骨全部出现。但是他发现上颌骨被一颗子弹打坏了。这使他沮丧不已，他便嘟哝了一句："为什么不把眼睛打坏。"子弹只要稍稍偏上，上颌骨就会安然无恙，但是眼睛要倒霉了。正在取山岗第二只眼球的医生听了这话不禁微微一笑，他告诉口腔科医生那执刑的武警也许是某一个眼科医生的儿子。他此刻显得非常得意。当他取出第二只眼球离开时，看到口腔科医生正用手术锯子卖力地锯着下颌骨，于是他就对他说："木匠，再见了。"眼科医生第一个离开，他要在当天下午赶回杭州，并在当天晚上给一个患者进行角膜移植。这时那女医生也将皮肤刮净了。她把皮肤像衣服一样叠起来后，也离开了。

胸外科医生已将肺取出来了，接下去他非常舒畅地切断了山岗的肺动脉和肺静脉，又切断了心脏主动脉，以及所有从心脏里出来的血管和神经。他切着的时候感到十分痛快。因为给活人动手术时他得小心翼翼地避开它们，给活人动手术他感到压抑。现在他大手大脚地干，干得兴高采烈。他对身旁的医生说："我觉得自己是在挥霍。"这话使旁边的医生感到妙不可言。

那个泌尿科医生因为没挤上位置所以在旁边转悠，他的口罩有个"尿"字。尿医生看着他们在乒乓桌上穷折腾，不禁忧心忡忡起来，他一遍一遍地告诫在山岗腹部折腾的医生，他说："你们可别把我的睾丸搞坏了。"

山岗的胸膛首先被掏空了，接着腹腔也掏空了。一年之后在某地某一个人体知识展览上，山岗的胃和肝以及肺分别浸在福尔马林中供人观赏。他的心脏和肾脏都被做了移植。心脏移植没有成功，那患者死在手术台上。肾脏移植却极为成功，患者已经活了一年多了，看样子还能再凑合着活下去。但是患者却牢骚满腹，他抱怨移植肾脏太贵，因为他已经花了三万元钱了。

现在屋子里只剩下三个医生了。尿医生发现他的睾丸完好无损后，就心安理得地将睾丸切除下来。口腔科医生还在锯下颌骨，但他也已经胜利在望。那个取骨骼的医生则仍在一旁转悠，于是尿医生就提醒他："你可以开始了。"但他却说："不急。"

　　口腔科医生和泌尿科医生是同时出去的，他们手里各自拿着下颌骨和睾丸。他们接下去要干的也一样都是移植。口腔科医生将一个活人的下颌骨锯下来，再把山岗的下颌骨装进去。对这种移植他具有绝对的信心。山岗身上最得意的应该是睾丸了。尿医生将他的睾丸移植在一个因车祸而睾丸被碾碎的年轻人身上。不久之后年轻人居然结婚了，而且他妻子立刻就怀孕，十个月后生下一个十分壮实的儿子。这一点山峰的妻子万万没有想到，因为是她成全了山岗，山岗后继有人了。

　　他等到他们拿着下颌骨和睾丸出去后，他才开始动手。他先从山岗的脚下手，从那里开始一点一点切除骨骼上的肌肉与筋膜组织。他将切除物整齐地堆在一旁。他的工作是缓慢的，但他有足够的耐心去对付。当他的工作发展到大腿时，他捏捏山岗腿上粗鲁的肌肉对山岗说："尽管你很结实，但我把你的骨骼放在我们教研室时，你就会显得弱不禁风。"

一九八七年九月二十九日

世事如烟

第一节

一

　　窗外滴着春天最初的眼泪，7 卧床不起已经几日了。他是在儿子五岁生日时病倒的，起先还能走着去看中医，此后就只能由妻子搀扶，再此后便终日卧床。眼看着 7 一天比一天憔悴下去，作为妻子的心中出现了一张像白纸一样的脸，和五根像白色粉笔一样的手指。算命先生的形象坐落在几条贯穿起来后出现的街道的一隅，在那充满阴影的屋子里，算命先生的头发散发着绿色的荧荧之光。在这一刻里，她第一次感到应该将丈夫从那几个精神饱满的中医手中取回，然后去交给苍白的算命先生。她望着窗玻璃上呈爆炸状流动的水珠，水珠的形态令她感到窗玻璃正在四分五裂。这不吉的景物似乎是在暗示着 7 的命运结局。所以儿子站在窗下的头颅在她眼中恍若一片乌云。

　　在病倒的那天晚上，7 清晰地听到了隔壁 4 的梦语。4 是一个十六岁的女孩，她的梦语如一阵阵从江面上吹过的风。随着 7 病情的日趋严重，4 的梦语也日趋强烈起来。因此黑夜降临后 4 的梦语，使 7 的内心感到十分温暖。然而六十多岁的 3 却使 7 躁动不安。7 一病不起以后，无眠之夜来临了。他在聆听 4 如风吹皱水面般的梦语的同时，他无法拒绝 3 与她孙儿同床共卧的古怪之声。3 的孙儿已是一个十九岁的粗壮男子了，可依旧与他祖母同床。他可以想象出祖孙二人在床上的睡态，那便是他和妻子的睡态。这个想象来源于那一系列的古怪之声。

　　有一只鸟在雨的远处飞来，7 听到了鸟的鸣叫。鸟鸣使 7 感到十

分空洞。然后鸟又飞走了。一条湿漉漉的街道出现在7虚幻的目光里，恍若五岁的儿子留在袖管上一道亮晶晶的鼻涕痕迹。一个瞎子坐在一块大石头上，他清秀的脸上有着点点雀斑。他知道很多已经发生和正在发生的事，所以他的沉默是异常丰富的。算命先生的儿子在这条街上走过，他像一根竹竿一样走过了瞎子的身旁。一个灰衣女人的身影局部地出现在某一扇玻璃窗上，司机驾驶着一辆蓝颜色的卡车从那里疾驰而过，溅起的泥浆扑向那扇玻璃窗和里面的灰衣女人。6迈着跳蚤似的脚步出现在一个胡同口，他赶着一群少女就像赶着一群鸭子。2嘴里叼着烟走来，他不小心滑了一下，但是没有摔倒。一个少女死了，她的尸体躺在泥土之上。一个少女疯了，她的身体变得飘忽了。算命先生始终坐在那间昏暗的屋子里，好像所有一切都在他意料之中。一条狭窄的江在烟雾里流淌着刷刷的声音，岸边的一株桃树正在盛开着鲜艳的粉红色。7坐在一条小舟之中，在江面上像一片枯叶似的漂浮，他听到江水里有弦乐之声。

这时候7的妻子听到接生婆和4的父亲的对话，对话中间有着滴滴答答的水声。她转过身来注视着7，发现他的两只眼睛如同灌满泥浆，没有一丝光泽。然而他的两只耳朵却精神抖擞地耸在那里，她看到7的耳朵十分隐蔽地跳动着。

怕是鬼魂附身了。接生婆说。

我也这么担心。4的父亲对女儿的梦语表现得忧心忡忡。

去找找算命先生吧。接生婆建议。

二

司机在这天早晨醒来时十分疲倦，这种疲倦使他感到浑身潮湿。深夜在他枕边产生的那个梦，现在笼罩着他的情绪。他躺在床上听着母亲和4的父亲的对话，他们的声音往来于雨中，所以在司机听来那声音拖着一串串滴滴答答的响声。他们是在谈论着算命先生，已年近九十的算命先生为何长寿。算命先生的五个子女已经死去四个，子女的早殁，做父亲的必会长寿。他们的对话使司机觉得心里有一块泥土。司机眼前仿佛出现了算命先生第五个儿子的形象，那个五十多岁仍然独身的瘦长男子，心事重重地走在街道上，他拖着一条像竹竿一样的影子。母亲走进屋来了。她走到儿子卧室的门口，朝他看了一下。作为接生婆的母亲有时也能释梦。但司机并没有立即将这个梦告诉她。

他是在起床以后，而且又吃了早餐，然后才郑重其事地将梦向母亲叙述。

那时候母亲十分安详地坐在远离窗户的一把椅子里，因此她的身上没有那类夸张的光亮。儿子向她走来时，她脸上出现了会意的微笑。

你有什么事要告诉我？她这样说。

我梦见了一个灰衣女人。他开始了他的叙述。我那时正将卡车驰到一条盘山公路上，我看到了那个灰衣女人，她没有躲让，我也没有刹车，然后卡车就从她身上过去了。

接生婆感到这个梦过于复杂，她告诉儿子：

如果你梦见了狗，我会告诉你要失财了；如果你梦见了火，我会告诉你要进财了；如果你梦见了棺材，我会告诉你要升官了。

但是这个梦使接生婆感到为难，因为在这个梦里缺乏她所需要的那种有明确暗示的景与物。尽管她再三希望儿子能够提供这些东西。可是司机告诉她除了他已经说过的，别的什么也没有。所以接生婆只好坦率地承认自己无力破释此梦。但她还是明显地感到了这个梦里有一种先兆。她对儿子说：

去问问算命先生吧。

三

司机随母亲走出了家门，两把黑伞在雨中舒展开来。瘦小的母亲走在前面，使儿子心里涌上一股怜悯之意。这时候4出现在门口，她似乎已经知道自己每晚梦语不止，而且还知道这梦语给院中所有人家都笼罩上了什么，所以她脸上的神色与她那黑色长裤一样阴沉，然而她却背着一只鲜艳的红色书包。司机觉得她异常美丽。但是3的孙儿的目光破坏了司机对她的注视，尽管司机知道他的目光并不意味着什么，可是司机无法忍受他的目光对自己的搜查。司机想起了他与他祖母那一层神秘的关系。司机的目光从4脸上匆忙移开以后，又从7的窗户上飘过，他隐约看到7的妻子坐在床沿上的一团黑影。然后司机走到了院外。他听到4在身后的脚步声，在那清脆的声音里，司机感到走在前面的母亲的脚步就显得迟钝了。

瞎子坐在那条湿漉漉的街道上，绵绵阴雨使他和那条街道一样湿漉漉。二十多年前，他被遗弃在一个名叫半路的地方，二十多年后，他坐在了这里。就在近旁有一所中学，瞎子坐到这里来是因为能够听

到那些女中学生动人的声音，她们的声音使他感到心中有一股泉水在流淌。瞎子住在城南的一所养老院里，他和一个傻子一个酒鬼住在一起，酒鬼将年轻时的放荡经历全部告诉了瞎子，他告诉他手触摸女人肌肤上的感觉，就像手放在面粉上的感觉一样。后来，瞎子就坐到这里来了。但起先瞎子并不是每日都来这里，只是有一日他听了4的声音以后，他才日日坐到这里。那似乎已是很久以前的事了，那时候有好几个女学生的声音从他身旁经过，他在那里面第一次听到4的声音。4只是十分平常地说了一句很短的话，但是她的声音却像一股风一样吹入了瞎子的内心，那声音像水果一样甘美，向瞎子飘来时仿佛滴下了几颗水珠。4的突出的声音在瞎子的心上留下了一道很难消失的瘢痕。瞎子便日日坐到这里来了，瞎子每次听到4的声音时都将颤抖不已。可是最近一些日子瞎子不再听到4的声音了。司机和接生婆从他身旁经过时，他听到了雨鞋踩进水中水珠四溅的声音，根据雨鞋的声响，他准确地判断出他们走去的方向。可是4紧接着从他身旁走过时，他却并不知道在这个人的嗓子里有着他日夜期待的声音。

司机是第一次来到算命先生的住所，他收起雨伞，像母亲那样搁在地上。然后他们通过长长的走道，走入了算命先生的小屋。首先进入司机视线的是五只凶狠的公鸡，然后司机看到了一个灰衣女人的背影。那女人现在站起来并且转身朝他走来，这使司机不由一怔。灰衣女人迅速从他身旁经过，深夜的那个梦此刻清晰地再现了。他奇怪母亲竟然对刚才这一幕毫不在意。他听到母亲将那个梦告诉了算命先生。算命先生并不立即作出回答，他向接生婆要了司机的生辰八字，经过一番喃喃低语后，算命先生告诉接生婆：

你儿子现在一只脚还在生处，另一只脚踩进死里了。

司机听到母亲问：

怎样才能抽出那只脚？

无法抽回了。算命先生回答。但是可以防止另一只脚也踩进死里。

算命先生说：在路上凡遇上穿灰衣的女人，都要立刻将卡车停下来。

司机看到母亲的右手插入了口袋，然后取出一元钱递了过去，放在算命先生的手里。他看到算命先生的手像肌肉皮肤消失以后剩下的白骨。

四

司机梦境中的灰衣女人，在算命先生住所出现的两日后再次出现。

那时候司机驾驶着蓝颜色的卡车在盘山公路上，是临近黄昏的时候。他通过敞开的车窗玻璃，居高临下地看着这座小城。小城如同一堆破碎的砖瓦堆在那里。

灰衣女人是在这个时候出现的，她沿着公路往下走去，山上的风使她的衣服改变了原有的形状。

因为阴天的缘故，司机没有一下子辨认出她身上衣服的颜色。虽然很远他就发现了她，但是那件衣服仿佛是藏青色的，所以他没有引起警惕。直到卡车接近灰衣女人时，司机才蓦然醒悟，当他踩住刹车时，卡车已经超过了灰衣女人。

然而当司机跳下卡车时，灰衣女人从卡车的右侧飘然出现，司机感到一切都没有发生。同时他一眼认出眼前这个灰衣女人，正是两日前在算命先生处所遇到的。尽管风将她的头发吹得很乱，却没有吹散她脸上阴沉的神色，她朝司机迎面走来，使司机感到自己似乎正置身于算命先生的小屋之中。

司机伸出双手拦住她，他告诉她，他愿意出二十元钱买下她身上的灰色上衣。

司机的举动使她感到奇怪，所以她怔怔地看了他很久。然而当司机递过二十元钱时，她还是脱下了最多只值五元的灰色上衣。灰衣女人脱下上衣以后，里面一件黑色的毛衣就暴露无遗了。

司机接过衣服时感到衣服十分冰冷，恍若是从死人身上刚刚剥下的。这个感觉使他的某种预兆得以证实。他将衣服铺在卡车右侧的前轮下面，然后上车发动了汽车，他看了一眼此刻站在路旁的女人，她正疑惑地望着他。卡车车轮就从衣服上面碾了过去。女人一闪消失了。但司机又立刻在反光镜中找到了她，她在反光镜中的形象显得很肥胖，她的形象越来越小，最后没有了。然而直到卡车驰入小城时，司机仍然没能在脑中摆脱她——她穿着那件灰色上衣在公路上有点飘动似的走着。但是司机已经心安理得，那件灰色上衣已经替他承受了灾难。

第二节

一

6 在那个阴雨之晨，依然像往常那样起床很早，他要去江边钓鱼。还在他第一个女儿出生时，他就有了这个习惯。他妻子为他生下第七个女儿后便魂归西天。他很难忘记妻子在临死前脸上的神色，那神色里有着明显的嫉妒。多年之后，他的七个女儿已经不再成为累赘，已经变为财富。这时候他再回想妻子临死时的神态时，似乎有所领悟了。他以每个三千元的代价将前面六个女儿卖到了天南海北。卖出去的女儿中只有三女儿曾来过一封信，那是一封诉说苦难和怀念以往的信，信的末尾她这样写道：

> 看来我不会活得太久了。

6 十分吃力地读完这封信，然后就十分随便地将信往桌子上一扔。后来这封信就消失了。6 也没有去寻找，他在读完信的同时，就将此信彻底遗忘。事实上那封信一直被 6 的第七个女儿收藏着。

在 6 起床的时候，他女儿也醒了。这个才十六岁的少女近来噩梦缠身，一个身穿羊皮夹克的男子屡屡在她梦中出现。那个男子总是张牙舞爪地向她走来，当他抓住她的手时，她感到无力反抗。这个身穿羊皮夹克的男子，她在现实里见到过六次，每次他离开时，她便有一个姐姐从此消失。如今他屡屡出现在她的梦中，一种不祥的预兆便笼罩了她。显然她从三姐的信中看到了自己的以后，而且这个以后正一日近似一日地来到她身旁。在那以后的岁月里，她看到自己被那个羊皮夹克拖着行走在一片茫茫之中。

她听到父亲起床时踢倒了一只凳子，然后父亲拖着拖鞋吧嗒吧嗒地走出了卧室，她知道他正走向那扇门，门角落里放着他的鱼竿。他咳嗽着走出了家门，那声音像是一场阵雨。咳嗽声在渐渐远去，然而咳嗽声远去以后并没有在她耳边消失。

6 来到户外时，天色依旧漆黑一片，街上只有几只昏暗的路灯，蒙蒙细雨从浅青色的灯光里潇潇飘落，仿佛是很多萤火虫在倾泻下来。

他来到江边时，江水在黑色里流动，泛出了点点光亮，蒙蒙细雨使他感到四周都在一片烟雾笼罩下。借着街道那边隐约飘来的亮光，他发现江岸上已经坐着两个垂钓的人。那两人紧挨在一起，看去如同是连接在一起。他心里感到很奇怪，竟然还有人比他更早来这里。然后他就在往常坐的那块石头上坐了下来，这时候他感到身上正在一阵阵发冷，仿佛从那两个人身上正升起一股冰冷的风向他吹来。他将鱼钩甩入江中以后，就侧过脸去打量那两个人。他发现他们总是不一会工夫就同时从江水里钓上来两条鱼，而且竟然是无声无息，没有鱼的挣扎声也没有江水的破裂声。接下去他发现他们又总是同时将钓上来的鱼吃下去。他看到他们的手伸出去抓住了鱼，然后放到了嘴边。鱼的鳞片在黑暗里闪烁着微弱的亮光，他看着他们怎样迅速地把那些亮光吃下去。同样也是无声无息。这情形一直持续了很久。后来天色微微亮起来，于是他看清了那两人手中的鱼竿没有鱼钩和鱼浮，也没有线，不过是两根长长的类似竹竿的东西。接着他又看清了那两个人没有腿，所以他们并不是坐在江岸上，而是站在那里。他们的脸上无法看清，他似乎感到他们的脸的正面与反面并无多大区别。这个时候他听到了远处有一只公鸡啼叫的声音，声音来到时，6看到那两人一齐跳入了江中，江水四溅开来，却没有多大声响。此后一切如同以往。

二

灰衣女人这天一早去见算命先生，是因为她女儿婚后五年仍不怀孕。于是她怀疑女儿的生辰八字是否与女婿的有所冲突。这种想法在她心里已经埋藏很久了，直到这一日她才决定去请教算命先生。所以天一亮她就出门了。她在胡同口遇到6，那时6从江边回来。她从6的眼睛里恍恍惚惚地看到了一种粉红色。6从她的身边走过时，她感到自己的衣服微微掀动了一下。她不由回头看了他一眼，6的背影使她心里产生了沉重之感。这种感觉在她行走时似乎加重了。阴沉的雨天使她的呼吸像是屋檐的滴水一样缓慢。不久之后，瞎子出现在她面前，瞎子是坐在算命先生居住处的街口。那时候有一群上学的女孩子从这里经过，她们像一群麻雀一样喳喳叫着，她们的声音在这雨天里显得鲜艳无比。灰衣女人看到瞎子此刻的脸上有一种不可思议的紧张。在她的记忆深处，瞎子已经坐在了这里，但她无法判断瞎子端坐在此已有多少时日，只是依稀感到已经很久远。

在走入算命先生住所时，一个瘦长的男子迎面而来，她不用侧身，此人便顺利地通过了狭窄的门。她一眼认出这个五十来岁的男子正是算命先生最小的儿子。她又回头望去，那男子瘦长的身体在街上行走时似乎更像是一个影子。

然后她才来到了算命先生的小屋，年近九十的算命先生似乎已经知道了她的来意，他那张惨白的脸上露出的笑意使她感到了这一点。这时那五只公鸡突然凶狠地啼叫了起来，公鸡的啼叫声十分尖利。公鸡和刚才门口所遇的瘦子联系起来以后，使灰衣女人想起了很多有关算命先生的传说。

灰衣女人将自己的来意如实告诉了算命先生，她听到自己的声音在小屋里回响时十分沉闷。

算命先生在掌握灰衣女人的女儿与女婿的生辰八字以后，明确告诉她，他们是天生的一对，在命上不存在任何冲突。

可是已经五年了。灰衣女人提醒他。

算命先生对此表示爱莫能助，但他还是指点了灰衣女人，让她将此事去拜托城外那座寺庙里的送子观音，他说也许观音会托梦给她的，让她得知其中因由。

灰衣女人是在这时起身的，那时司机和他的母亲刚刚来到，她没有注意他们，所以也就无法知道自己已被司机深深地注意上了。

按照算命先生的指点，灰衣女人在离开以后没有回家，直接去了城外那座在山腰上的寺庙。她在那里磕拜了庞大的金光闪闪的送子观音，又烧了几炷香，然后才回到家中。整个一天她都心神不定，总算等到了天黑，于是她上床睡去。翌日凌晨醒来时，果然记忆起一梦，那梦很模糊，仿佛发生在那座寺庙里。送子观音在梦中的模样不是金光闪闪，似乎很灰暗，那座寺庙让她感到很空洞，送子观音那悬挂笑容的嘴没有动，但她听到一个宽阔的声音在飘落下来：能否生育要问街上人。灰衣女人是在这个时候醒来的，她完整地回想出了这个梦，所以她立刻起床，没有梳妆就来到了胡同外的街上。

那时候天还没有明亮，只是东方有一片红色正逗留在某一个山顶上，很像是嘴唇，街上已经有隐隐约约的脚步声了，但她没有看到人。很久以后，三个挑担的男子在模糊中朝她走来，她便迎了上去。因为担子的沉重，还在远处她就听到了扁担嘎吱嘎吱的声响。她走到近前，看到第一个担子是苹果，第二个担子是香蕉，第三个担子却是橘子。

她觉得只有橘子才会有籽，因此就走到了第三个男子面前，那是一个三十来岁的壮实汉子，在他宽阔的脸上有汗珠在滚动。然后他们之间发生了一次对话。

灰衣女人问：卖不卖？

男子回答：卖。

是有籽的吧？她问。

无籽。男子说。

这个回答使灰衣女人蓦然一怔，良久之后，她才在心中对自己说，看来是天绝女儿了。于是灰衣女人算是明白了女儿婚后五年不孕的因由所在。

三

灰衣女人在得到无籽蜜橘的暗示以后，经历了两个白天一个夜晚的深深失望。然而当第二个夜晚来临前，她心里又死灰复燃。因此她再次去了城外的那座寺庙，她在离开寺庙走在下山的公路上时，她遇到了司机。司机的古怪行为使她疑惑不解。尽管如此，她还是脱下外衣给了他。然而在接过那二十元钱时，她手上产生了虚假的感觉。但是通过眼睛的判断，她就对这二十元钱确信无疑了。然后她看着司机弯下腰将她的衣服垫在车轮下，又看着他上车开动汽车。那时司机望了她一眼，司机的目光很刺人。汽车发出一阵沉闷的声响以后就驰走了。卡车没有扬起什么灰尘，卡车驰走时显得很干净。然后她才低下头去看自己的外衣，外衣趴在地上，上面有车轮碾过的痕迹。外衣的模样很可怜，仿佛已经死去。她走上几步捡起了它，仍然是先前的那件外衣。似乎刚才的一切都没有发生，似乎是她刚从床上坐起来，从旁边的凳子上拿过外衣。她就这样又重新穿在了身上，接着往前走。那时卡车已经驰下盘山公路了，就要进入小城。她在山上看着卡车，觉得它很像一只昨天爬在她腿上的褐色小虫。

不久之后她也走入了小城，那时候街上行人寥寥，她的内心也冷冷清清。在走入第一条街道时，她看到那些低矮的房屋上的烟囱大多飘起了缕缕炊烟，她感到自己的身体有点像烟一样缥缈。虽然雨从昨天就停了，可阴沉的天色，让她觉得随时都会有一场雨再次到来。

她在回到家中之前，最后一次看到的人是6的女儿。那时候她已经走入了通往家中的胡同，她是在经过6的窗下时看到的。6的女儿

就站在窗前，正望着窗外胡同的墙壁发怔，在墙壁上有几株从砖缝里生长出来的小草在摇晃。灰衣女人透过窗玻璃看到这位少女时，心里不由哆嗦了一下。她无端地感到这个少女的脸上有一种死亡般的气息在蔓延。这个感觉使灰衣女人蓦然惊愕，因为她马上发现这其实是诅咒。对于刚刚求过观音的人来说，诅咒显然很危险，诅咒将意味着她刚才的努力不过是空空一场。这时灰衣女人已经走到自己家门口了，她听到屋内女儿在咬甘蔗，声音很脆也很甜。

四

6那天凌晨的奇怪经历，在此后的两个凌晨里继续出现。但是他并没有当回事，他依旧坐在自己往常坐的地方，与那两个无脚的人只有一箭之隔，他好几次试图和他们说话，可是他们的沉默使他不知所措。他们的动作与他第一次见到时没有两样，而且从那天以后他再也没有能从江水里钓上来一条鱼。在这天凌晨，他试着走过去，可还没有挨近他们，他们便双双跃入江中。正当他十分奇怪地四下张望时，他发现他们坐在另一处了，与他仍然是一箭之隔。于是他就回到原处坐。不一会他开始感到十分困乏，慢慢地眼前一片全是江水流动时泛出的点点光亮，接着他就感到身体倾斜了，然后似乎倒了下去。接下去他就一无所知。

也是在这个早晨，天还没有亮的时候，6那躺在床上的女儿听到有人在叫她的名字。声音十分轻微，恍若是从门缝里钻进来的风声。她便从床上爬起来，穿上衣服走到门前，那时候声音没有了。她打开门以后，发现父亲正躺在门外，四周没有人影。从鼾声上，她知道父亲并没有死去，只是睡着了。于是她就把他拉进屋内，还没把他扶上床时，他就醒了。

6醒来时对自己的处境感到十分惊讶，因为他清晰地记起自己是到江边去了，可是居然会在家中。他询问女儿，女儿的回答证实他去了江边。而女儿对刚才所发生的一切的叙述，使他心里觉得蹊跷。所以在天完全明亮以后，他就来到了算命先生的住所。

算命先生还没有完全听完，他的脸色就发生了急剧的变化。这一点6也感觉到了。当6看到算命先生苍白的脸上出现蓝幽幽的颜色时，他开始预感到了什么。

算命先生再次要6证实那两个人没有腿以后，便用手在那张布满灰尘的桌子上涂出了一个字，随后立刻擦去。

虽然这只是一瞬间，但 6 清晰地认出了这个字。他不由大惊失色。

算命先生警告他，以后不要在天黑的时候去江边。

6 胆战心惊地回到家中以后，发现女儿正站在窗前，他没法看到女儿脸上的神色，他只是看到一个柔弱的背影。但是这个背影没法让他感觉到刚才在这里发生了什么，所以他也就不会知道那个穿羊皮夹克的人来过了。身穿羊皮夹克的人敲门时显然用了好几个手指，敲门声传到 6 的女儿的耳中时显得很复杂。当 6 的女儿打开房门时，她看到了自己的灾难。羊皮夹克的目光注视着她时，她感到自己的眼睛就要被他的目光挖去。她告诉他 6 没在家后就将门向他摔去，门关上时发出一声巨响。但是巨响并没有掩盖掉她心里的恐惧，她知道他不一会又将出现。

很久以后，在那个身穿羊皮夹克的人与父亲在一间房内窃窃私语结束以后，她听到了灰衣女人的死讯。那时候羊皮夹克已经走了，父亲又回到了那房屋。

灰衣女人在死前没有一点迹象，只是昨天傍晚回到家中时，她似乎很疲倦，晚饭时只喝了一点鱼汤，别的什么也没吃，然后很早就上床睡了。整个夜晚，她的子女并没有听到异常的声响，只是感到她不停地翻身。往常灰衣女人起床很早，这天上午却迟迟不起，到八点钟时，她的女儿走到她床前，发现她嘴巴张着，里面显得很空洞。起先她女儿没在意，可半小时以后第二次去看她时，发现仍是刚才的模样，于是才注意到那张着的嘴里没有一丝气息。灰衣女人的死得到了证实。后来她的子女拿起那件搁在凳子上的灰色上衣时，发现上面有一道粗粗的车轮痕迹。他们便猜测母亲是否被某一辆汽车从身上轧过。如果真是这样，那么灰衣女人事后再安然无恙地回到家中的情形就显得不可思议了。

第三节

一

灰衣女人的突然死去，使她儿子的婚事提前了两个月举办。为了以喜冲丧，她儿子沿用了赶尸做亲的习俗。

灰衣女人的遗体放在她床上，只是房中原有的一些鲜艳的东西都已撤去。床单已经换成一块白布，灰衣女人身穿一套黑色的棉衣棉裤躺在那里，上面覆盖的也是一块白布。死者脚边放了一只没有图案花纹的碗，碗中的煤油通过一根灯芯在燃烧，这是长明灯。说是去阴间的路途黑暗又寒冷，所以死者才穿上棉衣棉裤，才有长明灯照耀。灵堂就设在这里，屋内灵幡飘飘。死者的遗像是用一寸的底片放大的，所以死者的脸如同一堵旧墙一样斑斑驳驳。

灰衣女人以同样的姿态躺了两天两夜以后，便在这一日清晨被她的儿子送去火化场。然后她为数不多的亲属也在这天清晨去了那里。3被请去做哭丧婆。因此在这日上午，3那尖厉的哭声像烟雾一样缭绕了这座小城。

灰衣女人在早晨八点钟的时候，被放进了骨灰盒。然后送葬开始了。送葬的行列在这个没有雨也没有太阳的上午，沿着几条狭窄的街道慢慢行走。

瞎子那个时候已经坐在街上了。4的声音消失了多日以后，这一日翩翩出现了。那时候那所中学发出了好几种整齐的声音，那几种声音此起彼伏，仿佛是排成几队朝瞎子走来。瞎子知道那里面有4的声音，但他却无法从中找到它。不久之后那几种整齐的声音接连垂落下去，响起了几个成年人穿插的说话声。然后瞎子听到了4的声音，4显然正站起来在念一段课文。4的声音像一股风一样吹在了他的脸上，他从那声音里闻到了一股芳草的清香。但是4的声音时隐时现，那几个成年人的说话声干扰了4的声音，使4的声音传到瞎子耳中时经过了一个曲折的历程。然而一个短暂的宁静出现了，在这个宁静里4的声音单独地来到了瞎子的耳中，那声音仿佛水珠一样滴入了他的听觉。4的声音一旦单独出现，使瞎子体会到了其间的忧伤，恍若在一片茫茫荒野之中，4的声音显得孤苦伶仃。此后又出现了几种整齐的声音，4的声音被淹没了，就像是一阵狂风淹没了一个少女坐在荒野孤坟旁的低语。随后3的哭声耀武扬威地来到了，那时他和送葬的行列还相隔着两条街道。3的哭声从无数房屋的间隙穿过，来到瞎子耳中时像是一头发情的猫在叫唤。这哭声越来越接近时，瞎子才从中体会到了无数杂乱的声响，3的哭声似乎包括了所有令人毛骨悚然的声响。那里面有一个孩子从楼上掉下来的惊恐叫声，有很多窗玻璃同时破裂的粉碎声，有深夜狂风突然吹开屋门的巨响，有人临终时喘息般的呻吟。

灰衣女人的骨灰在城内几条主要街道转了一周，使某几个熟悉她的人仿佛看到她最后一次在城内走过。然后送葬的行列回到了她的家门。一入家门，她的女儿与亲属立刻换去丧服，穿上了新衣。丧礼在上午结束，而婚礼还要到傍晚才能开始。

二

司机也去参加了这个婚礼，他在走进这个家时没有嗅到上午遗留下来的丧事气息，新娘的红色长裙已经掩盖了上午的一切。

司机一直看着新娘，因为灯光的缘故，他发现坐在另一端的新娘，一半很鲜艳，一半却很阴沉。因此像是胭脂一样涂在新娘脸上的笑容，一半使他心醉心迷，另一半却使他不寒而栗。因为始终注视着新娘，所以他毫不察觉四周正在发生些什么。四周的声响只是让他偶尔感到自己正置身于拥挤的街道上，他感到自己独自一人，谁也不曾相识。有时他将目光从新娘脸上移开，环顾四周时，各种人的各种表情瞬息万变，但那汇聚起来的声音就让他觉得是来自别处。然而他却真实地发现整个婚礼都掺和着鲜艳和阴沉。而这鲜艳和阴沉正在这屋子里运动。那时候他发现一只酒瓶倒在了桌上，里面流出的紫红色液体在灯光下也是半明半暗。坐在司机身旁的2站了起来，2站起来时一大块阴沉从那液体上消失了，鲜艳瞬间扩张开来，但是靠近司机胸前的那块阴沉依然存在，暗暗地闪烁着。2站起来是去寻找抹布，他找到了一件旧衣服。于是司机看到一件旧衣服盖住了紫红色液体，衣服开始移动，衣服上有2的一只手，2的手也是半明半暗。然后司机看出了那是一件灰色上衣，而且还隐约看到了车轮的痕迹。

司机这天没有出车，但他还是在往常起床的时候醒了。那时他母亲正在洗脸。他觉得水就像是一张没有丝毫皱纹的白纸，母亲正将这张白纸揉成一团。然后他听到了母亲的脚步声在走出去，接着一盆水倒在了院子里。水与泥土碰撞后散成一片，它们向四周流去，使司机想起了公路延伸时的情景。隔壁的3这时也在院中出现，她将一口清水含在嘴里咕噜了很久，随后才唰的一声喷了出去。司机听到母亲在说话了，她的声音在询问3的举动。

洗洗喉咙。3回答。

谁家在服丧了？母亲问。

那时3嘴里又灌满了水，所以她的回答在司机听来像是一阵车轮

的转动声。司机没法听清，但他知道是某一个人死了，3将被请去哭丧。3被水洗过的喉咙似乎比刚才通畅多了，于是司机听到母亲对3嗓子的赞叹，3回答说体力不如从前了。

司机在床上躺了很久以后才起床，他走到院里时，看到7正坐在门前一把竹椅里，7用灰暗的目光望着他，7的呼吸让司机感到仿佛空气已经不多了。7五岁的儿子正蹲在地上玩泥土，他大脑袋上黄黄的头发显得很稀少。这时有人送来了一份请柬，他打开请柬一看，是很多年前相识的某一位姑娘的结婚请柬。这份请柬的出现很突然，使司机勾起了许多混乱的回忆。

三

婚礼的高潮在司机和2之间开始。那时候厨师已经离开厨房很久了，厨师也已经吃饱喝足。几个醉汉摇摇晃晃地走到了楼梯口，还没下楼就趴在楼梯上睡着了。2高声叫着要新娘给他们洗脸，于是所有的人都围了上去。司机并没有意识到什么将会发生，他此刻的眼睛里有一件灰色上衣时隐时现。然而新娘端着一盆水走来时，那件灰色上衣便蓦然消失。这时候他才感到将会发生什么了，而且显然与自己有关，因为此刻坐着的只有他和2。新娘将洗脸盆端到桌子上时，两只红色的袖管美妙地撤退了，他看到两条纤细的手臂，手臂的肤色在灯光下闪烁着细腻滑润的色泽。然后十个细长的手指绞起了毛巾。司机的眼睛里没有毛巾，他只看到十个手指正在完成一系列迷人的舞蹈，水在漂亮地往下滴，水是这个舞蹈的一部分。

先给他擦。司机听到2这样说。他抬起眼睛，看到2正用食指指着他，2的手指在灯光下显得很锐利。

新娘的毛巾迎面而来，抹去了2的手指。在毛巾尚未贴到脸上时，司机先感觉到新娘的一只手轻轻按住了他的后脑，他体会到了五个手指的迷人入侵。接着他整个脸被毛巾遮住，毛巾在他的脸上揉动起来。但是司机并没有感觉到毛巾的揉动，他感到的是很多手指在他脸上进行着温柔的抚摸，这抚摸使他觉得自己正在昏迷过去。可是这一切转瞬即逝，2的形象又出现在他眼中，他看到2正微笑地注视着自己。于是司机从口袋里摸出二十元钱给新娘，新娘接过去放入了口袋。司机没有触到新娘的手指。

然后司机看着新娘给2擦脸，他感到不可思议的是新娘给2擦脸的动作为何也如此温柔。擦完之后，他看到 2 拿出四十元钱放入新娘手中。接着 2 说：给他擦。

这句话开始让司机感到面临的现实，因此当他再次看着新娘绞毛巾的手指时，刚才的美景没有重现。新娘的毛巾在他脸上移动时，也没有刚才令他激动的感受。擦完以后，他拿出了四十元。那时候他知道自己口袋里已经一片空空。他想也许 2 不会再逼他了，但他实在没有什么把握。

2 这次给了八十元。2 没有就此完结。他要新娘再为司机擦脸。司机这时才注意到四周聚满了人，这些人此刻都在为 2 欢呼。新娘的毛巾又在他脸上移动了，这时他悄悄从手腕上取下了手表。擦完以后，他将手表递给了新娘。他听到一片哄笑声，但是 2 没有笑，2 对他说：算你的表值一百元吧。2 说完拿出二百元放在桌上。新娘为他擦完之后，他就拿起二百元放入新娘长裙的口袋里，同时还在新娘屁股上拍了一下。接着 2 指着司机对新娘说：再擦一次。

新娘这次的毛巾贴在司机脸上时，使他感到疼痛难忍，仿佛是用很硬的刷子在刷他的脸。而按住他的脑后的五个手指像是生锈的铁钉。但是毛巾和手指消失之后，司机开始痛苦不堪。他清晰地感到了自己狼狈的处境，他听到四周响起一片乱糟糟的声音，那声音真像是一场战争的出现。他看到坐在对面的 2 脸上倾泻着得意的神采，2 的脸一半鲜艳，一半阴沉。2 拿出了一叠钱，对司机说：这四百元买你此刻身上的短裤。

司机听到了一阵狂风在呼啸，他在呼啸声中坐了很久，然后才站起来离开座位朝厨房走去。走入厨房后他十分认真地将门关上，他感到那狂风的声音减轻了很多，因此他十分满意这间厨房。厨房里的炉子还没有完全熄灭，在惨白的煤球丛里还有几丝红色的火光。几只锅子堆在一起显得很疲倦，而一叠碗在水槽里高高隆起。接着他看到一把菜刀，他将菜刀拿在手中，试试刀锋，似乎很锋利。然后他走到窗前，他看到窗外的灯光斑斑驳驳，又看到了一条阴沟一样的街道，街上一个人在走去。随后他往对面一座平房望去，透过一扇窗户他看到了一个少女的形象。少女似乎穿着一件黑色上衣，少女正在洗碗，少女在洗碗时微微扭动身体，她的嘴似乎也在扭动。他于是明白了她正在唱歌，虽然他听不到她的歌声，但他觉得她的歌声一定很优美。

四

2 在司机走入厨房以后也投入了那一片狂风般的笑声中，笑声持续了很久，然后才像一场雨一样小了下去。2 感到应该去厨房看看司机正在干些什么，于是他站起来朝厨房走去。他走去时感到所有人的目光在与他一同前往，他知道他们都想看看此刻司机的模样。他走到门前时，发现从门缝里正在流出来几条暗色的水流，他对这个发现产生了兴趣，所以他蹲下身去，那水流开始泛出一些红色来，他觉得还是没有看清，于是就伸出手指在水流里蘸了一下，再将手指伸回到眼前，这次他确信自己看到了什么。他站起来后感到自己不知所措，然后他转回身去准备离开这里，可他发现他们正奇怪地望着他，他犹豫了。此后只好又转回身去，他有点紧张地去推厨房的门，他看到自己的手伸过去时像是风中的一根树枝。他只将门打开一条缝，根本没有看到司机就立刻将门关上。他再次转身去，他想朝他们笑一下，可他的脸仿佛已经僵死过去没法动。他听到有人在问他：在干什么？他不知道自己该如何回答，他感到自己正在走过去。他又听到有人在问：是不是在脱短裤？他不由点点头，于是他听到了一片像是飞机俯冲过来的笑声。他走到自己的椅子旁稍微站了一会，随后就朝楼梯走去。他听到有人在问他什么，但他没有听清。他已经走到楼梯口了，几个醉汉此刻横躺在楼梯上打呼噜。他小心翼翼地绕过他们，一步一步走下了楼梯，然后来到了街上。

那时候街寂静无人，只有路灯灰色的光线在地上漂浮，一股冷风吹来仿佛穿过了他的身体。这时他听到身后有轻微的脚步声，那声音像一颗颗小石子节奏分明地掉入某一口深井，显得阴森空洞，同时中间还有一段"咝"的声响。他知道是司机在追出来了。他不敢回头，只是尽量往亮处走。他感到自己每当走到路灯下时，身后的脚步声便会立刻消失，而一来到阴暗处时，那声音又在身后出现了，所以他一来到路灯下时便稍微站了一会，那时候他觉得身上的灯光很温暖。随即他又拼命地跑过一段阴暗，到另一盏路灯下。他在跑动时明显地感到身后的声音也加快了。他觉得他们之间始终保持着一段距离，没有拉长也没有缩短。

后来他看到自己的家了，那幢房屋看去如同一个很大的阴影，屋顶在目光里流淌着阴森可怖的光线。他走到近前，一扇门和几扇窗户清晰地出现在眼前，这时身后的声音蓦然消失。他不由微微舒了口气，可这时他眼前出现了一片闪闪烁烁的水，那条通往屋门的路消失了，被一片水代替。他知道司机就在这一片闪烁的水里。他双腿一软，跪在了地上。他听到自己的声音在说：饶了我吧。那声音在空气里颤抖不已。他那么跪了很久，可眼前的一片闪烁并没有消失。于是他再次说：饶了我吧。随即便呜呜地哭了起来。他说：我不是有意要害你。但是那一片闪烁仍然存在。他便向这一片闪烁拼命地磕头，他对司机说：你在阴间有什么事，尽管托梦给我，我会尽力的。他磕了一阵头再抬起眼睛时，看到了那条通往屋门的小路。

第四节

一

在司机死后一个星期，接生婆在一个没有风但是月光灿烂的夜晚，睡在自己那张宽大的红木床上时，见到了自己的儿子。仿佛是天还没有亮的时候，儿子心事重重地站在她的床前，她看到儿子右侧颈部有一道长长的创口，血在创口里流动却并不溢出。儿子告诉她他想娶媳妇了。她问他看准了没有。他摇摇头说没有。她说是不是要我替你看一个。他点点头说正是这样。

接生婆是在这个时候听到外面叫门的声音的，她醒了过来。她听到门外有人在叫着她的名字，屋外的月光通过窗玻璃倾泻进来，她看到窗户上的月光里有一个人的影子在晃动。她觉得那叫门的声音有些古怪，那声音似乎十分遥远，可那个人却分明站在窗前。她从床上爬起来，穿上衣服后走过去打开房门，一个她从未见过的人站在她面前，她感到这个人的脸很模糊，似乎有点看不清眼睛、鼻子和嘴巴。她问他：你是谁？

那人回答：我住在城西，我的邻居要生了，你快去吧。

她家的男人呢？接生婆问。一个女人要生孩子了，却是一个邻居来报信，她感到有些奇怪。

她家没有男人。那人说。

接生婆再次感到眼前这个人的说话声很遥远。但她没怎么在意，她答应一声后回到房内拿了一把剪刀，然后就跟着他走了。

在路上时接生婆又一次感到很奇怪，她感到走在身旁这人的脚步声与众不同，那声音很飘忽。她不由朝他的脚看了一眼，可她没有看到。他好像没有腿，他的身体仿佛是凌空在走着。但是她觉得自己也许是眼花了。

不久之后，很多幢低矮的房屋在眼前出现了，房屋中间种满了松柏。接生婆走到近前时不知为何跌了一跤，但是她没感到自己爬起来，跌下去时仿佛又在走了。她跟着这人在房屋与松柏之间绕来绕去地走了一阵后，来到一幢房门敞开的屋子前，她看到一个女人躺在一张没有颜色的床上。她走进去后发现这个女人全身赤裸，女人的皮肤像是刮去鳞片后的鱼的皮。她感到这个女人与站在旁边的男人有惊人的相似之处。她的脸也很模糊，而且同样也很难看到她的双腿。但是接生婆的手伸过去时仿佛摸到了她的腿。接生婆开始工作了，这是她有生以来最困难的一次接生。但是那个女人竟然一声不吭，她十分平静地躺在那里。接生婆的手在触摸到女人的皮肤时，没有通常那种感觉，而似乎是触摸到了水。那女人在接生婆手上的感觉恍若是一团水。接生婆感到自己的汗水从全身各处溢出时冰冷无比。很久之后，婴儿才被接生出来。奇怪的是整个过程竟然没让接生婆看到一滴血的出现。刚刚出生的婴儿没有啼哭，她像母亲一样平静。婴儿的皮肤也与她母亲一样，像是被刮去鳞片后的鱼的皮。而且接生婆捧在手里时，也仿佛是捧着一团水。她拿着剪刀去剪脐带，似乎什么也没剪到，但她看到脐带被剪断了。这时那个男人端上来一碗面条，上面浮着两个鸡蛋。接生婆确实饿了，她就将面条吃了下去，她感到面条鲜美无比。然后那个男人将她送出屋门，说声要回去照顾就转身进屋了。于是接生婆按照刚才走过的路，又绕来绕去地走了出去。她觉得出去的路比进来时长了很多。在这条路上，她遇到了算命先生的儿子。她看到他那细长的身体像一株树一样站在两幢房屋中间，他好像是在东张西望，接生婆走上去问他这么晚了怎么还在这里，他回答说他是才来这里的。她感到他的声音也有些遥远。她问他在找什么，他说在找他住的那间屋子。然后他像是找到了似的往右边走去了。接生婆也就继续往前走，走到刚才跌跤的地方时，她又跌了一跤，但她同样没感到自己爬起来，她只感到自己在往前走。

二

接生婆回到家中后感到了从未有过的疲倦，所以一躺在床上，她就觉得自己像是死去一般昏睡了过去。待她醒来时已是接近中午的时候了。她听到院里传来说话的声音，她就从床上爬起来，当她向门口走去时，感到自己的两条腿像棉花一样软绵绵。

7那时候坐在自己家门口的一把竹椅里，他的妻子站在一旁。7的妻子正和4的父亲在说着关于4夜晚梦呓的事。7似乎是在听着他们说话，他那张灰暗的脸毫无表情，他的眼睛一直看着他的儿子，他儿子正兴冲冲地在院内走来走去，那大脑袋摇摇晃晃显得有些沉重。接生婆站在了门口。此刻4推开院门进来了，4的出现，使她父亲和7的妻子的对话戛然而止。4走进来时脸色十分阴沉，但她身上的红色书包却格外鲜艳。4低着头从父亲身旁走过，走入了敞开的屋门。3的孙儿这时也从屋内出来了，他似乎是听到了4进来时的声响，他站在院子里小心翼翼地望着4走入的屋门，接生婆问7是不是感到好一点了。她听到自己的声音在空中显得很迟钝。7听到了她的问话，就抬起混浊的眼睛看了她一眼，随即又低下头去。他没有回答她，但他的妻子回答了。他妻子说还是老样子。接生婆便建议7去看看算命先生。她说没准在命上遇到了什么麻烦事。7的妻子早就有此打算，听了接生婆的话后，她不由朝丈夫看了看。7仿佛没有听到她们的话，他的脑袋耷拉着像是快要断了。倒是4的父亲点了点头，他说是应该去看看算命先生。他想起了自己每夜梦语不止的女儿。接生婆点了点头。她听到有人在问她昨夜谁在叫唤，她才发现3也站在院子里来了。3的脸上近来出现了像蜡一样的黄色。她在询问接生婆之后，立刻从嘴里发出了一阵令人恶心的空呕声，随后她眼泪汪汪地直起腰杆来。

接生婆告诉3：是城西一户人家的女人生孩子。

哪户人家？3问。

接生婆微微一怔。她没法做出准确的回答，她只能将昨夜所遇的一男一女，以及那幢房屋告诉3。

3听后半晌没有说话，她想了好一阵才说城西好像没有那么一户人家。她问接生婆：在城西什么地方？

接生婆努力回想起来，依稀记得是走过那破旧的城墙门洞以后，才看到那无数低矮的房屋。

3十分惊愕，她告诉接生婆那里根本没有什么房屋，而是一片空地。

3的话使接生婆猛然惊醒过来，她才意识到自己昨夜去过的是什么地方。她发现7的妻子正吃惊地望着她。7却依旧垂着脑袋，4的父亲刚才进去了。7的妻子的目光使她很不自在。接生婆觉得自己站在这里已经不合适，她想走回屋内，可是昨夜所遇使她无法能在屋中安静下来。因此她站了一会以后就朝院门外走去了。

接生婆走在街上时，昨夜那个男人与她一起行走的情景复又出现。那模糊的脸和没有双腿的脚步声。于是接生婆已经预料到她一旦走过那破旧的城墙门洞以后，她将会看到什么。

此后的事实果然证实了接生婆的预料。当她走到昨夜看到的无数房屋的地方时，她看到了一片坟墓，坟墓中间种满了松柏。接生婆听到自己心里发出了几声像是青蛙叫唤的声响。她呆呆地站了一会，然后就像夜里绕来绕去一样，走入坟墓之中。有些坟墓已经杂草丛生，而另一些却十分整齐。后来她在一座新坟前站住了脚，她觉得昨夜就是在这里走入那座房屋的。呈现在她眼前的这座坟墓上没有一棵杂草，土是新加的。坟墓旁有一堆乱麻和几个麻团。坟顶上插着一块木牌，她俯下身去看到了一个她听说过的名字，这是一个女人的名字，接生婆想起了在一个月以前，这个带着身孕的女人死了。

接生婆在走出坟场时，回想出了昨夜与算命先生儿子相遇的情景，她感到心里有一种想见到他的迫切愿望，所以她就向算命先生的家走去。在离算命先生的家越来越近时，昨夜的情景也就越来越生动了。她看到了瞎子。那时候近旁中学的操场上传来一片嘈杂响亮的声音，瞎子正十分仔细地将这一片声音分成几百块，试图从中找出属于4的那一块声音。瞎子脸上的神色让接生婆体会到了某种不安，这不安在她站到算命先生家门口时变成了现实。

算命先生的屋门敞开着，她看到里面蔓延着丧事气息。屋门的门框上垂下来两条白布，正随风微微掀动。她知道是算命先生的儿子死了，而不会是算命先生。

听到门口有响声，算命先生拄着一根拐杖出现了。他告诉接生婆这段日子他不接待来客。望着算命先生转身进屋的背影，接生婆发现他苍老到离死不远了。同时她想起了多种有关他的传闻，她想他的五个子女都替他死光了，眼下再没人替他而死，所以要轮到他自己了。

算命先生刚才说话时的声音，回想起来也让接生婆感到有些遥远，那沙哑的声音仿佛被撕断似的一截一截掉落下来。

接生婆回到家中以后，再次回想起自己昨夜的经历时，那一碗面条和面条上的两个鸡蛋出现了。这使她感到恶心难忍，接着就没命地呕吐起来，两侧腰部像是被人用手爪一把把挖去一般的疼痛。吐完以后，她眼泪汪汪地看到地上有一堆乱麻和两个麻团。

三

已年近九十的算命先生，一共曾有五个子女，前四个在前二十年里相继而死，只留下第五个儿子。前四个子女的相继死去，算命先生从中发现了生存的奥秘，他也找到了自己将会长生下去的因由。那四个子女与算命先生的生辰八字都有相克之处，但最终还是做父亲的命强些，他已将四个子女克去了阴间。因此那四个子女没有福分享受的年岁，都将增到算命先生的寿上。因此尽管年近九十，可算命先生这二十年来从未体察到身体里有苍老的迹象。这一点在算命先生采阴补阳时得到了充分的证实。采阴补阳是他的养生之道，那就是年老的男人能在年幼的女孩的体内吮吸生命之泉。而他屋中的那五只公鸡，则是他防死之法。倘若阴间的小鬼前来索命，五只公鸡凶狠的啼叫会使它们惊慌失措。

每月十五是算命先生的养生之日，这一日他便会走出家门，在某一条胡同里他会看到一个十一二岁的女孩正无所事事地站在那里，他就将她带回家中。对付那些小女孩十分方便，只要给一些好吃的和好玩的。他找的都是一些很瘦的女孩，他不喜欢女孩赤裸以后躺在床上的形象是一堆肥肉。

算命先生的儿子是在这月十五的深夜，这一日即将过去时猝然死去的。但还是傍晚儿子回到家中，算命先生就从他脸上看到了奇怪的眼神。在此前一小时，一个十一岁的女孩刚刚离去。

那是一个奇瘦无比的女孩，女孩赤裸以后躺在床上时还往嘴里送着奶糖。那两条瘦腿弯曲着，弯曲的形态十分迷人。女孩用眼睛看了看他，因为身体的瘦小，那双眼睛便显得很大。他的手触到她的皮肤时有一种隔世之感。每月十五的这个时候，坐在离此不远的街口的瞎子，便要听到从这里发出的一阵撕裂般的哭叫声，现在这种叫声再次出现了。那声音传到瞎子耳中时，已经变得断断续续十分轻微，尽管

这样，瞎子还是分辨出了这不是自己正在寻找的那个声音。

女孩子离去以后，算命先生便坐入一把竹椅之中。他为自己煮了一碗黄酒糖鸡蛋，坐在椅中喝得很慢。他感到自己仿佛是刚从澡堂出来，有些疲倦，但全身此刻都放松了，所以他十分舒畅。他喝着的时候，觉得有一股热流在体内回旋，然后又慢慢溢出体外。

儿子回到家中时，算命先生正闭目养神，他是睁开眼睛后才发现儿子奇怪的眼神的，在前四个子女临终前，他也曾看到过类似的眼神。

儿子吃过晚饭后又出去了，回来时已是深夜。那时算命先生已经躺在床上了。他听着儿子从楼梯走上来的脚步声，脚步很沉重。然后借着月光他看到儿子瘦长的影子在脱衣服，接着那影子孤零零地躺了下去。

第五个儿子的死，使算命先生往日的修养开始面临着崩溃。他感到前四个子女增在他寿上的年岁已经用完，现在他是在用第五个儿子的年岁了，而此后便是寿终的时刻。他觉得第五个儿子只能让他活几年，因为这个儿子也活得够长久了，竟然活到了五十六岁。算命先生明显地感到自己的身体正在枯萎下去。这一日他发现那五只公鸡的啼叫，也不似从前那么凶狠。这个发现使他意识到公鸡也衰老了。

四

半个月以后的一个夜晚，开始有些恢复过来的算命先生，听到了敲门的声音。这声音使算命先生一时惊慌失措。随后他听到了有人在叫他的名字，听声音像是一个女人。能从声音里分辨出敲门者的性别，使算命先生略略有些心定。于是他小心翼翼地走到门旁，然后无声地蹲了下去，将右眼睛贴到一条门缝上，通过外面路灯的帮助，使他看到了两条粗腿。腿的出现使他确定敲门者是人，而不是他所担心的无腿之鬼。因此他打开了屋门。

3 出现在他眼前，他认识 3。3 的深夜来访，使算命先生感到不同寻常。

3 在一把椅子里坐下以后，朝算命先生颇为羞涩地一笑，然后告诉他她怀孕了。

面对这个六十多岁的女人怀孕的事实，算命先生并不表现出吃惊，他只是带着明显的好奇询问播种者是谁。

于是 3 脸上出现了尴尬的红色，3 尽管犹豫，可还是如实告诉算命先生，是她孙儿播下的种。

　　算命先生仍然没有吃惊，3 却急切地向他表白她实在不愿意干那种事，她说她是没有办法，因为她不忍心看着孙儿失望的模样。

　　3 的夜晚来访，是要算命先生算算腹中婴儿是否该生下来。

　　算命先生告诉她：要生下来。

　　但是 3 为婴儿生下以后，是她的儿女还是她的重孙而苦恼。

　　算命先生说这无关紧要，因为他愿意抚养这个孩子，所以她的担忧也就不存在了。

第五节

一

　　算命先生儿子的死去，尽管瞎子没法知道，但是连续一月瞎子不再感到这个瘦长的人从他身旁走过了。这个人走过时，他会感到一股仿佛是门缝里吹来的风。这人与别的人明显不同，所以瞎子记住了他。这人的消失使瞎子的内心更加感到孤单。

　　4 的声音也已经很久没有出现，尽管附近那所中学依旧时刻发出先前那种声音，那种无数少男少女汇集起来的声音，那种有时十分整齐有时又混乱不堪的声音。但是他始终无法从中找出 4 的声音。在上学和放学的时候，瞎子听着那些声音三三两两从他身旁经过，他曾在那时候听到过 4 的笑声，可已是很久以前的事了。4 的笑声使瞎子黑暗的视野亮起了一串微微闪烁的光环，他看着那串光环的出现与消失，这些都发生在瞬间。4 的声音最初出现时仿佛滴着水珠，而最后出现时却孤苦伶仃，这中间似乎有一段漫长的历程，然而瞎子却感到这些都发生在瞬间。

　　这时候 4 正朝瞎子走来，她的父亲走在旁边。瞎子听到了有两个人走来的脚步声，一个粗鲁，一个却十分细腻，但是瞎子并不知道是 4 在走来。4 走到瞎子近旁时，发现瞎子枯萎的眼眶里有潮湿的亮光，这情景使她对即将走到的地方产生了迷惑之感，她与父亲从瞎子身旁走过，不久就走入了算命先生总是敞开的屋门。

　　然后几辆板车从瞎子面前滚动了过去，一辆汽车驰过时瞎子耳边出现一阵混浊的响声。他听到街上有走动的声音和说话的声音，刚才

汽车驰过时扬起的一片灰尘此刻纷纷扬扬地罩住了他。街上说话的是几个男子的声音，那声音使瞎子感到如同手中捏着一块坚硬粗糙的石头。有一个女人正在叫着另一个女人的名字，另一个女人说话时带着笑声，她们的声音都很光滑，让瞎子想到自己捧碗时的感觉。4 的声音是在此后再度出现的。

二

4 出现在算命先生的眼前时，刚好站在一扇天窗下面，从天窗玻璃上倾泻下来的光线沐浴了她的全身，她用一双很深的眼睛木然地看着算命先生。

听完 4 的父亲的叙述，算命先生闭上眼睛喃喃低语起来，他的声音在小屋内回旋，犹如风吹在一张挂在墙上的旧纸沙沙作响。4 的父亲感到他脸上的神色出现了某种运动。然后算命先生睁开了眼睛，他的眼睛令人感到没有目光。他告诉 4 的父亲：每夜梦语不止，是因为鬼已入了她的阴穴。

算命先生的话使 4 的父亲吃了一惊，他望着算命先生莫测深浅的眼睛，问他有何救女儿的法术。

算命先生微微一笑，他的笑容使 4 的父亲感到是一把刀子割出来似的。他说有是有，但不知是否同意。

4 听着他们的对话，4 所听到的只是声音，而没有语言，算命先生的形象恍若是一具穿着衣服的白骨，而这间小屋则使她感到潮湿难忍。她看到有五只很大的公鸡在小屋之中显得耀武扬威。

在确认 4 的父亲没有什么不答应的事以后，算命先生告诉他从阴穴里把鬼挖出来。

4 的父亲惊骇无比，但不久后他就默许了。

4 在这突如其来的现实面前感到不知所措。她只能用惊恐的眼睛求助于她的父亲。但是父亲没有看她，父亲的身体移到了她的身后，她听到父亲说了一句什么话，她还未听清那句话，她的身体便被父亲的双手有力地掌握了，这使她感到一切都无力逃脱。

算命先生俯下身撩开了 4 的衣角，他看到了一根天蓝色的皮带，皮带很窄，皮带使算命先生体内有一股热流在疲倦地涌起来。皮带下面是平坦的腹部。算命先生用手解了 4 的皮带，他感到自己的手指有些麻木。他的手指然后感受到了 4 的体温，4 的体温像雾一样洋溢开来，使算命先生麻木的手指上出现了潮湿的感觉。算命先生的手剥开几层障碍后，便接触到了4的皮肤，皮肤很烫，但算命先生并没有立刻感觉到。然后他的手往下一扯，4的身体便暴露无遗了。可是展现在算命先生眼中时，是一团抖动不已的棉花。

4的挣扎开始了，但是她的挣扎徒劳无益。她感到了自己身体暴露在两个男人目光中的无比羞耻。

三

那个时候瞎子听到了4的第一次叫声，那叫声似乎是冲破4的胸膛发出来的，里面似乎夹杂着裂开似的声响。叫声尖利无比，可一来到屋外空气里后就四分五裂。声音四分五裂以后才来到瞎子耳边。因此瞎子听到的不是声音的全部，只是某一碎片。4的声音的突然出现，使瞎子因为过久的期待而开始平静的内心顷刻一片混乱。与此同时，4的叫声再度传来。此时4的叫声已不能分辨出其中的间隔了，已经连成一片。传到瞎子耳中时，仿佛是无数灰尘纷纷扬扬掉入在瞎子的耳中。声音持续地出现，并不消去。这使瞎子感到自己走入了4的声音，就像走入自己那间小屋。但是瞎子开始听出这声音的异常之处，这声音不知为何让瞎子感到恐惧。在他黑暗的视野里，仿佛出现了这声音过来时的情景，声音并不是平静而来，也不是兴高采烈而来，声音过来时似乎正在忍受着被抽打的折磨。

瞎子站了起来，他迎着这使他害怕的声音，摸索着走了过去。他似乎感到了这迎面而来的声音如一场阵雨的雨点，扑打在他的脸上，使他的脸隐隐作痛。声音在他走去的时候越来越响亮，于是他慢慢感到这声音不仅仅只是阵雨的雨点。他感到它似乎十分尖利，正刺入他的身体。随后他又感到一幢房屋开始倒塌了，无数砖瓦朝他砸来。他听出了中间短促的喘息声，这喘息声夹在其中显得温柔无比，仿佛在抚摸瞎子的耳朵，瞎子不由潸然泪下。

瞎子走到算命先生家门口时，那声音骤然降落下去。不再像刚才那样激烈，降落为一片轻微的呜呜声，这声音持续了很久，仿佛是一阵风在慢慢远去的声音。然后4的声音消失了。瞎子在那里站了很久，接着才听到从前面那扇门里响出来两个人的脚步，一个粗鲁，一个却显得十分沉重。

四

在4回到家中的第二天，7由他妻子搀扶着去了算命先生的家，他们是第一次来到算命先生的小屋，但是他们并不感到陌生。在此之前，一间类似的小屋已经在他们脑中出现过几次了。

7在算命先生对面的椅子坐下后，算命先生那令人感到不安的形象却使7觉得内心十分踏实。灰白的7在苍白的算命先生面前，得到了某种安慰——

7的妻子站在他们之间，她明显地感受到了自己的健康。但是这种感受让她产生了分离之感。

算命先生在得知他们来意以后，立刻找到了7的病因。他告诉7的妻子：7与他儿子命里相克。

算命先生是在他们的生肖里找到7的病因的，他向她解释：因为7是属羊的，而他儿子属虎。眼下的情景是羊入虎口。

7已经在劫难逃，他的灵魂正走在西去的路途上。

算命先生的话使7和他妻子一时语塞。7不再望着算命先生，他低下了头，他的眼中出现了一块潮湿的泥地，他感到自己的虚弱就在这块泥地的上面。7的妻子这时问算命先生：有何解救的办法？

算命先生告诉她，唯一的解救办法就是除掉她的儿子。

她听后没有说话，算命先生的模样在她的视线里开始模糊起来，最后在她对面的似乎不再是一个人，而是一块石头。她听到丈夫在身旁呼吸的声音，7的呼吸声让她觉得自己的呼吸也曲折起来。

算命先生说所谓除掉并非除命，只要她将五岁的儿子送给他人，从此断了亲属血缘，7的病情就会不治自好。

算命先生的模样此刻开始清晰起来，但她将目光从他身上移开，看着低垂着头的7，然后又抬头看看从天窗上泄漏下来的光线，她的眼睛微微眯了起来。

算命先生表示如果她将儿子交给别人不放心，可交他抚养。

算命先生收养7的儿子，他觉得是一桩两全其美的好事。7可以康复，而他膝下有子便可延年益寿。虽然不是他亲生，但总比膝下无子强些。尽管7的儿子在命里与他也是相克，但算命先生感到自己阳火正旺，不会走上此刻7正走着的那条西去的路。

他指着那五只正在走来走去的公鸡，对7的妻子说：如果不反对，你可从中挑选一只抱回家去，只要公鸡日日啼叫，7 的病情就会好转。

五

　　4 在那天回到家中以后，从此闭门不出。多日之后，4 的父亲在一个傍晚站在院中时，蓦然感到难言的冷清。司机死后不久，接生婆也在某一日销声匿迹，没再出现。她家屋檐上的灰尘已在长长地挂落下来，望着垂落灰尘的梁条，他内心慢慢滋生了倒塌之感。3 的离去也有多日，她临走时只是说一声去外地亲戚家，没有说归期。她的孙儿时时无精打采地坐在自己家门槛上，丧魂落魄地看着 4 的屋门。7 由他妻子搀扶着去过了算命先生的家。他没有向他们打听去算命先生那里的经过，就像他们也不打听 4 一样。他只是发现在那一日以后，再也不见那脑袋很大的孩子在院里走来走去，取而代之的是一只公鸡，一只老态龙钟在院中走来走去的公鸡。

　　7 的病情似乎有些好转了，7 有时会倚在门框上站一会，7 看着公鸡的眼神有时让 4 的父亲感到吃惊，7 的目光似乎混乱不堪。尽管 7 原先的病有些好转，可他感到有一种新的病正爬上 7 的身体，而且这种病他在 7 妻子身上同样也隐约看到。后来他在自己女儿身上也有类似的发现。女儿此后虽然夜晚不再梦语，但她白天的神态却是恍恍惚惚。她屡屡自言自语，脸上时时出现若即若离的笑容，这种笑不是鲜花盛开般的笑，而是鲜花凋谢似的笑。

　　院中以往的景象已经一去不返，死一般的寂静在这里偷偷生长。从接生婆屋檐上垂落下来的灰尘，他似乎看到了这院子日后的状况。不知从哪一日开始，他感到这院里隐藏着一股腐烂的气息。几日以后，气息趋向明显。又过几日，他才能确定这气息飘来的方向，接生婆那门窗紧闭的屋子在这个方向正中。

　　也是这几天里，他听到了一个少女死去的消息。他是在街上听到的，那少女死在江边一株桃树下面。她身上没有伤痕，衣服也是干的。对于她的死，街上议论纷纷。那少女是他女儿的同学，他认识少女的父亲 6，6 常去江边钓鱼。他记得她曾到他家来过，有一次她进来时显得羞羞答答，她在院子里站了一会，就在他现在站着的这个地方。

第六节

一

接生婆在那天呕吐出了一堆乱麻和两个麻团以后，感到自己的身体开始变得飘忽了。她向那张床走去时，竟然感受不到自己的身体，她的身体很像是一件大衣。而且当她在床上躺下来时，觉得自己的身体像件扔到床上的衣服似的瘪了下去。然后她看到了一条江，江水凝固似的没有翻滚，江面上漂浮着一些人和一些车辆。她还看到了一条街，街道在流动，几条船在街道上行驶，船上扬起的风帆像是破烂的羽毛插在那里。

司机经常在接生婆的梦中出现，但是那天晚上没有来到她的梦里。在夕阳西下炊烟四起时，接生婆的视野里出现了一片永久的黑暗。接生婆的死去，堵塞了司机回家的路。

但是那天晚上，2的梦里走来了司机。那时候2正站在那条小路上，就是曾经被一片闪烁掩盖过的小路。2看到司机心事重重地朝他走来。司机的手正插在口袋里，似乎在寻找什么，或者只是插插而已。

司机走到他面前，愁眉苦脸地告诉他：我想娶个媳妇。

2发现司机右边的脖子上有一道长长的创口，血在里面流动却不溢出。

2问他，是不是缺钱没法娶？

司机摇摇头，司机的头摇动时，2看到那创口里的血在荡来荡去。

司机告诉他：还没找到合适的人。

2问司机：是不是需要帮助？

司机点点头说：正是这样。

此后每日深夜来临，2便要和司机在这条小路上发生一次类似的对话。司机的屡屡出现，破坏了2原来的生活，使2在白天的时候眼前总有一只虚幻的蜘蛛在爬动。这种情形持续了多日，直到这一日2听说6的女儿死在江边的消息时，他才找到一条逃出司机围困的路。

二

回想起来，6的女儿的死似乎在事前有过一些先兆。那个身穿羊皮夹克的人再次路过这里以后，6开始发现女儿终日坐在墙角了，女儿坐在那里恍若是一团暗影。但是6却没有把这些放进心里，因为6一直没看出她身上正在暗暗滋长的那些东西，这些东西在她前面六个姐姐身上显然没有。事到如今，6才感到他和那个身穿羊皮夹克的谈话，女儿可能偷听了。他想起那天送羊皮夹克出门时，他看到女儿怔怔地站在房门外。

本来当初羊皮夹克就要带走他女儿，只是因为他节外生枝才没有。他告诉羊皮夹克他的这个女儿远远胜过前面六个，所以他对按照惯例支付的三千元钱很难接受，他提出增加一千。羊皮夹克的坚持没有进行很久，在短暂的讨价还价之后，他便作出了让步。但他提出先把女孩带走，先付上三千，另一千随后通过邮局寄来。6当然拒绝了，除非现交四千元，他才答应将他的女儿带走。羊皮夹克说身上的钱不够了，虽然四千还是可以拿出来，但在路途上还要花一笔钱，所以只好一个月以后再来。

在约定的日子临近时，6的女儿躺到了江边的一株桃树下面。那时候6正坐在城南的一座茶馆里，自从那次在江边的奇异经历以后，6不去江边钓鱼，而是每日坐到茶馆里来了。有关他女儿的消息，是他的一个邻居告诉他的。那个邻居去江边看死人后，在回家的路上从茶馆敞开的门里看到了6，他告诉6他正到处找他。这个消息使6顿时眼前一片昏暗，然后羊皮夹克的形象在他脑中支离破碎地出现了。邻座的茶客对6听到如此重大的消息以后仍然坐着不动感到惊讶，他们催促他赶快去江边。但是6没有听到他们在说话，他的眼睛望着门外的一根水泥电线杆，他看到那电线杆上贴着一张纸条，那是一张关于治疗阳痿的广告。6没法看清上面的字，但是羊皮夹克的形象此刻总算拼凑完整了，尽管那形象有无数杂乱的裂缝。可6明确地想起了这人再过两天就要来到，6仿佛看到他右面的衣服口袋显得肿胀的情景。这时他才深深意识到当初不让羊皮夹克带走女儿是一个很大的错误。他对自己说：这是报应。

尽管那条江已使6感到毛骨悚然，但既然女儿躺在那里，他也只得去了。他在走去的时候，仿佛感到女儿死在江边是有所目的的。这个想法在他接近江边时变得真切起来。当他在远处看到一堆人围在一株桃树四周的时候，他已经猜测到了女儿躺在那里的模样。

不久之后他已经挤入了人堆，那时候一个法医正在验尸。他看到

女儿仰躺在地上，她的脸一半被头发遮住了。她的外衣纽扣已经被解开，里面鲜红的毛衣显得很挑逗。他才发现女儿的腰竟然那么纤细，如果用双手卡住她的腰，就如同卡住一个人的脖子。然后他注意到了女儿的脚，那是一双孩子的脚，赤裸的脚趾微微向上翘着。

这时候一个警察拍了拍他的肩，他转过头去看到了一张满是胡子的脸。

警察问他：她是不是你的女儿？

他疲倦地点点头。

警察告诉他：你女儿死因要过些日子才能明确答复你。

他对这句话不感兴趣，他觉得他不需要他们的答复，他觉得自己应该离开一会，这地方使他站着有点不知所措。于是他转身往外挤。那时候警察又拍了他一下，这次警察对他说：待会儿有几个问题要问你。

6挤出去以后，立刻感到身后有几个人的脚步声音。但他没在意，他走到堆满木材的地方时，身后有一个人来到了他的面前，那人用眼睛暗示了一下他女儿躺着的地方，然后低声说：我买了。

6微微一怔，但他随后就明白了那意思。他以同样低的声音问：出多少？

那人将右手的五个手指全部伸开。

五千？6问。

但是6明白这人只是出五百，他摇摇头，表示不卖。那人还想讨价还价，可第二人已经赶上来了。第二个人伸出一个手指偷偷放入6的右手手掌。6知道这个愿意出一千，但他还是摇摇头。

第三个人走到他面前时，他将两个手指主动插入那人的手掌，告诉他要出两千才卖。那人迟疑了一会，伸出手指暗示愿出一千五百，可6立刻就摆摆手，转过身去了。

2是在这个时候赶来的，当6伸出两个手指时，他丝毫没有犹豫，他一把捏住6的两个手指，然后抖动了几下。

于是6心安理得地在那堆木材上坐了下来，2朝着那一堆围着的人看了看，也在木材上坐下。他们现在都在等着这一堆人散去。

三

接生婆的死被发现，还是在2为6的女儿送葬以后。6的女儿死去的消息在城内纷纷扬扬，对她死因的猜测一日生出一种。但是为她送葬的事却几乎无人知道。为他送葬的只有 2 一个人。当 2 将她的骨灰盒捧到家中以后，他接下去要做的便是去司机的家，他需要得到司机的骨灰。然后 2 发现司机的母亲已经死去了。

其实那院子里的其他几个人早就有此疑心，因为那股腐烂气息越来越浓烈，那气息由风伴随着在他们房中进进出出，而且从多日前看着接生婆走入家中以后，他们再没见到她出来，但是他们中间谁也没把这话说出口。虽然他们在腐烂的气息里生活得十分恶心。

2 在走入这个院子时，这股气息使他惊诧不已。当他走到司机家门前时，他感到另外三个门口都站了人，他们都看着他。2 那时候已经发现这股令人痛苦的气息就来自眼前这个房间。他敲了敲门，里面也响起了敲门的声音，但是除此之外什么动静也没有。于是他就推了一下，门发出了一声使他战栗的吱呀声，门没有上锁。从那裂开的一条门缝里，一股凶狠的腐烂气息朝他扑打过来，使他一阵头晕。但他还是继续将门推开，并且走了进去。里面一片昏暗，满屋子翻滚的腐烂味使他眼泪直流。他走进去以后看到了躺在床上的接生婆。接生婆脸上的五官已模糊不清。那脸上有水样的东西在流淌，所以她的脸显得亮晶晶的。2 看了一眼后立刻将目光移开。接着他走入了另一间屋子，他在这间屋子里找到了司机的骨灰盒。骨灰盒放在一张桌子上，那是一张用来打牌打麻将的桌子。2 捧着司机的骨灰盒出来以后，通过泪汪汪的眼睛，他看到那几个站在自己房门口的人都是水淋淋的，他告诉他们：已经烂掉了。

2 回到家中以后，将司机的骨灰盒和 6 的女儿的骨灰盒并排放在一起。然后请来四位纸匠，用白纸做了一套组合式家具，以及冰箱彩电之类的家用电器。四位纸匠昼夜而作，三日后便全部完成。接着 2 请了一位唢呐吹手和几个拉板车的，把纸匠们的作品放在板车上，第一辆板车上还放着司机与 6 的女儿的骨灰盒。唢呐吹手和 2 走在最前列，在尖利的喜调声里，司机和 6 的女儿的婚礼在街上开始了。

他们走在城内几条主要街道上，街上的风将那套组合家具吹得歪歪斜斜，如同一个孩子手下的画。这情景吸引了街上所有的人，他们像几片水一样围了上去。2 心想总算对得起司机了。他回答了他们的询问，高声告诉他们是谁与谁的喜事。他看到街两旁几乎所有的窗口都有脑袋挂在那里，有一家窗口挂着好几个脑袋。他们也经过了瞎子

端坐的那条街。从尖利的唢呐声里，瞎子知道正在走来一个婚礼。

婚礼的行走经过了那破旧的城墙门洞以后，来到了城西坟场上。一个新坟已经掘好。2 将司机和 6 的女儿的骨灰盒放入坟中。然后盖土，土盖下去时有几块石子击在骨灰盒上，发出几声清脆的响声，那响声透出了隐藏的喜悦。接着纸匠们的作品被堆在坟墓四周，2 点燃了火。一群火像是一群马一样奔腾而起，一片黑烟在红色的火中缭绕不绝。顷刻之后，火势便跌落下来，于是失去了保护的黑烟也立刻四散而去。那烧透以后变得漆黑的纸灰将坟墓完整地盖住。可是一阵风将纸吹得七零八落，冉冉飘起以后便晃晃悠悠如烟般消散了。

此后，司机不再来到 2 的梦里。

四

在司机与 6 的女儿的婚礼行走过去以后，4 出现在大街上。她的嘴里哼着一支缓慢的曲子，在街道的右侧迟缓走来。在这个没有雨也没有阳光的上午，4 的形象显得很灰暗。她那张若有所思的脸，仿佛在暗示对往事的回首。4 走在灰白的水泥路上，很像是一种过去在走来。

4 在走来的时候，她的右手正在解开上衣的纽扣，她的动作小心翼翼显得十分优美。纽扣解开以后，她的身体出现了一根树枝似的倾斜，她开始从身上一点一点推开了那件上衣，然后右手抓住衣角，衣服便垂落在地了。她那么走了一会才松开右手，衣服就在街道上迅速地躺了下去，无声无息。接着她剥开藏青的毛衣，她依旧显得很美。藏青的毛衣掉落在地以后的模样，很像是一个人正在平静地死去。随后她开始解白色衬衣的纽扣，纽扣解开以后恰好一股微风吹来，使她的衬衣出现了调皮的飘动。衬衣掉下去时显得缓慢多了，似乎是一张白纸在掉落了下去。

4 走到一棵梧桐树旁，她伸出手抚摸了梧桐树野蛮的树干。然后她将身体靠了上去，她继续哼着那支曲子。她似乎看到前面有很多人都站着没有动，于是她模糊地记忆起很久以前甩了甩钢笔，墨水留在地上的斑点。

4 在那个时候解开了皮带，那条黑色长裤便沿着她白晃晃的大腿滑落下去，滑下去时似乎产生了一丝痒的感觉，她不禁微微一笑。她那条粉红色的短裤也随即滑落下去。然后她小心翼翼地从裤子包围中伸出了右脚，脚上没有袜子，接着她同样小心地伸出了左脚，左脚也没穿袜子。她赤裸的脚踩在了粗糙的水泥地上，她继续往前走去。

4赤裸的身体在这个阴沉的上午白得好像在生病。一股微风吹到她稚嫩的皮肤上，仿佛要吹皱她的皮肤了。她一直哼着那支曲子，她的声音很微小，她的声音很像她瘦弱的裸体。她走到了瞎子的身旁，她略略站了一会，然后朝瞎子微微一笑后就走开了。

瞎子在此之前就已经听到4的歌声了，只是那时候瞎子还不敢确定，那时候4的歌声让他感到是虚幻中的声音，他怀疑这声音是否已经真实地出现了。但是不久之后，4的声音像是一股清澈的水一样流来了。这水流到他身旁以后并没有立刻远去，似乎绕着他的身体流了一周，然后才流向别处。于是瞎子站了起来，他跟在4的声音后面走向一个他从未去过的地方。

4一直走到江边，此后她才站住脚，望着眼前这条迷茫流动的江，她听到从江水里正飘上来一种悠扬的弦乐之声。于是她就朝江里走去。冰冷的江水从她脚踝慢慢升起，一直掩盖到她的脖子，使她感到正在穿上一件新衣服。随后江水将她的头颅也掩盖了。

瞎子听到几颗水珠跳动的声音以后，他不再听到4的歌声了。于是他蹲了下去，手摸到了温暖潮湿的泥土，他在江边坐了下来。瞎子在江边坐了三日。这三日里他时时听到从江水里传来4流动般的歌声，在第四日上午，瞎子站了起来，朝4的声音走去。他的脚最初伸入江水时，一股冰冷立刻袭上心头。他感到那是4的歌声，4的歌声在江水慢慢淹没瞎子的时候显得越来越真切。当瞎子被彻底淹没时，他再次听到了几颗水珠的跳动，那似乎是4微笑时发出的声音。

瞎子消失在江水之中，江水依旧在迷茫地流动，有几片树叶从瞎子淹没的地方漂了过去，此后江面上出现了几条船。

三日以后，在一个没有雨没有阳光的上午，4与瞎子的尸首双双浮出了江面。那时候岸边的一株桃树正在盛开着鲜艳的粉红色。

一九八八年五月五日

古典爱情

柳生赴京赶考，行走在一条黄色大道上。他身穿一件青色布衣，下截打着密褶，头戴一顶褪色小帽，腰束一条青丝织带，恍若一棵暗翠的树行走在黄色大道上。此刻正是阳春时节，极目望去，一处是桃柳争妍，一处是桑麻遍野。竹篱茅舍四散开去，错落有致遥遥相望。丽日悬高空，万道金光如丝在织机上，齐刷刷奔下来。

柳生在道上行走了半日，其间只遇上两个衙门当差气昂昂擦肩而过，几个武生模样的人扬鞭催马疾驰而去，马蹄扬起的尘土遮住了前面的景致，柳生眼前一片纷纷扬扬的混乱。此后再不曾在道上遇上往来之人。

数日前，柳生背井离乡初次踏上这条黄色大道时，内心便涌起无数凄凉。他在走出茅舍之后，母亲布机上的沉重声响一直追赶着他，他脊背上一阵阵如灼伤般疼痛，于是父亲临终的眼神便栩栩如生地看着自己了。为了光耀祖宗，他踏上了黄色大道。姹紫嫣红的春天景色如一卷画一般铺展开来，柳生却视而不见。展现在他眼前的仿佛是一派暮秋落叶纷扬，足下的黄色大道也显得虚无缥缈。

柳生并非富家公子，父亲生前只是一个落榜的穷儒。他虽能写一手好字，画几枝风流花卉，可肩不能挑手不能提，如何能养家糊口？一家三口全仗母亲织布机前日夜操劳，柳生才算勉强活到今日。然而母亲的腰弯下去后再也无法直起。柳生自小饱读诗文，由父亲一手指点。天长日久便继承了父亲的禀性，爱读邪书，也能写一手好字，画几枝风流花卉，可偏偏生疏了八股。因此当柳生踏上赴京赶考之路时，父亲生前屡次落榜的窘境便笼罩了他往前走去的身影。

柳生在走出茅舍之时，只在肩上背了一个灰色的包袱，里面一文钱也没有，只有一身换洗的衣衫和纸墨砚笔。他一路风餐露宿，靠卖些字画换得些许钱，来填腹中饥饿。他曾遇上两位同样赴京赶考的少年，都是身着锦衣绣缎的富家公子，都有一匹精神气爽的高头大马，还有伶俐聪明的书童。即便那书童的衣着，也使他相形之下惭愧不已。他没有书童，只有投在黄色大道上的身影紧紧伴随。肩上的包袱在行走时微微晃动，他听到了笔杆敲打砚台的孤单声响。

柳生行走了半日，不觉来到了岔路口。此刻他又饥又渴，好在近旁有一河流。河流两岸芳草青青，长柳低垂。柳生行至河旁，见河水为日光所照，也是黄黄一片，只是垂柳覆盖处，才有一条条碧绿的颜色。他蹲下身去，两手插入水中，顿觉无比畅快。于是捧起点滴之水，细心洗去脸上的尘埃。此后才痛饮几口河水，饮毕席地而坐。芳草摇摇曳曳插入他的裤管，痒滋滋的有许多亲切。一条白色的鱼儿在水中独自游来游去，那躯体扭动得十分妩媚。看着鱼儿扭动，不知是因为鱼儿孤单，还是因为鱼儿妩媚，柳生有些凄然。

半晌，柳生才站立起来，返上黄色大道，从柳荫里出来的柳生只觉头晕目眩，他是在这一刻望到远处有一堆房屋树木影影绰绰，还有依稀的城墙。柳生疾步走去。

走到近处，听得人声沸腾，城门处有无数挑担提篮的人。进得城去，见五步一楼，十步一阁。房屋稠密，人物富庶。柳生行走在街市上，仕女游人络绎不断，两旁酒店茶亭无数。几个酒店挂着肥肥的羊肉，柜台上一排盘子十分整齐，盘子里盛着蹄子、糟鸭、鲜鱼。茶亭的柜子上则摆着许多碟子，尽是些橘饼、薯片、粽子、烧饼。

柳生一一走将过去，不一会便来到一座庙宇前。这庙宇像是新近修缮过的，金碧辉煌。站在门下的石阶上，柳生往里张望。一棵百年翠柏气宇轩昂，砖铺的地面一尘不染，柱子房梁油滑光亮，只是不见和尚，好大一幢庙宇显得空空荡荡。柳生心想夜晚就夜宿在此。想着，他取下肩上的包袱，解开，从里面取出纸墨砚笔，就着石阶，写了几张"杨柳岸晓风残月"之类的宋词绝句，又画了几张没骨的花卉，摆在那里，卖与过往的人。一时间庙宇前居然挤个水泄不通。似乎人人有钱，人人爱风雅。才半晌工夫，柳生便赚了几吊钱，看着人渐散去，就收起了钱小心藏好，又收起包袱缓步往回走去。

两旁酒店的酒保和茶亭的伙计笑容满面，也不嫌柳生布衣寒衫，

招徕声十分热情。柳生便在近旁的一家茶亭落座，要了一碗茶，喝毕，觉得腹中饥饿难忍，正思量着，恰好一个乡里人捧着许多薄饼来卖。柳生买了几张薄饼，又要了一碗茶水，慢慢吃了起来。

有两个骑马的人从茶亭旁过去，一个穿宝蓝缎的袍子，上绣百蝠百蝶；一个身着双叶宝蓝缎的袍子，上绣无数飞鸟。两位过去后，又有三位妇人走来。一位水田披风，一位玉色绣的八团衣服，一位天青缎二色金的绣衫。头上的珍珠白光四射，裙上的环佩叮当作响。每位跟前都有一个丫鬟，手持黑纱香扇替她们遮挡日光。

柳生吃罢薄饼，起身步出茶亭，在街市里信步闲走。离家数日，他不曾与人认真说过话。此刻腹中饥饿消散，寂寞也就重新涌上心头。看看街市里虽是人流熙攘，却皆是陌生的神色。母亲布机的声响便又追赶了上来。

行走间不觉来到一宽敞处，定睛观瞧，才知来到一大户人家的正门前。眼前的深宅大院很是气派，门前两座石狮张牙舞爪。朱红大门紧闭，甚是威严。再看里面树木参天，飞檐重叠，鸟来鸟往。柳生呆呆看了半晌，方才离去。他沿着粉墙旁的一条长道缓步走去。这长道也是上好的青砖铺成，一尘不染，墙内的树枝伸到墙外摇曳。行不多远，望到了偏门。偏门虽逊色于刚才的正门，可也透着威严，也是朱门紧闭。柳生听得墙内有隐约的嬉闹之声，他停立片刻，此后又行走起来。走到粉墙消失处，见到墙角有一小门。小门敞着，一个家人模样的人匆匆走出。他来到门前朝里张望，一座花园玲珑精致，心说这就是往日听闻却不曾眼见的后花园吧。柳生迟疑片刻，就走将进去。里面山水树花，应有尽有。那石山石屏虽是人工堆就，却也极为逼真。中间的池塘不见水，被荷叶满满遮盖，一座九曲石桥就贴在荷叶之上。一小亭立于池塘旁，两侧有两棵极大的枫树，枫叶在亭上执手相望。亭内可容三四人，屏前置瓷墩两个，屏后有翠竹百十竿，竹子后面的朱红栏杆断断续续，栏杆后面花卉无数。有盛开的桃花、杏花、梨花，有未曾盛开的海棠、菊花、兰花。桃杏犹繁，争执不下，其间的梨花倒是安然观望，一声不吭。

不知不觉间，柳生来到绣楼前。足下的路蓦然断去，柳生抬头仰视。绣楼窗棂四开，风从那边吹来，穿楼而过。柳生嗅得阵阵袭人的香气。此刻暮色徐徐而来，一阵吟哦之声从绣楼的窗口缓缓飘落。那声音犹如瑶琴之音，点点滴滴如珠落盘，细细长长如水流潺潺。随风拂拂而下，随暮色徐徐散开。柳生也不去分辨吟哦之词，只是一味在声音里如醉一般，飘飘欲仙。

暮色沉重起来，一片灰色在空中挥舞不止，然而柳生仰视绣楼窗口的双眼纹丝未动，四周的一切全然不顾。漫长的视野里仿佛出现了一条如玉带一般的河流，两种景致出现在双眼两侧，一是袅娜的女子行走在河流边，一是悠扬的垂柳飘拂在晚风里。两种情景时分时合，柳生眼花缭乱。

这销魂的吟哦之声开始接近柳生，少顷，一位如花似玉的女子在窗框中显露出来。女子怡然自得，樱桃小口笑意盈盈，吟哦之声就是在此处飘扬而出。一双秋水微漾的眼睛飘忽游荡，往花园里倾吐绵绵之意，然后，看到了柳生，不觉"呀"的一声惊叫，顿时满面羞红，急忙转身离去。这一眼恰好与柳生相遇。这女子深藏绣楼，三春好处无人知晓，今日让柳生撞见，柳生岂不昏昏沉沉如同坠入梦中。刚才那一声惊叫，就如弦断一般，吟哦之声戛然而止。

接下去万籁无声，似乎四周的一切都在烟消云散。半晌，柳生才算回过神来。回味刚才的情形，真有点虚无缥缈，然而又十分真切。再看那窗口，一片空空。但是风依旧拂拂而下，依旧香气袭人，柳生觉到了一丝温暖，这温暖恍若来自刚才那女子的躯体，使柳生觉得女子仍在绣楼之中。于是仿佛亲眼见到风吹在女子身上，吹散了她身上的袭人香气和体温，又吹到了楼下。柳生伸出右手，轻轻抚摸风中的温暖。

此时一个丫鬟模样的女子出现在窗口，她对柳生说：

"快些离去。"

她虽是怒目圆睁，神色却并不凶狠，柳生觉得这怒是佯装而成。柳生自然不会离去，仍然看着窗户目不斜视。倒是丫鬟有些难堪，一个男子如此的目光委实难以承受。丫鬟离开了窗户。

窗户复又空洞起来，此刻暮色越发沉重了，绣楼开始显得模模糊糊。柳生隐约听得楼上有说话之声，像是进去了一个婆子，婆子的声音十分洪亮。下面是丫鬟尖厉的叫嚷，最后才是小姐。小姐的声音虽如滴水一般轻盈，柳生还是沐浴到了。他不由微微一笑，笑容如同水波一般波动了一下，柳生自己丝毫不觉。

丫鬟再次来到窗口，嚷道：

"还不离去！"

丫鬟此次的面容已被暮色篡改，模糊不清，只是两颗黑眼珠子亮晶晶，透出许多怒气。柳生仿佛不曾听闻，如树木种下一般站立着。又怎能离去呢？

渐渐地，绣楼变得黑沉沉，此刻那敞着的窗户透出了丝丝烛光，烛光虽然来到窗外，却不曾掉落在地，只在柳生头顶一尺处来去。然而烛光却是映出了楼内小姐的身影，投射在梁柱上，刚好为柳生目光所及。小姐低头沉吟的模样虽然残缺不全，可却生动无比。

有几滴雨水落在柳生仰视的脸上，雨水来得突然，柳生全然不觉。片刻后雨水放肆起来，劈头盖脸朝柳生打来。他始才察觉，可仍不离去。

丫鬟又在窗口出现，丫鬟朝柳生张望了一下，并不说话，只是将窗户关闭。小姐的身影便被毁灭。烛光也被收了进去，为窗纸所阻，无法复出。

雨水斜斜地打将下来，并未打歪柳生的身体，只是打落了他头戴的小帽，又将他的头发朝一边打去。雨水来到柳生身上，曲折而下。半晌，柳生在风雨声里，渐渐听出了自己身体的滴答之声。然而他无暇顾及这些，依然仰视楼内的烛光，烛光在窗纸上跳跃抖动。虽不见小姐的身影，可小姐似乎更为栩栩如生。

窗户不知何故复又打开，此刻窗外风雨正猛。丫鬟先是在窗口露了一下，片刻后小姐与丫鬟双双来到窗口，朝柳生张望。柳生尚在惊喜之中，楼上两人便又离去，只是窗户不再关闭。柳生望到楼内梁柱上身影重叠，又瞬时分离。不一刻，楼上两人又行至窗前，随即一根绳子缓缓而下，在风雨里荡个不停。柳生并未注意这些，只是痴痴望着小姐。于是丫鬟有些不耐烦，说道：

"还不上来。"

柳生还是未能明白，见此状小姐也开了玉口：

"请公子上来避避风雨。"

这声音虽然细致，却使勇猛的风雨之声顷刻消去。柳生始才恍然大悟，举足朝绳子迈去，不料四肢异常僵硬。他在此站立多时不曾动弹，手脚自然难以使唤。好在不多时便已复原，他攀住绳子缓缓而上，来到窗口，见小姐已经退去，靠丫鬟相助他翻身跃入楼内。

趁丫鬟收拾绳子关闭窗户，柳生细细打量小姐。小姐正在离他五尺之远处亭亭玉立，只见她霞裙月帔，金衣玉身。朱唇未动，柳生已闻得口脂的艳香。小姐羞答答侧身向他。这时丫鬟走到小姐近旁站立。柳生慌忙向小姐施礼：

"小生姓柳名生。"

小姐还礼道：

"小女名惠。"

柳生又向丫鬟施礼，丫鬟也还礼。

施罢礼，柳生见小姐、丫鬟双双掩口而笑。他不知是自己模样狼狈，也赔上几声笑。

丫鬟道：

"你就在此少歇，待雨过后，速速离去。"

柳生并不作答，两眼望小姐。小姐也说：

"公子请速更衣就寝，免得着凉。"

说毕，小姐和丫鬟双双向外屋走去。小姐细袖摇曳，玉腕低垂离去。那离去的身姿，使柳生蓦然想起白日里所见鱼儿扭动的妩媚。丫鬟先挑起门帘出去，小姐行至门前略为迟疑，挑帘而出时不禁回眸一顾。小姐这回眸一顾，可谓情意深长，使柳生不觉神魂颠倒。

良久，柳生才知小姐已经离去，不由得心中一片空落落不知如何才是。环顾四周，见这绣楼委实像是书房，一摞摞书籍整齐地堆在梁子上，一张瑶琴卧案而躺。然后柳生才看到那张红木雕成的绣床，绣床被梅花帐遮去了大半。一时间柳生觉得心旌摇晃，浑身上下有一股清泉在流淌。柳生走到梅花帐前，嗅到了一股柏子香味，那翡翠绿色的被子似乎如人一般仰卧，花纹在烛光里躲躲闪闪。小姐虽去，可气息犹存。在柏子的香味中，柳生嗅出了另一种淡雅的气息，那气息时隐时现，似真似假。

柳生在床前站立片刻，便放下了梅花帐，帐在手里恍若是小姐的肌肤一般滑润。梅花帐轻盈而下，一直垂至地下弯曲起来。柳生退至案前烛光下，又在瓷凳上坐下，再望那床，已被梅花帐遮掩，里面翡翠绿色的被子隐隐可见，状若小姐安睡。此刻柳生俨然已成小姐的郎君。小姐已经安睡，他则挑灯夜读。

柳生见案上翻着一本词集，便从小姐方才读过处往下读去。字字都在跳跃，就像窗外的雨水一般。柳生沉浸在假想的虚景之中，听着窗外的点滴雨声，在这良辰美景里缓缓睡去。

蒙蒙眬眬里，柳生听得有人呼唤，那声音由远而近，飘飘而来。

柳生蓦然睁开眼来，见是小姐伫立身旁。小姐此刻云鬟有些凌乱，脸上残妆犹见。虽是这副模样，却比刚才更为生动撩人。一时间柳生还以为是梦中的情景，当听得小姐说话，才知情景的真切。

小姐说：

"雨已过去，公子可以上路了。"

果然窗外已无雨水之声，只是风吹树叶沙沙响着。

见柳生一副神情恍惚的模样，小姐又说：

"那是树叶之声。"

小姐站在阴暗处，烛光被柳生所挡。小姐显得幽幽动人。柳生凝视片刻，不由长叹一声，站立起来道：

"今日一别，难再相逢。"

说罢往窗口走去。

可是小姐纹丝未动，柳生转回身来，才见小姐眼中已是泪光闪闪，那模样十分凄楚。柳生不由走上前去，捏住小姐低垂的玉腕，举到胸襟。小姐低头不语，任柳生万般抚摸。半晌，小姐才问：

"公子从何而来？将去何处？"

柳生如实相告，又去捏住小姐另一只手。此刻小姐才仰起脸来细细打量柳生。两人执手相看，叙述一片深情。

此刻烛光突然熄灭，柳生顺势将玉软香温的小姐抱入怀中。小姐轻轻"呀"了一声，便不再做声，却在柳生怀里颤抖不已。此时柳生也已神魂颠倒。仿佛万物俱灭，唯两人交融在一起。柳生抚摸不尽，听得呼吸声长短不一，也不知哪声是自己，哪声是小姐。一个是寡阴的男子，一个是少阳的女子，此刻相抱成团，如何能分得出你我。

窗外传来更夫打更的声响，才使小姐蓦然惊醒过来。她挣脱柳生的搂抱，沉吟片刻，说道：

"已是四更天，公子请速速离去。"

柳生在一片黑色中未动，半晌才答应一声，然后手摸索到了包袱，接着又是久久站立。

小姐又说：

"公子离去吧。"

那声音凄凉无比，柳生听了小姐的微微抽泣声，不觉自己也泪流而下。他朝小姐摸索过去，两人又是一阵难分你我的搂抱。然后柳生朝窗口走去。行至窗前，听得小姐说：

"公子留步。"

柳生转回身去，看着小姐模糊的黑影在房里移动，接着又听到剪刀咔嚓一声。片刻后，小姐向他走来，将一包东西放入他手中。柳生觉得手中之物沉甸甸，也不去分辨是何物，只是将其放入包袱。然后柳生爬出窗外，顺绳而下。

着地后柳生抬头仰视，见小姐站立窗前，只能看到一个身影。小姐说：

"公子切记，不管榜上有无功名，都请早去早回。"

说罢，小姐关闭了窗户。柳生仰视片刻便转身离去。后门依旧敞着，柳生来到了院外。有几滴残雨打在他脸上，十分阴冷，然后听到了马嘶声，马嘶声在寂静的夜色里嘹亮无比。柳生走过了空空荡荡的街市，并未遇上行人，只是远远看到一个更夫提着灯笼在行走。不久之后，柳生已经踏上了黄色大道。良久，晨光才依稀显露出来。柳生并不止步，看看远近的茅舍树木开始恢复原貌，柳生感到足下的大道踏实起来。待红日升起时，他已经远离了小姐的绣楼。他这才打开包袱，取出小姐给他的那一包东西。打开后，他看到了一缕乌黑的发丝和两封雪白的细丝锭子，它们由一块绣着一对鸳鸯的手帕包起。柳生心中不由流淌出一股清泉，于是收起，重新放入包袱，耳边不觉响起小姐临别之言：

"早去早回。"

柳生疾步朝前走去。

二

数月后，柳生落榜归来。他在黄色大道上犹豫不决地行走。虽一心向往与小姐重逢，可落榜之耻无法回避。他走走停停，时快时慢。赴京之时尚是春意喧闹，如今归来却已是萧萧秋色。极目远眺，天淡云闲，一时茫茫。眼看着那城渐近，柳生越发百感交集。近旁有一条河流，柳生便走到水旁，见水中映出的人并非锦衣绣缎，只是布衣褴褛。心想赴京之时是这般模样，归来仍旧是这般模样。季节尚能更换，他却无力锦衣荣归，又如何有脸与小姐相会。

柳生心里思量着重新上路，不觉来到了城门口。一片喧哗声从城门蜂拥而出，城中繁荣的景象立刻清晰在目。

柳生行至喧闹的街市，不由止步不前，虽然离去数月，可街市的面貌依然如故，全不受季节更换影响。柳生置身其间，再度回想数月前与小姐绣楼相逢之事，似乎是虚幻中的一桩风流逸事。然而小姐临别之言却千真万确，小姐的声音点滴响起：

"不管榜上有无功名，都请早去早回。"

柳生此刻心里波浪迭起，不能继续犹豫，便疾步朝前走去。小姐伫立窗口远眺的情景，在柳生疾步走去时栩栩如生。因为过久的期待而变得幽怨的目光，在柳生的想象里含满泪水。重逢的情形是黯然无语，也可能是鲜艳的。他将再次攀绳而上则必定无疑。

然而柳生行至那富贵的深宅大院前，展示给他的却是断井颓垣，一片废墟。小姐的绣楼已不复存在，小姐又如何能够伫立窗前？面对一片荒凉，柳生一阵头晕目眩。眼前的一切始料不及，似乎是瞬间来到。回想数月前首次在这里所见的荣华富贵，历历在目似乎就在刚才。再看废墟之上却是朽木烂石，杂草丛生，一片凄凉景象，往日威武的石狮也不知去向。

柳生在往日的正门处呆立半晌，才沿着那一片废墟走去。行不多远他止住脚步，心说此处便是偏门。偏门处自然也是荒凉一片。柳生继续行走，来到了往日的后花园处，一截颓垣孤苦伶仃站立着，有半扇门斜靠在那里。这后门倒还依稀可见。柳生踏上废墟，深浅不一地行走过去，细细分辨何处是九曲石桥，何处是荷花满盖的池塘，何处是凉亭和朱栏，何处是翠竹百十竿，何处是桃杏争妍。往日的一切皆烟消云散，倒是两棵大枫树犹存，可树干也已是伤痕累累。那当初尚是枯黄的枫叶，入了秋季，又几经霜打，如今红红一片，如同涂满血一般，十分耀眼。几片落叶纷纷扬扬掉落下来，这枫树虽在盛时，可也已经显露出落魄的光景来了。

最后，柳生才来到往日的绣楼前。见几堆残瓦，几根朽木，中间一些杂草和野花。往昔繁荣的桃杏现在何方？唯有几朵白色的野花在残瓦间隙里苟且生长。柳生抬头仰视，一片空旷。可是昔日攀绳而上进入绣楼的情景，在这一片空旷里隐约显露出来。显然是重温，可也十分真切，仿佛身临其境。然而柳生的重温并未持续到最后，而在道出那句"今日一别，难再相逢"处蓦然终止。绣楼转瞬消去，那一片空旷依旧出现。柳生醒悟过来，仔细回味这话，没料到居然说中了。

此刻暮色开始降临，柳生依旧站立片刻，然后才转身离去。他离去时仍然走来时的路，如数月前一般走出后门。此后在废墟一旁行走，最后一次回顾昔日的繁荣。

待柳生来到街市上，已是掌灯时候。两旁酒楼茶亭悬满灯笼，耀如白日。街上依旧人流不息，走路人并不带灯笼。柳生向两旁卖酒的，卖茶的，卖面的，卖馄饨的——打听小姐的去向，然而无人知晓。正在惆怅时，一小厮指点着告知柳生：

"这人一定知晓。"

柳生随即望去，见酒店柜台外一人席地而坐，蓬头垢面衣衫褴褛。小厮告知柳生，此人即是那深宅大院的管家。柳生赶紧过去，那管家两眼睁着，却是无精打采，见柳生过去，便伸出一只满是污垢的手，向柳生乞讨。柳生从包袱里摸出几文放入他的手掌。管家接住立即精神起来，站起把钱拍在柜台上，要了一碗水酒，一饮而尽，随即又软绵绵坐下去斜靠在柜台上。柳生向他打听小姐的去处，他听后双眼一闭，喃喃说道：

"昔日的荣华富贵啊。"

翻来覆去只此一句。柳生再问过一次，管家睁开眼来，一双污手又伸将过来。柳生又给了几文，他照旧换了水酒喝下，而回答柳生的仍然是：

"昔日的荣华富贵啊。"

柳生叹息一声，知道也问不出什么，便转身离去，他在街市里行走了数十步，然后不知不觉地拐入一条僻巷。巷中一处悬着灯笼，灯笼下正卖着茶水。柳生见了，才发觉自己又饥又渴，就走将过去，在一条长凳上落座，要了一碗茶水，慢慢饮起来。身旁的锅里正煮着水，茶桌上插着几株时鲜的花朵。柳生辨认出是菊花、海棠、兰花三种。柳生不由想起数月前步入那后花园的情形，那时桃、杏、梨三花怒放，而菊、兰和海棠尚未盛开。谁想到如今却在这里开放了。

三

三年后，柳生再度赴京赶考，依旧行走在黄色大道上。虽然仍是阳春时节，然而四周的景致与前次所见南辕北辙，既不见桃李争妍，也不见桑麻遍野。极目望去，树木枯萎，遍野黄土；竹篱歪斜，茅舍在风中摇摇欲坠。倒是一幅寒冬腊月的荒凉景致。一路走来，柳生遇

到的尽是些衣衫褴褛的行乞之人。

柳生在这荒年里，依然赴京赶考。他在走出茅舍之时，母亲布机上的沉重声响并未追赶而出，母亲已安眠九泉之下。母亲死后的一些日子，他靠的是三年前小姐所赠的两封纹银度日，才算活下来。若此去再榜上无名，柳生将永无光耀祖宗的时机。他在踏上黄色大道时蓦然回首，茅屋上的茅草在风中纷纷扬扬。于是他赶考归来时茅屋的情形，在此刻已经预先可见。茅屋也将像母亲布机上的沉重声响一般，消失得无影无踪。

柳生行走了数日，一路之上居然未见骑马的达官贵人，也不曾遇上赴京赶考的富家公子。脚下的黄色大道坎坷不平，在荒年里疲惫延伸。他曾见一人坐在地上，啃吃翻出泥土的树根，吃得满嘴是泥。从这人已不能遮体的衣衫上，柳生依稀分辨出是上好料子的绣缎。富贵人家都如此沦落，穷苦人家也就不堪设想。柳生感慨万分。

一路之上的树木皆伤痕累累，均为人牙所啃。有些树木还嵌着几颗牙齿，想必是用力过猛，牙齿便留在了树上。而路旁的尸骨，横七竖八，每走一里就能见到三两具残缺不全的人尸。那些人尸都是赤条条的，男女老幼皆有，身上的褴褛衣衫都被剥去。

柳生一路走来，四野里均是黄黄一片，只一次见到一小块绿色青草。却有十数人趴在草上，臀部高高翘起，急急地啃吃青草，远远望去真像是一群牛羊。他们啃吃青草的声响沙沙而来，犹如风吹树叶一般。柳生不敢目睹下去，急忙扭头走开。然而扭头以后见到的另一幕，却是一个垂死之人在咽一撮泥土，泥土尚未咽下，人就猝然倒地死去。柳生从死者身旁走过，觉得自己两腿轻飘，真不知自己是行走在阳间的大道，还是阴间的小路。

这一日，柳生来到了岔路口，驻足打量，渐渐认出这个地方。再一看，此处早已面目全非。三年前的青青芳草，低垂长柳而今毫无踪迹。草已被连根拔去，昨日所见十数人啃吃青草的情景在这里也曾有过。而柳树光秃秃的虽生犹死。河流仍在。柳生行至河旁，见河流也逐渐枯干，残留之水混浊不清。柳生伫立河旁，三年前在此所见的一切慢慢浮现。曾有一条白色的鱼儿在水中游来游去，那躯体扭动得十分妩媚。于是在绣楼里看小姐朝外屋走去的情景，也一样清晰在目。虽然时隔三年，可往日的情景仿佛就在眼前。可是又转瞬消逝，眼前只是一条行将枯干的河流。在混浊的残水里，如何能见白色鱼儿的扭动？而小姐此刻又在何方？是生是死？柳生抬头仰视，一片茫然。

柳生重新踏上黄色大道时，已能望到那城，一旦越走越近，往事重又涌上心头。小姐的影子飘飘忽忽，似近似远，仿佛伴随他行走。而那富贵的深宅大院和荒凉的断井残垣则交替出现，有时竟然重叠在一起。

仅到城边，柳生就已嗅到了城中破落的气息。城门处冷冷清清，全不见乡里人挑着担子、提着篮子进出的情景，也不见富家公子游手好闲的模样。城内更无沸腾的人声，只是一些面黄肌瘦的人四分五裂地独自行走。即便听得一些说话声，也是有气无力。虽然仍是五步一楼，十步一阁，可楼阁之上的金粉早已剥落，露出了里面的丧气。柳生走在街市上，已经没有仕女游人，而一些布衣寒士满脸的丧魂落魄。昔日铺满街道的茶亭酒店如今寥寥无几，大多已经关门闭店，人去屋空。灰尘布满了门框和窗棂。幸存的几家也挂不出肥肥的羊肉，卖不出橘饼和粽子了。酒保小厮都是一脸的呆相，活泼不起来。酒店的柜子上依旧放着些盘子，可不是一排铺开，而是摞在一起。盘中空空无物，更不见乡里人捧着汤面薄饼来卖。

柳生一边行走，一边回想昔日的繁荣，似乎在梦境之中。世事如烟，转瞬即逝。不觉来到了那座庙宇前。再看这昔日金碧辉煌的庙宇，如今一副落魄的模样。门前的石阶断断续续，犹如山道一般杂乱。庙内那棵百年柏树已是断肢残体。柱子房梁斑斑驳驳，透出许多腐朽来。铺砖的地上是杂草丛生。柳生站立片刻，拿下包袱，从里取出几张事先完成的字画，贴在庙墙之上。虽有一些过往的人，却都是愁眉苦脸，谁还有闲情逸致来附庸风雅？柳生期待良久，看这寂寞的光景，想是不会有人来买他的字画了，只得收起放入包袱。柳生这一路过来，居然未卖出一张字画，常常忍饥挨饿。小姐昔日所赠的纹银已经剩余不多，柳生岂敢随便花用。

柳生离了庙宇，又行至街市上，再度回想昔日的繁华，又是一番感慨。这感慨其实源于小姐的绣楼和那气派的深宅大院。看到这城也如此落难，再想那绣楼的败落，柳生心里不再一味感伤小姐，开始感叹世事的瞬息万变。

这么想着，柳生来到了那一片断井颓垣的废墟前。三年下来，此处今日连断井颓垣也无影无踪，眼前出现的只是一片荒地。小姐的绣楼已无法确认，整个荒地里只是依稀有些杂草，一片残瓦、一根朽木都难以找到。若不是那两棵状若尸骨的枫树，柳生怕是难以确认此处。仿佛此处已经荒凉了百年，不曾有过富贵的深宅大院，不曾有过翠树和鲜花，不曾有过后花园和绣楼，也不曾有过名惠的小姐。而柳生似也不曾来过这里，即便三年前来过，那三年前这里也是一片荒地。

柳生站立良久，始才转身离去。离去时觉得身子有些轻飘。对小姐的沉重思念，不知不觉中淡去了许多。待他离去甚远，那思念也瓦解得很干净了。似乎他从未有过那一段销魂的时光。

柳生并未返回街市，而是步入了一条僻巷。柳生行走其间，只是两旁房屋蛛网悬挂，不曾听得有人语之声，倒也冷清。柳生此刻不愿步入街市与人为伍，只图独个儿走走，故而此僻巷甚合他意。

柳生步穿了僻巷，来到一片空地上，只有数十荒冢，均快与地面一般平了，想是年久无人理睬。再看不远处有一茅棚，棚内二人都屠夫模样，棚外有数人。柳生尚不知此处是菜人市场，便走将过去。因为荒年粮无颗粒，树皮草根渐尽，便以人为粮，一些菜人市场也就应运而生。

棚内二人在磨刀石上磨着利斧，棚外数人提篮挑担仿佛守候已久，篮与担内空空无物。柳生走到近旁，见不远处来了三人，一个衣不蔽体的男子走在头里，后面跟着一妇一幼，这一妇一幼也衣不蔽体。那男子走入棚内，棚内二人中一店主模样的就站立起来。男子也不言语，只是用手指点指点棚外的一妇一幼。店主瞧了一眼，向那男子伸出三根手指，男子也不还价，取了三吊钱走出棚外径自去了。柳生听得那幼女唤了一声"爹"，可那男子并不回首，疾走而去，转眼消失了。

再看店主，与伙计一起步出棚外，将那妇人的褴褛衣衫撕了下来，妇人便赤条条一丝不挂了。妇人的腹部有些肿胀，而别处却奇瘦无比。妇人被撕去衣衫时，也不做挣扎，只是身子晃动了一下，而后扭过头去看身旁的幼女。那两人在撕幼女的衣衫，幼女挣扎了一下，但仰脸看了看妇人后便不再动了。幼女看上去才十来岁光景，虽然瘦骨伶仃，可比那妇人肥胖些。

棚外数人此刻都围上前去，与店主交涉起来。听他们的话语，似乎都看中了那个幼女，他们嫌妇人的肉老了一些。店主有些不耐烦，问道：

"是自家吃，还是卖与他人？"

有二人道是自家吃，其余都说卖与他人。

店主又说：

"若卖与他人，还是肉块大一些好。"

店主说着指点一下妇人。

又交涉一番，才算定下来。

这时妇人开口说道：

"她先来。"

妇人的声音模糊不清。

店主答应一声，便抓起幼女的手臂，拖入棚内。

妇人又说：

"行行好，先一刀刺死她吧。"

店主说：

"不成，这样肉不鲜。"

幼女被拖入棚内后，伙计捉住她的身子，将其手臂放在树桩上。幼女两眼瞟出棚外，看那妇人，所以没见店主已举起利斧。妇人并不看幼女。

柳生看着店主的利斧猛劈下去，听得"咔嚓"一声，骨头被砍断了，一股血四溅开来，溅得店主一脸都是。

幼女在"咔嚓"声里身子晃动了一下，然后她才扭回头来看个究竟，看到自己的手臂躺在树桩上，一时间目瞪口呆。半响，才长号几声，身子便倒在了地上。倒在地上后哭喊不止，声音十分刺耳。

店主此刻拿住一块破布擦脸，伙计将手臂递与棚外一提篮的人。那人将手臂放入篮内，给了钱就离去。

这当儿妇人奔入棚内，拿起一把放在地上的利刃，朝幼女胸口猛刺。幼女窒息了一声，哭喊便戛然终止。待店主发现为时已晚。店主一拳将妇人打到棚角，又将幼女从地上拾起，与伙计二人令人眼花缭乱地肢解了幼女，一件一件递与棚外的人。

柳生看得魂不附体，半响才醒悟过来。此刻幼女已被肢解完毕，店主从棚角拖出妇人。柳生不敢继续目睹，赶紧转身离去，躲入僻巷。然而店主斧子砍下的沉重声响与妇人撕裂般的长号却追赶而来，使柳生一阵颤抖，直到他疾步走出僻巷，那些声音才算消失。可是刚才的情景却难以摆脱，凄惨惨地总在柳生眼前晃动。无论柳生走到何处，这惨景就是不肯消去。柳生看着暮色将临，他不敢在城里露宿，便急急走到城外。踏上黄色大道时，才算稍稍平静一些。不久一轮寒月悬

空而起，柳生走在月光之下，感到一丝丝的凉意。

四

次日午后，柳生来到一村子。这村子不过十数人家，均是贫寒的茅舍。茅舍上虽有烟囱挺立，却丝毫不见炊烟升空四散开去的情景。因为日光所照，道上盖着一层尘灰，柳生走在上面，尘土如烟般腾起。道上依稀留有几双人过后的足印，却没有马蹄的痕迹，也没有狗和猪羊家禽的印迹。有一条短路从道旁岔开去，岔处下是一条涧沟。涧沟里无水，稀稀长着几根黄草。涧沟上有一小小板桥。柳生没有跨上板桥，所以也就不踏上那条小路。他走入了道旁的茅屋。

这茅屋是个酒店。柜上摆着几个盘子，盘中均是大块的肉，煮得很白。店内三人，一个店主身材瘦小，两个伙计却是五大三粗。虽然都穿着布衫，倒也整清，看不到上面有补丁。在这大荒之年，这酒店居然如石缝中草一般活下来，算是一桩奇事了。再看店内三人，虽说不上是红光满面，可也不至于面黄肌瘦。柳生一路过来，很少看到还有点人样的人。

柳生昨日黄昏离开那城，借着月光一直走到三更时候，才在一破亭里歇脚，将身子像包袱般蜷成一团，倒在亭角睡去。次日熹微又起身赶路，如今站在这酒店门外，只觉得自己身子摇晃双眼发飘。一日多来饭没进一口，水没喝一滴，又不停赶路，自然难以支持下去，那店主此刻满脸笑容迎上去，问：

"客官要些什么？"

柳生步入酒店，在桌前坐定，只要了一碗茶水和几张薄饼。店主答应一声，转眼送了上来。柳生将茶水一口饮尽，而后才慢慢吃起了薄饼。

这时节，一个商人模样的人走将进来，这人身着锦衣绣缎，气宇不凡，身后跟着两个家人，都挑着担。商人才在桌前坐定，店主就将上好的水酒奉上，并且斟满一盅推到他面前。商人将水酒一饮而尽，随后从袖内掏出一把碎银拍在桌上，说：

"要荤的。"

那两个伙计赶紧端来两盘白白的肉，商人只是看了一眼，就推给了家人，又道：

"要新鲜的。"

店主忙说：

"就去。"

说罢和两个伙计走入了另一间茅屋。

柳生吃罢薄饼，并不起身，他依旧坐着，此刻精神了许多，便打量起近旁这三人来。两个家人虽也坐下，但主人要的菜未上，也就不敢动眼皮底下的肉。那商人一盅一盅地喝着酒，才片刻工夫就不耐烦，叫道：

"还不上菜？！"

店主在旁屋听见了，忙答应：

"就来，就来。"

柳生才站立起来，背起包袱正待往外走去，忽然从隔壁屋内传出一声撕心裂肺般的喊叫，声音疼痛不已，如利剑一般直刺柳生胸膛。声音来得如此突然，使柳生好不惊吓。这一声喊叫拖得很长，似乎集一人毕生的声音一口吐出，在茅屋之中呼啸而过。柳生仿佛看到声音刺透墙壁时的迅猛情形。

然后声音戛然而止，在这短促的间隙里，柳生听得斧子从骨头中发出的吱吱声响。因此昨日在城中菜人市场所见的一切，此刻清晰重现了。

叫喊声复又响起，这时的喊叫似乎被剁断一般，一截一截而来。柳生觉得这声音如手指一般短，一截一截十分整齐地从他身旁迅速飞过。在这被剁断的喊叫里，柳生清晰地听到了斧子砍下去的一声声。斧子声与喊叫声此起彼伏，相互填补了各自声音的间隙。

柳生不觉毛骨悚然。然而看那坐在近旁的三人，全然不曾听闻一般，若无其事地饮着酒。商人不时朝那扇门看上一眼，仍是一副十分不耐烦的模样。

隔壁的声音开始细小下去，柳生分辨出是一女子在呻吟。呻吟声已没有刚才的凶猛，听来似乎十分平静，平静得不像是呻吟，倒像是瑶琴声声传来，又似吟哦之声飘飘而来。那声音如滴水一般。三年前柳生伫立绣楼窗下，聆听小姐吟哦诗词的情形，在此刻模模糊糊地再度显示出来。柳生沉浸在一片无声无息之中。然而转瞬即逝，隔壁的声音确实是在呻吟。柳生不知为何蓦然感到是小姐的声音，这使他微微颤抖起来。

121

柳生并未知道自己正朝那扇门走去。来到门口，恰逢店主与两个伙计迎面而出。一个伙计提着一把溅满血的斧子，另一个伙计倒提着一条人腿，人腿还在滴血。柳生清晰地听到了血滴在泥地上的滞呆声响。他往地上望去，都是斑斑血迹，一股腥味扑鼻而来。可见在此遭宰的菜人已经无数了。

柳生行至屋内，见一女子仰躺在地，头发散乱，一条腿劫后余生，微微弯曲，另一条腿已消失，断处血肉模糊。柳生来到女子身旁，蹲下身去，细心拂去遮盖在女子脸上的头发。女子杏眼圆睁，却毫无光彩。柳生仔细辨认，认出来正是小姐惠，不觉一阵天旋地转。没想到一别三年居然在此相会，而小姐竟已沦落为菜人。柳生泪如泉涌。

小姐尚没咽气，依旧呻吟不止。难忍的疼痛从她扭曲的脸上清晰可见。只因声音即将消耗完毕，小姐最后的声音化为呻吟时，细细长长如水流潺潺。虽然小姐杏眼圆睁，可她并未认出柳生。显示在她眼中的只是一个陌生的男子，她用残留的声音求他一刀把她了结。

任凭柳生百般呼唤，小姐总是无法相认。在一片无可奈何与心如刀割里，柳生蓦然想起当初小姐临别所赠的一缕头发，便从包袱中取出，捧到小姐眼前。半晌，小姐圆睁的杏眼眨了一下，呻吟声戛然终止。柳生看到小姐眼中出现了闪闪泪光，却没看到小姐的手正朝他摸索过来。

小姐用最后的声音求柳生将她那条腿赎回，她才可完整死去。又求他一刀了结自己。小姐说毕，十分安然地望着柳生，仿佛她已心满意足。在这临终之时，居然能与柳生重逢，她也就别无他求。

柳生站立起来，走出屋门，走入酒店的厨房。此刻一个家人正在割小姐断腿上的肉。那条腿已被割得支离破碎。柳生一把推开家人，从包袱里掏出所有银子扔在灶台上。这些银子便是三年前小姐绣楼所赠银子的剩余。柳生捧起断腿时，同时看到案上摆着一把利刀。昨日在城中菜人市场，所见妇人一刀刺死其幼女的情景复又出现。柳生迟疑片刻，便毅然拿起了利刀。

柳生重新来到小姐身旁，小姐不再呻吟，她幽幽地望着柳生，这正是柳生想象中小姐伫立窗前的目光。见柳生捧着腿进来，小姐的嘴张了张，却没有声音。小姐的声音已先自死去了。

柳生将腿放在小姐断腿处，见小姐微微一笑。小姐看了看他手中的利刀，又看了看柳生。小姐所期待的，柳生自然明白。

小姐虽不再呻吟，却因为难忍的疼痛，她的脸越发扭曲。柳生无力继续目睹这脸上的凄惨，他不由闭上双眼。半晌，他才向小姐胸口摸索过去，触摸到了微弱的心跳，他似乎觉得是手指在微微跳动。片刻后他的手移开去，另一只手举起利刀猛刺下去。下面的躯体猛地收起，柳生凝住不动，感觉着躯体慢慢松懈开来。待下面的躯体不再动弹，柳生开始颤抖不已。

良久，柳生才睁开双眼，小姐的眼睛已经闭上，脸也不再扭曲，其神色十分安详。

柳生蹲在小姐身旁，神色恍惚。无数往事如烟般弥漫而来，又随即四散开去。一会是眼花缭乱的后花园景致，一会是云霞翠柱的绣楼，到头来却是一片空空，一派茫茫。

然后柳生抱起小姐，断腿在手臂上弯曲晃荡，他全然不觉。走出屠屋，行至店堂，也不见那商人正如何兴致勃勃啃吃小姐腿肉。他步出酒店踏上黄色大道。极目远望，四野里均为黄色所盖。在这阳春时节竟望不到一点绿色，又如何能见姹紫嫣红的鲜艳景致呢？

柳生朝前缓步行走，不时低头俯看小姐，小姐倒是一副了却了心愿的平和模样。而柳生却是魂已断去，空有梦相伴随。

走不多远，柳生来到一河流旁。河两岸是一片荒凉，几棵枯萎的柳树状若尸骨。河床里尚遗留一些水，水虽然混浊，却还在流动，竟也有些潺潺之声。柳生将小姐放在水旁，自己也坐下去。

再端详起小姐来。身子上有许多血迹，还有许多污泥。柳生便解开小姐身子上的褴褛衣衫，听得一声声衣衫撕裂的声响。少顷，小姐身子清清白白地显露出来。柳生用河中之水细心洗去小姐身上的血迹和污泥。洗至断腿，断腿千疮百孔，惨不忍睹。柳生不由闭上双眼，在昨日城中菜人市场所见的情景复现里，他将断腿移开。

重新睁开眼来，腿断处跃入眼帘。斧子乱剁一阵的痕迹留在这里，如同乱砍之后的树桩。腿断处的皮肉七零八落地互相牵挂在一起，一片稀烂。手指触摸其间，零乱的皮肉柔软无比，而断骨的锋利则使手指一阵惊慌失措。柳生凝视很久，那一片断井颓垣仿佛依稀出现了。

不久胸口的一摊血迹来到。柳生仔细洗去血迹，被利刀捅过的创口皮肉四翻，里面依然通红，恰似一朵盛开的桃花。想到创口是自己所刺，柳生不觉一阵颤抖。三年积累的思念，到头来化为一刀刺下。柳生真不敢相信如此的事实。

将小姐擦净之后，柳生再次细细端详，小姐仰躺在地，肌肤如冰之清，如玉之润。小姐是虽死犹生。而柳生坐在一旁，却是茫茫无知无觉，虽生犹死。

然后柳生从包袱里取出自己换洗的衣衫，给小姐套上。小姐身着宽大的衣衫，看去十分娇小。这情形使柳生泪如雨下。

柳生在近旁用手指挖出一个坑，又折了许多枯树枝填在坑底和两侧，再将小姐放入，然后在小姐身上盖满树枝。小姐便躲藏起来，可又隐约能见。柳生将土盖上去，筑起一座坟冢，又在坟上洒了些许河中之水。

而后便是在坟前端坐，脑中却是空空无物。直到一轮寒月升空，柳生才醒悟过来。见月光照在坟上反射出许多荧荧之光。柳生听得河水潺潺流动，心想小姐或许也能听到，若小姐也能听到便不会寂寞难忍。

这么想着，柳生站立起来，踏上了月色溶溶的大道，在万籁俱灭的夜色里往前行走。在离小姐逐渐远去的时刻里，柳生心中空空荡荡，他只听到包袱里笔杆敲打砚台的孤单声响。

五

数年后，柳生第三次踏上黄色大道。

虽然他依旧背着包袱，却已不是赴京赶考。自从数年前葬了小姐，柳生尽管依然赴京，可心中的功名渐渐四分五裂，消散而去。故而当又是榜上无名，柳生也全无愧色，十分平静地踏上了归途。

数年前，柳生落榜而归，再至安葬小姐的河边时，已经无法确认小姐的坟冢，河边蓦然多出了十数座坟冢，都是同样的荒凉。柳生站立河边良久，始才觉得世上断肠人并非只他一人。如此一想倒也去掉了许多感伤。柳生将那些荒冢，一一除了草，又一一盖了新土。又凝视良久，仍无法确认小姐安睡之处，便叹息一声离去了。

柳生一路行乞回到家中时，那茅屋早无踪影。展现在眼前的只是一块空地，母亲的织布机也不知去向。这情景尚在柳生离开时便已预料到了，所以他丝毫没有惊慌。他思忖的是如何活下去。在此后的许多时日里，柳生行乞度日。待世上的光景有所转机，他才投奔到一大户人家，为其看守坟场。柳生住在茅屋之中，只干些为坟冢除草添土的轻松活儿，余下的时间便是吟诗作画。虽然穷困，倒也过得风流。偶尔也会惦记起一些往事，小姐的音容笑貌便会栩栩如生一阵子。每临此刻，柳生总是神思恍惚起来，最终以一声叹息了却。如此度日，一晃数年过去了。

这一年清明来到，主人家中大班人马前来祭扫祖坟。丫鬟婆子家人簇拥着数十个红男绿女，声势浩荡而来。满目琳琅的供品铺展开来，一时间坟前香烟缭绕，哭声四起。柳生置身其间，不觉泪流而下。柳生流泪倒不是为坟内之人，实在是触景生情。想到虽是清明时节，却不能去父母坟前祭扫一番，以尽孝意。随即又想起小姐的孤坟，更是一番感慨。心说父母尚能相伴安眠九泉，小姐独自一人岂不更为凄惨。

次日清晨，柳生不辞而别。他先去祭扫了父母的坟墓，而后踏上黄色大道，奔小姐安眠的河边而去。

柳生在道上行走了数日，一路上尽是明媚春光，姹紫嫣红的欢畅景致接连不断。放眼望去，一处是桃柳争妍，一处是桑麻遍野。竹篱茅舍在绿树翠竹之间，还有涧沟里细水长流。昔日的荒凉景象已经销声匿迹，柳生行走其间，恍若重度首次踏上黄色大道的美好时光。昔日的荒凉远去，昔日的繁荣却卷土重来，覆盖了柳生的视野。然而荒凉和繁荣却在柳生心中交替出现，使柳生觉得脚下的黄色大道一会虚幻，一会不实。极目远眺，虽然鲜艳的景致欢畅跳跃，可昔日的荒凉并未真正销声匿迹，如日光下的阴影一般游荡在道旁和田野之中。柳生思忖着这一番繁荣又能维持几时呢？

柳生一路走来，遇上几个赴京赶考的富家公子，才蓦然想起又逢会试之年。算算自己首次赴京赶考，已是十多年前的依稀往事，再思量这些年来的无数曲折，不觉感叹世事突变实在无情无义。那几个富家公子都是一样的踌躇满志。柳生不由为之叹息，想世事如此变化无穷，功名又算什么。

道两旁曾经是伤痕累累的枯树，如今枝盛叶茂。几个乡里人躺在树荫下伴睡，这一番悠闲道出了世道昌盛。迎风起舞的青青芳草上，有些许牛羊懒洋洋或卧或走动。柳生如此走去，不觉又来到了岔路口，近旁的河流再度出现在他眼前。

那正是他首次赴京时留迹过的河流。河旁的青草经历了灭绝之灾，如今又苗壮成长。而长枝低垂的柳树曾状若尸骨，现在却在风中愉快摇曳。柳生走将过去，长长的青草插入裤管，引出许多亲切。来到河

旁，见河水清澈见底，水面上有几片绿叶漂浮。一条白色的鱼儿在柳生近旁游来游去，那扭动的姿态十分妩媚。这里的情形居然与十多年前所见的毫无二致，使柳生一阵感慨。看鱼儿扭动的妩媚，怎能不想起小姐在绣楼里的妩媚走动？想到数年前这里的荒凉，柳生更是感慨万分。树木青草，河流鱼儿均有劫后的兴旺，可小姐却只能躺在孤坟之中，再不能复生，再不能重享昔日的荣华富贵。

　　柳生在河旁站立良久，始才凄然离去。来到道上，那城已依稀可见，便加快一些步子走将过去。

　　柳生来到城门前，听得城中喧哗的人声，又窥得马来人往的热烈情形。看来这城也复原了繁华的光景。柳生步入城内，行走在街市上，依然是五步一楼，十步一阁。金粉楼台均已修饰一新，很是气派。全不见金粉剥落、楼台蛛网遍布的潦倒模样。街市两旁酒店茶亭涌出无数来，卖酒的青帘高挑，卖茶的炭火满炉。还有卖面的，卖水饺的，测字算命的。肥肥的羊肉重新挂在酒店的柜台上，茶亭的柜子上也放着糕点好几种。再看街市里行走之人，大多红光满面，精神气爽。几个珠光宝气的仕女都有相貌甚好的丫鬟跟随，游走在街市里。一些富家公子骑着高头大马也挤在人堆之中。柳生一路走去，两旁酒保小厮招徕声热气腾腾。如此情景，全是十多年前的布置。柳生恍恍惚惚，仿佛回入了昔日的情景，不曾有过这十多年来的曲折。

　　片刻，柳生来到那座庙宇前。再看那庙宇，金碧辉煌。庙门敞开，柳生望见里面的百年翠柏亭亭如盖，砖铺的地上一尘不染，柱子房梁油滑光亮，也与十多年前一模一样。荒年席卷过的破落已无从辨认，那杂草丛生、蛛网悬挂的光景，只在柳生记忆中依稀显示了一下。柳生解开包袱，故技重演，取出纸墨砚笔，写几张字，画几幅花卉，然后贴在墙上，卖与过往路人。一时间竟围上来不少人。虽说瞧的多，买的少，可也不过片刻工夫，那些字画也就全被买去。柳生得了几吊钱后心满意足，放入包袱，缓步离去。

　　不知不觉，柳生来到那曾是深宅大院，后又是断井颓垣处。走到近旁，柳生不觉大吃一惊。断井颓垣已无处可寻，一片空地也无踪迹。展现在眼前的是一座气派异常的深宅大院。柳生看得目瞪口呆，疑心此景不过是虚幻的展示。然而凝视良久，眼前的深宅大院并未消去，倒是越发实在起来。只见朱红大门紧闭，里面飞檐重叠，鸟来鸟往，树木虽不是参天，可也有些粗壮。再看门前两座石狮，均是凶狠的模样。柳生走将过去，伸手触摸了一下石狮，觉得冰凉而且坚硬，柳生才敢确定眼前的景物并不虚幻。

他沿着院墙之外的长道慢慢行走过去。行不多远，便见到偏门。偏门也是紧闭，却听得一些院内的嬉闹之声。柳生站立一会，又走动起来。

不久来到后门外，后门敞着，与十多年前一般敞着，只是不见家人走出。柳生从后门进得后花园，只见水阁凉亭，楼台小榭，假山石屏，甚是精致。中间两口池塘，均一半被荷叶所遮，两池相连处有一拱小桥。桥上是一凉亭，池旁也有一凉亭，两侧是两棵极大的枫树。后花园的布置与十多年前稍有不同，然而枫树却正是十多年前所见的枫树。枫树几经灾难，却是容貌如故。再看凉亭，亭内置瓷墩四个，有石屏立于后。屏后是翠竹数百竿，翠竹后面是朱红的栏杆，栏杆后面花卉无数。有盛开的桃花、杏花、梨花，有不曾盛开的海棠、兰花、菊花。

柳生止住脚步，抬头仰视，居然又见绣楼，再环顾左右，居然与他首次赴京一模一样。绣楼窗户四敞，风从那边吹来，穿楼而过，来到柳生跟前。柳生嗅得一阵阵袭人的香气，不由飘飘然起来，沉浸到与小姐绣楼相会的美景中去，全然不觉这是往事，仿佛正在进行之中。

柳生觉得小姐的吟哦之声就将飘拂而来。这么想着，果然听得那奇妙的声音从窗口飘飘而出，又四散开去，然后如细雨一般纷纷扬扬降落下来。那声音点点滴滴如珠玑落盘，细细长长如水流潺潺。仔细分辨，才听出并非吟哦之声，而是瑶琴之音。然而这瑶琴之音竟与小姐的吟哦之声毫无二致。柳生凝神细听，不知不觉汇入进去。十多年间的曲折已经化为烟尘消去，柳生再度伫立绣楼之下，似乎是首次经历这良辰美景。虽然他依稀推断出接卜去所要出现的情形，可这并未将他唤醒，他已将昔日与今的经历合二为一。

柳生思量着丫鬟该在窗口出现时，一个丫鬟模样的女子果然出现在窗口，她怒目圆睁，说道：

"快些离去。"

柳生不由微微一笑，眼前的情景正是意料之中。丫鬟嚷了一声后，也就离开了窗口。柳生知道片刻后，她将再次怒目圆睁地出现在窗口。

瑶琴之音并未断去，故而小姐的吟哦之声仍在继续，那声音时而悠扬，时而迟缓。小姐莫非正被相思所累？

丫鬟又来到窗口。

"还不离去？"

柳生仍是微微一笑，柳生的笑容使丫鬟不敢在窗前久立。丫鬟离去后，瑶琴之音戛然而止。然后柳生听得绣楼里走动的声响，重一点的声响该是丫鬟的，而轻一点的必是小姐在走动。

柳生觉得暮色开始沉重起来，也许片刻工夫黑夜就将覆盖下来，雨也将来到。雨一旦沙沙来到，楼上的窗户就会关闭，烛光将透过窗纸漏出几丝来，在一片风雨之中，那窗户会重新开启，小姐将和丫鬟双双出现在窗口。然后有一根绳子扭动而下，于是柳生攀绳而上，在绣楼里与小姐相会。小姐朝外屋走去时像一条白色的鱼儿一般妩媚。不久之后，小姐又来到柳生身旁，两人执手相看，千言万语却化为一片无声无息。后来柳生又攀绳而下，离去绣楼，踏上大道。数月后柳生落榜归来，再来此处，却又是一片断井颓垣。

断井颓垣的突然出现，使柳生一阵惊慌。正是此刻，绣楼上一盆凉水朝柳生劈头盖脑而来，柳生才蓦然惊醒。环顾四周，阳光明媚，方知刚才的情景只是白日一梦。而那一盆凉水十分真实，柳生浑身滴水，再看绣楼窗口，并无人影，却听得里面窃窃私笑声。少顷，那丫鬟来到窗口，怒喝：

"再不离去，可要去唤人来了。"

刚才的美景化成一股白烟消去，柳生不禁惆怅起来。绣楼依旧，可小姐易人，他叹息一声转身离去。走到院外，再度环顾这深宅大院，才知此非昔日的深宅大院。行走间，柳生从包袱里取出当初小姐临别所赠的一缕黑发，仔细端详，小姐生前的许多好处便历历在目，柳生不觉泪流而下。

六

柳生出城以后，又行走了数日。这一日来到了安葬小姐的河边。

且看河边的景致，郁郁葱葱，中间有五彩的小花摇曳。河面上有无数柳丝碧绿的影子在波动。数年时光一晃就过，昔日的荒凉也转瞬即逝。

柳生伫立河边。水中映出一张苍老的脸来，白发也已清晰可见。繁荣的景象一旦败落，尚能复原，而少年青春已经一去不返。往昔曾闪烁过的良辰美景也将一去不返。如今再度回想，只是昙花一现。

柳生环顾四周，见有十数座坟冢，均在不久前盖上过新土，坟前纸灰尚在，留下清明祭扫的痕迹。然而哪座才是小姐的坟冢？柳生缓步走去，细心察看，却是无法辨认。可是走不多远，一座荒坟出现。那荒坟即将平去，只是微微有些隆起，才算没被杂草野花湮没。坟前没有纸灰。柳生一见此坟，胸中蓦然升起一股难言之情，这无人祭扫的荒坟，必是小姐安身之处。

一旦认出小姐的坟冢，小姐的音容笑貌也就逃脱遥远的记忆，来到柳生近旁，在河水里慢慢升起，十分逼真。待柳生再定睛观看，却看到一条白色的鱼儿，鱼儿向深处游去，随即消失。

柳生蹲下身去，一根一根拔去覆盖小姐坟冢的杂草和野花。此后又用手将道旁的一些新土撒在坟上。柳生一直干到暮色来临，始才住手。再看这坟，已经高高隆起。柳生又将河水点点滴滴地洒在坟上，每一滴水下去，坟上便会扬起轻轻的尘土。

看看天色已黑，柳生迟疑起来，是在此露宿，还是启程赶路。思忖良久，才打定主意在此宿下一宵，待明日天亮再走，想到此生只与小姐匆匆见了两面，如今再匆匆离去，柳生有些不忍。故而留下陪小姐一宵，也算尽了相爱的情分。

夜晚十分宁静，只听到风吹树叶的微微声响，那声响犹如雨沙沙而来。又听到河水潺潺流动，似瑶琴之音，又似吟哦之声。如此两种声音相交而来，使柳生重度昔日小姐绣楼下的美妙光阴。柳生坐在小姐坟旁，恍惚听得坟内有轻微的动静，那声响似乎是小姐在绣楼里走动一般。

柳生一夜未合眼，迷迷糊糊坠入与小姐重逢的种种虚设之中。直到东方欲晓，柳生始才回过魂来。虽是一夜的虚幻，可柳生十分留恋。这虚幻若能伴其一生，倒也是一桩十分美满的好事。

片刻，天已大亮。柳生觉得该上路了。他环顾四周，芳草青青，绿柳长垂。又看了看小姐的坟冢，旭日的光芒使其闪闪发亮。小姐安身在此，倒也过得去，只是有些孤寂。想罢，柳生踏上了黄色大道。

柳生行走在黄色大道上，全然不见四野里姹紫嫣红莺歌燕舞的欢畅景致，只见大道在远处消失得很迷茫。柳生走不多远，不禁自问：此去将是何处？

若重操看守坟场的旧业，柳生实在不愿。守候的尽是些他人的坟

冢，却冷落了父母和小姐。而另寻差使，也无意义。这么想着，柳生不觉止步不前。思量了良久，终于决定返回小姐身旁。想父母能相伴安眠，唯小姐孤苦伶仃，不如守候着小姐了却残生，总比为他人守坟强了许多。

柳生重新回到小姐坟旁。主意一定，柳生心中觉得十分踏实。于是他折了树枝，在道旁盖了一间小屋。见不远处有些人家，柳生又过去买了一口锅来，打算煮些茶水卖与过往路人，也好维持生计。

待一切均已安排停当，这一日的暮色开始降临。柳生也已十分疲乏，便喝了几口河水，又吃了一张薄饼，然后在水旁草丛里落座，看着河水如何流动。

渐渐地，一轮寒月悬空而起。月光洒在河里，河水闪闪烁烁。就是河旁柳树和青草也出现一片闪烁。这情形使柳生不胜惊讶。月光之下竟然会有如此的奇景。

这时柳生突然闻得阵阵异香，异香似乎为风所带来，而且从柳生身后而来。柳生回首望去，惊愕不已。那道旁的小屋里竟有烛光在闪烁。柳生不由站立起来，朝小屋走去。行至门前，见里面有一女子，正席地而坐，在灯下读书。女子身旁是柳生的包袱，已被解开。书大概就是从里面取出的。

女子抬起头来，见柳生伫立门前，慌忙站起道：

"公子回来了？"

柳生定睛观瞧，不由目瞪口呆。屋中女子并非旁人，正是小姐惠。小姐亭亭玉立，一身白色的罗裙拖地。那罗裙的白色又非一般的白色，好似月光一般。小姐身着罗裙，倒不如说身穿月光。

见柳生目瞪口呆，小姐微微一笑，那笑如微波荡漾一般。小姐说：

"公子还不进来？"

柳生这才进得门去，可依然目瞪口呆。

小姐便说：

"小女来得突然，公子不要见怪。"

柳生再看小姐，见小姐云鬓高耸，面若桃花，眼含秋水，樱桃小口微微开启，柳生不觉心驰神往。可他仍满腹狐疑，不由问：

"你是人？是鬼？"

一听此话，小姐双眼泪光闪烁，她说：

"公子此言差矣。"

柳生细细端详小姐，确是实实在在伫立在眼前，丝毫不差。小姐左手还拿着一缕发丝，正是十多年前小姐临别所赠的信物，想必是刚才从包袱之中找出的。

见柳生凝视手中的发丝，小姐说：

"还以为你早把它丢弃，不料你一直珍藏。"

说罢，小姐泪如雨下。

这情形使柳生胸中波浪翻滚，不由走上前去，捏住小姐握着发丝的手。那手十分冰凉。两人执手相看，泪眼蒙眬。

小姐长袖一挥，烛光立刻熄灭。小姐顺势倒入柳生怀中。柳生觉得她的躯体十分阴冷，那躯体颤抖不已。柳生听到小姐的抽泣声。声音断断续续，诉说柳生离去后终日伫立窗前眺望的往事。

柳生此刻如醉如痴，回到了十多年前的美好时光。接着两人跌倒在地。

后来柳生沉沉睡去。待他醒来，天已大亮。再看身旁，已无小姐踪影。然而干草铺成的地铺上，却留下小姐睡过凹下去的痕迹，那痕迹还在散发着阵阵异香。柳生拾起几根发丝，发丝轻柔地弯曲着。接着又拾起小姐昔日所赠的那一缕头发，将它们放在一起，几乎一样，只是小姐昨夜留下的那几根发丝隐约有些荧荧绿光。

柳生来到屋外，见河流在晨光里显得通红一条，两旁的树木青草也有着斑斑红点。柳生来到小姐坟冢旁，坟上的新土有些潮湿，夜露尚未完全散去。细细端详坟冢，全无一点破绽。柳生心里甚奇，回想昨夜情形，一丝一毫均十分真实，无半点虚幻。况且刚才初醒之时，也见小姐昨夜遗留的痕迹。柳生在坟旁坐下，伸手抓一把坟土，觉得十分暖和。小姐就安睡在此？柳生有些疑惑。莫非小姐早已弃坟而去，生还到世上来了。这么思量着，柳生疑心眼下只是一座空坟。

柳生在坟旁端坐良久，越想昨夜情形越发觉得眼前是空坟一座，终于忍耐不住，欲打开坟冢看个究竟，于是便用双手刨开泥土。泥土被层层刨去，接近了小姐。柳生见往昔遮盖小姐的树枝早已腐烂，在手中如烂泥一般，而为小姐遮挡赤裸之躯的布衫也化为泥土。柳生轻轻扒开它们，小姐赤裸地显露出来。小姐双目紧闭，容颜楚楚动人。小姐已长出新肉，故通身是淡淡的粉红。即便那条支离破碎的腿，也已完整无缺，而胸口的刀伤已无处可寻。小姐虽躺在坟冢之中，可头发十分整齐，恍若刚刚梳理过一般。那头发隐约有丝绿光。柳生嗅得

阵阵异香。

眼前的情景使柳生心中响起清泉流淌的声响，他知道小姐不久将生还人世，因此当他再端详小姐时，仿佛她正安睡，仿佛不曾有过数年前沦落为菜人的往事。小姐不过是在安睡，不久就将醒来。柳生端详很久，才将土轻轻盖上。而后依然坐在坟旁，仿佛生怕小姐离坟远去，柳生一步也不敢离开。他在坟前回顾了与小姐首次绣楼相见的美妙情形，又虚设了与小姐重逢后的种种美景。柳生沉浸在一片虚无缥缈之中，不闻身旁有潺潺水声，不见道上有行走路人。世上一切都在烟消云散，唯小姐飘飘而来。

柳生那么坐着，全然不觉时光流逝。就是暮色重重盖将下来，他也一无所知。寒月升空，幽幽月光无声无息洒下来。四周出现一片悄然闪烁。夜风拂拂而来，又潮又凉。柳生还是未能察觉天黑情景，只是一味在虚设之中与小姐执手相看。

恍惚间，柳生嗅得阵阵异香，异香使柳生蓦然惊醒。环顾四周，才知天已大黑。再看道旁的小屋，屋内有烛光闪烁，烛光在月夜里飘忽不定。柳生惊喜交加，赶紧站起往小屋奔去。然而进了小屋却并不见小姐挑灯夜读。正在疑惑，柳生闻得身后有声响，转回身来，见小姐伫立在门前。小姐依然是昨夜的模样，身穿月光，浑身闪烁不止。只是小姐的神色不同昨夜，那神色十分悲戚。

小姐见柳生转过身来，便道：

"小女本来生还，只因被公子发现，此事不成了。"

说罢，小姐垂泪而别。

一九八八年八月二十七日

往事与刑罚

　　一九九〇年的某个夏日之夜，陌生人在他潮湿的寓所拆阅了一份来历不明的电报。然后，陌生人陷入了沉思的重围。电文只有"速回"两字，没有发报人住址姓名。陌生人重温了几十年如烟般往事之后，在错综复杂呈现的千万条道路中，向其中一条露出了一丝微笑。翌日清晨，陌生人漆黑的影子开始滑上了这条蚯蚓般的道路。

　　显而易见，在陌生人如道路般错综复杂的往事里，有一桩像头发那么细微的经历已经格外清晰了。一九六五年三月五日，这排列得十分简单的数字所喻示的内涵，现在决定着陌生人的方向。事实上，陌生人在昨夜唤醒这遥远的记忆时，并没有成功地排除另外几桩旧事的干扰。由于那时候他远离明亮的镜子，故而没有发现自己破译了电文后的微笑是含混不清的。他只是体会到了自己的情绪十分坚定。正是因为他过于信任自己的情绪，接下去出现的程序错误便不可避免。

　　几日以后，陌生人已经来到一个名叫烟的小镇。程序的错误便在这里显露出来。那是由一个名叫刑罚专家的人向他揭示的。

　　可以设想一下陌生人行走时的姿态和神色。由于被往事层层围困，陌生人显然无法在脑中正确地反映出四周的景与物。因此当刑罚专家看到他时，内心便出现了一种类似小号的鸣叫。那时的陌生人如一个迷途的孩子一样，走入了刑罚专家的视野。陌生人来到一幢灰色的两层小楼前，刑罚专家以夸张的微笑阻止了他的前行。

　　"你来了？"

　　刑罚专家的语气使陌生人大吃一惊。眼前这位白发闪烁的老人似乎暗示了某一桩往事，但是陌生人很难确认。

　　刑罚专家继续说：

　　"我已经期待很久了。"

　　这话并没有坚定陌生人的想法，但是陌生人做了退一步的假

设——即便他接受这个想法，那眼前这位老人也不过是他广阔往事里的一粒灰尘而已。所以陌生人打算绕过这位老人，继续朝一九六五年三月五日走去。

此后的情形却符合了刑罚专家的意愿，陌生人并没走向一九六五年三月五日。那是在进行了一次简短的对话以后发生的。由于刑罚专家的提醒——这个提醒显然是很随意的，并不属于那类谋划已久的提醒。陌生人才得知自己此刻所处的位置，他发现了自己想去的地方和自己正准备去的地方无法统一。也就是说，他背道而驰了。事实上，一九六五年三月五日正离他越来越远。

直到现在，陌生人才首次回想多日前那个潮湿之夜和那份神秘的电报。他的思维长久地停留在一九六五年三月五日出现时的地方。现在他开始重视当时不断干扰着他的另几桩往事。它们分别是一九五八年一月九日、一九六七年十二月一日、一九六〇年八月七日和一九七一年九月二十日。于是陌生人明白了自己为何无法走向一九六五年三月五日。事实上，电文所喻示的内容，在另四桩往事里也存在着同样的可能性。正是这另外四种时间所释放出来的干扰，使他无法正确地走向一九六五年三月五日。而这四桩往事都由四条各不相关的道路代表。现在陌生人即便放弃一九六五年三月五日，他也无法走向一九五八年一月九日和其他的三桩往事。

那是另外一个夏日的傍晚。因为程序的错误而陷入困境的陌生人不得不重新思考去路。于是他才郑重其事地注视起刑罚专家。注视的结果让他感到眼前这位老人与他许多往事有着时隐时现的联结。因此当他再度审视目前的处境时，开始依稀感觉到这一切都是事先安排好的。

在天色逐渐黑下来时，刑罚专家向陌生人发出了十分有把握的邀请。陌生人无疑顺从了这种属于命运的安排，他跟在刑罚专家身后，走入那幢二层的灰色小楼。

在四周涂着黑色油彩的客厅里，陌生人无声地坐了下来。刑罚专家打亮一盏白色小灯。于是陌生人开始寻找起多日前那份电报和眼下这个客厅之间是否存在着必要的联系。寻找的结果却是另外的面貌，那就是他发现自己过来的那条路显得有些畸形。

陌生人和刑罚专家的交谈从一开始就进入了和谐的实质。那情景令人感到他们已经交谈过多次了，仿佛都像了解自己的手掌一样了解对方的想法。

刑罚专家作为主人，首先引出话题是义不容辞的。他说：

"事实上，我们永远生活在过去里。现在和将来只是过去耍弄的两个小花招。"

陌生人承认刑罚专家的话有着强大的说服力，但是他更关心的是自己的现状。

"有时候，我们会和过去分离。现在有一个什么东西将我和过去分割了。"

陌生人走向一九六五年三月五日的失败，使他一次次地探察其中因由，他开始感到并非只是另四桩往事干扰的结果。

然而刑罚专家却说：

"你并没有和过去分离。"

陌生人不仅没有走向一九六五年三月五日，反而离其越来越远，而且同样也远离了另四桩往事。

刑罚专家继续说：

"其实你始终深陷于过去之中，也许你有时会觉得远离过去，这只是貌离神合，这意味着你更加接近过去了。"

陌生人说：

"我坚信有一样什么东西将我和过去分割。"

刑罚专家无可奈何地微微一笑，他感到用语言去说服陌生人是件可怕的事。

陌生人继续在他的思维上行走——当他远离了他的所有往事之后，刑罚专家却以异样的微笑出现了，并且告诉他：

"我期待已久了。"

因此陌生人说：

"那样东西就是你。"

刑罚专家无法接受陌生人的这个指责，尽管如此使用语言使他疲倦，但他还是再一次说明：

"我并没有将你和过去分割，相反是我将你和过去紧密相连，换句话说，我就是你的过去。"

刑罚专家吐出最后一个字时的语气，让陌生人感到这种交谈继续下去的可能性已经出现缺陷，但他还是向刑罚专家指出：

"你对我的期待使我费解。"

"如果你不强调必然的话。"刑罚专家解释道，"你把我的期待理解成是对偶然的期待，那你就不会感到费解。"

"我可以这样理解。"陌生人表示同意。

刑罚专家十分满意，他说："我很高兴能在这个问题上与你一致。我想我们都明白必然是属于那类枯燥乏味的事物，必然不会改变自己的面貌，它只会傻乎乎地一直往前走。而偶然是伟大的事物，随便把它往什么地方扔去，那地方便会出现一段崭新的历史。"

陌生人并不反对刑罚专家的阔论，但他更为关心的是：

"你为何期待我？"

刑罚专家微微一笑，他说：

"我知道迟早都会进入这个话题，现在进入正是时候。因为我需要一个人帮助，一个富有自我牺牲精神的人帮助。我觉得你就是这样的人。"

陌生人问：

"什么帮助？"

刑罚专家回答：

"你明天就会明白。现在我倒是很愿意跟你谈谈我的事业。我的事业就是总结人类的全部智慧，而人类的全部智慧里最杰出的部分便是刑罚。这就是我要与你谈的。"

刑罚专家显然掌握了人类所拥有的全部刑罚。他摊开手掌，让陌生人像看他的手纹一样了解他的刑罚。尽管他十分简单逐个介绍那些刑罚，但他对每个刑罚实施时所产生的效果，却做了煽动性的叙述。

在刑罚专家冗长的却又极其生动的叙述结束以后，细心的陌生人发现了某个遗漏的刑罚，那就是绞刑。因为被一种复杂多变的情绪所驱使，事实上从一开始，陌生人已经在期待着这个刑罚在刑罚专家叙述中出现。在那一刻里，陌生人已经陷入一片灾难般的沉思。已经变得模糊不清的一九六五年三月五日，在他的沉思里逐渐清晰起来。可以这样推测，在一九六五年三月五日的任何时候，某个与陌生人的往事休戚相关的人自缢身亡。

陌生人为了从这段令人窒息的往事里挣扎而出，使用了这样的手段，那就是提醒刑罚专家遗漏了怎样一个刑罚，他希望刑罚专家有关这个刑罚的精彩描述，能帮助他脱离往事。

然而刑罚专家却勃然大怒。他向陌生人声明，他并不是遗漏，而是耻于提起这个刑罚。因为这个刑罚被糟蹋了，他告诉陌生人那些庸俗的自杀者是如何糟蹋这个刑罚的。他向陌生人吼道：

"他们配用这个刑罚吗？"

刑罚专家的愤怒是陌生人无法预料的，因此也就迅速地将陌生人从无边的往事里拯救出来。当陌生人完成一次呼吸开始轻松起来后，面对燃烧的刑罚专家，他提出了这样一个问题：

"你试过那些刑罚吗？"

刑罚专家燃烧的怒火顷刻熄灭，他没有立刻回答陌生人的问题，而是陷入了无限广阔的快感之中。他的脸上飞过一群回忆的乌鸦，他像点钞票一样在脑中清点他的刑罚。他告诉陌生人，在他所进行的全部试验里，最为动人的是一九五八年一月九日、一九六七年十二月一日、一九六〇年八月七日和一九七一年九月二十日。

显而易见，刑罚专家提供的这四段数字所揭示的内容，并不像数字本身那样一目了然。它散发着丰富的血腥气息，刑罚专家让陌生人知道：

他是怎样对一九五八年一月九日进行车裂的，他将一九五八年一月九日撕得像冬天的雪片一样纷纷扬扬。对一九六七年十二月一日，他施以宫刑，他割下了一九六七年十二月一日的两只沉甸甸的睾丸，因此一九六七年十二月一日没有点滴阳光，但是那天夜晚的月光却像杂草丛生一般。而一九六〇年八月七日同样在劫难逃，他用一把锈迹斑斑的钢锯，锯断了一九六〇年八月七日的腰。最为难忘的是一九七一年九月二十日，他在地上挖出一个大坑，将一九七一年九月二十日埋入土中，只露出脑袋，由于泥土的压迫，血液在体内蜂拥而上。然后刑罚专家敲破脑袋，一根血柱顷刻出现。一九七一年九月二十日的喷泉辉煌无比。

陌生人陷入一片难言的无望之中。刑罚专家展示的那四段简单排列的数字，每段都暗示了一桩深刻的往事。一九五八年一月九日、一九六七年十二月一日、一九六〇年八月七日和一九七一年九月二十日。这正是陌生人广阔往事中四桩一直追随他的往事。

当陌生人再度回想那个潮湿之夜和那份神秘的电报时，他开始思索当时为何选择了一九六五年三月五日，而没有选择其他四桩往事。而对刑罚专家刚才提供的四段数字，他用必然和偶然两种思维去理解。无论哪一种思维，都让他依稀感到刑罚专家此刻占有了他的四桩往事。

事实上很久以来，陌生人已经不再感到这四桩往事的实在的追随。四桩往事早已化为四阵从四个方向吹来的阴冷的风。四桩往事的内容似乎已经腐烂，似乎与尘土融为一体了。然而它们的气息并没完全消散，陌生人之所以会在此处与刑罚专家奇妙地相逢，他隐约觉得是这四桩往事指引的结果。

后来，刑罚专家从椅子里出来，他从陌生人身旁走过去，走入他的卧室。那盏白色小灯照耀着他，他很像是一桩往事走入卧室。陌生人一直坐在椅子里，他感到所有的往事都已消散，只剩下一九六五年三月五日，然而却与他离得很远。后来当他沉沉睡去，那模样很像一桩固定的往事一样安详无比。

翌日清早，当刑罚专家和陌生人再度坐到一起时，无可非议，他们对对方的理解已经加深了。因此，他们的对话从第一句起就进入了实质。

刑罚专家在昨日已经表示需要陌生人的帮助，现在他展开了这个话题：

"在我所有的刑罚里，还剩两种刑罚没有试验。其中一个是为你留下的。"

陌生人需要进一步的了解，于是刑罚专家带着陌生人推开了一扇漆黑的房门，走入一间空旷的屋子。屋内只有一张桌子放在窗前，桌上是一块极大的玻璃，玻璃在阳光下灿烂无比，墙角有一把十分锋利的屠刀。

刑罚专家指着窗前的玻璃，对陌生人说：

"你看它多么兴高采烈。"陌生人走到近旁，看到阳光在玻璃上一片混乱。

刑罚专家指着墙角的屠刀告诉陌生人，就用这把刀将陌生人腰斩成两截，然后迅速将陌生人的上身安放在玻璃上，那时陌生人上身的血液依然流动，他将慢慢死去。

刑罚专家让陌生人知道，当他的上身被安放在玻璃上后，他那临终的眼睛将会看到什么。无可非议，在接下去出现的那段描述将是十分有力的。

"那时候你将会感到从未有过的平静，一切声音都将消失，留下的只是色彩。而且色彩的呈现十分缓慢。你可以感觉到血液在体内流得越来越慢，又怎样在玻璃上洋溢开来，然后像你的头发一样千万条流向尘土。你在最后的时刻，将会看到一九五八年一月九日清晨的第一颗露珠，露珠在一片不显眼的绿叶上向你眺望；将会看到一九六七年十二月一日中午的一大片云彩，因为阳光的照射，那云彩显得五彩缤纷；将会看到一九六〇年八月七日傍晚来临时的一条山中小路，那时候晚霞就躺在山路上，温暖地期待着你；将会看到一九七一年九月二十日深夜月光里的两颗萤火虫，那是两颗遥远的眼泪在翩翩起舞。"在刑罚专家平静的叙述完成之后，陌生人又一次陷入沉思的重围。一九五八年一月九日清晨的露珠，一九六七年十二月一日中午缤纷的云彩，一九六〇年八月七日傍晚温暖的山中小路，一九七一年九月二十日深夜月光里的两颗舞蹈的眼泪。这四桩往事像四张床单一样呈现在陌生人飘忽的视野中。因此，陌生人将刑罚专家的叙述理解成一种暗示。陌生人感到刑罚专家向自己指出了与那四桩往事重新团聚的可能性。于是他脸上露出安详的微笑，这微笑无可非议地表示了他接受刑罚专家的美妙安排。

陌生人愿意合作的姿态使刑罚专家十分感激，但是他的感激是属于内心的事物，他并没有表现得像一只跳蚤一样兴高采烈，他只是赞许地点了点头。然后他希望陌生人能够恢复初来世上的形象，那就是赤裸裸的形象。他告诉陌生人：

"并不是我这样要求你，而是我的刑罚这样要求你。"

陌生人欣然答应，他觉得以初来世上的形象离世而去是理所当然的。另一方面，他开始想象自己赤裸裸地去与那四桩往事相会的情景，他知道他的往事会大吃一惊的。

刑罚专家站在右侧的墙角，看陌生人如脱下一层皮般地脱下了衣裤。陌生人展示了像刻满刀痕一样皱巴巴的皮肉。他就站在那块灿烂的玻璃旁，阳光使他和那块玻璃一样闪烁不止。刑罚专家离开了布满阴影的墙角，走到陌生人近旁，他拿起那把亮闪闪的屠刀，阳光在刀刃上跳跃不停，显得烦躁不安。他问陌生人：

"准备完了？"

陌生人点点头。陌生人注视着他的目光安详无比，那是成熟男子期待幸福降临时应有的态度。

陌生人的安详使刑罚专家对接下去所要发生的事充满信心。他伸出右手抚摸了陌生人的腰部，那时候他发现自己的手指微微有些颤抖。这个发现开始暗示事情发展的结果已经存在另一种可能性。他不知道

是由于过度激动，还是因为力量在他生命中冷漠起来。事实上很久以前，刑罚专家已经感受到了力量如何在生命中衰老。此刻当他提起屠刀时，双手已经颤抖不已。

那时候陌生人已经转过身去，他双眼注视着窗外，期待着那四桩往事翩翩而来。他想象着那把锋利的屠刀如何将他截成两段，他觉得很可能像一双冰冷的手撕断一张白纸一样美妙无比。然而他却听到了刑罚专家精疲力竭的一声叹息。

当他转回身来时，刑罚专家羞愧不已地让陌生人看看自己这双颤抖不已的手。他让陌生人明白：他不能像刑罚专家要求的那样，一刀截断陌生人。

然而陌生人却十分宽容地说：

"两刀也行。"

"但是，"刑罚专家说，"这个刑罚只给我使用一刀的机会。"

陌生人显然不明白刑罚专家的大惊小怪，他向刑罚专家指出了这一点。

"可是这样糟蹋了这个刑罚。"刑罚专家让陌生人明白这一点。

"恰恰相反。"陌生人认为，"其实这样是在丰富发展你的这个刑罚。"

"可是，"刑罚专家十分平静地告诉陌生人，"这样一来你临终的感受糟透了。我会像剁肉饼一样把你腰部剁得杂乱无章。你的胃、肾和肝们将像烂苹果一样索然无味。而且你永远也上不了这块玻璃，你早就倒在地上了。你临终的眼睛所能看到的，尽是些蚯蚓在泥土里扭动和蛤蟆使人毛骨悚然的皮肤，还有很多比这些更糟糕的景与物。"

刑罚专家的语言是由坚定不移的声音护送出来的，那声音无可非议地决定了事件将向另一个方向发展。因此陌生人重新穿上脱下的衣裤是顺理成章的。本来他以为已经不再需要它们了，结果并不是这样。当他穿上衣裤时，似乎感到自己正往身上抹着灰暗的油彩，所以他此刻的目光是灰暗的，刑罚专家在他的目光中也是灰暗的，灰暗得像某一桩遥远的往事。

陌生人无力回避这样的现实，那就是刑罚专家无法帮助他与那四桩往事相逢。尽管他无法理解刑罚专家为何要美丽地杀害他的往事，但他知道刑罚专家此刻内心的痛苦，这个痛苦在他的内心响起了一片空洞的回声。显而易见，刑罚专家的痛苦是因为无力实施那个美妙的刑罚，而他的痛苦却是因为无法与往事团聚。尽管痛苦各不相同，可却牢固地将他们联结到一起。

可以设想到，接下来出现的一片寂静将像黑夜一样沉重。直到陌生人和刑罚专家重新来到客厅时才摆脱那一片寂静的压迫。他们是在那间玻璃光四射的屋子里完成了沉闷的站立后来到客厅的。客厅的气氛显然是另外一种形状，所以他们可以进行一些类似于交谈这样的活动了。

他们确实进行了交谈，而且交谈从一开始就进入了振奋，自然这是针对刑罚专家而言的。刑罚专家并没有因为刚才的失败永久地沮丧下去。他还有最后一个刑罚值得炫耀。这个刑罚无疑是他一生中最为得意的，他告诉陌生人：

"是我创造的。"

刑罚专家让陌生人明白这样一个事件：有一个人，严格说是一位真正的学者，这类学者在二十世纪已经荡然无存。他在某天早晨醒来时，看到有几个穿着灰色衣服的男人站在床前，就是这几个男人把他带出了自己的家，送上了一辆汽车。这位学者显然对他前去的地方充满疑虑，于是他就向他们打听，但他们以沉默表示回答，他们的态度使他忐忑不安。他只能看着窗外的景色以此来判断即将发生的会是些什么。他看到了几条熟悉的街道和一条熟悉的小河流，然后它们都过去了。接下来出现的是一个很大的广场，这个广场足可以挤上两万人，事实上广场上已经有两万人了。远远看去像是一片夏天的蚂蚁。不久之后，这位学者被带入了人堆之中，那里有一座高台，学者站在高台上，俯视人群，于是他看到了一片丛生的杂草。高台上有几个荷枪的士兵，他们都举起枪瞄准学者的脑袋，这使学者惊慌失措。然而不久之后他们又都放下枪，他们忘了往枪膛里压子弹，学者看到几颗有着阳光般颜色的子弹压进了几支枪中，那几支枪又瞄准了学者的脑袋。这时候有一法官模样的人从下面爬了上来，他向学者宣布了这样一个事实，即学者被判处死刑。这使学者大为吃惊，他不知道自己有何罪孽，于是法官说：

"你看看自己那双沾满鲜血的手吧。"

学者看了一下，但没看到手上有血迹。他向法官伸出手，试图证明这个事实。法官没有理睬，而是走到一旁。于是学者看到无数人一个挨着一个走上高台，控诉他的罪孽就是将他的刑罚一个一个赠送给

了他们的亲人。刚开始学者与他们发生了激烈的争吵。他企图让他们明白任何人都应该毫不犹豫地为科学献身，他们的亲人就是为科学献身的。然而不久以后，学者开始真正体会到眼下的处境，那就是马上就有几颗子弹从几个方向奔他脑袋而来，他的脑袋将被打成从屋顶上掉下来的碎瓦一样破破烂烂。于是他陷入了与人群一样广阔的恐怖与绝望之中，台下的人像水一样流上台来，完成了控诉之后又从另一端流了下去。这情景足足持续了十个小时，在这期间，那几个士兵始终举着枪瞄准他的脑袋。

刑罚专家的叙述进行到这以后，他十分神秘地让陌生人知道：

"这位学者就是我。"

接下去他告诉陌生人，他足足花费了一年时间才完成这十个小时时间所需要的全部细节。

当学者知道自己被处以死刑的事实以后，在接下去的十个小时里，他无疑接受了巨大的精神折磨。在那十个小时里，他的心理千变万化，饱尝了一生经历都无法得到的种种体验。一会胆战心惊，一会慷慨激昂，一会又屁滚尿流。当他视死如归才几秒钟，却又马上发现活着分外美丽。在这动荡不安的十个小时里，学者感到错综复杂的各类情感像刀子一样切割自己。

显而易见，从刑罚专家胸有成竹的叙述里，可以看出这个刑罚已经趋向完美。因此在整个叙述完成之后，刑罚专家便立刻明确告诉陌生人：

"这个刑罚是留给我的。"

他向陌生人解释，他在这个刑罚里倾注了十年的心血，因此他不会将这个刑罚轻易地送给别人。这里指的别人显然是暗示陌生人。

陌生人听后微微一笑，那是属于高尚的微笑。这微笑成功地掩盖了陌生人此刻心中的疑虑。那就是他觉得这个刑罚并没有像刑罚专家认为的那么完美，里面似乎存在着某一个漏洞。

刑罚专家这时候站立起来，他告诉陌生人，今天晚上他就要试验这个刑罚了。他希望陌生人在这之后能够出现在他的卧室，那时候：

"你仍然能够看到我，而我则看不到你了。"

刑罚专家走入卧室以后，陌生人依旧在客厅里坐了很久，他思忖着刑罚专家临走之言呈现的真实性，显然他无法像刑罚专家那么坚定不移。后来，当他离开客厅走入自己卧室时，他无可非议地坚信这样一个事实，即明天他走入刑罚专家卧室时，刑罚专家依然能够看到他。他已在这个表面上看去天衣无缝的刑罚里找到漏洞所在的位置。这个漏洞所占有的位置决定了刑罚专家的失败将无法避免。

翌日清晨的情形，证实了陌生人的预料。那时候刑罚专家疲惫不堪地躺在床上，他脸色苍白地告诉陌生人，昨晚的一切都进行得十分顺利，可是在最后的时刻他突然清醒过来了。他悲伤地掀开被子，让陌生人看看。

"我的尿都吓出来了。"

从床上潮湿的程度，陌生人保守地估计到昨晚刑罚专家的尿起码冲泻了十次。眼前的这个情景使陌生人十分满意。他看着躺在床上喘气的刑罚专家，他不希望这个刑罚成功，这个虚弱不堪的人掌握着他的四桩往事。这个人一辞世而去，那他与自己往事永别的时刻就将来到。因此他不可能向刑罚专家指出漏洞的存在与位置。所以当刑罚专家请他明天再来看看时，他连微笑也没有显露，他十分严肃地离开了这个屋子。

第二天的情景无疑仍在陌生人的预料之中。刑罚专家如昨日一般躺在床上，他憔悴不堪地看着陌生人推门而入，为了掩盖内心的羞愧，他掀开被子向陌生人证明他昨夜不仅尿流了一大片，而且还排泄了一大堆屎。可是结果与昨日一样，在最后的时刻他突然清醒过来，他痛苦地对陌生人说：

"你明天再来，我明天一定会死。"

陌生人没有对这句话引起足够的重视，他怜悯地望着刑罚专家，他似乎很想指出那个刑罚的漏洞所在，那就是在十小时过去后应该出现一颗准确的子弹，子弹应该打碎刑罚专家的脑袋。刑罚专家十年的心血只完成十小时的过程，却疏忽了最后一颗关键的子弹。但陌生人清醒地认识指出这个漏洞的危险，那就是他的往事将与刑罚专家一起死去。如今对陌生人来说，只要与刑罚专家在一起，那他就与自己的往事在一起了。他因为掌握着这个有关漏洞的秘密，所以当他退出刑罚专家卧室时显得神态自若，他知道这个关键的漏洞保障了他的往事不会消亡。

然而第三日清晨的事实却出现了全新的结局，当陌生人再度来到刑罚专家卧室时，刑罚专家昨日的诺言得到了具体的体现。他死了。他并没有躺在床上死去，而在离床一公尺处自缢身亡。

　　面对如此情景，陌生人内心出现一片凄凉的荒草。刑罚专家的死，永久地割断了他与那四桩往事联系的可能。他看着刑罚专家，犹如看着自己的往事自缢身亡。这情景使一九六五年三月五日隐约呈现，同时刑罚专家提起绞刑时勃然大怒的情形也栩栩如生地再现了那么一瞬。刑罚专家最终所选择的竟是这个被糟蹋的刑罚。

　　后来，当陌生人离开卧室时，才发现门后写着这么一句话：

　　我挽救了这个刑罚。

　　刑罚专家在写上这句话时，显然是清醒和冷静的，因为在下面他还十分认真地写上了日期：

　　一九六五年三月五日

一九八九年二月

鲜血梅花

一

一代宗师阮进武死于两名武林黑道人物之手，已是十五年前的依稀往事。在阮进武之子阮海阔五岁的记忆里，天空飘满了血腥的树叶。

阮进武之妻已经丧失了昔日的俏丽，白发像杂草一样在她的头颅上茁壮成长。经过十五年的风吹雨打，手持一把天下无敌梅花剑的阮进武，飘荡在武林中的威风如其妻子的俏丽一样荡然无存了。然而在当今一代叱咤江湖的少年英雄里，有关梅花剑的传说却经久不衰。

一旦梅花剑沾满鲜血，只需轻轻一挥，鲜血便如梅花般飘离剑身，只留一滴永久盘踞剑上，状若一朵袖珍梅花。梅花剑几代相传，传至阮进武手中，已有七十九朵鲜血梅花。阮进武横行江湖二十年，在剑上增添二十朵梅花。梅花剑一旦出鞘，血光四射。

阮进武在十五年前神秘死去，作为一个难解之谜，在他妻子心中一直盘踞至今。那一日的黑夜寂静无声，她在一片月光照耀下昏睡不醒，那时候她的丈夫在屋外的野草丛里悄然死去了。在此后的日子里，她将丈夫生前的仇敌在内心一一罗列出来，其结果却是一片茫然。

在阮进武生前的最后一年里，有几个明亮的清晨，她推开屋门，看到了在阳光里闪烁的尸体。她全然不觉丈夫曾在深夜离床出屋与刺客舞剑争生。事实上在那个时候，她已经隐约预感到丈夫躺在阳光下闪烁不止的情形。这情形在十五年前那个宁静之晨栩栩如生地来到了。阮进武仰躺在那堆枯黄的野草丛里，舒展的四肢暗示着某种无可奈何。他的双眼生长出两把黑柄的匕首。近旁一棵萧条的树木飘下的几张树叶，在他头颅的两侧随风波动，树叶沾满鲜血。后来，她看到儿子阮海阔捡起了那几张树叶。

阮海阔以树根延伸的速度成长起来，十五年后他的躯体开始微微飘逸出阮进武的气息。然而阮进武生前的威武却早已化为尘土，并未寄托到阮海阔的血液里。阮海阔朝着他母亲所希望的相反方向成长，在他二十岁的今天，他的躯体被永久地固定了下来。因此，当这位虚弱不堪的青年男子出现在他母亲眼前时，她恍恍惚惚体会到了惨不忍睹。但是十五年的忍受已经不能继续延长，她感到让阮海阔上路的时候应该来到了。

在这个晨光飘洒的时刻，她首次用自己的目光抚摸儿子，用一种过去的声音向他讲述十五年前的这个时候，他的父亲躺在野草丛里死去了，她说：

"我没有看到他的眼睛。"

她经过十五年时间的推测，依然无法确知凶手是谁。

"但是你可以去找两个人。"

她所说的这两个人，曾于二十年前在华山脚下与阮进武高歌比剑，也是阮进武威武一生唯一没有击败过的两名武林高手。他们中间任何一个都会告诉阮海阔杀父仇人是谁。

"一个叫青云道长，一个叫白雨潇。"

青云道长和白雨潇如今也已深居简出，远离武林的是是非非。尽管如此，历年来留存于武林中的许多难解之谜，在他俩眼中如一潭清水一样清晰可见。

阮海阔在母亲的声音里端坐不动，他知道接下去将会出现什么，因此几条灰白的大道和几条翠得有些发黑的河流，开始隐约呈现出来。母亲的身影在这个虚幻的背景前移动着，然后当年与父亲一起风流武林的梅花剑，像是河面上的一根树干一样漂了过来。阮海阔在接过梅花剑的时候，触摸到母亲冰凉的手指。

母亲告诉他：剑上已有九十九朵鲜血梅花。她希望杀夫仇人的血能在这剑身上开放出一朵新鲜的梅花。

阮海阔肩背梅花剑，走出茅屋。一轮红日在遥远的天空里飘浮而出，无比空虚的蓝色笼罩着他的视野。置身其下，使他感到自己像一只灰黑的麻雀独自前飞。

在他走上大道时，不由回头一望。于是看到刚才离开的茅屋出现了与红日一般的颜色。红色的火焰贴着茅屋在晨风里翩翩起舞。在茅屋背后的天空中，一堆早霞也在熊熊燃烧。阮海阔那么看着，恍恍惚惚觉得茅屋的燃烧是天空里掉落的一片早霞。阮海阔听到了茅屋破碎时分裂的响声，于是看到了如水珠般四溅的火星。然后那堆火轰然倒塌，像水一样在地上洋溢开去。

阮海阔转身沿着大道往前走去，他感到自己跨出去的脚被晨风吹得飘飘悠悠。大道在前面虚无地延伸。母亲自焚而死的用意，他深刻地领悟到了。在此后漫长的岁月里，已无他的栖身之处。

没有半点武艺的阮海阔，肩背名扬天下的梅花剑，去寻找十五年前的杀父仇人。

二

母亲死前道出的那两个名字，在阮海阔后来无边无际的寻找途中，如山谷里的回声一般空空荡荡。母亲死前并未指出这两人现在何处，只是点明他俩存在于世这个事实。因此阮海阔行走在江河群山、集镇村庄之中的寻找，便显得十分渺小和虚无。然而正是这样的寻找，使阮海阔前行的道路出现无比广阔的前景，支持着他一日紧接一日的漫游。

阮海阔在母亲自焚之后踏上的那条大道，一直弯弯曲曲延伸了十多里，然后被一条河流阻断。阮海阔在走过木桥，来到河流对岸时，已经忘记了自己所去的方向，从那一刻以后，方向不再指导着他。他像是飘在大地上的风一样，随意地往前行走。他经过的无数村庄与集镇，尽管有着百般姿态，然而它们以同样的颜色的树木，同样形状的房屋组成，同样的街道上走着同样的人。因此阮海阔一旦走入某个村庄或集镇，就如同走入了一种回忆。

这种漫游持续了一年多以后，阮海阔在某一日傍晚时分来到了一个十字路口。十字路口的出现，在他的漫游里已经重复了无数次。寻找青云道长和白雨潇，在这里呈现出几种可能。然而在阮海阔绵绵不绝的漫游途中，十字路口并不比单纯往前的大道显示出几分犹豫。

此刻的十字路口在傍晚里接近了他。他看到前方起伏的群山，落日的光芒从波浪般联结的山峰上放射出来，呈现一道山道般狭长的辉煌。而横在前方的那条大道所指示的两端，却是一片片荒凉的泥土，霞光落在上面，显得十分粗糙。因此他在接近十字路口的时候，内心已经选择了一直往前的方向。正是一直以来类似于这样的选择，使他

在一年多以后，来到了这里。

然而当他完成了对十字路口的选择以后很久，他才蓦然发现自己已经远离了那落日照耀下的群山。出现了这样一个事实，他并没有按照自己事前设计的那样一直往前，而是在十字路口处往右走上了那条指示着荒凉的大道。那时候落日已经消失，天空出现一片灰白的颜色。当他回首眺望时，十字路口显得含含糊糊，然后他转回身继续在这条大道上往前走去。在他重新回想刚才走到十字路口处的情景时，那一段经历却如同不曾有过一样，他的回想在那里变成了一段空白。

他的行走无法在黑夜到来后终止，因为刚才的错觉，使他走上了一条没有飘扬过炊烟的道路。直到很久以后，一座低矮的茅屋才远远地出现，里面的烛光摇摇晃晃地透露出来，使他内心出现一片午后的阳光。他在接近茅屋的时候，渐渐嗅到了一阵阵草木的艳香。那气息飘飘而来，如晨雾般弥漫在茅屋四周。

他走到茅屋门前，伫立片刻，里面没有点滴动静。他回首望了望无边的荒凉，便举起手指叩响了屋门。

屋门立即发出一声如人惊讶的叫唤，一个艳丽无比的女子站在门内。如此突然的出现，使他一时间不知所措。他觉得这女子仿佛早已守候在门后。

然而那女子却是落落大方，似乎一眼看出了他的来意，也不等他说话，便问他是否想在此借宿。

他没有说话，只是随着女子步入屋内，在烛光闪烁的案前落座。借着昏暗的烛光，他细细端详眼前这位女子，依稀觉得这女子脸上有着一层厚厚的胭脂。胭脂使她此刻呈现在脸上的迷人微笑有些虚幻。

然后他发现女子已经消失，他丝毫没有觉察到她消失的过程。然而不久之后他听到了女子在里屋上床时的响声，仿佛树枝在风中摇动一样的响声。

女子在里屋问他：

"你将去何处？"

那声音虽只是一墙之隔，却显得十分遥远。声音唤起了母亲自焚时茅屋燃烧的情景，以及他踏上大道后感受到的凉风。那一日清晨的风，似乎正吹着此刻这间深夜的茅屋。

他告诉她：

"去找青云道长和白雨潇。"

于是女子轻轻坐起，对阮海阔说：

"若你找到青云道长，替我打听一个名叫刘天的人，不知他现在何处。你就说是胭脂女求教于他。"

阮海阔答应了一声，女子复又躺下。良久，她又询问了一声：

"记住了？"

"记住了。"阮海阔回答。

女子始才安心睡去。阮海阔一直端坐到烛光熄灭。不久之后黎明便铺展而来。阮海阔悄然出门，此刻屋外晨光飘洒，他看到茅屋四周尽是些奇花异草，在清晨潮湿的风里散发着阵阵异香。

阮海阔踏上了昨日离开的大道，回顾昨夜过来的路，仍是无比荒凉。而另一端不远处却出现了一条翠绿的河流，河面上漂浮着丝丝霞光。阮海阔走向了河流。

多日以后，当阮海阔重新回想那一夜与胭脂女相遇的情形，已经恍若隔世。阮海阔虽是武林英雄后代，然而十五年以来从未染指江湖，所以也就不曾听闻胭脂女的大名。胭脂女是天下第二毒王，满身涂满了剧毒的花粉，一旦花粉洋溢开来，一丈之内的人便中毒身亡。故而那一夜胭脂女躲入里屋与阮海阔说话。

三

阮海阔离开胭脂女以后，继续漫游在江河大道之上、群山村庄之中。如一张漂浮在水上的树叶，不由自主地随波逐流。然而在不知不觉中，阮海阔开始接近黑针大侠了。

黑针大侠在武林里的名声，飘扬在胭脂女附近，已在江湖上威武了十来年。他是使暗器的一流高手。尤其是在黑夜里，每发必中。暗器便是他一头黑发，黑发一旦脱离头颅就坚硬如一根黑针。在黑夜里射出时没有丝毫光亮。黑针大侠闯荡江湖多年，因此头上的黑发开始显出了荒凉的景致。

阮海阔无尽地行走，在他离开胭脂女多月以后，出现在了某一个喧闹的集镇的街市上。那已是傍晚时刻，一直指引着他向前的大道，在集镇的近旁伸向了另一个方向。如果不是傍晚的来临，阮海阔便会继续遵照大道的指引，往另一个方向走去。然而傍晚改变了他的意愿，使他走入了集镇。他知道自己翌日清晨以后，会重新踏上这条大道。

阮海阔行走在街上，由于长久的疲倦，他觉得自己如一件衣服一样飘在喧闹的人声中。因此当他走入一家客店之后不久，便在附近楼台上几位歌伎轻声细语般的歌声里沉沉睡去了。

在黎明来到之前，阮海阔像是窗户被风吹开一样苏醒过来。那时候月光透过窗棂流淌在他的床上，户外寂静无声。阮海阔睁眼躺了良久，后来听到了几声马嘶。马嘶声使他眼前呈现出了夜晚离开的那条大道。大道延伸时茫然若失的情景，使他坐了起来，又使他离开了客店。

事实上，在月光照耀下的阮海阔，离开集镇以后并没有踏上昨日的大道，而是被一条河流旁的小路招引了过去。他沿着那条波光闪闪的河流走入了黎明，这才发现自己身在何处，而在此之前，他似乎以为自己一直走在昨日继续下去的大道上。

那时候一座村庄在前面的黎明里安详地期待着他。阮海阔朝村庄走去。村口有一口被青苔包围的井和一棵榆树，还有一个人坐在榆树下。

坐在树下那人在阮海阔走近以后，似看非看地注视着他。阮海阔一直走到井旁，井水宁静地制造出了另一张阮海阔的脸。阮海阔提起井边的木桶，向自己的脸扔了下去。他听到了井水如惊弓之鸟般四溅的声响。他将木桶提上来时，他的脸在木桶里接近了他。阮海阔喝下几口如清晨般凉爽的井水，随后听到树下那人说话的声音：

"你出来很久了吧？"

阮海阔转身望去，那人正无声地望着他。仿佛刚才的声音不是从那里飘出。阮海阔将目光移开，这时那声音又响了起来：

"你去何处？"

阮海阔继续将目光飘到那人身上，他看到清晨的红日使眼前这棵树和这个人散发出闪闪红光。声音唤起了他对青云道长和白雨潇虚无缥缈的寻找。阮海阔告诉他：

"去找青云道长和白雨潇。"

这时那人站立起来，他向阮海阔走来时，显示了他高大的身材。但是阮海阔却注意到了他头颅上荒凉的黑发。他走到阮海阔身前，用一种不容争辩的声音说：

"你找到青云道长，就说我黑针大侠向他打听一个名叫李东的人，我想知道他现在何处。"

阮海阔微微点了点头，说：

"知道了。"

阮海阔走下井台，走上了刚才的小路。小路在潮湿的清晨里十分犹豫地向前伸长，阮海阔走在上面，耳边重新响起多月前胭脂女的话语。胭脂女的话语与刚才黑针大侠所说的，像是两片碰在一起的树叶一样，在他前行的路上响着同样的声音。

四

阮海阔在时隔半年以后，在一条飘着枯树叶子的江旁与白雨潇相遇。

那时候阮海阔漫无目标的行走刚刚脱离大道，来到江边。渡船已在江心摇摇晃晃地漂浮，江面上升腾着一层薄薄的水汽。

一位身穿白袍，手持一柄长剑的老人正穿过无数枯树向他走来。老人的脚步看去十分有力，可走来时却没有点滴声响，仿佛双脚并未着地。老人的白发白须迎风微微飘起，飘到了阮海阔身旁。

渡船已经靠上了对岸，有三个行人走了上去。然后渡船开始往这边漂浮而来。

白雨潇站在阮海阔身后，看到了插在他背后的梅花剑。黝黑的剑柄和作为背景波动的江水同时进入白雨潇的视野，勾起无数往事，而正在接近的渡船，开始隐约呈现出阮进武二十年前在华山脚下的英姿。

渡船靠岸以后，阮海阔先一步跨入船内，船剧烈地摇晃起来，可当白雨潇跨上去后，船便如岸上的磐石一样平稳了。船开始向江心渡去。

虽然江水急涌而来，拍得船舷水珠四溅，可坐在船内的阮海阔却感到自己仿佛是坐在岸上一样。故而刚才伫立岸边看渡船摇晃而去的情景，此刻回想起来觉得十分虚幻。阮海阔看着江岸慢慢退去，却没有发现白雨潇正以同样的目光注视着他。

白雨潇十分轻易地从阮海阔身上找到了二十年前的阮进武。但是阮海阔毕竟不是阮进武。阮海阔脸上丝毫没有阮进武的威武自信，他虚弱不堪又茫然若失地望着江水滚滚流去。

渡船来到江心时，白雨潇询问阮海阔：

"你背后的可是梅花剑？"

阮海阔回过头来望着白雨潇，他答：

"是梅花剑。"

白雨潇又问："是你父亲留下的?"

阮海阔想起了母亲将梅花剑递过来时的情景，这情景在此刻江面的水汽里若隐若现。他点了点头。

白雨潇望了望急流而去的江水，再问：

"你在找什么人吧?"

阮海阔告诉他：

"找青云道长。"

阮海阔的回答显然偏离了母亲死前所说的话，他没有说到白雨潇，事实上他在半年前离开黑针大侠以后，因为胭脂女和黑针大侠委托之言里没有白雨潇，白雨潇的名字便开始在他的漫游里渐渐消散。

白雨潇不再说话，他的目光从阮海阔身上移开，望着正在来到的江岸。待船靠岸后，他与阮海阔一起上了岸，又一起走上了一条大道。然后白雨潇径自走去了。而阮海阔则走向了大道的另一端。

曾经携手共游江湖的青云道长和白雨潇，在五年前已经反目为敌，这在武林里早已是众所周知。

五

与白雨潇在那条江边偶然相遇之事，在阮海阔此后半年的空空荡荡的漫游途中，总是时隐时现。然而阮海阔无法想到这位举止非凡的老人便是白雨潇。只是难以忘记他身穿白袍潇洒而去的情景。那时候阮海阔已经与他背道而去，一次偶然的回首，他看到老人白色的身影走向青蓝色的天空，那时田野一望无际，巨大而又空虚的天空使老人走去的身影显得十分渺小。

多月之后，过度的劳累与总是折磨着他的饥饿，使他病倒在长江北岸的一座群山环抱的集镇里。那时他已经来到一条蜿蜒伸展的河流旁，一座木桥卧在河流之上。他尽管虚弱不堪，可还是踏上了木桥，但是在木桥中央他突然跪倒了，很久之后都无法爬起来，只能看着河水长长流去。直到黄昏来临，他才站立起来，黄昏使他重新走入集镇。

他在客店的竹床上躺下以后，屋外就雨声四起。他躺了三天，雨也持续了三天，他听着河水流动的声音越来越响亮。他感到水声流得十分遥远，仿佛水声是他的脚步一样正在远去。于是他时时感到自己并未卧床不起，而是继续着由来已久的漫游。

雨在第四日清晨蓦然终止，缠绕着他的疾病也在这日清晨消散。阮海阔便继续上路。但是连续三日的大雨已经冲走了那座木桥，阮海阔无法按照病倒前的设想走到河流的对岸。他在木桥消失的地方站立良久，看着路在那滔滔的河流对岸如何伸入了群山。他无法走过去，于是便沿着河流走去。他觉得自己会遇上一座木桥的。

然而阮海阔行走了半日，虽然遇到几条延伸过来的路，可都在河边突然断去，然后又在河对岸伸展出来。他觉得自己永远难以踏上对岸的路。这个时候，一座残缺不全的庙宇开始出现。庙宇四周树木参天，阮海阔穿过杂草和乱石，走入了庙宇。

阮海阔置身于千疮百孔的庙宇之中，看到阳光从四周与顶端的裂口倾泻进来，形成无数杂乱无章的光柱。他那么站了一会以后，听到一个如钟声一样的声音：

"阮进武是你什么人？"

声音在庙宇里发出了嗡嗡的回音。阮海阔环顾四周，他的目光被光柱破坏，无法看到光柱之外。

"是我父亲。"阮海阔回答。

声音变成了河水流动似的笑声，然后又问：

"你身后的可是梅花剑？"

"是梅花剑。"

声音说："二十年前阮进武手持梅花剑来到华山脚下……"声音突然中止，良久才继续道，"你离家已有多久了？"

阮海阔没有回答。

声音又问："你为何离家？"

阮海阔说："我在找青云道长。"

声音这次成为风吹树叶般的笑声，随后告诉阮海阔：

"我就是青云道长。"

胭脂女和黑针大侠委托之言此刻在阮海阔内心清晰响起。于是他说：

"胭脂女打听一个名叫刘天的人，不知这个人现在何处？"

青云道长沉吟片刻，然后才说：

"刘天七年前已去云南，不过现在他已走出云南，正往华山而去，

参加十年一次的华山剑会。”

阮海阔在心里重复一遍后，又问：

“李东现在何处？黑针大侠向你打听。”

“李东七年前去了广西，他此刻也正往华山而去。”

母亲死前的声音此刻才在阮海阔内心浮现出来。当他准备询问十五年前的杀父仇人是谁时，青云道长却说：

“我只回答两个问题。”

然后阮海阔听到一道风声从庙宇里飘出，风声穿过无数树叶后销声匿迹了。他知道青云道长已经离去，但他还是站立了很久，然后才走出庙宇。

阮海阔继续沿着河流行走，白雨潇的名字在消失了很长一段时间后，重又来到。阮海阔在河旁行走半日后，一条大道在前方出现，于是他放弃了越过河流的设想，走上了大道，开始了对白雨潇的寻找。

六

阮海阔对白雨潇的寻找，是他漫无目标漂泊之旅的无限延长。此刻青云道长在他内心如一道烟一样消失了。而胭脂女和黑针大侠委托之事虽已完成，可在他后来的漫游途中，却如云中之月一样若有若无。尽管胭脂女和黑针大侠的模糊形象，会偶尔地出现在道路的前方，但他们的居住之处，阮海阔早已遗忘。因此他们像白雨潇一样显得虚无缥缈。

然而阮海阔毫无目的地漂泊，却在暗中开始接近黑针大侠了。他身不由己的行走进行到这一日傍晚时，来到了黑针大侠居住的村口。

这一日傍晚的情景与他初次来到的清晨似乎毫无二致。黑针大侠那时正坐在那棵古老的榆树下，落日的光芒和作为背景的晚霞使阮海阔感到无比温暖。这时候他已经知道来到了何处。他如上次一样走上了井台，提起井旁的木桶扔入井内，提上来以后喝下一口冰凉的井水，井水使他感受到了正在来临的黑夜。然后他回头注视着黑针大侠，他看到黑针大侠也正望着自己，于是他说：

“我找到青云道长了。”

他看到黑针大侠脸上出现了迷惑的神色，显然黑针大侠已将阮海阔彻底遗忘，就像阮海阔遗忘他的居住之处一样。阮海阔继续说：

"李东已经离开广西，正往华山而去。"

黑针大侠始才省悟过来，他突然仰脸大笑，笑声使榆树的树叶纷纷飘落。笑毕，黑针大侠站起走入了近旁的一间茅屋。不久他背着包袱走了出来，走到阮海阔身旁时略略停顿了一下，说：

"你就在此住下吧。"

说罢，他疾步而去。

阮海阔看着他的身影在那条小路的护送下，进入了沉沉而来的夜色。然后他才回身走入黑针大侠的茅屋。

七

阮海阔在离开黑针大侠的茅屋十来天后，一种奇怪的感觉使他隐约感到自己正离胭脂女越来越近。事实上他已不由自主地走上了那条指示着荒凉的大道。他在无知的行走中与黑针大侠重新相遇以后，依然是无知的行走使他接近了胭脂女。

那是中午的时刻，很久以前在黑夜里行走过的这条大道，现在以灿烂的姿态迎接了他。然而阳光的明媚无法掩饰道路伸展时的荒凉。阮海阔依稀回想起很久以前这条大道的黑暗情景。

不久之后他嗅到了阵阵异香，那时他已看到了远处的茅屋。他明白自己已经来到了何处。当他来到茅屋近前时，那一日清晨曾经向他招展过的奇花异草，在此刻中午阳光的照耀下，使他感到一种难以承受的热烈。

胭脂女伫立在花草之中，她的容颜比那个夜晚所见更为艳丽。奇花异草的簇拥，使她全身五彩缤纷。她看着阮海阔走来，如同看着一条河流来。

阮海阔没有走到她身旁，她异样的微笑使他在不远处无法举步向前，他告诉她：

"刘天现在正走在去华山的路上，他已经离开云南。"

胭脂女听后嫣然一笑，然后扭身走出花草，走入茅屋，她拖在地上的影子如一股水一样流入了茅屋。

阮海阔站了一会，胭脂女进去以后并没有立刻出来。于是他转身离去了。

八

阮海阔对白雨潇的寻找，在后来又继续了三年。在三年空虚的漂泊之后，这一日由于过度的劳累，他在一条大道中央的凉亭里席地而睡。

在阮海阔沉睡之时，一个白须白袍的老人飘然而至，他朝阮海阔看了很久，从此刻放在地上的梅花剑，他辨认出了这位沉睡的男子便是多年前曾经相遇过的阮进武之子。于是他蹲下身去拿起了梅花剑。

梅花剑的离去，使阮海阔蓦然醒来。他第二次与白雨潇相遇就这样实现了。

白雨潇微微一笑，问："还没有找到青云道长？"

这话唤起了阮海阔十分遥远的记忆，事实上这三年对白雨潇空荡荡的寻找，已经完全抹去了青云道长。

阮海阔说：

"我在找白雨潇。"

"你已经找到白雨潇了，我就是。"

阮海阔低头沉吟了片刻，他依稀感到那种毫无目标的美妙漂泊行将结束。接下去他要寻找的将是十五年前的杀父仇人，也就是说他将去寻找自己如何去死。

但是他还是说：

"我想知道杀死我父亲的人。"

白雨潇听后再次微微一笑，告诉他：

"你的杀父仇敌是两个人。一个叫刘天，一个叫李东。他们三年前在去华山的路上，分别死于胭脂女和黑针大侠之手。"

阮海阔感到内心一片混乱。他看着白雨潇将梅花剑举到眼前，将剑从鞘内抽出。在亭外辉煌阳光的衬托下，他看到剑身上有九十九朵斑斑锈迹。

白雨潇离去以后，阮海阔依旧坐在凉亭之内，面壁思索起很久以前离家出门时的情景。他闭上双目以后，看到自己在轮廓模糊的群山江河、村庄集镇之间漫游。那个遥远的傍晚他如何莫名其妙地走上了那条通往胭脂女的荒凉大道，以及后来在那个黎明之前他神秘地醒来，再度违背自己的意愿而走近了黑针大侠。他与白雨潇初次相遇在那条滚滚而去的江边，却又神秘地错开。在那个群山环抱的集镇里，那场病和那场雨同时进行了三天，然后木桥被冲走了，他无法走向对岸，却走向了青云道长。后来他那漫无目标的漫游，竟迅速地将他带到了黑针大侠的村口和胭脂女的花草旁。三年之后，他在这里与白雨潇再次相遇。现在白雨潇已经离去了。

一九八九年一月十八日

此文献给少女杨柳

一

很久以来，我一直过着资产阶级的生活。我居住的地方名叫烟，我的寓所是一间临河的平房，平房的结构是缺乏想象力的长方形，长方形暗示了我的生活是如何简洁与明确。

我非常欣赏自己在小城里到处游荡时的脚步声，这些声音只有在陌生人的鞋后跟才会产生。虽然我居住在此已经很久，可我成功地捍卫了自己脚步声的纯洁。在街上世俗的声响里，我的脚步声不会变质。

我拒绝一切危险的往来。我曾经遇到过多次令我害怕的微笑，微笑无疑是在传达交往的欲望。我置之不理，因为我一眼看出微笑背后的险恶用心。微笑者是想走入我的生活，并且占有我的生活。他会用他粗俗的手来拍我的肩膀，然后逼我打开临河平房的门。他会躺到我的床上去，像是躺在他的床上，而且随意改变椅子的位置。离开的时候，他会接连打上三个喷嚏，喷嚏便永久占据了我的寓所，即便燃满蚊香，也无法熏走它们。不久之后，他会带来几个身上散发着厨房里那种庸俗气息的人。这些人也许不会打喷嚏，但他们满嘴都是细菌。他们大声说话大声嬉笑时，便在用细菌粉刷我的寓所了。那时候我不仅感到被占有，而且还被出卖了。

因此我现在更喜欢在夜间出去游荡，这倒不是我怀疑自己拒绝一切的意志，而是模糊的夜色能让我安全地感到自己游离于众人之外。我已经研究了住宅区所有的窗帘，我发现任何一个窗口都有窗帘。正是这个发现才使我对住宅区充满好感，窗帘将我与他人隔离。但是危险依然存在，隔离并不是强有力的。我在走入住宅区窄小的街道时，常常会感到如同走在肝炎病区的走廊上，我不能不小心翼翼。

　　我是在夜里观察那些窗帘的。那时候背后的灯光将窗帘照耀得神秘莫测，当微风掀动某一窗帘时，上面的图案花纹便会出现妖气十足的流动。这让我想起寓所下那条波光粼粼的河流，它流动时的曲折和不可知，曾使我的睡眠里出现无数次雪花飘扬的情景。窗帘更多的时候是静止地出现在我视野中，因此我才有足够的时间来考察它们的光芒。尽管灯光的变化与窗帘无比丰富的色彩图案干扰了我的考察。但当我最后简化掉灯光和色彩图案后，我便发现这种光芒与一条盘踞在深夜之路中央的蛇的目光毫无二致。自从这个发现后，在每次走入住宅区时，我便感到自己走入了千百条蛇的目光之中。

　　在这个发现之后很久，也就是一九八八年五月八日那一天，一个年轻的女子向我走了过来。她走来是为了使我的生活出现缺陷，或者更为完美。总而言之，她的到来会制造出这样一种效果，比如说我在某天早晨醒来时，突然发现卧室里增加了一张床，或者我睡的那张床不翼而飞了。

二

　　事实上，我与外乡人相识已经很久了。外乡人来自一个长满青草的地方，这是我从他身上静脉的形状来判断的。我与他第一次见面是在一个夏日的中午，由于炎热他赤裸着上身，他的皮肤使人想起刚刚剥去树皮的树干。于是我看到他皮肤下的静脉像青草一样长得十分茂盛。

　　我已经很难记起究竟是在什么时候认识外乡人的，只是觉得已经很久了。但我知道只要细细回想一下，我是能够记起那一日天空的颜色和树木上知了的叫声。外乡人端坐在一座水泥桥的桥洞里。他选择的这个地方，在夏天的时候让我赞叹不已。

　　外乡人是属于让我看一眼就放心的人，他端坐在桥洞里那副安详无比的模样，使我向他走去。在我还离他十米远的时候，我就知道他不会去敲我长方形的门，他不会发现我的床可以睡觉可以做梦，我的椅子他也同样不会有兴趣。我向他走去时知道将会出现交谈的结局，但我明白这种交谈的性质，它与一个正在洗菜的女人和一个正在生煤球炉男人的交谈截然不同。因此当他向我微笑的时候，我的微笑也迅速地出现。然后我们就开始了交谈。

出于谨慎，我一直站立在桥洞外。后来我发现他说话时不断做出各种手势。手势表明他是一个欢迎别人走入桥洞的人。我便走了进去，他立刻拿开几张放在地上的白纸，白纸上用铅笔画满了线条，线条很像他刚才的手势。我就在刚才放白纸的地方坐了下去，我知道这样做符合他的意愿。然后我看到他的脸就在前面一尺处微笑，那种微笑是我在小城烟里遇到的所有微笑里，唯一安全的微笑。

他与我交谈时的声音很平稳，使我想起桥下缓缓流动的河水。我从一开始就习惯了这种声音。鉴于我们相识的过程并不惊险离奇，他那种平稳的声音便显得很合适。他已经简化了很多手势，他这样做是为了让我去关注他的声音。他告诉我的是有关定时炸弹的事，定时炸弹涉及几十年前的一场战争。

一九四九年初，国民党上海守军司令汤恩伯决定放弃苏州、杭州等地，集中兵力固守上海。镇守小城烟的一个营的国民党部队连夜撤离。撤离前一名叫谭良的人，指挥工兵排埋下了十颗定时炸弹。谭良是同济大学数学专业的毕业生。在那个星光飘洒的夜晚，他用一种变化多端的几何图形埋下了这十颗炸弹。

谭良是最后一个撤离小城烟的国民党军官，当他走出小城，回首完成最后一瞥时，小城在星光里像一片竹林一样安静。那时候他可能已经预感到，几十年以后他会重新站到这个位置上。这个不幸的预感在一九八八年九月三日成为现实。

尽管谭良随同他的部队进驻了上海，可上海解放时，在长长走过的俘虏行列里，并没谭良。显然在此之前他已经离开了上海，他率领的工兵排那时候已在舟山了。舟山失守后，谭良也随之失踪。在朝台湾溃退的大批国民党官兵里，有三个人是谭良工兵排的士兵。他们三人几乎共同认为谭良已经葬身大海，因为他们亲眼看到谭良乘坐的那艘帆船如何被海浪击碎。

一九八八年九月二日傍晚五点整，一个名叫沈良的老渔民，在舟山定海港踏上了一艘驶往上海的班轮。他躺在班轮某个船舱的上铺，经过了似乎有几十年漫长的一夜摇晃，翌日清晨班轮靠上了上海十六铺码头。沈良挤在旅客之中上了岸，然后换乘电车到了徐家汇西区长途汽车站。在那天早晨七点整时，他买到了一张七点半去小城烟的汽车票。

一九八八年九月三日上午，他坐在驶往小城烟的长途汽车里，他的邻座是一位来自远方的年轻人。年轻人因患眼疾在上海某医院住了一个月，病愈后由于某种原因他没有直接回家，而是去了小城烟。在汽车里，沈良向这位年轻人讲述了几十年前，一个名叫谭良的国民党军官，指挥工兵排在小城烟埋下了十颗定时炸弹。

三

外乡人说："十年前。"

外乡人这时的声音虽然依旧十分平稳，可我还是感觉到里面出现了某些变化。我感到桥下的水似乎换了一个方向流去了。外乡人的神态已经明确告诉我，他开始叙述另一桩事。

他继续说："十年前，也就是一九八八年五月八日。"

我感到他犯了一个小小的错误，因为一九八八年五月八日还没有来到。于是我善意地纠正道：

"是一九七八年。"

"不。"外乡人摆了摆手，说，"是一九八八年。"他向我指明，"如果是一九七八年的话，那是二十年前了。"

四

十年前，也就是一九八八年五月八日，外乡人的个人生活出现了意外。这个意外导致了外乡人在多月之后来到了小城烟。

五月八日之后并不太久，他的眼睛开始不停地掉眼泪，与此同时他的视力也逐渐衰退起来。这些只有他一个人知道，他没有告诉任何人，包括家人。他隐约感到视力的衰退与五月八日发生的那件事有关。那件事十分隐秘，他无法让别人知道。因此他束手无策地感觉着身外的景物越来越模糊与混浊。

直到有一天，他父亲坐在阳台的椅子里看报时，他把父亲当成了一条扔在椅子里的鸭绒被，走过去抓住父亲的衣领。两日之后，几乎所有熟悉他的人，都知道他的眼睛正走在通往黑暗的途中。于是他被送入了当地的医院。

从那一日起，他不再对自己的躯体负责。他听任别人对他躯体发出的指挥。而他的内心则始终盘旋着那件十分隐秘的事。只有他知道

自己的眼睛为何会走向模糊。他依稀感到自己的躯体坐上了汽车，然后又坐上了火车。火车驶入上海站后，他被送入了上海的一家医院。

在他住院后不到半个月，也就是一九八八年八月十四日。一个来自外地的年轻女子，在虹口区一条大街上，与一辆疾驶过来的解放牌卡车共同制造了一起车祸。少女当即被送入外乡人接受治疗的医院。四小时后少女死在手术台上。在她临终前一小时，主刀医生已经知道一切都无法挽回，因此与少女的父亲，一个坐在手术室外长凳上不知所措的男人，讨论了有关出卖少女身上器官的事宜。那个男人显然被这突如其来的惨祸弄得六神无主，他虽然什么都答应了，可他什么都没有明白过来。

年轻女子的眼球被取出来以后，由三名眼科医生给外乡人做了角膜移植手术。在一九八八年九月一日上午，外乡人眼睛上的纱布被永久地取走了。他仿佛感到有一把折叠纸扇在眼前扇了一下，于是黑暗消失了。外乡人看到父亲站在床前像一个人，确切地说是像他的父亲。

外乡人在那张病床上睡了两个夜晚，在九月三日这一天他才正式出院。他在这天上午来到徐家汇西区长途汽车站，坐上了驶向小城烟的长途汽车。他的父亲没有与他同行，父亲在送他上车以后便去了火车站，他将坐火车回家。

外乡人没有和父亲一起回家，而去了他以前从未听闻过的小城烟。他要去找一个男人。那个男人曾经有过一个名叫杨柳的女儿。杨柳十七岁时在上海因车祸而死。她的角膜献给了外乡人。这些情况是他病愈时一位护士告诉他的。他在那家医院的收费处打听到了杨柳的住址。杨柳住在小城烟曲尺胡同 26 号。

上海通往烟是一条柏油马路，在那个初秋阴沉的上午，重见光明后第三天的外乡人，用他的眼睛注视着车窗外有些灰暗的景色。他的邻座是一位老人，老人尽管穿戴十分整齐，可他身上总是散发着些许鱼腥味。老人一直闭着眼睛，直到汽车驶过了金山，老人的眼睛始才睁开，那时候外乡人依然望着窗外。在汽车最后四分之一的行程里，老人开始说话。他告诉外乡人他叫沈良，是从舟山出来的。老人还特别强调：

"我从出生起，一直没有离开过舟山。"

他们的谈话并没有就此终止，而是进入了几十年前的那场战争。事实上整个谈话过程都是老人一个人在说，外乡人始终以刚才望着窗外的神色听着。

老人如同坐在家中叙述往事一样，告诉外乡人那个名叫谭良的国民党军官与十颗定时炸弹的事。在汽车接近小城烟时，老人刚好说到一九四九年初的夜晚，谭良走出小城烟，回首完成最后一瞥时，看到小城像一片竹林一样安静。

在汽车里看接近的小城，由于阴沉的天色显得灰暗与杂乱。老人的话蓦然终止，他看着迅速接近的小城，他的眼睛像是一双死鱼的眼睛。他没再和外乡人说话。有关谭良后来乘坐的帆船被海浪击碎一事，是过去了几天以后，在那座水泥桥上，老人与外乡人再次相遇，他们说了很多话，外乡人是在那次谈话里得知谭良葬身大海的。

汽车驶进了小城烟的车站。外乡人和沈良是最后走出车站的两位旅客。那时候车站外站着几个接站的人。有两个男人在抽烟，一个女人正和一个骑车过去的男人打招呼。外乡人和沈良一起走出车站，他们共同走了二十来米远，然后沈良站住了脚，他在中午的阳光里看起了眼前这座小城。外乡人继续往前走，不知为何外乡人走去时，脑中出现沈良刚才在车上叙述的最后一个情景——谭良在一九四九年初离开时，回首望着在月光里像竹林一样安静的小城。

外乡人一直往前走。他向一个站在路边像是等人的年轻女子打听了旅店，那女子伸手往前一指。所以外乡人必须一直往前走。

他走在一条水泥路上，两旁的树木在阴沉的天空下仿佛布满灰尘似的毫无生气。然而那些房屋的墙壁却显得十分明亮，即便是石灰已经脱落的旧墙，也洋溢着白日之光。

后来他走到了那座水泥桥旁，他站住了脚。那时候有几千民工在掘河。他走上了水泥桥，站在桥上看着他们。于是他看到几个民工挖出了一颗定时炸弹。正是那一刻里，炸弹之事永久占据了他的内心。而曲尺胡同 26 号与名叫杨柳的少女，在他的记忆里如一片枯萎的树叶一样飘扬了出去。

五

一九八八年五月八日夜晚，我与往常一样，离开了临河的寓所。

我小心翼翼地将门关上，尽量不让它发出声响。我这样做是证明自己区别于那些粗俗的邻居，他们关门时总要发出一种劈柴似的声音。

然后我走上了那条散发着世俗气息的窄小的街道。

那是一个月色异常宁静的夜晚，但是街上没有月光，月光挂在两旁屋檐上，有点近似清晨的雨水。我走在此刻像是用黑色油漆涂抹过的街道上，这条街道与城内所有的街道一样，总是让我感到不安。黑暗并不能让我绝对安心。街道在白天里响彻过的世俗声响，在此刻的宁静里开始若隐若现。它们像一些浅薄的野花一样恶毒地向我开放起来。

我在走过街道时，没有遇上一个人。这是我至今为止最愉快的一次行走。所以我没有立刻走上横在前面这条城内最宽阔的大街，而是回首注视那条在月光下依旧十分黑暗的街道。刚才行走在上面的不安已经荡然无存。我迟迟没有继续往前行走，是因为我无法否定自己再次走上那条街道的可能。

我在路口显示出来的犹豫并没有持续多久。一个人，确切说是一个人模糊的影子在那条街道上展览出来，他的脚步声异常清晰。他脚上的皮鞋在任何商店都可以买到，而且他还在某个角落的鞋匠那里钉上了鞋钉。他走来的声音使我无法忍受，仿佛有人用一块烂铁在敲我寓所的窗玻璃。

我在路口的犹豫就这样被粉碎了。我转身离开路口，往右走上了宽阔的大街。我尽量使自己走得快一些，我希望那要命的鞋声会突然暴死街头。然而我前面同样存在着不少危险，我在努力摆脱后面鞋声的同时，还得及时避开前面的行人。在避开时必须注意绕过路旁的梧桐树和垃圾桶，以及突然出现的自行车。这种艰难的行走对我来说几乎夜夜如此。夜色虽然能够掩护我，可是月光和街道两旁的灯光将这种掩护瓦解得十分可怜。当我身上某个部位出现在灯光里时，我会突然地惊慌失措。尽管白天我有时也会走上这条大街，然而由于光线对街道的匀称分布，使我不会感到自己很突出。我觉得自己隐蔽在暴露之中。而夜晚显然是另一种情况，就是现在这种情况。现在我已经走过那家装修过十五次的饭店，这时后面的鞋声已经消失，事实上这时我处于各种杂乱声响的围困之中。根据以往的经验，我知道自己马上就要走入安静了。

不久之后，我来到通往安静的街口，现在面临的问题是如何穿越脚下的大街，从而进入对面的小街。这样的穿越有时候轻而易举，有时候却会被意外阻挡。现在出现了这样的事实，两辆自行车在我要进去的街口相撞。两个人显示了两种迥然不同脱离自行车的姿态，结果却以同样的方式摔倒在地。两个人从地上爬起来以后，都发出了汽车发动似的喊叫。他们的喊叫声使四周所有的人都奔跑过去。于是街口像塌方一样被挡住了。他们挤在一起真让我恶心，他们发出的声音如同一颗手榴弹在爆炸。这时候他们开始往左侧移动过去，他们移过去时很像一只大蛤蟆在爬动。我的街口总算显露出来。我是这时候穿越过去的。

现在我已经走上了通往住宅区的街道，这是一条倾斜下去的水泥路，前面有一个十字路口在路灯下一副无所事事的模样，那是两条同样狭窄的街道交错而成的。它向我展示了住宅区的安静。我在走过十字路口以后，便正式走入了住宅区。

在月光里显得十分愚蠢的楼房，用它们窗口的灯光向我暗示了无数人的存在。楼房使我充满好感。楼房似乎囚禁了所有我不喜欢的人。但是这种囚禁并不是牢不可破。我在贴近楼房行走时，有时会依稀听到里面楼梯的响声。他们的自由自在常使我心怀不满。在我走入住宅区时，无法不遇到也在行走的人，甚至还有自行车和汽车。但我最担心的是行走的人，一想到他们的鞋有可能踏在我踩过的地方，我就无法阻挡内心涌上来的痛苦。

我像往常一样在夜晚游荡于住宅区窗帘的光芒之中。我的想入非非在此刻像一只蝙蝠一样迅速飞翔。我的想象正把自己带向一个不可知的地方。我感到自己正在远离住宅区，正在进入的地方由千百万种光怪陆离的光芒组成。

然而这种情况在一九八八年五月八日的此刻却并没有如愿以偿。我的目光停留在一个布满许多弧线和圆圈的窗帘上。我并不知道停留的时间多了一些，只是开始感到自己的思绪脱离了以往的轨道，向着另一个方面如一条小路似的延伸了过去。然后我才感到一个可怕的想法已经来到近前。我发现自己绕开了目光中的窗帘，我预感到自己是在背叛窗帘。我在想这个窗帘显然代表了一个房间，而房间里应该有一个或者两个以上的人，那么人此刻在干什么？这个世俗的想法使我吓了一跳。我立刻转身离去是一种补救的方法。我走得很快，我希望自己能够迅速地离开住宅区。我不敢再抬头仰视窗帘，我担心刚才的错误会泛滥成灾。我在走过十字路口时，自己并没有发觉，那时候我只是感到内心平静了一些。我沿着有些倾斜的水泥路走上去，不久之

后我已经走上宽阔的大街了。

街道在此刻显得清静多了，两旁的商店都关上了门，只有寥寥不多的几个人行走在街上。于是我才感到自己已经脱离了危险。此刻的街上铺满月光，我走在上面仿佛走在平静的河面上。

我就这样走到了那家饭店旁，这时候我听到一种声音在内心响起。声音由远而近，刚开始时很像是风中树叶的响声，后来我渐渐感到它有点像脚步声，似乎有一个人在我内心向我走来。这使我惊愕不已。在我走过饭店十来米以后，我已经分辨出那是一个少女的脚步声。她好像是赤脚走在我的内心里，因此脚步声显得像棉花一样柔和。我似乎隐隐约约地看到了一双粉红色的小脚丫，于是我内心像是铺满阳光一样无比温暖。我在朝前走去时，她似乎也走向与我同样的地方。当我走完这条大街，进入那条狭窄的小街时，我有了一种似乎与她并肩行走的感觉。

我是在一片恍惚里走到自己的寓所前。我拿出钥匙时，也听到她拿出钥匙的声响。然后我们同时将钥匙插入门锁，同时转动打开了门。我走入寓所，她也走入。不同的是她的一切都发生在我的内心。我将门关上时听到她的关门声，她关门的声响恍若她脱下一件衣服那么柔和。我在屋内站了一会，我觉得她也站在那里。她的呼吸声十分细微，使我想到自己脸上皱纹的纹路。然后我走到窗前，打开了窗户，一股微风从河面上吹进了我的寓所。我看着在月光里闪烁流去的河流。我感到她也站在窗前，我们无声地看了一会河流。此后我重新关上了窗户，向自己的床走去。我在床上坐了五分钟，接着脱下了外衣，先熄了灯，随后才躺到床上。我看着户外的月光穿越窗玻璃照耀进来，使我的房间布满荧荧之光。她这个时候也躺在床上，她像我一样安静。我无法准确地判断她究竟是躺在我的床上，还是躺在另一张床上。我感到自己像月光一样沉浸在夜色无边的宁静之中。我从来没有像现在这样觉得一切都充满了飘忽不定的美妙气息。

六

五月八日夜晚奇妙的内心经历，并没有随着那个夜晚一起过去。在我翌日醒来时，立刻获得一种陌生的印象。我的寓所让我感到有些不同以往，似乎增加了点什么，或者减少了一些什么。这个印象让我明白自己不再是独自一人，另一个人带着她的部分生活加入了我的生活。我并不因此表现出惊慌失措，也没有欣喜若狂。我如同接受屋外河水在流动的事实，接受她的到来。

我躺在床上的时候，觉得她已经走出了我的内心。她在我还睡着时就已经起床，她正在厨房里为我准备早饭。我全然不顾没有厨房这个事实，尽管我也明白这一点，可我无法说服自己没有厨房，因为她在厨房里。她的到来使我的寓所都改变了模样。

我觉得自己该起床了，总不能出现在她将早饭准备完毕后我还在睡的局面。我起床以后先去拉开窗帘。因为我还在睡，她起床时没有拉开窗帘。这一点对一个妻子来说是最起码的。我拉窗帘时发现没窗帘，我才发现阳光早已蜂拥进来了。我看到窗下流动的河此刻明亮无比。一些驳船在河面上行驶时也在闪闪发亮。几片青菜叶子从我窗下漂过。

我离开窗口朝厨房走去。虽然我知道没有厨房，可我还是走了过去，并且走入了厨房。由于厨房太狭窄，我擦着她的身体走到水槽旁。我似乎听到她的衣服发出窸窸窣窣的响声。然后我开始刷牙时她好像说了一句话，但我没听清。我的刷牙声很不礼貌地遮盖了她的说话声，因此我马上终止了刷牙。我朝她看了一眼，她也正看着我。于是我看到了她的目光，她的目光使我蓦然一惊。在此之前，她一直存在于我的恍惚里，可是现在我却非常实在地看到了她的目光。尽管我还无法准确地看到她的眼睛，但她的目光已经清晰无比地进入了我的眼睛。她的目光十分平静，并没有因为我刚才没听清她的话而恼怒。她的目光看着我，表明她在等待着我的回答或者询问。然后我转过脸去后由于惊愕，一时不知如何是好。所以她的目光随即就移开了。显然刚才那句话是无足轻重的。她的目光移开时，我似乎感觉到她脸部的转动。接着她离开了厨房。

过一会后我也离开厨房，我来到卧室时，感觉她站在窗前。我走了过去，站在她身旁。我从旁边去看她的目光，但是没法看清。她在注视着窗下的河流。

七

多日之后的下午，我离开了自己的寓所。我决定到外面去走走，

因为我的寓所开始让我感到坐立不安。

多日前那个夜晚向我走来的少女，次日向我展示的目光，使我一直完美的生活明显地出现了缺陷。她的目光整日在我房间里游荡，可我却很少能够看到这目光。这个才来不久的少女，显然好像与我一起生活了二十年似的；她很少注视我。她似乎更喜欢去注视窗下流动的河。她的目光总是飘在我的视线之外，使我很难捕捉。因此我无法阻止自己内心与日俱增的烦躁。

在多日之后这个下午来到时，我决定对她实行一种短暂的抛弃。那时候她正站在窗前，注视着那条使我仇恨满腔的河流，我朝门口走去了。我走时整个房间都回荡着我的脚步声。我从来没有使用过如此响亮的脚步，我这样做是向她表明——我走了。我希望她会用目光来关注。可我走到门旁回首时，她仍在看着那条河流。这无疑坚定了我抛弃她一下的想法。我打开房门走了出去，随后用比世俗的邻居还要响的声音关上了门。我并没有立刻离去，而是立刻打开了门。我觉得她依旧站在窗前没有反应。这一次的关门声与我的心情一样沮丧。我在朝前走去时听到自己的脚步声如掉在地上的枯树枝。

我走上白昼的街道时，丧失了以往的警惕。很久以来我第一次离开寓所时不再那么谨慎，我不再感到街上的行人会对我构成威胁。这时候我才真正明确，她的到来已将我原有的生活破坏到何种程度。因此我现在行走在街上时，感到自己的脚步声已经支离破碎。我的目光不再像以往那样总是试试探探，而像疯子一样肆无忌惮起来。在行人如蜘蛛网组成的目光中横冲直撞。我希望能够阻止这种目光，可我无法克服自己目光的欲望。我在朝前走去时，不放过所有迎面而来的目光。我如此充满渴望地去迎接那些目光，使我自己都惊愕不已。很多目光在我的目光中畏畏缩缩，也有一些充满敌意的目光，但我并不对此表现出一丝的犹豫。我的目光在这些挑战的目光中穿过时显得十分自如。

我感到自己扬眉吐气地走在大街上，这种行走使我充满快感。我在转弯或者穿越马路时不再表现出迟迟疑疑，而像把一颗石子扔进河水一样干脆。我不知道自己在走向何处，只是感到街上的目光稀少了。直到不再看到目光时，我才站住脚。这时候我发现自己已经来到了住宅区。

那时候我正站在一扇敞开的门近旁，我看到一个穿着黑色夹克的年轻人正与一个年老的女人交谈。女人坐在门口剥着豆子。女人说话的声音让我想起风中的一张旧报纸。我看着她，她的目光飘在我的视线之外，她也没有看那个年轻人。她的目光在手上的豆子和前面一根电线杆之间荡来荡去，她似乎在向年轻人讲述一桩已经模糊了的往事。

在我准备离去时，出现了这样一个情况。有人在我后面发出了由三个音节组成的声音。这声音显然代表了某一个姓名。我转回脸去时，看到了一个同样年老的女人。然后两个女人用一种像是腌制过的声音交谈起来，其间的笑声如两块鱼干拍打在一起。

年轻人此刻站了起来，也许刚才女人的讲述已经结束，他的身材与我近似。他站起来后向我走来，并且看了我一眼。他的目光使我大吃一惊。他的目光正是我在厨房里刷牙时看到的目光。他从我身边走了过去。

我的惊讶并没有长久地持续下去，他在向前走去时，我明白了自己接下去该干些什么。我也开始向前走去。刚才的发现使我此刻对他的跟踪不由自主。

他走过十字路口时的安静，让我亲切与熟悉。然后他沿着倾斜的水泥路走去，我看到他的双腿抬起来时，与我的腿一模一样。不一会他走到了街口，他站在街口迟疑了很久。我知道他是准备穿越大街，准备踏到对面的人行道上，或者向左，或者向右。他在等待机会，等待一条横过来的空隙出现。接着他突然奔跑了过去，那个时候我也奔跑了过去。我与他几乎是同时奔跑过去，因为那一条空隙是同时向我们呈现的。他奔过去时表现出来的惊慌失措，使我羞愧不已。我第一次看到自己以往无数次穿越大街时的狼狈姿态，我是从他身上看到的。

此后他表现得镇定自若了。这种镇定是我们应有的，这时候我们都踏上了人行道。他开始平静地往前走去，他的平静使我对此刻自己的走姿十分满意。他用最平凡的姿态向前走去，那正是我以往每次上街的态度。他这样走去是为了让自己消失在行人之中，他隐蔽自己的手段与我一模一样。现在没人会注意他，只有我。我看着他就如同看着自己在行走。

他的行走在一间临河的平房前终止。他从右边口袋里拿出一把金黄色的钥匙，我右边的口袋也有一把金黄色的钥匙。他打开门走了进去。他关门时显得小心翼翼，发出的声响是我以往离开寓所时的关门声。但是我并没有走入这间临河的平房，我站在平房之外一根水泥电

线杆旁。我的不知所措是从这时开始的。我现在不知道该如何安排自己。由于刚才的跟踪是不由自主，现在跟踪一旦结束，我便如一片飘离树枝的叶，着地后不知道该干什么了。我觉得自己一直这么站着太引人注目，所以我就在附近走动起来，同时思考我该干些什么。

他这时候走出来，手里拿了一沓白纸和一支铅笔。他关门以后向左走去，但没走几步又转弯了。他绕过一个垃圾桶，沿着河边的石阶走了下去。然后爬进了水泥桥的桥洞。他在桥洞里坐下来时显得心安理得。

我没有沿着石阶走下去，因为我的不知所措还没有结束。我在想为什么要跟踪他，这个想法持续了很久才出现答案，我是因为他的目光来到了这里。现在跟踪已经完成，他就端坐在桥洞里。接下去我该干什么？这个想法使我烦躁不安。我在水泥桥上来回走动，而我多日前在厨房里见到的目光就在下面桥洞里。我开始想象那目光在桥洞里的情景。那种让我坐立不安的目光此刻也许正凝视着一片肮脏的碎瓦，或者逗留在一根发霉的稻草上。几艘发出柴油机傻乎乎声响的驳船在河面上驶来时，那目光很可能正关注着那些滚滚黑烟。

我决定到桥洞里去。我想桥洞里坐两个人不会显得狭窄。因此我走下桥坡，又沿着石阶走下去。我在河沿上站了一会，他在十来米远处端坐着，他的目光正注视着手上的白纸。这情景比我刚才的想象显然好多了，然后我向他走去。

他抬起头望着我，他的目光使我有些紧张。事实上他丝毫没有一丝惊讶，他十分平静地望着我，让我感到自己不是冒昧走去，而是出于他的邀请。我爬入了桥洞，在他对面坐下。我在两三尺距离内注视着他的目光，我再次证实了与我在厨房所见的目光毫无二致。但是他的眼睛却与我感觉中少女的眼睛很不一样。他的眼睛有些狭长，而我感觉中少女的眼睛则要宽敞得多。

我告诉他：

"好几天以前的一个夜晚，一个少女来到了我的内心。她十分模糊地与我共同度过了一个晚上。次日我醒来时她并没有离去，而是让我看到了她的目光。她的目光就是你此刻望着我的目光。"

八

　　他听后没有表现出使我担心的那种怀疑，而让我感到他对我的话坚信不疑，他说：

　　"你刚才所说的，很像我十年前一桩往事的开头。"

　　"十年前，"他告诉我，"也就是一九八八年五月八日。"那是一个月光明媚的夜晚，他像往常一样走在家乡的街道上。他家乡的路灯是橘黄色的，因此那个晚上月光在路灯的光线里像纷纷扬扬的小雨。他走在和他心情一样淡泊的街道上，很久以来他一直喜欢深夜的时刻独自一人出去行走。他喜欢户外那种广阔的宁静。然而这种习以为常地行走在那个夜晚出现了意外。他无端地想起了某一个少女。那时候他正走在一座桥上，他在桥上宁静地站了一会，看着河水无声无息地流动。少女在脑中出现时，他正往上走去，因此他在走下桥坡时内心充满惊愕。他仔细观察了自己的想象，于是发现那个少女十分陌生。与他印象里寥寥不多的几个女子相比，她显然与她们迥然不同。他觉得自己无端地想起一个完全陌生的少女有些不可思议。所以他将她的出现理解成自己一时的奇想，他觉得不久之后就会将她遗忘，如同遗忘一张曾写过字的白纸一样。他开始往家中走去，少女在他的想象里与他一起行走。他没有再次惊愕，他以为不久之后她就会自动脱离他的想象。因此他打开家门后与她一起走进去时觉得很自然。他来到了自己的卧室，脱下外衣后躺到了床上。他感到她也躺在床上，所以他的嘴角显露出了一丝微笑。他对自己刚才在桥上生长出来的奇想持续到现在觉得有趣。但他知道翌日醒来时，她必然已经消失。他十分平静地睡去了。

　　翌日清晨他醒来时，立刻感觉到了她。而且比昨夜更为清晰。他感觉她已经起床了，似乎正在厨房里。他躺在床上再度回想昨夜的经历，于是惊奇地发现：昨夜他还能够确认她是存在于想象之中。而在此刻的回想里，昨夜的经历却十分真实，仿佛确有其事。

　　他告诉我：

　　"那一日清晨我走入厨房刷牙时，看到了她的目光。"

　　目光的出现只是开始。在此后很长一段日子里，他不仅没能将她遗忘，相反她在他的想象里越来越清晰完整。她的眼睛、鼻子、眉毛、

嘴唇、耳朵、头发渐渐地和她的目光一样出现了，而且清晰无比。让他时时觉得她十分实在地站立在他面前，然而当他伸手去触摸时，却又一无所有。他用一支铅笔在白纸上试图画下她的形象。虽然他从未学过绘画，可一个月以后他准确无误地画下了她的脸。

他说：

"那是一个漂亮的少女。"

他将铅笔画贴在床前的墙上，在后来几乎所有的时间里，他都是在对画像的凝视中度过的。直到有一天父亲发现他得了眼疾，他才被迫离开那张铅笔画。

他患病期间，先后在三家医院住过。最后一家医院在上海。他们一直没有对他施行手术。直到八月十四日下午，他才被推进了手术室。九月一日他眼睛上的纱布被取了下来。于是他知道了八月十四日上午，一个十七岁的少女因车祸被送入了这家医院，她在下午三时十六分时死于手术台上。她的眼球被取出来以后，医生给他施行了角膜移植手术。他九月三日出院以后并没有回家，他打听到死去的少女的地址，来到了小城烟。

他的目光注视着河岸上的一棵柳树，他在长久的沉思之后才露出释然一笑，他说：

"我记起来了，那少女名叫杨柳。"

然而后来他并没有按照打听到的地址，去敲曲尺胡同 26 号的黑漆大门。计划的改变是因为他在长途汽车上遇到了一个名叫沈良的人。沈良告诉他一九四九年初国民党部队撤离小城烟时，埋下了十颗定时炸弹，以及一个名叫谭良的国民党军官的简单身世。

一九四九年四月一日，也就是小城烟解放的第二天，有五颗定时炸弹在这一天先后爆炸。解放军某连五排长与一名姓崔的炊事员死于爆炸，十三名解放军战士与二十一名小城居民（其中五名妇女、三名儿童）受重伤和轻伤。

第六颗炸弹是在一九五〇年春天爆炸的。那时候城内唯一一所学校的操场上正在开公判大会。三名恶霸死期临近。炸弹就在操场临时搭起的台下爆炸。三名恶霸与一名镇长、五名民兵一起支离破碎地飞上了天。一位名叫李金的老人至今仍能回忆起当时在一声巨响里，许多脑袋和手臂以及腿在烟雾里胡乱飞舞的情景。

第七颗炸弹是在一九六〇年爆炸的。爆炸发生在人民公园里，爆炸的时间是深夜十点多，所以没有造成人员伤亡。但是公园却从此破烂了十八年。作为控诉蒋介石国民党的罪证，爆炸后公园凄惨的模样一直保持到一九七八年才修复。

第八颗炸弹没有爆炸。那一天刚好他和沈良坐车来到小城烟。他后来站在了那座水泥桥上。那些掘河的民工在阴沉的天空下如蚁般布满了河道，恍若一条重新组成的河流，然而他们的流动却显得乱七八糟。他听着从河道里散发上来的杂乱声响，他感到一种热气腾腾在四周洋溢出来。在那里面他隐约听到一种金属碰撞的声响，不久之后一个民工发出了惊慌失措的喊叫，他在向岸上奔去时由于泥泞而显得艰难无比。接下去的情形是附近的所有民工四处逃窜。他就是这样看到第八颗炸弹的。

几天以后，他在这座桥上与沈良再次相遇。沈良在非常明亮的阳光里向他走来，但他脸上的神色却让人想起一堵布满灰尘的旧墙。沈良走到他近旁，告诉他：

"我要走了。"

他无声地看着沈良。事实上在沈良向他走来时，他已经预感到他要离去了。

然后他们两个人靠着水泥栏杆站了很久。这期间沈良告诉了他上述八颗炸弹的情况。

"还有两颗没有爆炸。"沈良说。

谭良在一九四九年初，用一种变化多端的几何图形埋下了这十颗定时炸弹。沈良再次向他说明了这一点，然后补充道：

"只要再有一颗炸弹爆炸，那么第十颗炸弹的位置，就可以通过前九颗爆炸的位置判断出来。"

可是事实却是还有两颗没有爆炸，因此沈良说："即便是谭良自己，也无法判断它们此刻所在的位置了。"

沈良最后说："毕竟三十九年过去了。"

此后沈良不再说话，他站在桥上凝视着小城烟，他在离开时说他看到了像水一样飘洒下来的月光。

一九七一年九月十五日傍晚，化肥厂的锅炉突然爆炸，其响声震耳欲聋。有五位目击者说当时从远处看到锅炉飞上天后，像一只玻璃瓶一样四分五裂了。

那天晚上值班的锅炉工吴大海侥幸没被炸死。爆炸时他正蹲在不

远处的厕所里，巨大的声响把他震得昏迷了过去。吴大海在一九八〇年患心脏病死去。临终的前一夜，在他的眼前重现了一九七一年锅炉爆炸的情景。因此他告诉妻子，他说先听到地下发出了爆炸声，然后锅炉飞起来爆炸了。

他告诉我：

"事实上那是一颗炸弹的爆炸，锅炉掩盖了这一真相。因此现在只剩下最后一颗炸弹没有爆炸。"

然后他又说：

"刚才我还在住宅区和一个女人谈起这件事。她就是吴大海的妻子。"

九

五月八日夜晚来到的女子，在次日上午向我显示了她的目光以后，便长久地占据了我的生活。我那并不宽敞的生活从此有两个人置身其中。

在后来的日子里，我几乎整日坐在椅子上，感觉着她在屋内来回走动。她在心情舒畅的好日子里会坐在我对面的床上，用她使我心醉神迷的目光注视我。然而更多的时候她显得很不安分。她总是喜欢在屋内来回走动，让我感到有一股深夜的风在屋内吹来吹去。我一直忍受着这种无视我存在的举动，我尽量寻找借口为她开脱。我觉得自己的房间确实狭窄了一点，我把她的不停走动理解成房间也许会变得大一些。然而我的忍气吞声并未将她感动，她似乎毫不在意我在克服内心怒火时使用了多大的力量。她的无动于衷终于激怒了我，在一个傍晚来临的时刻，我向她吼了起来：

"够了，你要走动就到街上去。"

这话无疑伤害了她，她走到窗前。她在凝视窗下河流时，表示了她的伤心和失望。然而我同样也在失望的围困中。那时候她如果夺门而走，我想我是不会去阻拦的。那个晚上我很早就睡了，但我很晚才睡着。我想了很多，想起了以往的美妙生活，她的到来瓦解了我原有的生活。因此我对她的怒火燃烧了好几个小时。我在入睡时，她还站在窗前。我觉得翌日醒来时她也许已经离去，她最后能够制造一次永久的离去。我不会留恋或者思念。我仿佛看着一片青绿的叶子从树上掉落下来，在泥土上逐渐枯黄，最后烂掉化为尘土。她的来到和离去对我来说，就如那么一片树叶。

然而早晨我醒来时，感觉到她并未离去。她坐在床前用偶尔显露的目光注视着我，我觉得她已经那么坐了一个夜晚。她的目光秀丽无比，注视着我，使我觉得一切都没有发生。昨夜的怒火在此刻回想起来显得十分虚假。她从来没有那么长久地注视过我，因此我看着她的目光时不由提心吊胆，提心吊胆是害怕她会将目光移开。我躺在床上不敢动弹，我怕自己一动她会觉得屋内发生了什么，就会将目光移开。现在我需要维护这种绝对的安宁，只有这样她才不会将目光移开，这样也许会使她忘记正在注视着我。

长久的注视使我感到渐渐地看到她的眼睛了。我似乎看到她的目光就在近旁生长出来，然后她的眼睛慢慢呈现了。那时候我眼前出现一层黑色的薄雾，但我还清晰地看到了她的眼睛，她的眼睛呈现时眉毛也渐渐显露。现在我才明白她的目光为何如此妩媚，因为她生长目光的眼睛楚楚动人。接着她的鼻子出现了，我仿佛看到一滴水珠从她鼻尖上掉落下去，于是我看到了使我激动不已的嘴唇，她的嘴唇看上去有些潮湿。有几根黑发如岸边的柳枝一样挂在她的唇角，随后她全部的黑发向我展示了。此刻她的脸已经清晰完整。我只是没有看到她的耳朵，耳朵被黑发遮住。黑发在她脸的四周十分安详，我很想伸手去触摸她的黑发，但是我不敢，我怕眼前这一切会突然消失。这时候我发现自己已流眼泪了。

从那天以后，我就不停地流眼泪。我的眼睛整日酸疼，那个时候我似乎总是觉得屋内某个角落有串青葡萄。我开始感到寓所内发生了一些变化。我的床和椅子渐渐丧失了过去坚硬的模样，它们似乎像面包一样膨胀起来。我已经有半个月没有看到夜晚月光穿越窗玻璃的美妙情景。在白天的时候，我觉得阳光显得很灰暗，有时候我会伫立到窗前去，我能听到窗下河水流动的响声，可无法看到河岸，我觉得窗下的河流已经变得宽阔。在我整日流泪的时候，她不再像过去那样总在屋内走来走去。她开始非常安静地待在我身边，她好像知道我的痛苦，所以整日显得忧心忡忡。

四周的景物变得逐渐模糊的时候，她却是越来越清晰。她坐在椅子上时，我似乎看到了她微微跷起的左脚，以及脚上的皮鞋。皮鞋是黑色的，里面的袜子透露出不多的白色。她穿着很长的裙子，裙子的

颜色使我有些眼花缭乱，我无法仔细分辨它。但它使我想起已经十分遥远了的住宅区，很多灯光里的窗帘让我的联想回到她的裙子上。后来，我都能够看出她的身高了，她应该有一米六五。我不知道自己怎么会得出这个结论，但我对这个结论确信无疑。

半个月以后，我的眼睛不再流泪。那天早晨醒来时，我觉得酸疼已经消失，于是一切都变得十分安详了。我感觉她在厨房里。我躺在床上看着屋外进来的阳光，阳光依然很灰暗。窗下河面上传来了单纯的橹声，使我此刻的安详出现了一些悠扬。橹声使我感到一种大病初愈后的舒畅。我感到一切波折都已经远远流去，接下去将是一片永久的安定。我知道自己过去的生活确实进行得太久了，现在已到了重新开始的时刻，于是我觉得一股新鲜的血液流入了我的血管。她就是新鲜的血液，她的到来使我看到一丛青草里开放出了一朵艳丽的花。从此以后，我的寓所将散发着两个人的气息。我知道我们的气息将是和谐完美的。

我感到她从厨房里出来了，她朝我的床走来，走来时洋溢着很多喜悦，仿佛她已经知道我眼睛的酸疼消失，而且我刚才的自言自语她也完全听到。她走来并在我的床上坐下，似乎表示她完全同意我刚才的想法。她看着我是要和我共同设计一下今后的生活，她这种愿望完全正确，她这种主人翁的态度正是我所希望的。于是我就和她讨论起来。

我反复问她有什么想法。她一直没有回答，只是无声地望着我。后来我明白了她的想法也就是我的想法。我便在房间里东张西望起来。我首先注意到了自己的窗户，窗户上没有窗帘。于是我感到自己的寓所应该有窗帘了。现在的生活已经不同以往，以往我个人的生活赤裸裸。现在我与她之间应该出现一些秘密的事情，这些事应该隐蔽在窗帘后面。

我对她说："我们应该有窗帘了。"

我感到她点了点头。

然后我又问："你是喜欢青草的颜色，还是鲜花的颜色?"

我感觉她喜欢青草的颜色。她的回答使我十分满意，我也喜欢那种青草的颜色。因此我立刻坐起来，告诉她我马上去买青草颜色的窗帘。她站了起来，她似乎很欣赏我这种果断的行为，我感到她满意地走向了厨房。这时我跳下了床，我穿上衣服走出寓所时，似乎经过了厨房，看到了她的背影。她的背影好像是灯光投在墙上，显得模糊不清。我悄悄地出了门，我希望能够尽快将窗帘买回来。最好在她发现我出去之前，我已经回到了寓所。

因此当我走上寓所外的小街时，我没有理由重复以往那种试试探探的行走。我想起了自行车疾驶而去的情景，我觉得自己也应该那么迅速。我在眼前这条模糊不堪的街上疾步如飞，我觉得自己不时与人相撞，但这并不使我放弃已有的速度。在我走到街口时，感到一直笼罩着我的模糊突然明亮了起来。我想到寓所的窗帘挂起来后，每日清晨拉开窗帘时也许就是此刻的情形。虽然眼前呈现了一片明亮，然而依旧模糊不清，我知道自己已经走在大街上了。我听到四周嘈杂的声响像潮水一样朝我漫涌过来。尽管眼前的一切都显得隐隐约约，可我还是依稀分辨出了街道、房屋、树木、行人和车辆。此刻这一切都改变了以往的模样，它们都变得肥胖起来，而且还微微闪烁着些许含糊的亮光。我看到行人的体形都变得稀奇古怪，他们虽然分开着行走，可含糊的亮光却将他们牵涉在一起。我在他们中间穿过时，不能不小心翼翼。我无法搞清含糊的亮光究竟是什么，我怕自己会走入巨大的蜘蛛网而无力挣脱。然而我在他们中间穿过时却十分顺利，除了几次不可避免的冲撞外，我的行走始终没有中断。

不久之后，我来到了以往总让我犹豫不决的地方。我需要穿越大街了，我要走到对面去，走上一条狭窄的小街，然后穿过一个总是安安静静的十字路口。

事实上这次穿越毫不拖泥带水，我一走到那地方就转弯了。然而在我走到大街中央时，突然发现此刻的穿越毫无意义。我明白自己又要走到住宅区去了，我告诉自己这次出来是买窗帘。我没有批评自己，而是立刻转身往回走。走到第二步时，我感到身体被一辆坚硬的汽车撞得飞了起来，接着摔在了地上。我听到体内的骨头折断的清脆声响，随后感到血管里流得十分安详的鲜血一片混乱了，仿佛那里面出现了一场暴动。

十

一九八八年九月二日下午，我坐在上海一家医院病区的花坛旁，手里捏着一株青草，在阳光里看着一个脸上没有皱纹的护士向我慢慢

177

走来。

在此之前，我正重新回想着自己那天上街买窗帘的情景。那天上午最后发生的是一起车祸，我被一辆解放牌卡车撞得人事不省，当即被送入小城烟的医院。在我身体逐渐康复时，一位来找外科医生的眼科医生发现了我的眼睛正走向危险的黑暗。她就在我的病床前向我指明了这一点。在我能够走动以后，他们把我塞进了一辆白色的救护车。我被送入了上海这家医院。八月十四日，三位眼科医生给我做了角膜移植手术。九月一日，我眼睛上的纱布被取下来，我感到四周的一切恢复了以往的清晰。

现在那个护士已经走到了我的身旁，她用青春飘荡的眼睛看着我，阳光在她的白大褂上跳跃不止。我从她身上嗅到了纱布和酒精的气味。

她说："你为什么拿了一株青草？"

我没有回答，因为我无法理解她此话的含意。

她又说："在你近旁有那么鲜艳的花，可你为什么喜欢一株青草？"

我告诉她："我也不知道。"

她笑了起来，她的笑让我想起在小城烟里曾经走过的一家幼儿园。

她说："有个叫杨柳的姑娘，她已经死了。我最后一次看到她时，她就坐在你现在的位置上，手里也拿了一株青草。我这样问她，她的回答与你相同。"

由于我没有对她的话表现出足够的兴趣，所以她继续说："她的目光也和你一样。"

我与护士的交谈持续了很久。因为护士告诉了我那个名叫杨柳的十七岁的少女的事。杨柳是患白血病住到这家医院的，在她即将离世而去时，我被送入了这家医院。她为我献出了自己的眼球。她是八月十四日三时多死去的，那时候我正躺在手术台上，接受角膜移植手术。

护士指着前面一幢五层大楼，告诉我："杨柳死前就住在四层靠窗口的病床上。"

她所指的窗口往下二层窗口旁的病床，就是我此刻的病床。我发现自己和杨柳躺在同样的位置里，只是中间隔了一层。

我问护士："三层靠窗的病床是谁？"

她说："不太清楚。"

护士离去以后，我继续坐在花坛旁，手里继续捏着那株青草。我心里开始想着那个名叫杨柳的姑娘，我反复想着她临死前可能出现的神态。这种想法一直左右着我，从而使我在医院收费处结账时，顺便打听了杨柳的住址。杨柳也住在小城烟，她住在曲尺胡同 26 号。我把杨柳的地址写在一张白纸上，放入了上衣左边的口袋。

十一

九月三日出院以后，我坐上了驶往小城烟的长途汽车。

那是一个阴沉的上午，汽车驶在上海灰暗的街道上，黑色的云层覆盖着不多的几幢高楼。车窗外的景象使我内心出现一片无聊的灰瓦屋顶。我尽量让自己明白前去的地方就是小城烟，在中午时刻我已经摸出钥匙插入寓所的门锁了。因此我此刻坐在汽车里时，无法回避她坐在房间里椅子上的情景。我的心如干涸的河流一样平静，我的激情已经流失了。我知道自己走入寓所时，她会从椅子上站立起来，但她表达自己情感的方式我没有想象。我会朝她点一点头，别的什么都不会发生。仿佛我并不是离去很久，只是上了一次街。而她也不是才来不久，她似乎已与我相伴了二十年。由于坐车的疲倦，我可能一进屋就躺到床上睡去了。她可能在我睡着时伫立在窗前。一切都将无声无息，我希望这种无声无息能够长久地持续下去。

汽车驶出上海以后，我看到宽广的田野，而黑色的云层在此刻显示了它的无边无际，它们在田野上随意游荡。车窗外阴沉的颜色，使我内心很难明亮起来。

车内始终摇晃着废品碰撞般的人声。我坐在 27 号座位上，那是三人的车座。靠窗 25 号坐着一位穿着藏青色服装的老人，从他那里总飘来些许鱼腥味。中间 26 号坐着一个来自远方的年轻人，他身上散发出来的气息，使我眼前出现一片迎风起舞的青草。我们处于嘈杂之声的围困中。外乡人始终望着车窗外，老人则闭眼沉思。

汽车在阴沉的上午疾驰而去。不久之后进入了金山，然后又驶出了金山。窗边的老人此刻睁开了眼睛，转过脸去看着 26 号的外乡人，外乡人的脸依旧面对车窗，我不知道他是在看外面的景色，还是看身旁的老人。

那个时候我听老人对外乡人说：

"我叫沈良。"

老人的声音在继续下去:"我是从舟山来的。"

随后他特别强调了一句:"我从出生起,一直没有离开过舟山。"

此后老人不再说话。尽管不再说话,可老人始终没有放弃刚才交谈的姿态。过了约莫四十分钟,那时候汽车已经接近小城烟了,老人才又说起来。老人此刻的声音与刚才的声音似乎很不相同。

他此刻告诉外乡人的,是一桩几十年前的旧事——一九四九年初,一个名叫谭良的国民党军官,指挥工兵排在小城烟埋下了十颗定时炸弹。

老人的叙述如一条自由延伸的公路那么漫长,他的声音在那桩漫长的往事里慢慢走去。直到小城烟在车窗里隐约可见时,他才蓦然终止无尽的叙述。他的目光转向了窗外。

汽车驶进了小城烟的车站。我们三个人是最后走出车站的旅客。那时候车站外站着几个接站的人。有两个男人在抽烟,一个女人正与一个骑车过去的男人打招呼。我们一起走出了车站,我们共同走了二十来米远,这时老人站住了脚。他站在那里十分古怪地看起了小城。我和外乡人继续往前走,后来外乡人向一个站在路旁像是等人的年轻女子打听什么,于是我就一个人往前走去。

十二

很久以后,当我重新回想一九八八年五月八日夜晚开始的往事时,那少女的形象便会栩栩如生地来到眼前。当初所有的情景,在后来的回想里显得十分真实,以至于使我越来越相信自己生活里确曾出现过一位少女,而不是在想象中出现。同时我也清晰地意识到这些都发生在过去,现在仍然一无所有。我又恢复了更早些时候的生活。我几乎天天夜晚到住宅区去沐浴窗帘之光。略有不同的是,我在白昼也会大胆地游荡在众人所有的街道上。那时候我已不感到别人向我微笑时的危险,况且也没人向我微笑。

在我微薄的记忆里,有关少女的片段,只是从五月八日开始到那次不幸的车祸。车祸以后的情节,在我后来的回忆里化成了几个没有月光的黑夜。我现在走在街道上的心情,很像一个亡妻的男人的心情。随着时间的流逝,我开始相信曾经有过的那位妻子,在很久以前死去了。

后来有一天，我十分偶然地看到了一张泛黄的纸。纸上写着：杨柳，曲尺胡同 26 号。

那天我坐在写字台旁的椅子上，完全是由于无法解释的理由，我打开了多年来不曾翻弄过的抽屉，我从里面看到了这张纸。

纸上写着的字向我暗示一桩模糊了的往事，我陷入了一片空洞的沉思。我的眼睛注视着窗外的阳光。我把此刻的阳光和残留在记忆里的所有阳光都联结起来。其结果使我注意到了一个鲜艳的花坛旁的阳光。一个护士在那次阳光里向我走来，她的嘴唇在阳光里活动时很美妙。她告诉了我一个名叫杨柳的少女的某些事情。这张纸所暗示的含意，在此刻已经完全清晰了。

这张泛黄的纸在此刻出现，显然是为了提示我。多年前我在上海那家医院收费处写下这些字时，并不知道自己内心的想法，完全是机械的行为。直到现在，它的出现使我明白了自己当初的举动。因此在我离开此刻寓所窗前的阳光，进入街道上的阳光时，我十分清楚自己走向何处。

曲尺胡同 26 号的黑漆大门已经斑斑驳驳。我敲响大门时，听到了油漆震落下去的简单声响。这种声响断断续续持续了好一会，才从里面传来犹豫的脚步声。大门发出了一声衰老的长音后，一个五十多岁的男人站在了我的面前。他看到我时脸上流露了吃惊的神色。

我为自己的冒昧羞愧不已。

然而他却说："进来吧。"

他好像早就认识我了，只是没有料到此刻我会如此出现。

我问他："你是杨柳的父亲？"

他没有直接回答，而是说："进来吧。"

我随他进了门，我们走过一个长满青苔的天井后，进入了朝南的厢房。厢房里摆着几把老式的椅子，我选择了靠窗的椅子坐下，坐下时感到很潮湿。他现在以相识很久的目光看着我。那是一个十分平静的男人，刚才开门时他已经显示了这一点。他的平静有助于我准确地表达自己的来意。

我说："你女儿……"我努力回想起当初在花坛旁护士活动的嘴唇，然后我继续说，"你女儿在一九八八年八月十四日死去的？"

他说："是的。"

"那时候我正躺在上海那家医院的手术台上，和你女儿死去的同

一家医院。"

我这样告诉他。我希望他的平静能够再保持五分钟，那么我就可以从车祸说起，说到他女儿临终前献出眼球，以及我那次成功的角膜移植手术。

然而他却没有让我说下去，他说："我女儿没有去过上海，她一生十七年里，一次都没有去过上海。"

我无法掩盖此刻的迷惑，我知道自己望着他的目光里充满了怀疑。

他仍然平静地看着我，接着说："但她确实是一九八八年八月十四日死去的。"

那个炎热的中午使他难以忘记，他和杨柳坐在天井里吃完了午饭。杨柳告诉他：

"我很疲倦。"

他看到女儿的脸色有些苍白，便让她去睡一会。

女儿神思恍惚地站了起来，摇摇晃晃地走向卧室。事实上她神思恍惚已经由来已久，所以当初女儿摇晃走去时他并没有特别在意，只是内心有些疼爱。

杨柳走入卧室以后，隔着窗户对他说：

"三点半叫醒我。"

他答应了一声，接着似乎听到女儿自言自语道："我怕睡下去以后会醒不过来。"

他没有重视这句话。直到后来，他重新想起女儿一生里与他说的最后这句话时，才开始感到此话暗示了什么。女儿的声音在当初的时候就已经显得虚无缥缈。

那个中午他没有午睡，他一直坐在天井里看报纸。在三点半来到的时候，他进入了她的卧室，那时她刚刚死去不久。

他用手指着我对面的一个房间，说："杨柳就死在这间卧室里。"

我无法不相信这一点。一个丧失女儿的父亲不会在这一点上随便与人开玩笑。我这样认为。

他沉默了良久后问我："你想去看看杨柳的卧室吗？"

他这话使我吃了一惊，但我还是表示自己有这样的愿望。

然后我们一起走入了杨柳的卧室。她的卧室很灰暗，我看到那种青草颜色的窗帘紧闭着。他拉亮了电灯。

我看到床前有两个镜框。一个里面是一张彩色相片，一个少女的头像。另一个里面是一个年轻男子的铅笔画。我走到彩色相片旁，我蓦然发现这个少女就是多年前五月八日来到我内心的少女。我长久地注视着这位彩色的少女。多年前我在寓所里她显露自己形象的情景，和此刻的情景重叠在一起。于是我再次感到自己的往事十分真实。

这时候他问："你看到我女儿的目光吗？"

我点了点头。我看到了自己死去妻子的眼睛。

他又问："你不感到她的目光和你的很像？"

我没有听清这句话。

于是他似乎有些歉意地说："相片上的目光可能是模糊了一些。"

然后他似乎是为了弥补一下，便指着那张铅笔画像告诉我：

"很久以前了，那时候杨柳还活着。有一天她突然想到一个完全陌生的男子，这个男子她以前从未见过。可是在后来，他却越来越清晰地出现在她的想象里，她就用铅笔画下了他的像。"

他有关铅笔画的讲述，使我感到与自己的往事十分接近。因此我的目光立刻离开彩色的少女，停留在铅笔画上。可我看到的并不是自己，而是一个完全陌生的男人。

他在送我出门时，告诉我："事实上，我早就注意你了，你住在一间临河的平房里。你的目光和我女儿的目光完全一样。"

十三

离开曲尺胡同 26 号以后，我突然感到自己刚才的经历似乎是一桩遥远的往事。那个五十多岁男人的声音在此刻回想起来也恍若隔世。因此在离开彩色少女时，我并没有表现出激动不已。刚才的一切好像是一桩往事的重复，如同我坐在寓所的窗前，回忆五月八日夜晚的情景一样。不同的是增加了一扇黑漆斑驳的大门，一个五十多岁的男人和两个镜框。我的妻子在一九八八年八月十四日死去了，我心里重复着这句陈旧的话语往前走去。

我走上河边的街道时，注意到一个迎面走来的年轻男子。他穿着的黑色夹克，在阳光里有一种古怪的鲜艳。我不知道自己为何如此关注他。我看着他走入了一间临河的平房，不久之后又走了出来。他手里拿着一支铅笔和一沓白纸，沿着河岸的石阶走下去，走入了桥洞。

由于某种我自己都无法解释的理由，我也走下了河岸。那时候他

已经坐在桥洞里了。他看着我走去，他没有表示丝毫的反对，因此我就走入了桥洞。他拿开几张放在地上的白纸。我就在那地方坐下。我看到那几张白纸上都画满了错综复杂的线条。

我们的交谈是一分钟以后开始的。那时他也许知道我能够安静地听完他冗长的讲述，所以他就说了。

"一九四九年初，一个名叫谭良的国民党军官，用一种变化多端的几何图形，在小城烟埋下了十颗定时炸弹。"

他的讲述从一九四九年起一直延伸到现在。其间有九颗炸弹先后爆炸。他告诉我：

"还有最后一颗炸弹没有爆炸。"

他拿起那几张白纸，继续说："这颗炸弹此刻埋在十个地方。"

"第一个地方是现在影剧院九排三座下面。"他说，"那个座位有些破了，里面的弹簧已经显露出来。"下面九个地方分别是：银行大门的中央、通往住宅区的十字路口、货运码头的吊车旁、医院太平间（他认为这颗炸弹最没有意思）、百货商店门口第二棵梧桐树、机械厂宿舍楼 102 室的厨房里、汽车站外十六米处的公路下、曲尺胡同 57 号门前、工会俱乐部舞厅右侧第五扇窗下。

在他冗长的讲述完成以后，我问他：

"这么说在小城里有十颗炸弹？"

"是的。"他点点头，"而且它们随时都会爆炸。"

现在我终于明白自己刚才为何会如此关注他，由于那种关注才使我此刻坐在了这里。因他使我想起杨柳卧室里的铅笔画，画像上的人现在就坐在我对面。

一九八九年二月十四日

偶然事件

1987 年 9 月 5 日

老板坐在柜台内侧，年轻女侍的腰在他头的附近活动。峡谷咖啡馆的颜色如同悬崖的阴影，拒绝户外的阳光进入。《海边遐想》从女侍的腰际飘拂而去，在瘦小的"峡谷"里沉浸和升起。老板和香烟、咖啡、酒坐在一起，毫无表情地望着自己的"峡谷"。万宝路的烟雾弥漫在他脸的四周。一位女侍从身旁走过去，臀部被黑色的布料紧紧围困。走去时像是一只挂在树枝上的苹果，晃晃悠悠。女侍拥有两条有力摆动的长腿。上面的皮肤像一张纸一样整齐，手指可以感觉到肌肉的弹跳（如果手指伸过去）。

一只高脚杯由一只指甲血红的手安排到玻璃柜上，一只圆形的酒瓶开始倾斜，于是暗红色的液体浸入酒杯。是朗姆酒？然后酒杯放入方形的托盘，女侍美妙的身影从柜台里闪出，两条腿有力地摆动过来。香水的气息从身旁飘了过去。她走过去了。

酒杯放在桌面上的声响。

"你不来一杯吗？"他问。

咳嗽的声音。那个神色疲倦的男人总在那里咳嗽。

"不，"他说，"我不喝酒。"

女侍又从身旁走过，两条腿。托盘已经竖起来，挂在右侧腿旁，和腿一起摆动。那边两个男人已经坐了很久，一小时以前他们进来时似乎神色紧张。那个神色疲倦的只要了一杯咖啡；另一个，显然精心修理过自己的头发。这另一个已经要了三杯酒。

现在是《雨不停心不定》的时刻，女人的声音妖气十足。

被遗弃的青菜叶子漂浮在河面上。女人的声音庸俗不堪。老板站

起来，给自己倒了一杯酒，他朝身边的女侍望了一眼，目光毫无激情。女侍的目光正往这里飘扬，她的目光过来是为了挑逗什么。

一个身穿真丝白衬衫的男子推门而入。他带入些许户外的喧闹。他的裤料看上去像是上等好货，脚蹬一双黑色羊皮鞋。他进入"峡谷"时的姿态随意而且熟练。和老板说了一句话以后，和女侍说了两句以后，女侍的媚笑由此而生。然后他在斜对面的座位上落座。

一直将秋波送往这里的女侍，此刻去斜对面荡漾了。另一女侍将一杯咖啡、一杯酒送到他近旁。

他说："我希望你也能喝一杯。"

女侍并不逗留，而是扭身走向柜台，她的背影招展着某种欲念。她似乎和柜台内侧的女侍相视而笑。不久之后她转过身来，手举一杯酒，向那男人款款而去。那男人将身体挪向里侧，女侍紧挨着坐下。

柜台内的女侍此刻再度将目光瞟向这里。那目光赤裸裸，掩盖是多余的东西。老板打了个呵欠，然后转回身去按了一下录音机的按钮，女人喊声戛然而止。他换了一盒磁带。《吉米，来吧》。依然是女人在喊叫。

那个神色疲倦的男人此刻声音响亮地说：

"你最好别再这样。"

头发漂亮的男人微微一笑，语气平静地说：

"你这话应该对他（她）说。"

女侍已经将酒饮毕，她问身穿衬衫的人：

"希望我再喝一杯吗?"

真丝衬衫摇摇头："不麻烦你了。"

女侍微微媚笑，走向了柜台。

身穿衬衫者笑着说："你喝得太快了。"

女侍回首赠送一个媚眼，算是报酬。

柜台里的女侍没人请她喝酒，所以她瞟向这里的目光肆无忌惮。

又一位顾客走入"峡谷"。他没有在柜台旁停留，而是走向真丝衬衫者对面的空座。那是一个精神不振的男人，他向轻盈走来的女侍要了一杯饮料。

柜台里的女侍开始向这里打媚眼了。她期待的东西一目了然。置身男人之中，女人依然会有寂寞难忍的时刻。《大约在冬季》。男人感伤时也会让人手足无措。女侍的目光开始撤离这里，她也许明白热情投向这里将会一无所获。她的目光开始去别处呼唤男人。她的脸色若无其事。现在她脸上的神色突然紧张起来。她的眼睛惊恐万分，眼球似乎要突围而出。

她的手捂住了嘴。

"峡谷"里出现了一声惨叫。那是男人生命将撕断时的叫声。柜台内的女侍发出了一声长啸，她的身体抖动不已。另一女侍手中的酒杯猝然掉地，她同样的长啸掩盖了玻璃杯破碎的响声。老板呆若木鸡。

头发漂亮的男人此刻倒在地上。他的一条腿还挂在椅子上。胸口插着一把尖刀，他的嘴空洞地张着，呼吸仍在继续。

那个神色疲倦男人从椅子上站起来，他走向老板："你这儿有电话吗？"

老板惊慌失措地摇摇头。

男人走出"峡谷"，他站在门外喊叫：

"喂，警察，过来。"

后来的那两个男人面面相觑。两位女侍不再喊叫，躲在一旁浑身颤抖。倒在地上的男人依然在呼吸，他胸口的鲜血正使衣服改变颜色。他正低声呻吟。

警察进来了，出去的男人紧随而入。警察也大吃一惊。那个男人说：

"我把他杀了。"

警察手足无措地望望他，又看了看老板。那个男人重又回到刚才的座位上坐下。他显得疲惫不堪，抬起右手擦着脸上的汗珠。警察还是不知所措，站在那里东张西望。后来的那两个男人此刻站起来，准备离开。警察看着他们走到门口。

然后喊住他们：

"你们别走。"

那两个人站住了脚，迟疑不决地望着警察。警察说：

"你们别走。"

那两个互相看看，随后走到刚才的座位上坐下。

这时警察才对老板说：

"你快去报案。"

老板动作出奇敏捷地出了"峡谷"。

录音机发出一声"咔嚓"，磁带停止了转动。现在"峡谷"里所

有的人都默不作声地看着那个垂死之人。那人的呻吟已经终止，呼吸趋向停止。

似乎过去了很久，老板领来了警察。此刻那人已经死去。那个神色疲倦的人被叫到一个中年警察跟前，中年警察简单询问了几句，便把他带走。他走出"峡谷"时垂头丧气。

有一个警察用相机拍下了现场。另一个警察向那两个男人要去了证件，将他们的姓名、住址记在一张纸上，然后将证件还给他们。警察说：

"需要时会通知你们。"

现在，这个警察朝这里走来了。

1987 年 9 月 10 日

砚池公寓顶楼西端的房屋被下午的阳光照射着，屋内窗帘紧闭，墨绿的窗帘闪闪烁烁。她坐在沙发里，手提包搁在腹部，她的右腿架在左腿上，身子微微后仰。

他俯下身去，将手提包放到了茶几上，然后将她的右腿从左腿上取下来。他说：

"有些事只能干一次，有些则可以不断重复去干。"

她将双手在沙发扶手上摊开，眼睛望着他的额头。有成熟的皱纹在那里游动。纽扣已经全部解开，他的手伸入毛衣，正将里面的衬衣从裤子里拉出来。手像一张纸一样贴在了皮肤上。如同是一阵风吹来，纸微微掀动，贴着街道开始了慢慢的移动。然后他的手伸了出来。一条手臂伸到她的腿弯里，另一条从脖颈后绕了过去，插入她右侧的胳肢窝，手出现在胸前。她的身体脱离了沙发，往床的方向移过去。

他把她放到了床上，却并不让她躺下，一只手掌在背后制止了她身体的迅速后仰，外衣与身体脱离，飞向床架后就挂在了那里。接着是毛衣被剥离，也飞向床架。衬衣的纽扣正在发生变化，从上到下。他的双手将衬衣摊向两侧。乳罩是最后的障碍。

手先是十分平稳地在背后摸弄，接着发展到了两侧，手开始越来越急躁，对乳罩搭扣的寻找困难重重。

"在什么地方？"

女子笑而不答。

他的双手拉住了乳罩。

"别撕。"她说，"在前面。"

搭扣在乳罩的前面。只有找到才能解开。

后来，女子从床上坐起来，十分急切地穿起了衣服。他躺在一旁看着，并不伸手给予帮助。她想"男人只负责脱下衣服，并不负责穿上"。她提着裤子下了床，走向窗户。穿完衣服以后开始整理头发，同时用手掀开窗帘的一角，往楼下看去。随后放下了窗帘，继续梳理头发。动作明显缓慢下来。

然后她转过身来，看着他，将茶几上的手提包背在肩上。她站了一会，重又在沙发上坐下，把手提包搁在腹部。她看着他。

他问："怎么，不走了？"

"我丈夫在楼下。"她说。

他从床上下来，走到窗旁，掀开一角窗帘往下望去。一辆电车在街道上驶过，一些行人稀散地布置在街道上。他看到一个男人站在人行道上，正往街对面张望。

陈河站在砚池公寓下的街道上，他和一棵树站在一起。此刻他正眯缝着眼睛望着街对面的音像商店。《雨不停心不定》从那里面喊叫出来。曾经在什么地方听到过，《雨不停心不定》。这曲子似乎和一把刀有关，这曲子确实能使刀闪闪发亮。峡谷咖啡馆。在街上走啊走啊，口渴得厉害，进入峡谷咖啡馆，要一杯饮料。然后一个人惨叫一声。只要惨叫一声，一个人就死了。人了结时十分简单。《雨不停心不定》在峡谷咖啡馆里，使一个人死去，他为什么要杀死他？

有一个女人从音像商店门口走过，她的头微微仰起，她的手甩动得很大，她有点像自己的妻子。有人侧过脸去看着她，是一个风骚的女人。她走到了一个邮筒旁，站住了脚。她拉开了提包，从里面拿出一封信，放入邮筒后继续前行。

他想起来此刻右侧的口袋里有一封信安睡着。这封信和峡谷咖啡馆有关。他为什么要杀死他？自己的妻子是在那个拐角处消失的，她和一个急匆匆的男人撞了一下，然后她就消失了。邮筒就在街对面，有一个小孩站在邮筒旁，正在吃糖葫芦。小孩和它一般高。他从口袋里拿出了那封信，看了看信封上陌生的名字，然后他朝街对面的邮筒走去。

砚池公寓里的男人放下了窗帘，对她说：

"他走了。"

1987 年 9 月 11 日

一群鸽子在对面的屋顶飞了起来，翅膀拍动的声音来到了江飘站立的窗口。是接近傍晚的时候了，对面的屋顶具有着老式的倾斜。落日的余晖在灰暗的瓦上飘拂，有瓦楞草迎风摇曳。鸽子就在那里起飞，点点白色飞向宁静之蓝。事实上，鸽子是在进行晚餐前的盘旋。它们从这个屋顶起飞，排成屋顶状的倾斜进行弧形的飞翔。然后又在另一个屋顶上降落，现在是晚餐前的散步。它们在屋顶的边缘行走，神态自若。

下面的胡同有一些衣服飘扬着，几根电线在上面通过。胡同曲折伸去，最后的情景被房屋掩饰，大街在那里开始。是接近傍晚的时候了。依稀听到油倒入锅中的响声，炒菜的声响来自另一个位置。几个人站在胡同的中部大声说话，晚餐前的无所事事。

她沿着胡同往里走来，在这接近傍晚的时刻。她没有必要如此小心翼翼。她应该神态自若。像那些鸽子，它们此刻又起飞了。她走在大街上的姿态令人难忘，她应该以那样的姿态走来。那几个人不再说话，他们看着她。她走过去以后他们仍然看着她。她显然意识到了这一点，所以她才如此紧张。放心往前走吧，没人会注意你。那几个人继续说话了，现在她该放松一点了。可她仍然胆战心惊。一开始她们都这样，时间长了她们就会神态自若，像那些鸽子，它们已经降落在另一个屋顶上了，在边缘行走，快乐孕育在危险之中。也有一开始就神态自若的，但很少能碰上。她已在胡同里消逝，她现在开始上楼了，但愿她别敲错屋门，否则她会更紧张。第一次干那种事该小心翼翼，不能有丝毫意外出现。

他离开窗口，向门走去。

她进屋以后神色紧张："有人看到我了。"

他将一把椅子搬到她身后，说："坐下吧。"

她坐了下去，继续说："有人看到我了。"

"他们不认识你。"他说。

她稍稍平静下来，开始打量起屋内的摆设，她突然低声叫道："窗帘。"

窗帘没有扯上，此刻窗外有鸽子在飞翔。他朝窗口走去。这是一个失误。对于这样的女人来说，一个小小的失误就会使前程艰难。他扯动了窗帘。

她低声说："轻一点。"

屋内的光线蓦然暗淡下去。趋向宁静。他向她走去，她坐在椅子里的身影显得模模糊糊。这样很好。他站在了她的身旁，伸出手去抚摸她的头发。女人的头发都是一样的。抚摸需要温柔地进行，这样可以使她彻底平静。

她抬起头来看着他，他的眼睛闪闪发亮，注意她的呼吸，呼吸开始迅速。现在可以开始了。用手去抚摸她的脸，另一只手也伸过去，手放在她的眼睛上，让眼睛闭上，要给予她一片黑暗。只有在黑暗中她才能体会一切。可以腾出一只手来了，手托住她的下巴，让她的嘴唇微微翘起，该他的嘴唇移过去了。要用动作来向她显示虔诚。嘴唇已经接触。她的身体动了一下。嘴唇与嘴唇先是轻轻地摩擦。她的手伸了过来，抓住了他的手臂。她现在已经脱离了平静，走向不安，不安是一切的开始。可以抱住她了，嘴唇此刻应该热情奔放。她的呼吸激动不已。她的丈夫是一个笨蛋，手伸入她的衣服，里面的皮肤很温暖。她的丈夫是那种不知道女人是什么的男人，把乳罩往上推去，乳房掉了下来，美妙的沉重。否则她就不会来到这里。

有敲门声突然响起。她猛地一把推开了他。他向门口走去，将门打开一条缝。

"你的信。"

他接过信，将门关上，转回身向她走去。他若无其事地说："是送信的。"

他将信扔在了写字台上。

她双手捂住脸，身体颤抖。

一切又得重新开始。他双手捧住她的脸，她的手从脸上滑了下去，放在了胸前。他吻她的嘴唇，她的嘴唇已经麻木，这是另一种不安。

她的脸扭向一旁，躲开他的嘴唇，她说：

"我不行了。"

他站起来，走到床旁坐下，他问她：

"想喝点什么吗？"

她摇摇头，说："我担心丈夫会找来。"

"不可能。"

"会的，他会找来的。"她说。然后她站起来，"我要走了。"

她走后，他重新拉开了窗帘，站在窗口看起了那些飞翔的鸽子，看了一会才走到写字台前，拿起了那封信，有时候一张纸就能破坏一切。

陈河致江飘的信

我就是那个 9 月 5 日和你一起坐在峡谷咖啡馆的人，如果我没有记错的话，我俩面对面坐在一起。你好像穿了一件真丝衬衫，你的皮鞋擦得很亮。我们的邻座杀死了那个好像穿得很漂亮的男人。警察来了以后就要去了我们的证件，还给我们时把你的还给我把我的还给你。我是今天才发现的所以今天才寄来。我请你也将我的证件给我寄回来，证件里有我的地址和姓名。地址需要改动一下，不是 106 号而是 107 号，虽然 106 号也能收到但还是改成 107 号才准确。

我不知道你对峡谷咖啡馆的凶杀有什么看法或者有什么想法。可能你什么看法想法也没有而且早就忘了杀人的事。我是第一次看到一个人杀了另一个人所以念念也忘不了。这几天我时时刻刻都在想着那桩事，那个被杀的倒在地上一条腿还挂在椅子上．那个杀人者走到屋外喊警察接着又走回来。我一闭上眼睛就能看到他们，和真的一模一样。究竟是什么原因促使一个男人下决心杀死另一个男人？我已经想了几天了，我想那两个男人必定与一个女人有关系。我不知道你是不是同意我的想法。

江飘致陈河的信

你的来信到时，破坏了我的一桩美事。尽管如此，我此刻给你写信时依然兴致勃勃。警察的疏忽，导致了我们之间的通信。事实上破坏我那桩美事的不是你，而是警察。警察在峡谷咖啡馆把我的证件给你时，已经注定了我今天下午的失败。你读到这段话时，也许会莫名其妙，也许会心领神会。

关于"峡谷"的凶杀，正如你信上所说，"早就忘了杀人的事"。我没有理由让自己的心情变得糟糕。但是你的来信破坏了我多年来培养起来的优雅心情。你将一具血淋淋的尸首放在信封里寄给我。当然这不是你的错，是警察的疏忽造成的。然而你"时时刻刻都在想着那桩事"，让我感到你是一个有些特殊的人。你的生活态度使我吃惊，你牢牢记住那些应该遗忘的事，干吗要这样？难道这样能使你快乐？迅速忘掉那些什么杀人之类的事，我一想到那些就不舒服。

证件随信寄上。

陈河致江飘的信

我的准确地址是 107 号不是 106 号，虽然也能收到但你下次来信时最好写成 107 号。我一遍一遍读了你的信，你的信写得真好。但是你为何只字不提你对那桩凶杀的看法或者想法呢？那桩凶杀就发生在你的眼皮底下你不会很快忘掉的。我时时刻刻都在想着这桩事，这桩事就像穿在身上的衣服一样总和我在一起。一个男人杀死另一个男人必定和一个女人有关系，对于这一点我已经坚信不疑并且开始揣想其中的原因。我感到杀人是有杀人理由的，我现在就是在努力寻找那种理由。我希望你能够和我一起寻找。

1987 年 9 月 29 日

一个男孩来到窗前时突然消失，这期间一辆洒水车十分隆重地驰了过来，街两旁的行人的腿开始了某种惊慌失措的舞动。有树叶偶尔飘落下来。男孩的头从窗前伸出来，他似乎看着那辆洒水车远去，然后小心翼翼地穿越马路，自行车的铃声在他四周迅速飞翔。

他转过脸来，对她说：

"我已有半年没到这儿来了。"

她的双手摊在桌面上，衣袖舒展着倒在附近。她望着他的眼睛，这是属于那种从容不迫的男人。微笑的眼角有皱纹向四处流去。

近旁有四男三女围坐在一起。

"喝点啤酒吗？"

"我不要。"

"你呢？"

"来一杯。"

"我喝雪碧。"

一个系领结的白衣男人将几盘凉菜放在桌上，然后在餐厅里曲折离去。

她看着白衣男人离去，同时问：

"这半年你在干什么?"

"学会了看手相。"他答。

她将右手微微举起，欣赏起手指的扭动。他伸手捏住她的手指，将她的手拖到眼前。

"你是一个讲究实际的女人。"他说。

"你第一次恋爱是十一岁的时候。"

她微微一笑。

"你时刻都存在着离婚的危险……但是你不会离婚。"

另一个白衣男人来到桌前，递上一本菜谱。他接过来以后递给了她。在这空隙里，他再次将目光送到窗外。有几个女孩子从这窗外飘然而过，她们的身体还没有成熟。她们还需要男人哺育。一辆黑色轿车在马路上驶过。他看到街对面梧桐树下站着一个男人，那个男人正看着他或者她。他看了那人一会，那人始终没有将目光移开。

白衣男人离去以后，他转回脸来，继续抓住她的手。

"你的感情异常丰富……你的事业和感情紧密相连。"

"生命呢?"她问。

他仔细看了一会，抬起脸说：

"那就更加紧密了。"

近旁的四男三女在说些什么。

"他只会说话。"一个男人的声音。

几个女人咯咯地笑。

"那也不一定。"另一个妇人说，"他还会使用眼睛呢。"

男女混合的笑声在餐厅里轰然响起。

"他们都在看着我们呢。"一个女人轻轻说。

"没事。"男人的声音。

另一个男人压低嗓门："喂，你们知道吗……"

震耳欲聋的笑声在厅里呼啸而起。他转过脸去，近旁的四男三女笑得前仰后合。什么事这么高兴。他想。然后转回脸去，此刻她正望着窗外。

"什么事? 心不在焉的?"他说。

她转回了脸，说："没什么。"

"菜怎么还没上来。"他嘟哝了一句，接着也将目光送到窗外，刚才那个男人仍然站在原处，仍然望着他或者她。

"那人是谁？"他指着窗外问她。

她眼睛移过去，看到陈河站在街对面的梧桐树下，他头顶上有几根电线通过，背后是一家商店。有一个人抱着一包物品从里面出来。站在门口犹豫着，是往左走去还是往右走去？陈河始终望着这里。

"是我丈夫。"她说。

陈河致江飘的信

我 9 月 13 日给你去了一封信如果不出意外你应该收到了，我天天在等着你的来信刚才邮递员来过了没有你的来信，你上次的信我始终放在桌子上我一遍一遍看，你的信，真是写得太好了你的思想非常了不起。你信上说是警察的疏忽导致我们通信实在是太对了。如果没有警察的疏忽我就只能一人去想那起凶杀，我感到自己已经发现了一点什么了。我非常需要你的帮助你的思想太了不起了，我太想我们两人一起探讨那起凶杀这肯定比我一个人想要正确得多，我天天都在盼着你的信我坚信你会来信的。期待你的信。

1987 年 10 月 8 日

位于城市西侧江飘的寓所窗帘紧闭。此刻是上午即将结束的时候，一个三十来岁的女子走入了公寓，沿着楼梯往上走去，不久之后她的手已经敲响了江飘的门。敲门声处于谨慎之中。屋内出现拖沓的脚步声，声音向门的方向而来。

江飘把她让进屋内后，给予她的是大梦初醒的神色。她的到来显然是江飘意料之外的，或者说江飘很久以前就不再期待她了。

"还在睡？"她说。

江飘把她让进屋内，继续躺在床上，侧身看着她在沙发里坐下来。她似乎开始知道穿什么衣服能让男人喜欢了。她的头发还是披在肩上，头发的颜色更加接近黄色了。

"你还没吃早饭吧？"她问。

江飘点点头。她穿着紧身裤，可她的腿并不长。她脚上的皮鞋一个月前在某家商店抢购过。她挤在一堆相貌平常的女人里，汗水正在毁灭她的精心化妆。她的细手里拿着钱，从女人们的头发上伸过去。

——我买一双。

她从沙发里站起来，说："我去替你买早点。"

他没有丝毫反应，看着她转身向门走去。她比过去肥硕多了，而且学会了摇摆。她的臀部、腿还没有长进，这是一个遗憾。她打开了屋门，随即重又关上，她消逝了。这样的女人并非没有一点长处。她现在正下楼去，去为他买早点。

江飘从床上下来，走入厨房洗漱。不久之后她重又来到。那时候江飘已经坐在桌前等待早点了。她继续坐在沙发里，看着他嘴的咀嚼。

"你没想到我会来吧。"

他加强了咀嚼的动作。

"事实上我早就想来了。"

他点点头，表示知道了。

"其实我是顺便走过这里。"她的语气有些沮丧，"所以就上来看看。"

江飘将食物咽下，然后说："我知道。"

"你什么都知道。"她叹息一声。

江飘露出满意的一笑。

"你不会知道的。"她又说。

她在期待反驳。他想。继续咀嚼下去。

"实话告诉你吧，我不是顺路经过这里。"

她开场白总是没完没了。

她看了他一会，又说："我确实是顺路经过这里。"

是否顺路经过这里并不重要。他站了起来，走向厨房。刚才已经洗过脸了，现在继续洗脸。待他走出厨房时，屋门再次被敲响。

一个二十四五岁的姑娘飘然而入，她发现屋内坐着一个女人时微微有些惊讶。随后若无其事地在对面沙发上落座。她有些傲慢地看着她。

表现出吃惊的倒是她。她无法掩饰内心的不满，她看着江飘。

江飘给她们做介绍。

"这位是我的女朋友。"

"这位是我的女朋友。"

两位女子互相看了看，没有任何表示，江飘坐到了床上，心想她们谁先离去。

后来的那位显得落落大方，嘴角始终挂着一丝微笑，她顺手从茶几上拿过一本杂志翻了几页。然后问：

"你后来去了没有？"

江飘回答："去了。"

后来者年轻漂亮，她显然不把先来者放在眼里。她的问话向先来的暗示某种秘密。先来者脸色阴沉。

"昨天你写信了吗？"她又问。

江飘拍拍脑袋："哎呀，忘了。"

她微微一笑，朝先来者望了一眼，又暗示了一个秘密。

"十一月份的计划不改变吧。"

"不会变。"江飘说。

出现一个未来的秘密。先来的她的脸色开始愤怒。江飘这时转过脸去：

"你后来去了青岛没有？"

先来者愤怒犹存："没去。"

江飘点点头，然后转向后来的她。

"我前几天遇上戴平了。"

"在什么地方？"她问。

"街上。"

此刻先来者站起来，她说："我走了。"

江飘站立起来，将她送到屋外。在走道上她怒气冲冲地问："她来干什么？"

江飘笑而不答。

"她来干什么？"她继续问。

这是明知故问。江飘依然没有回答。

她在前面愤怒地走着。江飘望着她的脖颈——那里没有丝毫光泽。他想起很久以前有一次她也是这样离去。

来到楼梯口时，她转过身来脸色铁青地说：

"我再也不来了。"

江飘笑着说："你看着办吧。"

陈河致江飘的信

我越来越觉得你的信是让邮递员弄丢掉的，给我们这儿送信的邮

递员已经换了两个，年龄越换越小。现在的邮递员是一个喜欢叫叫嚷嚷而不喜欢多走几步的年轻人。刚才他离去了他一来到整个胡同就要紧张起来他骑着自行车横冲直撞。我一直站在楼上看着他他离去时手里还拿着好几封信。我问他有没有我的信他头也不回根本不理睬我。你给我的信肯定是他丢掉的。所以我只能一个人冥思苦想怎么得不到你那了不起的思想的帮助。虽然我从一开始就感到那起凶杀与一个女人有关，但我并不很轻易地真正这样认为。我是经过反复思索以后才越来越觉得一个女人参与了那起凶杀。详细的情况我这里就不再罗列了那些东西太复杂写不清楚。我现在的工作是逐步发现其间的一些细微得很的纠缠。基本的线索我已经找到那就是那个被杀的男人勾引了杀人者的妻子，杀人者一再警告被杀者可是一点作用也没有于是只能杀人了。我曾经小心翼翼地去问过我的两个邻居如果他们的妻子被别人勾引他们怎么办他们对我的问话表示了很不耐烦但他们还是回答了我他们的回答使我吃惊他们说如果那样的话他们就离婚，他们一定将我的问话告诉了他们的妻子所以他们的妻子遇上我时让我感到她们仇恨满腔。我一直感到他们的回答太轻松只是离婚而已。他们的妻子被别人勾引他们怎么会不愤怒这一点使人难以相信，也许他们还没到那时候所以他们回答这个问题时很轻松。我不知道你遇到这种情况会怎么样，实在抱歉我不该问这样倒霉的问题，可我实在太想知道你的态度了，你不会很随便对待我这个问题的，我知道你是一个很有思想的人你的回答对我肯定有很大帮助。

　　期待你的信。

江飘致陈河的信

　　你为我提供了一个掩饰自己的机会，即使我完全可以承认自己曾给你写过两封信，其中一封让邮递员弄丢了，但我并不想利用这样的机会，我倒不是为给邮递员平反昭雪，而是我重新读了你的所有来信，你的信使我感动。你是我遇上的最为认真的人。那起凶杀案我确实早已遗忘，但你的不断来信使我的记忆死灰复燃。对那起凶杀案我现在也开始记忆犹新了。

　　你在信尾向我提出一个颇有意思的问题，即我的妻子一旦被别人勾引我将怎么办。我的回答也许和你的邻居一样会令你失望。我没有妻子，我曾努力设想自己有一位妻子，而且被别人勾引了，从而将自已推到怎么办的处境里去。但是这样做使我感到是有意为之。你是一个严肃的人，所以我不能随便寻找一个答案对付你。我的回答只能是，我没有妻子。

你的邻居的回答使你感到一种不负责任的轻松，他们的态度仅仅只是离婚，你就觉得他们怎么会不愤怒，这一点我很难同意。因为我觉得离婚也是一种愤怒。我理解你的意思。你显然认为只有杀死人是一种愤怒，而且是最为极端的愤怒。但同时你也应该看到还有一种较为温和的愤怒，即离婚。

另外还有一点，你认为一个男人杀死另一个男人，必定和一个女人有关。这似乎有些武断。男人有时因为口角就会杀人。况且还存在着多种可能，比如谋财害命之类的。或者他们俩共同参与某桩事，后因意见不合也会杀人。总之峡谷咖啡馆的凶杀的背景是多种多样的，不能只用一种来下结论。

陈河致江飘的信

终于收到了你的来信你的信还是寄到 106 号没寄到 107 号但我还是收到了。我非常高兴终于有一个来和我讨论那起凶杀的人了，你的见解非常有意思你和我的邻居完全不一样，我没法和他们讨论什么但能和你讨论。

你信上说离婚也是一种愤怒我想了很久以后还是不能同意。因为离婚是一种让人高兴的事总算能够扔掉什么了。这是一般说法上的离婚，特殊的情况也不是没有但那不是愤怒而是痛苦，离婚只有两种，即兴奋和痛苦两种而没有什么愤怒的离婚当然有时候会有一点气愤。

你信上罗列了一个男人杀死另一个男人时的多种背景的可能我是同意的，你那两个词用得太好了就是背景与可能。这两个词我一看就能明白你用词非常准确，一个男人确实会因为口角或者谋财和共同参与某桩事有了意见而去杀死另一个男人。峡谷咖啡馆的那起凶杀却要比你想的严重得多那起凶杀一定和一个女人有关，你应该记得杀人者杀死人以后并不是匆忙逃跑而是去叫警察，他肯定做好了同归于尽的准备。这种同归于尽的凶杀不可能只是因为口角或者谋财必定和一个女人有关。被杀者勾引了杀人者的妻子杀人者屡次警告都没有用杀人者绝望以后才决定同归于尽的。

你回答我最后一个问题时说你没有妻子，这个回答很好，我一点

也没有失望。你的认真态度使我非常高兴。你没有妻子的回答让我知道了你为何不同意我的说法即一个男人杀死另一个男人必定和一个女人有关，没有妻子的男人与有妻子的男人在讨论一起凶杀时有点分歧很正常，不会影响我们继续讨论下去的，我这样想，我想你也会同意的。

期待你的信。

江飘致陈河的信

你用杀人者同归于尽的做法仍然难以说明，即说明那起凶杀与一个女人有关。首先我准备提醒你的是同归于尽的做法是很常见的，并非一定与女人有关。我不知道你为何总是把凶杀与女人扯在一起，反正我不喜欢这样。男人和女人交往是为了寻求共同的快乐，可不是为了凶杀。我不喜欢你的推断是因为你把男女之间的美妙交往搞得过于鲜血淋淋了。

我没有妻子的回答，与我不同意你将凶杀与女人扯在一起的推断毫无关系。你的话让我感到自己没有妻子就无法了解那起凶杀的真相似的，虽然我没有妻子，但我可以告诉你我有女人。你我都是拥有女人的男人，这一点我们是一样的。但是你我之间存在一个最大的分歧，你认为同归于尽的凶杀必定与女人有关，我则恰恰相反。一个男人因为自己的妻子被别人勾引，从而去与勾引者同归于尽。这种说法太简单了，像是小说。你应该认识这种勾引是需要一个过程的，不管这个过程是长是短，作为丈夫的有足够的时间来设计谋杀，从而将自己的杀人行为掩盖起来。他完全没有必要选择同归于尽的方法，这实在是愚蠢。事实上男人因为女人去杀人本身就愚蠢。

其实你我两人永远也无法了解那起凶杀的真相，我们只能猜测，如果想使我们猜测更加符合事实真相，最好的办法是设计出多种杀人的可能性，而不只是情杀一种。这倒是一件挺有意思的事，也是消磨时光的另一种好办法。我乐意与你分析讨论下去。

陈河致江飘的信

我非常高兴你的信总算寄到了 107 号而不是 106 号，我收到时非常高兴。你非常坦率你愿意和我分析与讨论下去的话使我激动不已虽然我们之间有分歧其实只有分歧才能讨论下去如果意见一致就没有必要讨论了。

你说你有女人但没有妻子使我吃了一惊我想你是有未婚妻吧，你什么时候结婚？结婚时别忘了告诉我。我要来祝贺，我现在非常想见到你。

你的信我反复阅读读得如饥似渴我承认你的话有道理有些地方很对，我反复想了很久还是觉得那起凶杀与女人有关我实在想不出更有说服力的凶杀。请你原谅你信上的很多话都过于轻率了你认为那个男人有足够时间来设计谋杀"从而将自己的杀人行为掩盖起来"，这不是没有道理但是你疏忽了重要的一条，那就是同归于尽的凶杀的原因是因为杀人者彻底绝望。杀人者并非全都是歹徒都是杀人成性的也有被逼上绝路的杀人者。峡谷咖啡馆的杀人者何尝不想保护自己但是他彻底绝望了，他觉得活在世上已经没有什么意思了。在他妻子被别人勾引时他是非常痛苦的，他曾想利用一种和平的方法来解决问题，他肯定时常一人在城市里到处乱走，他的妻子不在家里，正与一个男人幽会，而他则在街上孤零零走着心里想着和妻子初恋时的情景。他肯定希望过去的美好生活重新开始只要他的妻子能够回心转意或者那个勾引者良心发现。但是他努力的结果却并不是这样，他的妻子已经不可能回心转意而那个勾引者则拒绝停止勾引，妻子已经不可能再回到家中与他团聚生活了，希望已经破灭，这样就将他推到了绝望的处境里去了。他的愤怒就这样产生，他不愿意离婚，因为离婚以后他也不可能幸福。

他今后的生活注定要悲惨所以他就决定与勾引者同归于尽反正他也不想活了。

江飘致陈河的信

你有关那起凶杀的分析初看起来无懈可击，事实上只是你一厢情愿的猜测，我发现你对别人的分析缺乏必要的客观，你似乎喜欢将你对自己的了解套到别人身上去。比如当你知道我有女人时你就断定这个女人是我的未婚妻。你关于未婚妻的说法只是猜测而已，就像你对那起凶杀的猜测一样，而事实则是我有女人，至于这个女人是否会成为我的妻子连我也不知道，你为什么不想想这个女人没准是别人的妻子呢？不要把自己的精力只花在一种可能性上，这样只能使你离事实的真相越来越远。

事实上你对那起凶杀的分析并非无懈可击，我可以十分轻松地做出另一种分析。即使我同意峡谷咖啡馆的凶杀是情杀，也仍然可以推倒你的结论。首先一点，那个杀人者的妻子真的与人私通的话，那么你是否可以断定她只和一个男人私通呢？与许多男人私通的女人我见得多了，在城市的大街上到处都有。这种女人的丈夫最多只能猜测到这一点，而无法得到与妻子私通的全部名单。如果这样的丈夫一旦如你所说"愤怒"起来的话，那么他第一个选择要杀的只有他的妻子，而不会是别人，退一步说，即使他的妻子只和一个男人私通，究竟是谁杀害谁是无法说清的，所以他要杀或者应该杀的还是他的妻子。我这样说并不是鼓励那些丈夫都去杀害他们有私通嫌疑的妻子，我不希望把那些可爱的女人搞得胆战心惊，从而使我们男人的生活变得枯燥乏味。

陈河致江飘的信

你每封信都写得那么漂亮那么深刻我渐渐能够了解到一点你的为人了，我感到你确实是与我不一样的人太不一样了你是那种生活得非常好的人，你什么也不在乎。

你虽然做出了让步同意峡谷咖啡馆的凶杀是情杀这使我很高兴你最后的结论还是否定了是情杀，你的结论是杀人者的妻子与人私通，我不喜欢私通这个词。杀人者的妻子被人勾引杀人者应该杀他妻子，可是峡谷咖啡馆的凶杀却是一个男人死去不是女人死去。所以你也就否定了我的推断我觉得自己应该和你辩论下去。

你是否考虑到凶手非常爱自己的妻子，如果他不爱自己的妻子他就不会愤怒地去杀人他完全可以离婚。可是他太爱自己的妻子，这种爱使他最终绝望所以他选择的方式是同归于尽因为那种爱使他无法杀害自己的妻子他怎么也下不了手。但他的愤怒又无法让他平静因此他杀死了勾引者这是理所当然的，我上封信已经说过促使他杀人的就是因为绝望和愤怒而导致这种绝望和愤怒的就是他对自己妻子的爱。这种爱你不会知道的请你原谅我这么说。

1987 年 11 月 3 日

那个头发微黄的男孩站在一根水泥电线杆下面，朝马路两端张望。

她在远处看到了这个情景。他在电话里告诉她，他将在胡同口迎接她。此刻他站在那里显得迫不及待。现在他看到她了。

她走到了他的眼前，他的脸颊十分红润，在阳光里急躁不安地向她微笑。

近旁有一个身穿牛仔服的年轻人正无聊地盯着她，年轻人坐在一家私人旅店的门口，和一张医治痔疮的广告挨得很近。

他转过身去走进胡同，她在那里停留了一会，看了看一个门牌，然后也走入了胡同。她看着他往前走去时双腿微微有些颤抖，她内心的微笑便由此而生。

他的身影钻入了一幢五层的楼房，她来到楼房口时再度停留了一下，她的身体转了过去，目光迅速伸展，胡同口有人影和车影闪闪发亮。接着她也钻入楼房。

在四层的右侧有一扇房门虚掩着，她推门而入。她一进入屋内便被一双手紧紧抱住。手在她全身各个部位来回捏动。她想起那个眼睛通红的推拿科医生，和那家门前有雕塑的医院。她感到房间里十分明亮。因此她的眼睛去寻找窗户。

她一把推开他：

"怎么没有窗帘？"

他的房间里没有窗帘，他扭过头看看光亮汹涌而入的窗户，接着转过头来说：

"没人会看到。"

他继续去抱她。她将身体闪开。她说：

"不行。"

他没有理会，依然扑上去抱住了她。她身体往下使劲一沉，挣脱了他的双手。

"我说不行就是不行。"

她十分严肃地告诉他。

他急躁不安地说："那怎么办？"

她在一把椅子里坐下来，说："我们聊天吧。"

他继续说："那怎么办？"他对聊天显然没兴趣。他看看窗户，又看看她，"没人会看到我们的。"

她摇摇头，依然说："不行。"

"可是……"他看着窗户，"如果把它遮住呢？"他问她。

她微微一笑，还是说："我们聊天吧。"

他摇摇头："不，我要把它遮住。"他站在那里四处张望。他发现床单可以利用，于是他立刻将枕头和被子扔到了沙发里，将床单掀出。

她看着他拖着床单走向窗口，那样子滑稽可笑。他又拖着床单离开窗口。将一把椅子搬了过去。他从椅子爬到窗台上，打开上面的窗户，将床单放上去，紧接着又关上窗户，夹住了床单。

现在房间变得暗淡了，他从窗台上跳下来。"现在行了吧？"他说着要去搂抱她。她伸出双手抵挡。她说："去洗手。"

他的激情再次受到挫折，但他迅速走入厨房。只是瞬间工夫。他重又出现在她眼前。这一次她让他抱住了。但她看着花里胡哨的被褥仍然有些犹豫不决。她说：

"我不习惯在被褥上。"

"去你的。"他说，他把她从椅子里抱了出来。

1987 年 11 月 5 日

江飘坐在公园的椅子上，他的前面是一块草地和几棵树木，阳光将他和草地树木连成一片。

"这天要下雪了。"他说。

和他坐在一起的是一位年轻女人，秋天的风将她的头发吹到了江飘的脸上。飞雪来临的时刻尚未成熟。江飘的虚张声势使她愉快地笑起来。

"你是一个奇怪的人。"她说。

江飘转过脸去说："你的头发使我感到脸上长满青草。"

她微微一笑，将身体稍稍挪开了一些地方。

"别这样。"他说，"没有青草太荒凉了。"他的身体挪了过去。

"有些事情真是出乎意料。"她说，"我怎么会和一个陌生的男人坐在一起？"她装出一副吃惊的模样。

"事实上我早就认识你了。"江飘说。

"我怎么不知道？"她依然故作惊奇。

"而且我都觉得和你生活了很多年。"

"你真会开玩笑。"她说。

"我对你了如指掌。"

她不再说什么，看着远处一条小道上的行人然后叹息了一声："我怎么会和你坐在一起呢？"

"你没有和我坐在一起，是我和你坐在一起。"

"这种时候别开玩笑。"

"我是在陈述一个事实。"

"我一般不太和你们男人说话。"她转过脸去看着他。

"看得出来。"他说，"你是那种文静内向的女子。"他心想，你们女人都喜欢争辩。

她显得很安静。她说："这阳光真好。"

他看着她的手，手沉浸在阳光的明亮之中。

"阳光在你手上爬动。"他伸过手去，将食指从她手心里移动过去，"是这样爬动的。"

她没有任何反应，他的手指移出了她的手掌，掉落在她的大腿上。他将手掌铺在她腿上，摸过去："在这里，阳光是一大片地爬过去。"

她依然没有反应，他缩回了手，将手放到她背脊上，继续抚摸："阳光在这里是来回移动。"

他看到她神色有些迷惘，轻声问："你在想什么？"

她扭过头来说："我在感觉阳光的爬动。"

他控制住油然而生的微笑，伸出去另一只手，将手贴在了她的脸上，手开始轻微地捏起来："阳光有时会很强烈。"

她纹丝未动。他将手摸到了她的嘴唇，开始轻轻掀动她的嘴唇。

"这是阳光吗？"她问。

"不是。"他将自己的嘴凑过去，"已经不是了。"她的头摆动几下后就接纳了他的嘴唇。

后来，他对她说："去我家坐坐吧。"

她没有立刻回答。

他继续说："我有一个很好的家，很安静，除了光亮从窗户里进来——"他捏住了她的手。"不会有别的什么来打扰……"他捏住了她另一只手，"如果拉上窗帘，那就什么也没有了。"

"有音乐吗？"她问。

"当然有。"

他们站了起来，她说："我非常喜欢音乐。"他们走向公园的出口。

"你丈夫喜欢音乐吗?"

"我没有丈夫。"她说。

"离婚了?"

"不,我还没结婚。"

他点点头,继续往前走去。走到公园门口的大街上时,他站住了脚。他问:"你住在什么地方?"

"西区。"她答。

"那你应该坐 57 路电车,"他用手往右前方指过去,"到那个邮筒旁去坐车。"

"我知道。"她说,她有些迷惑地望着他。

"那就再见了。"他向她挥挥手,径自走去。

陈河致江飘的信

我一直在期待着你的来信。我怀疑你将信寄到 106 号去了。106 号住着一个孤僻的老头他一定收到你的信了。他这几天见到我时总鬼鬼祟祟的。今天我终于去问他他那儿有没有我的信,他一听这话就立刻转身进屋再也没有出来,他装着没有听到我的话我非常气愤,可一点办法也没有。今天我一天都守候在窗前看他是不是偷偷出来将信扔掉。那老头出来几次有两次还朝我的窗口看上一眼但我没看到他手里拿着信也许他早就扔掉了。

现在峡谷咖啡馆的凶杀对我来说已经非常明朗我曾经试图去想出另外几种杀人可能,然而都没有情杀来得有说服力。另外几种杀人有可能都不至于使杀人者甘愿同归于尽,只有情杀才会那样,别的都不太可能。

我前几次给你去的信好像已经提到杀人者早就知道被杀者勾引了他的妻子,是的,他早就知道了。所以他早就暗暗盯上了被杀者,在大街上在电车里在商店在剧院他始终盯着他,有好几次他亲眼看到妻子与他约会的场景。妻子站在大街上一棵树旁等着一辆电车来到,也就是等着被杀者来到,他亲眼看着被杀者走下电车走向他妻子。被杀者伸手搂住他的妻子两人一起往前走去。这情景和他与妻子初恋时的情景一模一样他非常痛苦,要命的是这种情景他常常会碰上因此他必定异常愤怒。愤怒使他产生了杀人的欲望他便准备了一把刀。所以当他后来再在暗中盯住勾引他妻子的人时怀里已经有了把刀。

　　勾引者常常去峡谷咖啡馆这一点他早就知道了。当这一天勾引者走入峡谷咖啡馆时他也尾随而入。他在勾引者对面坐下来，他是第一次和勾引者挨得这么近脸对着脸。他看到勾引者的头发梳理得很漂亮脸上搽着一种很香的东西，他从心里讨厌憎恶这样的男人。他和勾引者说的第一句话是他是谁的丈夫，勾引者听到这句话时显然吃了一惊，因为勾引者事先一点准备也没有。因此他肯定要吃惊一下。但是勾引者是那种非常老练的男人，他并没有惊慌失措他很可能回过头去看看以此来让人感到他以为杀人者是在和别人说话。当他转回头后已经不再吃惊而是很平静地看了杀人者一眼，继续喝自己的咖啡。杀人者又说了一遍他是谁的丈夫。勾引者抬起头来问他你是在和我说话吗勾引者装出一副吃惊的样子这次吃惊和第一次吃惊已经完全不一样了。杀人者此刻显然已经很愤怒了他的手很可能去摸了摸怀里藏着的刀但他还是压住愤怒问他是否认识他的妻子，他说出了妻子的名字。勾引者装着很迷惑的样子摇摇头说他从未听到过这样的名字他显然想抵赖下去。杀人者说出了勾引者的姓名住址和工作单位他告诉勾引者他早就盯上他了继续抵赖下去毫无必要勾引者不再说话他似乎是在考虑对策。这个时候杀人者就要勾引者别再和他妻子来往他告诉了勾引者以前他的生活是多么幸福可自从勾引者的出现这一切全完了他甚至哀求勾引者将妻子还给他。勾引者听完他的话以后告诉他他说的有关他妻子的话使他莫名其妙他再次说他从未听说过他妻子的名字更不用说认识了勾引者已经决定抵赖到底了。他听完勾引者的话绝望无比那时候他的愤怒已经无法压制所以他拿出了怀里的刀向勾引者刺去后来的情景我们都看到了。

江飘致陈河的信

　　来信收到，你的固执使任何人都无可奈何。我不明白你对情杀怎么会如此心醉神迷。尽管你也进行了另外可能性的思考，你的本质却使你从一开始就认定那是情杀，别的所有思考都不过是装腔作势，或者自欺欺人而已。

　　前面你的信你已经分析了杀人者的动机，这封信你连杀人过程也罗列了出来，我读完了你的信，如同读完了一篇小说。应该说我津津有味。可我怎么也说服不了自己：我读的不是小说，是一起凶杀案件档案。因为你的分析里有一个十分大的漏洞，这个漏洞不仅使我，也

许会使别人都感到你的分析实在难以真实可信。

你对峡谷咖啡馆凶杀的分析，虽然连一些细节都没有放过，却放过了一个最大的，那就是凶手选择的是同归于尽的方法。你仔细分析了凶手怎么会随身带刀——这一点很好。你把凶手和被杀者在峡谷咖啡馆见面安排成第一次，也就是说他们是首次见面并且交谈。这便是缺陷所在。在你的分析里凶手走进峡谷咖啡馆，在被杀者对面坐下来时显然并不想杀害对方，虽然他带刀。那时候凶手显然想说服对方，他先是要求，后是哀求，希望对方别再和自己的妻子来往，而且还令人感动地说了一通自己和妻子的初恋。在你的分析里，凶手还期望过去的美好生活重新开始。然而由于被杀者缺乏必要的明智——顺便说一句，如果是我的话，会立刻同意凶手的全部要求，并且会说到做到，因为这实在是甩掉一个女人的大好时机。可是被杀者显然有些愚蠢，所以他便被杀了。

我倒并不是说凶手那时还不具备杀人的理由，凶手已经被激怒了，所以他杀人是必然的。问题在于你分析中的杀人是即兴爆发的，凶手在走入咖啡馆时还不想杀人——你在分析里已经证实了这一点，所以他的杀人是由于一时爆发出来的愤怒造成的。然而峡谷咖啡馆的凶杀者却是十分冷静，他杀人之后一点也不惊慌，而去叫警察。可以说那时候我们都还没有反应过来。因此咖啡馆的凶杀很可能是预先就设计好的，当凶手走入咖啡馆时就知道自己要杀人了。相反，假若是即兴地杀人，那么凶手就不会那么冷静，他应该是惊慌失措，起码也得目瞪口呆一阵子，他一下子反应不过来自己干了些什么。而事实却是凶手十分冷静，惊慌失措和目瞪口呆的是我们。

峡谷咖啡馆的事实证明了凶杀是事先准备好的，你的分析却否定了这一点。所以你的分析无法使人相信。

陈河致江飘的信

我仔仔细细读了好几遍你的信写得太好了你真是一个了不起的人你的目光太敏锐了。我完全同意你信中的分析那确实是一个非常大的漏洞大得吓了我一跳。我越来越感到没有你的援助我也许永远也没办法真正分析出咖啡馆的那起凶杀的真相我怎么会把最关键的同归于尽疏忽了真是要命我要惩罚自己。

确实如此凶手在走进咖啡馆之前已经和被杀者见过面交谈过了而

且不止一次。凶手盯住被杀者已经很长时间了他已经确认被杀者就是勾引他妻子破坏他幸福生活的人所以他不会不找他。他找了被杀者好几次该说的话都说了，可被杀者总是拼命抵赖什么也不承认即便抵赖他还可以容忍问题是被杀者在抵赖的同时继续勾引他的妻子这一切全让他暗暗看在眼里。他后来开始明白一切都无法挽回了妻子不可能再像过去那样爱他了一切都完了。他曾经设计了好几种杀勾引者的方法都可以使自己逃掉不让别人发现但他最后都否定了因为他觉得自己即使逃掉也没有什么意思妻子不可能回心转意他对生活已经彻底绝望所以还不如同归于尽活着没意思还不如死。他选择了峡谷咖啡馆因为他发现勾引者常去那里他就决定在那里动手。他搞到了一把刀放在怀里继续盯着勾引者走入咖啡馆时他也走了进去在对面坐下。被杀者看到他时显然吃了一惊，但被杀者并未想到自己死期临近了凶手显然脸色非常难看但他依然没有放进心里去因为前几次凶手去找他时脸色同样非常难看所以他以为凶手又来恳求了他一点防备也没有他被凶手一刀刺中时可能还不知道发生了什么可能他到死都还没有明白过来究竟发生了什么。

江飘致陈河的信

你这次的分析开始合情合理了，但你还是疏忽了一点，事实上这个疏忽在你上封信里就有了，我当初没有发现，刚才读完你的信时才意识到。我记得峡谷咖啡馆的凶杀是发生在 9 月初，我记得自己是穿着衬衫坐在那里的，不知道你是穿着什么衣服？那个时候人最多只能穿一件衬衣，所以你分析说凶手将刀放在怀里不太可信。将刀放在怀里，一般穿比较厚的衣服才可能，而汗衫和衬衣的话，刀不太好放，一旦放进去特别显眼。我想凶手是将刀放在手提包中的，如果凶手没有带手提包，那么他就是将刀放在裤袋里，有些裤袋是很大的，放一把刀绰绰有余。不知道你是否注意到当初凶手是穿什么裤子？或者是不是带了手提包？

陈河致江飘的信

我非常同意你的信你对那把刀的发现实在太重要了。确实刀应该放在裤袋里我记得凶手没有带手提包他被警察带走时我看了他一眼他两手空空。你两次来信纠正了我分析里的错误使我感到一切都完美起

来了。凶手走入峡谷咖啡馆时将刀放在裤袋里而不是怀里这样一来那起凶杀就不会再有什么漏洞了。我现在非常兴奋经过这么多天来的仔细分析总算得出了一个使我满意的结局这是我盼望已久的。但不知为何我现在又有些泄气似乎该干的事都干完了接下去什么事也没有了我不知道以后是否还能遇上这样的凶杀我现在的心情开始有些压抑心情特别无聊觉得一切都在变得没意思起来。

江飘致陈河的信

来信收到，你的情绪突变我感到十分有意思。你对那起凶杀太乐观了．所以要乐极生悲，你开始感到无聊了。事实上那起凶杀的讨论永远无法结束。除非我们两人中有一人死去。

虽然你现在的分析已经趋向完美，但并不是没有一点漏洞。首先你将那起凶杀定为情杀还缺少必要依据，完全是由于你那种不讲道理的固执，你认为那一定是情杀。你只给了我一个结论，并没有给我证据。如果现在放弃情杀的结论，去寻找另一种杀人动机，那么你又将有事可干了，我现在还坚持以前的观点：男人和女人交往是为了寻求共同的快乐，不是为了找死。鉴于你对情杀有着古怪的如痴如醉，我尊重你所以也同意那是情杀。

就是将那起凶杀定为情杀，也不是已经无法讨论下去了。有一个前提你应该重视，那就是被杀者的妻子究竟只和一个男人私通呢，还是和很多男人同时私通。你认为只和一个男人私通，你的分析说明了这一点。但是你忘了重要的一点。一般女人只和一个男人私通的，都不愿与丈夫继续生活下去。她会从各方面感觉到私通者胜过自己丈夫，所以她必然要提出离婚。而与许多男人私通的女人，只是为了寻求刺激，她们一般不会离婚。你分析中的女人只和一个男人私通，我奇怪她为何不提出离婚。既然她不提出离婚，那么她很可能与别的很多男人也私通。如果和很多男人私通，那么她的丈夫就难找到私通者，他会隐隐约约感到私通者都是些什么人，但他很难确定。他的妻子肯定是变化多端，让他捉摸不透。在这种情况下，他要杀的只能是自己的妻子，而不会是别人。事实上，杀人是一种愚蠢的行为，他最好的报复行为是：他也去私通，并且尽量在数量上超过妻子。这样的话，对人对己都是十分有利的。

1987 年 11 月 23 日

露天餐厅里有一支轻音乐在游来游去，夜色已经降临，陈河与一位披发女子坐在一起，他们喝着同样的啤酒。

"我有一位朋友。"陈河说，"总是有不少女人去找他。"

女子将手臂支在餐桌上，手掌托住下巴似听非听地望着他。

"是不是有很多男人去找过你？"

"是这样。"女子变换了一个动作。将身体靠到椅背上去。

"你不讨厌他们吗？"

"有些讨厌，有些并不讨厌。"女子回答。

陈河沉吟了片刻，说："像我这样的人大概不讨厌吧。"

女子笑而不答。

陈河继续说："我那位朋友有很多女人，我不理解他为什么要这样。"

女子点点头："我也不理解。"

"男人和女人之间为何非要那样。"

"是的。"女子说，"我和你一样。"

"我希望有一种严肃的关系。"

"你想的和我一样。"女子表示赞同。

陈河不再往下说，他发现说的话与自己此刻的目标南辕北辙。

女子则继续说："我讨厌男女之间的关系过于随便。"

陈河感到话题有些不妙，他试图纠正过来。他说："不过男女之间的关系也不要太紧张。"

女子点头同意。

"我不反对男女之间的紧密交往，甚至发生一些什么。"陈河说完小心翼翼地望着她。

她拿起酒杯喝了一口，然后重又放下。她没有任何表示。

后来，他们站了起来，离开露天餐厅，沿着一条树木茂盛的小道走去，他们走到一块草地旁站住了脚。陈河说："进去坐一会吧。"他们走向了草地。

他们在草地上坐下来，他们的身旁是树木，稀疏地环绕着他们。月光照射过来，十分宁静。有行人偶尔走过，脚步声清晰可辨。

"这夜色太好了。"陈河说。

女子无声地笑了笑，将双腿在草地上放平。

"草也不错。"陈河摸着草继续说。

他看到风将女子的头发吹拂起来，他伸手捏住她的一撮头发，小心翼翼地问：

"可以吗？"

女子微微一笑："可以。"

他便将身体移过去一点，另一只手也去抚弄头发。他将头发放到自己的脸上，闻到一丝淡淡的香味。他抬起头看看她，她正沉思着望着别处。

"你在想什么？"他轻声问。

"我在感觉。"她说。

"说得太好了。"他说着继续将她的头发贴到脸上。他说："真是太好了，这夜色太好了。"

她突然笑了起来，她说："我还以为你在说头发太好了。"

他急忙说："你的头发也非常好。"

"与夜色相比呢？"她问。

"比夜色还好。"他立刻回答。

现在他的手开始去抚摸她的全部头发了，偶尔还碰一下她的脸。他的手开始往下延伸去抚摸她的脖颈。

她又笑了起来，说："现在下去了。"

他的手掌贴在了她的脖颈处，不停地抚摸。

她继续笑着，她说："待会儿要来到脸上了。"

他的手摸到了她的脸上，从眼睛到了鼻子，又从鼻子到了嘴唇。他说："真是太好了，这夜色实在是好。"

她再次突然笑了起来，她说："我又错了，我以为你在夸奖我的脸。"

他急忙说："你的脸色非常好。"

"算了吧。"她一把推开他。他的手掌继续伸过去，被她的手挡开，她问："你刚才在餐厅里说了些什么？"

他有些不知所措地望着她。

"你说的话和你的行为不一样。"

他想辩解，却又无话可说。

他站了起来，看着她离开草地，站到路旁去拦截出租汽车。她的手在挥动。

陈河致江飘的信

收到你的信已经有好几天了一直没有回信的原因是我一直在思考那起凶杀我开始重新思考了。你认为杀人者的妻子同时与几个男人私通现在我也用私通这个词了我觉得不是不可能。其实你在前几封信中已经提到这个问题了当初我心里也不是完全排斥我只是觉得与一个人私通的可能性更大一点。现在我已经同意你的分析同意杀人者同时与几个男人私通。你的分析非常可信杀人者的妻子与几个男人私通的话他确实很难确定那些私通者。这么看来杀人者长期盯住的不会是私通者而是他妻子由于他妻子和几个男人私通所以他有时会被搞糊涂因为他妻子一会去西区一会又去东区他妻子随时改变路线今天在这里过几天明天却在另一个地方。他长期以来迷惑不解很难确定私通者究竟是谁起初他还以为妻子是在迷惑他后来他才明白她同时与几个男人私通。你分析中说杀人者一旦发现这种事情以后应该杀死自己的妻子或者自己也去私通。但是峡谷咖啡馆的凶杀却是杀死一个男人这个事实很值得思考也就是说你的分析需要重新开始。根据我的想法是杀人者一旦发现妻子同时与几个男子私通以后他曾经想杀死自己的妻子但他实在下不了手不管怎么说他们之间也有过一段幸福生活那一段生活始终阻止了他向她下手。你提供的另一种办法即他也去私通他也不是没有去试过可是人与人不一样他那方面实在不行。最后他只有一条路可走就是去杀死私通者可私通者有好几个他应该把他们全部杀死然而问题是那些私通者他一个也确定不下来他怎么杀人呢？而且又会在峡谷咖啡馆找到一个私通者从而把他杀死这个问题我想了很久怎么也想不出来。

江飘致陈河的信

你的信提出了一个很关键的问题，也就是那起凶杀最后的问题。凶手怎么会在咖啡馆找到私通者，并且把他杀死。事实上要想解答这个问题也不是十分艰难，我们可以通过各种途径去设想，肯定能够找到答案。

我觉得被杀者很可能常去峡谷咖啡馆，至于杀人者是否常去那就

不重要了。我们可以设计杀人者偶尔去了一次咖啡馆，在被杀者对面坐了下来。被杀者是属于那种被女人宠坏了的男人，他爱在任何人面前谈论他的艳事。这种男人我常遇上，这种男人往往只搞过一两个女人，但他会吹嘘自己搞过几十个了。他不管听者是否认识都会滔滔不绝地告诉对方，他的话中有真有假，他在谈起自己艳事时，会把某一两个女人的特性吐露出来。比如身体某部位有什么标记。当杀人者在被杀者对面坐下来以后，就开始倾听他的吹嘘了。当他说到某个女人时，说到这个女人的一些习性时，杀人者便开始警惕起来，显然那些习性与他妻子十分相像。最后被杀者不小心吐露了那个女人身体某部位某个标记时，杀人者便知道他说的就是自己的妻子，同时他也知道私通者是谁。被杀者显然无法知道即将大祸临头，他越吹越忘乎所以，把他和她床上的事也抖出来。然后他挨了一刀。

我这样分析可能太巧合了，你也许会这样认为。但事实上巧合的事到处都有。巧合的事一旦成为事实，那么谁也不会大惊小怪，都会觉得很正常。

陈河致江飘的信

你的分析非常有道理我同意你对巧合的解释实在是巧合到处都有那是很正常的事。我不知道你为什么在整个分析里把刀给忘掉了那把刀非常重要不能没有。既然杀人者是偶然遇上被杀者然后确定他和自己的妻子私通是偶然遇上并不是早就盯住杀人者不太可能随身带着一把刀。也可以这样解释那时候杀人者裤袋里刚好放了一把刀但这样实在是太巧合了。你的分析我完全同意就是这把刀怎么会突然出来了这一点我还一时想不通。你在分析杀人者偶尔走进咖啡馆时让人感到他并没有带着刀可后来说出来就出来了是否有点太突然。

江飘致陈河的信

来信收到，你的问题来得很及时，要解决刀的问题事实上也很简单，只需做一些补充就行了。

杀人者显然早就知道妻子与许多男人私通，正如你分析的那样，他曾经想杀死妻子，但他怎么也下不了手；他也试图去和别的女人私通，可他在那方面实在不行。而妻子与人私通的事实又使他不堪忍受。按你的话说是：他终于绝望和愤怒了。所以他就准备了一把刀，一旦遇上私通者就把他杀死。结果他在峡谷咖啡馆遇上了。

陈河致江飘的信

你对刀的补充让我信服也就是说他早就准备了一把刀随时都会杀人所以他走进咖啡馆时身上带着刀。我又发现了一个新的问题就是他虽然走进咖啡馆时身上带着刀但他当时并不知道自己要杀人他杀人是突然发生的所以他杀人之后不会非常冷静地去叫警察。同归于尽的杀人一般应该早就准备好了的也就是说他早就知道被杀者与自己妻子私通早就知道被杀者常去峡谷咖啡馆我记得你也曾向我提出过这样的问题。另一方面既然他知道自己的妻子同时与几个男人私通他不可能只和一个男人同归于尽他应该试图把所有的私通者都杀死然后和最后一个私通者同归于尽。如果峡谷咖啡馆的被杀者是最后一个私通者的话那么他应该早就有准备而不会是偶然遇上。其实这是不可能的他不可能知道所有的私通者他能确定一个就已经很不错了很可能他一个也确定不了他只能怀疑那么几个人但很难确定在这种情况下他想杀人的话会杀错人。你前信中的分析里令人信服的地方就是让他确定了一个私通者通过习性与标记来确定的但没说清楚他为何要同归于尽。

江飘致陈河的信

你提的问题很有意思，正如你信上所说，他不可能知道所有与自己妻子私通的人，这很对。但由于愤怒他想杀人，在这种情况下，他只要杀死一个私通者也能平息愤怒了。所以他早就准备同归于尽，只要能够找到一个私通者他就会毫不犹豫地杀死他。对他来说最重要的是平息愤怒，而不是把所有的私通者都杀死，你杀得完吗？首先他能知道所有的私通者吗？退一步说，由于他长久地寻找，仍然没法确定私通者，一个也没法确定，他就会变得十分急躁。当他在咖啡馆里遇到被杀者时，即便被杀者并未与他妻子私通，他也知道这一点。可是被杀者吹嘘自己如何去勾引别人的妻子时，被杀者的得意洋洋使他的愤怒针对他而来了，在这种情况下，杀人者也会用同归于尽的方法杀死那人，虽然那人并未勾引他的妻子。因为对他来说，最重要的是如何解决自己已经无法忍受的愤怒，这是最为关键的。杀人在这个时候其实只是一种手段而已，在那个时候杀谁都一样。

陈河致江飘的信

我反复读你的信你的信让我明白了很多东西你实在是一个了不起的人太了不起了。我现在非常想见你我们通了那么多的信却一直没有见面我太想见你了。你能否在 12 月 2 日下午去峡谷咖啡馆在以前的位置上坐下来我也会去我们就在那地方见面。

江飘致陈河的信

我也十分乐意与你见面，你一定是一个很有趣的人，但 12 月 2 日下午我没空，我有一个约会。我们 12 月 3 日见面吧。就在峡谷咖啡馆。

1987 年 12 月 3 日

窗外的天气苍白无力，有树叶飘飘而落。

"这天要下雪了。"

一个身穿灯芯绒夹克的男子坐在斜对面。他说。他的对座精神不振，眼神恍惚地看着一位女侍的腰，那腰在摆动。

"该下雪了。"

老板坐在柜台内侧，与香烟、咖啡、酒坐在一起，他望着窗外的景色，他的眼神无聊地瞟了出去。两位女侍站在他的右侧，目光同时来到这里，挑逗什么呢？这里什么也没有。一位女侍将目光移开，献给斜对面的邻座，她似乎得到了回报，她微微一笑，然后转回身去换了一盒磁带，《你为何不追求我》在"峡谷"里卖弄风骚。

"你好像不太习惯这里的气氛？"

"还好，这是什么曲子？"

邻座的两人在交谈。另一位女侍此刻向这里露出了媚笑，她总是这样也总是一无所获。别再去看她了，去看窗外吧，又有一片树叶飘落下来，有一个人走过去。

"你的信写得真好。"

"很荣幸。"

"你的信让我明白了很多东西。"

"你是不是病了，脸色很糟。"

老板侧过身去，他伸手按了一下录音机的按钮，女人的声音立刻终止。他换了一盒磁带。《吉米，来吧》。

"你干吗这么看着我。"

"峡谷"里出现了一声惨叫，女侍惊慌地捂住了嘴。穿灯芯绒夹克的男人倒在地上，胸口插着一把刀。

那个精神不振的男人从椅子上站起来，他走向老板。

"这儿有电话吗?"

老板呆若木鸡。

男人走出"峡谷"，他在门外站着，过了一会他喊道：

"警察，你过来。"

一九八九年十月三十日

夏季台风

第一章

一

　　白树走出了最北端的小屋，置身于一九七六年初夏阴沉的天空下。在他出门的那一刻，阴沉的天空突然向他呈现，使他措手不及地面临一片嘹亮的灰白。于是记忆的山谷里开始回荡起昔日的阳光，山崖上生长的青苔显露了阳光迅速往返的情景。

　　仿佛是生命闪耀的目光在眼睛里猝然死去，天空随即灰暗了下去。少年开始往前走去。刚才的情景模糊地复制了多年前一张油漆剥落的木床，父亲消失了目光的眼睛依然睁着，如那张木床一样陈旧不堪。在那个月光挥舞的夜晚，他的脚步声在一条名叫河水的街道上回荡了很久，那时候有一支夜晚的长箫正在吹奏，伤心之声四处流浪。

　　现在，操场中央的草地上正飞舞着无数纸片，草地四周的灰尘奔腾而起，扑向纸片，纸片如惊弓之鸟。他依稀听到呼唤他的声音。那是唐山地震的消息最初传来的时刻，他们就坐在此刻纸片飞舞的地方，是顾林或者就是陈刚在呼唤他，而别的他们则在阳光灿烂的草地上或卧或躺。呼唤声涉及他和物理老师的地震监测站。那座最北端的小屋。他就站在那棵瘦弱的杉树旁，他听到树叶在上面轻轻摇晃，然后听到自己的声音也在上面摇晃。

　　"三天前，我们就监测到唐山地震了。"

　　顾林他们在草地上哗哗大笑，于是他也笑了一下，他心想：事实上是我监测到的。

　　物理老师当初没在场。监测仪一直安安静静，自从监测仪来到这最北端的小屋以后，它一直是安安静静的。可那一刻突然出现了异常。那时候物理老师没在场，事实上物理老师已经很久没去监测站了。

他没有告诉顾林他们："是我监测到的。"他觉得不该排斥物理老师，因此他们的哗哗大笑并不只针对他一个人，但是物理老师听不到他们的笑声。

他们的笑声像是无数纸片在风中抖动。他们的笑声消失以后，纸片依然在草地上飞舞。没有阳光的草地显得格外青翠，于是纸片在上面飞舞时才如此美丽。白树在草地附近的小径走去时，心里依然想着物理老师。他注意到小径两旁的树叶因为布满灰尘显得十分沉重。

是我一个人监测到唐山地震的。他心里始终坚持这个想法。

监测仪出现异常的那一刻，他突然害怕不已。他在离开小屋以后，他知道自己正在奔跑。他越过了很多树木和楼梯的很多台阶以后，他看到在教研室里，化学老师和语文老师眉来眼去，物理老师的办公桌上展示着一个地球仪。他在门口站着，后来他听到语文老师威严的声音：

"你来干什么？"

他离开时一定是惊慌失措。后来他敲响了物理老师的家门。敲门声和他的呼吸一样轻微。他担心物理老师打开屋门时会不耐烦，所以他敲门时胆战心惊。物理老师始终没有打开屋门。

那时候物理老师正站在不远处的水架旁，正专心致志地洗一条色彩鲜艳的三角裤衩和一只白颜色的乳罩。他看到白树羞羞答答地站到了他的对面，于是他"嗯"了一声继续他专心致志的洗刷。他就是这样听完了白树的讲述，然后点点头：

"知道了。"

白树在应该离去的时候没有离去，他在期待着物理老师进一步的反应。但是物理老师再也没有抬起头来看他一眼。他在那里站了很久，最后才鼓起勇气问：

"是不是向北京报告？"

物理老师这时才抬起头来，他奇怪地问：

"你怎么还不走？"

白树手足无措地望着他。他没再说什么，而是将那条裤衩举到眼前，似乎是在检查还有什么地方没有洗干净。阳光照耀着色彩鲜艳的裤衩，白树看到阳光可以肆无忌惮地深入进去，这情形使他激动不已。

这时他又问：

"你刚才说什么？"

白树用舌头舔了舔嘴唇，再次说：

"是不是向北京报告？"

"报告？"物理老师皱皱眉，接着又说，"怎么报告？向谁报告？"

白树感到羞愧不已。物理老师的不耐烦使他不知所措。他听到物理老师继续说：

"万一弄错了，谁来负责？"

他不敢再说什么，却又不敢立刻离去。直到物理老师说："你走吧。"他才离开。

但是后来，顾林他们在草地里呼唤他时，他还是告诉他们：

"三天前我们就监测到唐山地震了。"他没说是他一个人监测到的。

"那你怎么不向北京报告？"

他们哗哗大笑。

物理老师的话并没有错，怎么报告？向谁报告？

草地上的纸片依然在飞舞。也不知道为什么，监测仪突然停顿了。起初他还以为是停电的缘故，然而那盏二十五瓦电灯的昏黄之光依然闪烁不止。应该是仪器出现故障。他犹豫不决，是否应该动手检查？后来，他就离开那间最北端的小屋。

现在，草地上的纸片在他身后很远的地方飞舞了。他走出了校门，他沿着围墙走去。物理老师的家就在那堵围墙下的路上。

物理老师的屋门涂上了一层乳黄的油漆，这是妻子的礼物。她所居住的另一个地方的另一扇屋门，也是这样的颜色。白树敲门的时候听到里面有细微的歌声，于是他眼前模糊出现了城西那口池塘在黎明时分的波动，有几株青草漂浮其上。

物理老师的妻子站在门口，屋内没有亮灯，她站在门口的模样很明亮，外面的光线从她躯体四周照射进去，她便像一盏灯一样闪闪烁烁了。他看到明亮的眼睛望着他，接着她明亮的嘴唇动了起来：

"你是白树？"

白树点点头。他看到她的左手扶着门框，她的四个手指歪着像是贴在那里，另一个手指看不到。

"他不在家，上街了。"她说。

白树的手在自己腿上摸索着。

"你进来吧。"她说。

白树摇摇头。

物理老师妻子的笑声从一本打开的书中洋溢出来，他听到了风琴声在楼下教室里缓缓升起，作为音乐老师的她的歌声里有着现在的笑声。那时候恰好有几张绿叶从窗外伸进来，可他被迫离开它们走向黑板，从物理老师手中接过一截白色的粉笔，楼下的风琴声在黑板面前显得凄凉无比。

她笑着说："你总不能老站着。"

总是在那个时候，在楼下的风琴声飘上来时，在窗外树叶伸进来时，他就要被迫离开它们。他现在开始转身离去，离去时他说：

"我去街上找老师。"

他重新沿着围墙走，他感到她依然站在门口，她的目光似乎正望着他的背影。这个想法使他走去时摇摇晃晃。

他离开黑板走向座位时，听到顾林他们哗哗笑了起来。

监测仪在今天上午出现故障，顾林他们不会知道这个消息，否则他们又会哗哗大笑了。

他走完了围墙，重又来到校门口，这时候物理老师从街上回来了，他听完白树的话后只是点点头。

"知道了。"

白树跟在他身后，说："你是不是去看看？"

物理老师回答："好的。"可他依然往家中走去。

白树继续说："你现在就去吧。"

"好的，我现在就去。"

物理老师走了很久，发现白树依然跟随着他。他便站住脚，说："你快回家吧。"

白树不再行走，他看着物理老师走向他自己的家中。物理老师不需要像他那样敲门，他只要从裤袋里摸出钥匙，就能走进去。他从那扇刚才被她的手抚弄过的门走进去。因为屋内没有亮着灯，物理老师的妻子站在门口十分明亮。她的裙子是黑色的，裙子来自一座繁华的城市。

物理老师将粉笔递给他时，他看到老师神思恍惚。楼下的风琴声在他和物理老师之间飘浮。他的眼前再度出现城西那口美丽的池塘，

和池塘四周的草丛，还有附近的树木。他听到风声在那里已经飘扬很久了。但是他不知道自己走向黑板该干些什么。他在黑板前与老师一起神思恍惚，风琴声在窗口摇曳着，像那些树叶。然后他才回过头来望着物理老师，物理老师也忘了该让他做些什么。他们便站在那里互相望着，那时候顾林他们窃窃私笑了。后来物理老师说：

"回去吧。"

他听到顾林他们哗哗大笑。

二

物理老师坐在椅子里，他的脚不安分地在地上划动。他说"街上已经乱成一团了"。

她将手伸出窗外，风将窗帘吹向她的脸。有一头黄牛从窗下经过，发出"哞哞"的叫声。很久以前，一大片菜花在阳光里鲜艳无比，一只白色的羊羔从远处的草坡上走下来。她关上了窗户。后来，她就再没去看望住在乡下的外婆。现在，屋内的灯亮了。

他转过头去看看她，看到了窗外灰暗的天色。

"那个卖酱油的老头，就是住在城西码头对面的老头，他今天凌晨看到一群老鼠，整整齐齐一排，相互咬着尾巴从马路上穿过。他说起码有五十只老鼠，整整齐齐地从马路上穿过，一点也不惊慌。机械厂的一个司机也看到了。他的卡车没有轧着它们，它们从他的车轮下浩浩荡荡地经过。"

她已经在厨房里了，他听到米倒入锅内的声响，然后听到她问：

"是卖酱油的老头这样告诉你？"

"不是他，是别人。"他说。

水冲进锅内，那种破破烂烂的声响。

"我总觉得传闻不一定准确。"她说。

她的手指在锅内搅和了，然后水被倒出来。

"现在街上所有的人都这么说。"

水又冲入锅内。

"只要有一个人这么说，别的人都会这么说的。"

她在厨房里走动，她的腿碰倒了一把扫帚，然后他听到她点燃了煤油炉。

"城南有一口井昨天深夜沸腾了两个小时。"他继续说。

她从厨房里出来：

"又是传闻。"

"可是很多人都去看了，回来以后他们都证实了这个消息。"

"这仍然是传闻。"

他不再说话，把右手按在额上。她走向窗口，在这傍晚还未来临的时刻，天空已经沉沉一色，她看到窗外有一只鸡正张着翅膀在追逐什么。她拉上了窗帘。

他问："你昨晚睡着时听到鸡狗的吼叫了吗？"

"没有。"她摇摇头。

"我也没有听到。"他说，"但是街上所有的人都听到了，昨晚上鸡狗叫成一片。就是我们没有听到，所以我们应该相信他们。"

"也可能他们应该相信我们。"

他从椅子里站了起来：

"你为什么总是不相信别人呢？"

——是英雄创造历史？还是群众创造历史？政治老师问。

——群众创造历史。

——群众是什么？蔡天仪。

——群众就是全体劳动人民。

——坐下。英雄呢？王钟。

——英雄是指奴隶主、资本家、剥削阶级。

那个时候，有关她住在乡下的外婆的死讯正在路上行走，还未来到她的身边。

三

有关地震即将发生的消息传来已经很久了。钟其民坐在他的窗口。此刻他的右手正放在窗台上，一把长箫搁在胳膊上，由左手掌握着。他视野的近处有一块不大的空地，他的目光在空地上经过，来到了远处几棵榆树的树叶上。他试图躲过阻挡他目光的树叶，从而望到远处正在浮动的天空。他依稀看到远处的天空正在呈现一条惨白的光亮，光亮以蚯蚓的姿态弯曲着。然后中间被突然切断，而两端的光亮也就迅速缩短，最终熄灭。他看到远处的天空正十分平静地浮动着。

吴全从街上回来，他带来的消息有些惊人。

"地震马上就要发生了，街上的广播在说。"

吴全的妻子站在屋门前，她带着身孕的脸色异常苍白。她惊慌地看着丈夫向她走来。他走到她跟前，说了几句话。她便急促地转过迟疑的身体走入屋内。吴全转回身，向几个朝他走来的人说："地震马上就要发生了，邻县在昨天晚上就广播了，我们到今天才广播。"

他的妻子这时走了出来，将一沓钱悄悄塞入他手里，他轻声嘱咐一句：

"你快将值钱的东西收拾一下。"

然后他将钱塞入口袋，快步朝街上走去，走去时扯着嗓子：

"地震马上就要发生了。"

吴全的喊声在远处消失。钟其民松了一口气，心想他总算走了。现在，空地上仍有几个人在说话，他们的声音不大。

"一般地震都是在夜晚发生。"王洪生这样说。

"一般是在人们睡得最舒服的时候。"林刚补充了一句。

"地震似乎喜欢在人多的地方发生。"

"要是没人的话，地震就没什么意思了。"

"王洪生。"有一个尖细的声音在不远处怒气冲冲地叫着。

林刚用胳膊推了推王洪生："叫你呢。"

王洪生转过身去。

"还不快回来，你也该想想办法。"

王洪生十分无聊地走了过去。其他几个人稍稍站了一会，也四散而去。这时候李英出现在门口，她哭丧着脸说：

"我丈夫怎么还不回来？"

钟其民拿起长箫，放到唇边。他看着站在门口手足无措的李英，开始吹奏。似乎有一条宽阔的，但是薄薄的水在天空里飞翔。在田野里行走的是树木，它们的身体发出的哗哗的响声……江轮离开万县的时候黑夜沉沉，两岸的群山在月光里如波浪状起伏，山峰闪闪烁烁。江水在黑夜的宁静里流淌，从江面上飘来的风无家可归，萧萧而来，萧萧而去。

有关地震即将发生的消息传来已经很久了，他的窗口失去昔日的宁静也已经很久了。他们似乎都将床搬到了门口，他一直听到那些家具在屋内移动时的响声，它们像牲口一样被人到处驱赶。夜晚来临以后，他们的屋门依然开启，直到翌日清晨的光芒照亮它们，他们部分的睡姿可以隐约瞥见，清晨的宁静就这样被无声地瓦解。

在日出的海面上，一片宽阔的光芒在透明的海水里自由成长。能够听到碧蓝如晴空的海水在船舷旁流去时有一种歌唱般的声音。心情愉快的清晨发生在日出的海面。然而后来，一些帆船开始在远处的水域航行，船帆如一些破旧的羽毛插在海面上，它们摇摇晃晃显得寂寞难忍。那是流浪旅途上的凄苦和心酸。

李英的丈夫从街上回来了，他带来的消息比吴全刚才所说的更惊人。

"街上都在抢购毛竹和塑料雨布。"

钟其民将箫搁在右手胳膊上，望着李英的丈夫走向自己的家门，心想他倒是没有张牙舞爪。

他说："县委大院里已经搭起了很多简易棚，学校的操场也都搭起了简易棚，他们都不敢在房屋里住了，说是晚上就要发生地震。"

李英从屋内出来，冲着他说："你上哪儿去啦？"

街上都在抢购毛竹和塑料雨布。宁静了片刻的窗口再度骚动起来。

他住过的旅店几乎都是靠近街道的，陷入嘈杂之声总是无法突围。嘈杂之声缺乏他所希望的和谐与优美，它们都为了各自的目的胡乱响着。如果它们有一个共同的目标，钟其民想，那么音乐就会在各个角落诞生。

吴全再次从街上回来时满载而归。他从一辆板车上卸下毛竹和塑料雨布，然后扯着嗓子叫：

"快去吧，街上都在抢购毛竹和塑料雨布。"

眼下那块空地缺乏男人，男人在刚才的时候已经上街。吴全的呼吁没有得到应该出现的效果。但是有个女人的声音突然响起，像是王洪生妻子的声音：

"你刚才为什么不说？"

吴全装着没有听到。他的妻子已经出现在门口，她似乎不敢往声音传来的方向看。她走过去打算帮助丈夫。但他说："你别动。"于是她就站住了，低着头看丈夫用脚在地上测量。

"就在这里吧。"他说，"这样房屋塌下来时不会压着我们。"

她朝四周看了看，小声问："是不是太中间了。"

他说："只能这样。"

又是刚才那个女人的声音：

"你不能在中央搭棚。"

吴全仍然装着没有听到。他站到了一把椅子上，将一根毛竹往泥土里打进去。

"喂，你听到没有？"

吴全从椅子上下来，从地上捡起另一根毛竹。

"这人真不要脸。"是另一个女人的声音，"你也该为别人留点地方。"

"吴全。"仍然是女人的声音，"你也该为别人留点地方。"

全是一些女人的声音。钟其民心想，他眼前出现一些碎玻璃。全是女人的声音。他将箫放到唇边。音乐有时候可以征服一切。他曾经置身于一条不断弯曲的小巷里，在某个深夜的时刻。那宁静不同于空旷的草原和奇丽的群山之峰。那里的宁静处于珍藏之中，他必须小心翼翼地享受。他在往前走去时，小巷不断弯曲，仿佛行走在不断出现的重复里，和永无止境的简单之中。

已经不再是一些女人的声音了。王洪生和林刚他们的嗓音在空气里飞舞。他们那么快就回来了。

"你讲理，我们也讲；你不讲理，我们也不会和你讲理。"王洪生嗓音洪亮。

林刚准备去拆吴全已经搭成一半的简易棚。王洪生拉住他：

"现在别拆，待他搭完后再拆。"

李英在那里呼唤她的儿子："星星。"

"这孩子怎么一转眼就不见了。"

她再次呼唤："星星。"

音乐可以征服一切。他曾经看到过有关月球的摄影描述。在那一片茫茫的、粗糙的土地上，没有树木和河流，没有动物在上面行走。那里被一片寒冷的光普照，那种光芒虽然灰暗却十分犀利，在外表粗糙的乱石里宁静地游动，那是一个没有任何嗓音的世界，音乐应该去那里居住。

他看到一个异常清秀的孩子正坐在他脚旁，孩子不知是什么时候进来的，此刻正靠在墙上望着他。这个孩子和此刻仍在窗外继续的呼唤声"星星"有关。孩子十分安静地坐在地上，他右手的食指含在嘴里。他时常偷偷来到钟其民的脚旁。他用十分简单的目光望着钟其民。他的眼睛异常宁静。

他觉得现在应该吹一支孩子们喜欢的乐曲。

四

监测仪在昨天下午重新转动起来。故障的原因十分简单，一根插入泥土的线路断了。白树是在操场西边的一棵树下发现这一点的。

现在，那个昨天还是纸片飞舞的操场出现了另外一种景色。学校的老师几乎都在操场上，一些简易棚已经隐约出现。

在一本已经泛黄并且失去封面的书中，可以寻找到有关营地的描写。在阿尔卑斯山下的草坡上，盟军的营地以雪山作为背景，一些美丽的女护士正在帐篷之间走来走去。

物理老师已经完成了简易棚的支架，现在他正将塑料雨布盖上去。语文老师在一旁说：

"低了一些。"

物理老师回答："这样更安全。"

物理老师的简易棚接近道路，与一棵粗壮的树木倚靠在一起。树枝在简易棚上面扩张开去。物理老师说：

"它们可以抵挡一下飞来的砖瓦。"

白树就站在近旁。他十分迷茫地望着跟前这突然出现的景象——阿尔卑斯山峰上的积雪在蓝天下十分耀眼——书上好像就是这样写的。他无法弄明白这突如其来的事实。他一直这么站着，语文老师走开后他依然站着。物理老师正忙着盖塑料雨布，所以他没有走过去。他一直等到物理老师盖完塑料雨布，在简易棚四周走动着察看时，他才走过去。

他告诉物理老师监测仪没有坏，故障的原因是：

"线路断了。"他用手指着操场西边：

"就在那棵树下面断的。"

物理老师对他的出现有些吃惊，他说：

"你怎么还不回家？"

他站着没有动，然后说：

"监测仪没有出现异常情况。"

"你快回家吧。"物理老师说。他继续察看简易棚，接着又说：

"你以后不要再来了。"

他将右手伸入裤子口袋，那里有一把钥匙，可以打开最北端那座小屋的门。物理老师让他以后不要再来了。他想，他要把钥匙收回去。

可是物理老师并没有提钥匙的事，他只是说：

"你怎么还没走？"

白树离开阿尔卑斯山下的营地，向校门走去。后来，他看到了物理老师的妻子走来时的身影。那时候她正沿着围墙走来。她两手提满了东西，她的身体斜向右侧，风则将她的黑裙子吹向了左侧。

那时候他听到了街上的广播正在播送地震即将发生的消息。但是监测仪并没有出现任何地震的迹象。他看到物理老师的妻子正艰难地向他走来。他感到广播肯定是弄错了。物理老师的妻子已经越来越近。广播里播送的是县革委会主任的紧急讲话。可是监测仪始终很正常。物理老师的妻子已经走到了他的身旁，她看了他一眼，然后走入了学校。

在街上，他遇到了顾林、陈刚他们。他们眉飞色舞地告诉他：地震将在晚上十二点发生。

"我们不准备睡觉了。"

他摇摇头，说："不会发生。"

他告诉他们监测仪没有出现异常情况。

顾林他们哗哗大笑了。

"你向北京报告了吗？"

然后他们抛下他往前走去，走去时高声大叫：

"今晚十二点地震。"

他再次摇摇头，再次对他们说：

"不会发生的。"

但他们谁也没有听到他的话。

回到家中时，天色已黑。屋内空无一人，他知道母亲也已经搬入了屋外某个简易棚。他在黑暗中独自站了一会。物理老师的妻子艰难地向他走来，她的身体斜向右侧，风则将她的黑裙子吹向了左侧。然后他走下楼去。

他在屋后那块空地上找到了母亲。那里只有三个简易棚，母亲的在最右侧。那时候母亲正在铺床，而王立强则在收拾餐具。里面只有一张床。他知道自己将和母亲同睡这张床。他想起了学校最北端那座小屋，那里也有一张床。物理老师在安放床的时候对他说：

"情况紧急的时候还需要有人值班。"

母亲看到他进来时有些尴尬，王立强也停止了对餐具的收拾。母亲说:"你回来了。"

他点点头。

王立强说:"我走了。"

他走到门口时又说了一句:"需要什么时叫我一声就行了。"

母亲答应了一声,还说了句:"麻烦你了。"

他心想,事实上,你们之间的事我早就知道了。

父亲的葬礼十分凄凉。火化场的常德拉着一辆板车走在前面。父亲躺在板车之中,他的身体被一块白布覆盖。他和母亲跟在后面。母亲没有哭,她异常苍白的脸向那个阴沉的清晨仰起。他走在母亲身边,上学的同学站在路旁看着他们,所去的地方十分漫长。

第二章

一

趋向虚无的深蓝色应该是青藏高原的天空,它笼罩着没有植物生长的山丘。近处的山丘展示了褐色的条纹,如巨蛇爬满一般。汽车已经驰过了昆仑山口,开始进入唐古拉山地。那时候一片云彩飘向高原的烈日,云彩正将阳光一片片削去,最后来到烈日下,开始抵挡烈日。高原蓦然暗淡了下来,仿佛黄昏来临的景色迅速出现。他看到遥远处有野牛宁静地走动,它们行走在高原宁静的颜色之中。

箫声在梅雨的空中结束了最后的旋律。钟其民坐在窗口,他似乎看到刚才吹奏的曲子正在雨的间隙里穿梭远去,已经进入他视野之外的天空,只有清晨才具有的鲜红的阳光,正在那个天空里飘扬。田野在晴朗地铺展开来,树木首先接受了阳光的照耀。那里清晨所拥有的各种声响开始升起,与阳光汇成一片。声响在纯净的空中四处散发,没有丝毫噪声。

屋外的雨声已经持续很久了,有关地震即将发生的消息传来已经很久了。钟其民望着空地上的简易棚,风中急泻而去的雨水在那些塑料雨布上飞飞扬扬。他们就躲藏在这飞扬之下。此刻空地的水泥地上雨水横流。

出现的那个人是林刚,他来到空地还未被简易棚占据的一隅,他呼喊了一声:

"这里真舒服。"

然后林刚的身体转了过去。

"王洪生。喂，我们到这里来。"

"你在哪儿？"

是王洪生的声音，从雨里飘过来时仿佛被一层布包裹着。他可能正将头探出简易棚，雨水将在他脑袋上四溅飞舞。

有关地震即将发生的消息传来已经很久了，可是那天晚上来到的不是地震，而是梅雨。

王洪生他们此刻已和林刚站在了一起，他们的雨伞连成一片。他看到他们的脑袋往一处凑过去。他们点燃了香烟。

"这里确实舒服。"

"简易棚里太难受了。"

"那地方要把人憋死。"

王洪生说："最难受的是那股塑料气味。"

"这是什么烟，抽起来那么费劲。"

"你不问问这是什么天气。"

现在是梅雨飞扬的天气。钟其民望到远处的树木在雨中烟雾弥漫。现在望不到天空，天空被雨遮盖了。雨遮盖了那种应有的蓝色，遮盖了阳光四射的景色。雨就是这样，遮盖了天空。

"地震还会不会发生？"

有关地震即将发生的消息传来已经很久了。谁也没有见到过地震，所以谁也不知道什么是废墟。他曾经去过新疆吐鲁番附近的高昌故城。一座曾经繁华一时的城镇，经千年的烈日照射，风沙席卷，如今已是废墟一座。他知道什么是废墟。昔日的城墙、房屋依稀可见，但已被黄沙覆盖，闪烁着阳光那种黄色。落日西沉以后，故城在月光里凄凉耸立，回想着昔日的荣耀和灾难。然后音乐诞生了。因此他知道什么是废墟。

"钟其民。"是林刚或者就是王洪生在叫他。

"你真是宁死不屈。"是王洪生在说。

他听到他们的笑声，他们的笑声飘到窗口时被雨击得七零八落。

"砍头不过风吹帽。"是林刚。

他注意起他们的屋门，他们的屋门都敞开着。他们为何不走入屋内？

李英又在叫唤了：

"星星。"

她撑着一把雨伞出现在林刚他们近旁。

他不知道孩子是什么时候来到脚旁的。

"这孩子到处乱走。"

孩子听到了母亲的呼喊，他将食指放在嘴唇上示意钟其民别出声。

"星星。"

星星的头发全湿了。他俯下身去，抹去孩子脸上的雨水。他的手接触到了他的衣服，衣服也湿了，孩子的皮肤因为潮湿，已经开始泛白。

"大伟。"李英开始呼喊丈夫了。

大伟的答应声从简易棚里传出来。

"你出来。"李英哭丧着喊叫，随即又叫：

"星星。"

一片雨水飞扬的声音。

孩子的眼睛非常明亮，他知道他在期待着什么。

二

雨水在地上急流不止，塑料雨布在风中不停摇晃，雨打在上面，发出一片沉闷的声响。王洪生他们的说话声阵阵传来。

"你也出去站一会吧。"她说。

吴全坐在床上，他弯曲着身体，汗水在他脸上胡乱流淌。他摇摇头。

她伸过手去摸了一下他的衣服。

"你的衣服都湿了。"

他看到自己的手如同在水中浸泡多时后出现无数苍白的皱纹。

"你把衬衣脱下来。"她说。

他看着地上哗哗直流的雨水。她伸过手去替他解衬衣纽扣。他疲惫不堪地说：

"别脱了，我现在动一下都累。"

潮湿披散的头发遮住了她的半张脸。她的双手撑住床沿，事实上撑住的是她的身体。隆起的腹部使她微微后仰。脚挂在床下，脚上苍白的皮肤看上去似乎与里面的脂肪脱离。如同一张胡乱贴在墙上的纸，

即将被风吹落。

王洪生他们在外面的声音和雨声一起来到。钟其民的箫声已经持续很久了。风在外面的声音很清晰。风偶尔能够试探着吹进来一些，使简易棚内闷热难忍的塑料气味开始活动起来，出现几丝舒畅的间隙。

"你出去站一会吧。"她又说。

他看了她一眼，她的疲惫模样使他不忍心抛下她。他摇摇头。

"我不想和他们站在一起。"

王洪生他们在外面声音明亮。钟其民的箫声已经离去。现在是自由自在的风声。

"我也想去站一会。"她说。

他们一起从简易棚里钻出来，撑开雨伞以后站在了雨中，棚外的清新气息扑鼻而来。

"像是清晨起床打开窗户一样。"她说。

"星星。"

李英的叫声此刻听起来也格外清新。

星星出现在不远的雨中，孩子缩着脖子走来。他在经过钟其民窗口时向那里看了几眼，钟其民朝他挥了挥长箫。

"星星，你去哪儿了？"

李英的声音怒气冲冲。

他发现她的两条腿开始打颤了。他问：

"是不是太累了？"

她摇摇头。

"我们回去吧。"

她说："我不累。"

"走吧。"他说。

她转过身去，朝简易棚走了两步，然后发现他没有动。他愁眉不展地说：

"我实在不想回到简易棚里去。"

她笑了笑："那就再站一会吧。"

"我的意思是……"他说，"我们回屋去吧。"

"我想，"他继续说，"我们回屋去坐一会，就坐在门口，然后再去那里。"他朝简易棚疲倦地看了一眼。

第三章

一

监测仪一直没有出现异常情况。这天上午，雨开始趋向稀疏，天空不再是沉沉一色，虽然乌云依然翻滚，可那种令人欣慰的苍白颜色开始隐隐显露，梅雨已经持续了三天。他望着此刻稀疏飘扬的雨点，心里坚持着过去的想法：地震不会发生。

街道上的雨水在哗哗流动，他曾经这样告诉过顾林他们。工宣队长的简易棚在操场的中央。阿尔卑斯山峰的积雪在蓝天下闪闪烁烁。但他不能告诉工宣队长地震不会发生，他只能说："监测仪一直很正常。"

"监测仪？"

工宣队长坐在简易棚内痛苦不堪，他的手抹去光着的膀子上的虚汗。

"他娘的，我怎么没听说过监测仪。"

他一直站在棚外的雨中。

工宣队长望着白树，满腹狐疑地问：

"那玩意儿灵吗？"

白树告诉他唐山地震前三天他就监测到了。

工宣队长看了白树一阵，然后摇摇头：

"那么大的地震能提前知道吗？什么监测仪，那是闹着玩。"

物理老师的简易棚接近那条小道。他妻子的目光从雨水中飘来，使他走过时犹如越过一片阳光灿烂照射的树林。监测仪一直没有出现异常情况，他很想让物理老师知道这一点。但是插在裤袋里的手制止了他，那是一把钥匙制止了他。

现在飘扬在空气中的雨点越来越稀疏了，有几只麻雀在街道上空飞过，那喳喳的叫声暗示出某种灿烂的景象，阳光照射在湿漉漉的泥土上将会令人感动。街上有行人说话的声音。

"听说地震不会发生了。"

白树在他们的声音里走过去。

"邻县已经解除了地震警报。"

监测仪始终没有出现异常情况。白树知道自己此刻要去的地方，他感到一切都严重起来了。

那个身材矮小的中年人走在街上时，会使众人仰慕。他的眼睛里没有白树，但是他看到了陈刚：

"你爸爸好吗？"

后来陈刚告诉白树：那人就是县革委会主任。

县委大院空地里的情景，仿佛是学校操场的重复。很多大小不一的简易棚在那里呈现。依然是阿尔卑斯山下的营地。白树在大门口站了很久，他看到他们在雨停之后都站在了棚外，他们掀开了雨布。

"那气味太难受了。"

白树听到他们的声音里有一种晴天时才有的欢欣鼓舞。

"这日子总算到头了。"

"虚惊一场。"

有几个年轻人正费劲地将最大的简易棚的雨布掀翻在地。那个身材矮小的中年人站在一旁与几个人说话，和他说完话的人都迅速离去。后来他身旁只站着一个三十来岁的男子。那雨布被掀翻的一刻，有一片雨水明亮地倾泻下去。他们走入没有了屋顶的简易棚。

现在白树走过去了，走到他们近旁。县革委会主任此刻坐在一把椅子里，他的手抚摸着膝盖。那个三十来岁的男人和一张办公桌站在一起，桌上有一部黑色的电话。他问：

"是不是通知广播站？"

革委会主任摆摆手："再和……联系一下。"

白树依稀听到某个邻近的县名。

那人摇起电话：

嘎嘎嘎嘎。

"是长途台吗？接一下……"

"你是谁？"革委会主任发现了白树。

"监测仪一直很正常。"白树听到自己的声音哆嗦着飘向革委会主任。

"你说什么？"

"监测仪……地震监测仪很正常。"

"地震监测仪？哪来的地震监测仪？"

电话铃响了。那人拿起电话。

"喂，是……"

白树说："我们学校的地震监测仪。"

"你们学校？"

"县中学。"

那人说话声："你们解除警报了？"然后他搁下电话，对革委会主任说，"他们也解除警报了。"

革委会主任点点头："都解除警报了。"随后又问白树，"你说什么？"

"监测仪一直很正常。"

"你们学校？有地震监测仪？"

"是的。"白树点点头，"唐山地震我们就监测到了。"

"还有这样的事。"革委会主任脸上出现了笑容。

"监测仪一直很正常。地震不会发生。"白树终于说出了曾经向顾林他们说过的话。

"噢——"革委会主任点点头，"我明白你的意思了。地震不会发生？"

"不会。"白树说。

革委会主任站起来走向白树。他向他伸出右手，但是白树并不明白他的意思，所以他又抽回了手。他说：

"你做了一件了不起的事，我代表全县的人民感谢你。"然后他转身对那人说，"把他的名字记下来。"

后来，白树又走在了那条雨水哗哗流动的街道上。那时候有关地震不会发生的消息已在镇上弥漫开去了。街上开始出现一些提着灶具和铺盖的人，他们是最先离开简易棚往家中走去的人。

"白树。"

他看到王岭坐在影剧院的台阶上，王岭全身已经湿透，他满面笑容地看着白树。

"你知道吗，"王岭说，"地震不会发生了。"

他点点头。然后他听到广播里在说："有消息报道，邻县已经解除了地震警报。根据我县地震监测站监测员白树报告，近期不会发生地震……"

王岭叫了起来："白树，在说你呢。"

白树呆呆地站立着，女播音员的声音在空气里慢慢飘散，然后他

沿着台阶走到王岭身旁坐下。他感到眼前的景色里有几颗很大的水珠，他伸手擦去眼泪。

王岭摇动着他的手臂："白树，你的名字上广播了。"

王岭的激动使他感动不已，他说："王岭，你也到监测站来吧。"

"真的吗？"

物理老师的形象此刻突然来到，于是他为刚才脱口而出的话感到不安，不知道物理老师会不会同意王岭到监测站来。

物理老师的简易棚就在路旁，他经过时便要经过他妻子的目光。

他曾经看到她站在一棵树下的形象，阳光并未被树叶全部抵挡，但是来到她身上时斑斑驳驳。他看到树叶的阴影如何在她身上安详地移动。那些幸福的阴影。那时候她正笑着对体育老师说：

"我不行。"

体育老师站在沙坑旁，和沙坑一起邀请她。

现在，她也应该听到广播了。

二

弥漫已久的梅雨在这一日中午的时刻由稀疏转入终止。当钟其民坐在窗口眺望远处的天空时，天空向他呈现了乱云飞渡的情景。他曾经伸手接触过那些飞渡的乱云，在接近山峰时，如黑烟一般的乌云从山腰里席卷而上。那些飘浮在空中的庞然大物，其实如烟一样脆弱和不团结，它们的消散是命中注定的。

在空地上，李英又在呼喊着星星。星星逃离父母总是那么轻而易举。林刚在那里掀开了盖住简易棚的塑料雨布，他说：

"也该晒晒太阳了。"

"哪儿有太阳？"王洪生在简易棚里出来时信以为真。

"被云挡住了。"林刚说。

他说得没错。

"翻开雨布吧。"林刚向王洪生喊道，"把里面的气味赶出去。"

几乎所有简易棚的雨布被掀翻在地了，于是空地向钟其民展示了一堆破烂。吴全的妻子站在没有雨布遮盖的简易棚内，她隆起的腹部进入了钟其民的视野。李英在喊叫：

"星星。"

"别叫了。"王洪生说，"该让孩子玩一会。"

"可他还是个孩子。"李英总是哭丧着脸。

音乐已经逃之夭夭。他们的嘈杂之声是当年越过卢沟桥的日本鬼子。音乐迅速逃亡。钟其民从椅子里站起来，此刻户外的风正清新地吹着，他希望自己能够置身风中，四周是漫漫田野。

钟其民来到户外时，大伟从街上回来：

"地震不会发生了。"他带来的消息振奋人心，"他们都搬到屋里去了。"

"星星呢？"李英喊道。

"我怎么知道。"

"你就知道自己转悠。"

"你只会喊叫。"

接下去将是漫长的争吵。钟其民向街上走去。女人和男人的争吵，是这个世界里最愚蠢的声音。街道上的雨水依然在哗哗流动，他向前走去时，感受着水花在脚上纷纷开放与纷纷凋谢。

然后他看到了一些肩背铺盖手提灶具的行人，他们行走在乌云翻滚的天空下，他们的孩子跟在身后，他们似乎兴高采烈，可是兴高采烈只能略略掩盖一下他们的狼狈。他们正走向自己家中。王洪生他们此刻正将铺盖和灶具撤离简易棚，撤入他们的屋中。

地震不会发生了。

他感到有人扯住了他的衣角。星星站在他的身旁，孩子的裤管和袖管都高高卷起，这是孩子对自己最骄傲的打扮。

星星告诉钟其民：

"那里没有人。"

孩子手指过去的地方有几棵梧桐树，待那位老人走过之后，那里就确实没有人了。

孩子走过去，他的手依旧扯着钟其民的衣服。钟其民必须走过去。来到梧桐树下后，星星放开钟其民，向前几步推开了一幢房屋的门。

"里面没有人。"

屋内一片灰暗。钟其民知道了孩子要把他带向何处。他说：

"我刚从房屋里出来。"

孩子没有理睬他，径自走了进去，孩子都是暴君。钟其民也走了进去。那时孩子正沿着楼梯走上去，那是如胡同一样曲折漫长的楼梯。后来有一些光亮降落下来，接着楼梯结束了它的伸延。上楼以后向右

转弯，孩子始终在前，他始终在后。一只很小的手推开了一扇很大的门，仍然是这只很小的手将门关闭。他看到家具和床。窗帘垂挂在两端。现在孩子的头发在窗台处摇动，窗帘被拉动的声音——嘎——嘎嘎——孩子的身体被拉长了，他的脚因为踮起而颤抖不已。嘎嘎嘎——嘎——窗帘拉动时十分艰难。

嘎——两端的窗帘已经接近。孩子转过身来看着他，窗帘缝隙里流出的光亮在孩子的头发上飘浮。孩子顺墙滑下，坐在了地上。仔细听着什么，然后说：

"外面的声音很轻。"

孩子双手抱住膝盖，安静地注视着他。孩子的眼睛闪闪发亮，孩子期待着什么他已经知道。他将门旁的椅子搬过来，面对孩子而坐，先应该整理一下衣服，然后举起手来，完成几个吹奏的动作，最后是深深的歉意：

"箫没带来。"

孩子扶着墙爬了起来，他的身体沮丧不已，他的头发又在窗台前摇动了。他的脸转了过去，他的目光大概刚好贴着窗台望出去。他转回脸来，脸的四周很明亮：

"我以为你带来了呢。"

钟其民说："我们来猜个谜语吧。"

"猜什么？"孩子的沮丧开始远去。

"这房屋是谁的？"

这个谜语糟透了。

孩子的脸又转了过去，他此刻的目光和户外的天空、树叶、电线有关。随后他迅速转回，眼睛闪闪发亮。

孩子说："是陈伟的。"

"陈伟是谁？"

孩子的眼睛十分迷茫，他摇摇头。

"我也不知道。"

"很好。"钟其民说，"现在换一种玩法。你走过来，走到这柜子前……让我想想……拉开第三个抽屉吧。"

孩子的手拉开了抽屉。

"里面有什么？"

孩子几乎将整个上身投入抽屉里，然后拿出了几张纸和一把剪刀。

"好极了，拿过来。"

孩子拿了过去。

"我给你做轮船或者飞机。"

"我不要轮船和飞机。"

"那你要什么？"

"我要眼镜。"

"眼镜？"钟其民抬头看了孩子一眼，接着动手制作纸眼镜，"为什么要眼镜？"

"戴在这儿。"孩子指着自己的眼睛。

"戴在嘴上？"

"不，戴在这儿。"

"脖子上？"。

"不是，戴在这儿。"

"明白了。"钟其民的制作已经完成，他给孩子戴上，"是戴在眼睛上。"

纸遮住了孩子的眼睛。

"我什么也看不见。"

"怎么会呢？"钟其民说，"把眼镜摘下来，小心一点……你向右看，看到什么了？"

"柜子。"

"还有呢？"

"桌子。"

"再向左看，有什么？"

"床。"

"向前看呢？"

"是你。"

"如果我走开，有什么？"

"椅子。"

"好极了，现在重新戴上眼镜。"

孩子戴上了纸眼镜。

"向右看，有什么？"

"柜子和桌子。"

"向左呢？"

"一张床。"

"前面有什么?"

"你和椅子。"

钟其民问:"现在能够看见了吗?"

孩子回答:"看见了。"

孩子开始在屋内小心翼翼地走动。这里确实安静。光亮长长一条挂在窗户上。他曾经在森林里独自行走,头顶的树枝交叉在一起,树叶相互覆盖,天空显得支离破碎。孩子好像打开了屋门,他连门也看到了。阳光在上面跳跃,从一张树叶跳到另一张树叶上。孩子正在下楼,从这一台阶跳到另一台阶上。脚下有树叶轻微的断裂声,松软如新翻耕的泥土。

钟其民感到有人在身后摇晃他的椅子。星星原来没有下楼。他转过身去时,却没有看到星星。椅子依然在摇晃。他站起来走到窗口,窗帘抖个不停。他拉开了窗帘,于是看到外面街道上的行人呆若木鸡,他们可能是最后撤离简易棚的人,铺盖和灶具还在手上。他打开了窗户,户外一切都静止,那是来自高昌故城的宁静。

这时有人呼叫:

"地震了。"

有关地震的消息像雪花一样纷纷扬扬了多日,最终到的却是吐鲁番附近的宁静。

街上有人开始奔跑起来,那种惊慌失措的奔跑。刚才的宁静被瓦解,他听到了纷纷扬扬的声音,哭声在里面显得很锐利。钟其民离开窗口,向门走去。走过椅子时,他伸手摸了一会,椅子不再摇晃。窗外的声响喧腾起来了。地震就是这样,给予你昙花一现的宁静,然后一切重新嘈杂起来。地震不会把废墟随便送给你,它不愿意把长时间的宁静送给你。

钟其民来到街上时,街上行走着长长的人流,他们背着铺盖和灶具。刚才的撤离尚未结束,新的撤离已经开始。他们将撤回简易棚。街上人声拥挤,他们依然惊慌失措。

傍晚的时候,钟其民坐在自己的窗口。有人从街上回来,告诉大家:

"广播里说,刚才是小地震,随后将会发生大地震。大家要提高警惕。"

第四章

一

铺在床上的草席已经湿透了。草席刚开始潮湿的时候，尚有一股稻草的气息暖烘烘地蒸发出来，现在草席四周的边缘上布满了白色的霉点，她用手慢慢擦去它们，她感受到手擦去霉点时接触到的似乎是腐烂食物的黏稠。

雨水的不断流动，制止了棚内气温的上升。脚下的雨水分成两片流去，在两片雨水接触的边缘有一些不甚明显的水花，欢乐地向四处跳跃。雨水流去时呈现了无数晶莹的条纹，如丝丝亮光照射过去。雨水的流动里隐蔽着清新和凉爽，那种来自初秋某个黎明时刻，覆盖着土地的清新和凉爽。

她一直忍受着随时都将爆发的呕吐，她双手放入衣内，用手将腹部的皮肤和已经渗满水分的衣服隔离。吴全已经呕吐了好几次，他的身体俯下去时越过了所能承受的低度，他的双手紧按着腰的两侧，手抖动时惨不忍睹。张开的嘴显得很空洞，呕吐出来的只是声响和口水，没有食物。恍若一把锉刀在锉着他的嗓子，声响吐出来时使人毛骨悚然。呕吐在她体内翻滚不已，但她必须忍受。她一旦呕吐，那么吴全的呕吐必将更为凶猛。

她看到对面的塑料雨布上爬动着三只蚰蜒，三只蚰蜒正朝着不同的方向爬去。她似乎看到蚰蜒头上的丝丝绒毛，蚰蜒在爬动时一伸一缩，在雨布上布下三条晶亮的痕迹，那痕迹弯曲时形成了很多弧度。

"还不如去死。"

那是林刚在外面喊叫的声音，他走出了简易棚，脚踩进雨水里的声响稀里哗啦。接下去是关门声。他走入了屋内。

"林刚。"是王洪生从简易棚里出来。

"我想死。"林刚在屋内喊道。

她转过脸去看着丈夫，吴全此刻已经仰起了脸，他似乎在期待着以后的声响，然而他听到的是一片风雨之声和塑料雨布已经持续很久了的滴滴答答。于是吴全重又垂下了头。

"王洪生。"那个女人尖细的嗓音。

　　她看到丈夫赤裸的上身布满斑斑红点。红点一直往上，经过了脖子爬上了他的脸。夜晚的时刻重现以后，她听到了蚊虫成群飞来的嗡嗡声。蚊虫从倾泻的雨中飞来，飞入简易棚，她从来没有想到蚊虫飞舞时会有如此巨大的响声。

　　"你别出来。"是王洪生的声音。

　　"凭什么不让我出来。"那是他的妻子。

　　"我是为你好。"

　　"我再也受不了。"她开始哭泣，"你凭什么甩下我，一个人回屋去？"

　　"我是为你好。"他开始吼叫。

　　"你走开。"同样的吼叫。他可能拉住了她。

　　她听到了一种十分清脆的声响，她想是他打了她一记耳光。

　　"好啊，你——"哭喊声和厮打声同时呈现。

　　她转过脸去，看到丈夫又仰起了脸。

　　一声关门的巨响，随后那门发出了被踢打的碎响。

　　"我不想活了——"

　　很长的哭声，哭声在雨中呼啸而过。她好像跌坐在地了。门被猛击。

　　她仔细分辨那扇门的响声，她猜想她是用脑袋击门。

　　"我不——想——活——了。"

　　哭声突然短促起来："你——流——氓——"

　　妻子骂自己丈夫是流氓。

　　"王洪生，你快开门。"是别人的叫声。

　　哭声开始断断续续，雨声在中间飞扬。她听到一扇门被打开了，应该是王洪生出现在门口。

　　箫声在钟其民的窗口出现。箫声很长，如同晨风沿着河流吹过去。那傻子总是不停地吹箫。傻子的名称是王洪生他们给的。那一天林刚就站在他的窗下，王洪生在一旁窃笑。林刚朝楼上叫道：

　　"傻子。"

　　他居然探出头来。

　　"大伟。"李英的喊叫，"星星呢？"

　　大伟似乎出去很久了。他的回答疲惫不堪：

　　"没找到。"

李英伤心欲绝的哭声："这可怎么办呢？"

"有人在前天下午看见他。"大伟的声音低沉无力，"说星星眼睛上戴着纸片。"

箫声中断了。

箫声怎么会中断呢？三年来，箫声总是不断出现。就像这雨一样，总是缠绕着他们。在那些晴和的夜晚，吴全的呼噜声从敞开的窗户飘出去，钟其民的箫声却从那里飘进来。她躺在这两种声音之间，她能够很好地睡去。

"他戴着纸片在街上走。"大伟说。

"这可怎么办呢？"李英的哭声虚弱不堪。

她转过脸去，丈夫已经垂下了头。他此刻正在剥去手上因为潮湿皱起的皮肤。颜色泛白的皮肤一小片一小片被剥下来。已经剥去好几层了，一旦这么干起来他就没完没了。他的双手已经破烂不堪。她看着自己仿佛浸泡过久般浮肿的手，她没有剥去那层事实上已经死去的皮肤。如果这么干，那么她的手也将和丈夫一样。

一条蚰蜒在床架上爬动，丈夫的左腿就架在那里。蚰蜒开始弯曲起来，它中间最肥胖的部位居然弯曲自如。它的头已经靠在了丈夫腿上，丈夫的腿上有着斑斑红点。蚰蜒爬了上去，在丈夫腿上一伸一缩地爬动了。一条晶亮的痕迹从床架上伸展过去，来到了他的腿上，他的腿便和床连接起来了。

"蚰蜒。"她轻声叫道。

吴全木然地抬起头，看着她。

她又说："蚰蜒。"同时用手指向他的左腿。

他看到了蚰蜒，伸过去左手，企图捏住蚰蜒，然而没有成功，蚰蜒太滑。他改变了主意，手指贴着腿使劲一拨，蚰蜒卷成一团掉落下去，然后被雨水冲走。

他不再剥手上的皮肤，他对她说：

"我想回屋去。"

她看着他："我也想回去。"

"你不能。"他摇摇头。

"不。"她坚持自己的想法，"我要和你在一起。"

"不行。"他再次拒绝，"那里太危险。"

"所以我才要在你身边。"

"不行。"

"我要去。"她的语气很温和。

"你该为他想想。"他指了指她隆起的腹部。

她不再做声,看着他离开床,十分艰难地站起来,他的腿踩入雨水,然后弯着腰走了出去。他在棚外站了一会,雨水打在他仰起的脸上,他的眼睛眯了起来。接着她听到了一片哗哗的水声,他走去了。

钟其民的箫声此刻又在雨中飘来。他喜欢坐在他的窗口,他的箫声像风那么长,从那窗口吹来。吴全已经走入屋内,他千万别在床上躺下,他实在是太累了,他现在连说话都累。

"大伟,你再出去找找吧。"李英哭泣着哀求。

他最好是搬一把椅子坐在门口。他会这样的。

大伟踩着雨水走去了。

一扇门打开的声音,接着是林刚的说话声。

"屋里也受不了。"他的声音沮丧不已。

林刚踩着雨水走向简易棚。

吴全已经坐在了屋内,屋内也受不了,他在屋内坐着神经太紧张。他会感到屋角突然摇晃起来。

吴全出现在简易棚门口,他脸色苍白地看着她。

"又摇晃了。"

二

深夜的时候,钟其民的箫声在雨中漂泊。箫声像是航行在海中的一张帆,在黑暗的远处漂浮。雨一如既往地敲打着雨布,哗哗流水声从地上升起,风呼啸而过。蚊虫在棚内成群飞舞,在他赤裸的胸前起飞和降落。它们缺乏应有的秩序,降落和起飞时杂乱无章,不时撞在一起。于是他从一片嗡嗡巨响里听到了一种惊慌失措的声音。妻子已经睡去,她的呼吸如同湖面的微浪,摇摇晃晃着远去——这应该是过去时刻的情景,那些没有雨的夜晚,月光从窗口照射进来。现在巨大的蚊声已将妻子的呼吸声淹没。身下的草席蒸腾着丝丝湿气,湿气飘向他的脸,使他嗅到了温暖的腐烂气息。是米饭馊后长出丝丝绒毛的气息。不是水果的糜烂或者肉类的腐败。米饭馊后将出现蓝和黄相交的颜色。

他从床上坐起来,妻子没有任何动静。他感受到无数蚊虫急速脱离身体时的慌乱飞舞。一片乱七八糟的嗡嗡声。他将脚踩入流水，一股凉意油然而生，迅速抵达胸口。他哆嗦了一下。

何勇明的尸首被人从河水里捞上来时，已经泛白和浮肿。那是夏日炎热的中午。他们把他放在树荫下，蚊虫从草丛里结队飞来，顷刻占据了他的全身，他浮肿的躯体上出现无数斑点。有人走近尸首。无数蚊虫急速脱离尸首的慌乱飞舞。这也是刚才的情景。

我要回屋去。

他那么坐了一会，他想回屋去。他感到有一只蚊虫在他吸气时飞入嘴中。他想把蚊虫吐出去，可很艰难。他站了起来，身体碰上了雨布，雨布很凉。外面的雨水打在他赤裸的上身，很舒服，有些寒冷。他看到有一个人站在雨中抽烟，那人似乎撑着一把伞，烟火时亮时暗。钟其民的窗口没有灯光，有箫声鬼魂般飘出。雨水很猛烈。

我要回屋去。

他朝自己的房屋走去。房屋的门敞开着，那地方看上去比别处更黑。那地方可以走进去。地上的水发出哗哗的响声，水阻挡着他的脚，走出时很沉重。

我已经回家了。

他在门口站了一会，东南的屋角一片黑暗，他的眼睛感到一无所有。那里曾经扭动，曾经裂开过。现在一无所有。

我为什么站在门口？

他摸索着朝前走去，一把椅子挡住了他，他将椅子搬开，继续往前走。他摸到了楼梯的扶手，床安放在楼上的北端。他沿着楼梯往上走。好像有一桩什么事就要发生，外面纷纷扬扬已经很久了。那桩事似乎很重要，但是究竟是什么？怎么想不起来了？不久前还知道，还在嘴上说过。现在却怎么也想不起来。楼梯没有了，脚不用再抬得那么高，那样实在太费劲。床是在房屋的北端，这么走过去没有错。这就是床，摸上去很硬。现在坐上去吧，坐上去倒是有些松软，把鞋脱了，上床躺下。鞋怎么脱不下？原来鞋已经脱下了。现在好了，可以躺下了。地下怎么没有流水声？是不是没有听到？现在听到了，雨水在地上哗哗哗哗。风很猛烈，吹着雨布胡乱摇晃。雨水打在雨布上，滴滴答答，这声音已经持续很久了。蚊虫成群结队飞来，响声嗡嗡，在他的胸口降落和起飞。身下的草席正蒸发出丝丝湿气，湿气飘向他的脸，腐烂的气息很温暖。是米饭馊后长出丝丝绒毛的气息。不是水

果的糜烂或者肉类的腐败。米饭馊后将出现蓝与黄相交的颜色。我要回屋去。四肢已经没法动,眼睛也睁不开。我要回屋去。

三

清晨的时候,雨点稀疏了。钟其民在窗口坐下,倾听着来自自然的声响。风在空气里随意飘扬,它来自远处的田野,经过三个池塘弄皱了那里的水,又将沿途的树叶吹得摇曳不止。他曾在某个清晨听到过一群孩子在远处的争执,树叶在清晨的风中摇曳时具有那种孩子的清新音色。孩子们的声音可以和清晨联系在一起。风吹入了窗口。风是自然里最持久的声音。

这样的清晨并非常有。有关地震即将发生的消息很早就已来到,随后来到的是梅雨,再后来便是像此刻一样宁静的清晨。这样的清晨排斥了咳嗽和脚步,以及扫帚在水泥地上的划动。

王洪生说:“他太紧张了。”他咳嗽了两声,“否则从二层楼上跳下来不会出事。”

“他是头朝下跳的,又撞在石板上。”

他们总是站在一起,在窗下喋喋不休,他们永远也无法明白声音不能随便挥霍,所以音乐不会在他们的喋喋不休里诞生,音乐一遇上他们便要落荒而走。然而他们的喋喋不休要比那几个女人的叽叽喳喳来得温和。她们一旦来到窗下,那么便有一群麻雀和一群鸭子同时经过,而这经过总是持续不断。

大伟穿着那件深色的雨衣,向街上走去。星星在三天前那个下午,戴上纸眼镜出门以后再也没有回来,大伟驼着背走去,他经常这样回来。李英站在雨中望着丈夫走去,她没有撑伞,雨打在她的脸上。这个清晨她突然停止了哭泣。

他看到吴全的妻子从敞开的屋门走出来,她没有从简易棚里走出来。隆起的腹部使她两条腿摆动时十分粗俗。她从他窗下走了过去。

“她要干什么?”林刚问。

“可能去找人。”是王洪生回答。

他们还在下面站着。清晨的宁静总是不顺利。他曾在某个清晨躺在大宁河畔,四周的寂静使他清晰地听到了河水的流动,那来自自然的声音。

她回来时推着一辆板车，她一直将板车推到自己屋门口停下，然后走入屋内。隆起的腹部使她的举止显得十分艰难。她从屋内出来时更为艰难，她抱着一个人。她居然还能抱着一个人走路。有人上去帮助她。他们将那个人放在了板车上。她重新走入屋内，他们则站在板车旁。他看到躺在板车里那人的脸刚好对着他，透过清晨的细雨他看到了吴全的脸。那是一张丧失了表情的脸，脸上的五官像是孩子们玩积木时搭上去的。她重又从屋里出来，先将一块白布盖住吴全，然后再将一块雨布盖上去，有人打算去推车，她摇了摇手，自己推起了板车。板车经过窗下时，王洪生和林刚走上去，似乎是要帮助她。她仍然是摇摇手。雨点打在她微微仰起的脸上，使她的头发有些纷乱。他看清了她的脸，她的脸使他想起了一支《什么是伤心》的曲子。她推着车，往街的方向走去。她走去时的背影摇摇晃晃，两条腿摆动时很艰难，那是因为腹中的孩子，尚未出世的孩子和她一起在雨中。

不久之后那块空地上将出现一个新的孩子，那孩子摸着墙壁摇摇晃晃地走路，就像他母亲的现在。孩子很快就会长大，长到和现在的星星一样大。这个孩子也会喜欢箫声，也会经常偷偷坐到他的脚旁。

她走去时踩得雨水四溅，她身上的雨衣有着清晨的亮色，他看清了她走去时是艰难而不是粗俗。一个女人和一辆板车走在无边的雨中。

在富春江畔的某个小镇里，他看到了一支最隆重的送葬队伍。花圈和街道一样长，三十支唢呐仰天长啸，哭声如旗帜一样飘满了天空。

第五章

一

一片红色的果子在雨中闪闪发亮，参差其间的青草摇晃不止。这情景来自最北端小屋的窗上。

街道两端的雨水流动时，发出河水一样的声响。雨遮住了前面的景色，那片红果子就是这样脱离了操场北端的草地，在白树行走的路上闪闪发亮。在这阴雨弥漫的空中，红色的果子耀眼无比。

四天前的这条街道曾经像河水一样波动起来，那时候他和王岭坐在影剧院的台阶上。那个下午突然来到的地震，使这条街道上充满了惊慌失措的情景。当他迅速跑回最北端的小屋时，监测仪没有出现异

常情况。后来，梅雨重又猛烈起来以后，顾林他们来到了他的面前。

就在这里，那棵梧桐树快要死去了。他的脑袋就是撞在这棵树上的。

顾林他们挡住了他。

"你说。"顾林怒气冲冲，"你是在造谣。"

"我没有造谣。"

"你再说一遍地震不会发生。"

他没有说话。

"你说不说？"

他看到顾林的手掌重重地打在自己脸上，然后胸膛挨了一拳，是陈刚干的。

陈刚说："你只要说你是在造谣，我们就饶了你。"

"监测仪一直很正常，我没有造谣。"

他的脸上又挨了一记耳光。

顾林说："那么你说地震不会发生。"

"我不说。"

顾林用腿猛地扫了一下他的脚，他摇晃了一下，没有倒下。陈刚推开了顾林，说："我来教训他。"

陈刚用脚猛踢他的腿。他倒下去时雨水四溅，然后是脑袋撞在梧桐树上。

就在这个地方，四天前他从雨水里爬起来，顾林他们哗哗笑着走了。他很想告诉他们，监测仪肯定监测到那次地震，只是当初他没在那座最北端的小屋，所以事先无法知道地震。但是他没有说，顾林他们走远以后还转过身来朝他挥了挥拳头。当初他没在小屋里，所以他不能说。

一片树叶在街道的雨水里移动。最北端小屋的桌面布满水珠，很像是一张雨中的树叶。四天来他首次离开那间小屋。监测仪持续四天没有出现异常情况。现在他走向县委大院。

那个身材矮小的中年人和蔼可亲。他和顾林他们不一样，他会相信他所说的话。

他已经走入县委大院，在很多简易棚中央，是他的那个最大的简易棚。他走在街上时会使众人仰慕，但他对待他亲切和蔼。

他已经看到他了，他坐在床上疲惫不堪。四天前在他身边的人现在依然在他身边。那人正在挂电话。他在他们棚口站着。他看到了他，但是他没有注意，他的目光随即移到了电话上。

他犹豫了很久，然后说："监测仪一直很正常。"

电话挂通了。那人对着话筒说话。

他似乎认出他来了，他向他点点头。那人说完了话，把话筒搁下。他急切地问："怎么样？"

那人摇摇头："也没有解除警报。"

他低声骂了一句："他娘的，这日子怎么过。"随后他才问他，"你说什么？"

他说："四天来监测仪一直很正常。"

"监测仪？"他看了他很久，接着才说，"很好，很好。你一定要坚持监测下去，这个工作很重要。"

他感到眼前出现了几颗水珠。他说："顾林他们骂我是造谣。"

"怎么可以骂人呢。"他说，"你回去吧。我会告诉你们老师去批评骂你的同学。"

物理老师说过："监测仪可以预报地震。"

他重新走在了街上。他知道他会相信他的。然后他才发现自己没有告诉他一个重要情况，那就是监测仪肯定监测到了四天前的小地震，可是当初他没在场。

以后告诉他吧。他对自己说。

物理老师的妻子此刻正坐在简易棚内，透过急泻的雨水能够望到她的眼睛。她曾经在某个晴朗的下午和他说过话。那时候操场上已经空空荡荡，他独自一人往校门走去。

"这是你的书包吗？"她的声音在草地上如突然盛开的遍地鲜花。对书包的遗忘，来自她从远处走来时的身影。

"白树。"

雨水在空中飞舞。呼喊声来自雨水滴答不止的屋檐下，在陈旧的黑色大门前坐着陈刚。

"你看到顾林他们吗？"

陈刚坐在门槛上，蜷缩着身体。白树摇摇头。飘扬的雨水阻隔着他和陈刚。"地震还会不会发生？"白树举起手抹去脸上的雨水。他说：

"监测仪一直很正常。"他没有说地震不会发生。

陈刚也抹了一下脸，他告诉白树：

"我生病了。"

一阵风吹来，陈刚在风中哆嗦不止。

"是发烧。"

"你快点回去吧。"白树说。

陈刚摇摇头："我死也不回简易棚。"

白树继续往前走去。陈刚已经病了，可老师很快就要去批评他。四天前的事情不能怪他们。他不该将过去的事去告诉县革委会主任。

吴全的妻子推着一辆板车从雨中走来。车轮在街道滚来时水珠四溅，风将她的雨衣胡乱掀动。板车过来时风让他看到了吴全宁静无比的脸。生命闪耀的目光在父亲的眼睛里猝然死去，父亲脸上出现了安详的神色。吴全的妻子推着板车艰难前行。

多年前的那个傍晚霞光四射，吴全的妻子年轻漂亮。那时候没有人知道她会嫁给谁。在那座大桥上，她和吴全站在一起。有一艘木船正从水面上摇曳而来，两端的房屋都敞开着窗户，水面上漂浮着树叶和菜叶。那时候他从桥上走过，提着油瓶望着他们。还有很多人也像他这样望着他们。

那座木桥已经拆除，后来出现的是一座水泥桥。他现在望到那座桥了。

二

物理老师的妻子一直望着对面那堵旧墙，雨水在墙上飞舞倾泻，如光芒般四射。很久以前就已经开始的情景，此刻依然生机勃勃。旧墙正在接近青草的颜色，雨水在墙上唰唰奔流，*丝丝亮光使她重温了多年前的某个清晨*，她坐在餐桌旁望着窗外一片风中青草，青草倒向她目光所去的方向。

——太阳出来了。老师念起了课文。

——太阳出来了。同学跟着念。

——光芒万丈。

——光芒万丈。

日出的光芒生长在草尖上，*丝丝亮光倒向她目光所去的方向*。旧墙此刻雨中的情景，是在重复多年前那个清晨。

四天前鼓舞人心的撤离只是昙花一现。地震不会发生的消息从校外传来，体育老师最先离去，然后是她和丈夫。他们的撤离结束在那堵围墙下。那时候她已经望到那扇乳黄色家门了，然而她却开始往回走了。

住在另一扇乳黄色屋门里的母亲喜欢和猫说话：

——你要是再调皮，我就剪你的毛。

身边有一种哼哼声，丈夫的哼哼声由来已久，犹如雨布上的滴滴答答一样由来已久。

棚外的风雨之声什么时候才能终止，太阳什么时候才能从课本里出来。

——光芒万丈。

——照耀着大地。

撕裂声来自何处？

丈夫坐在厨房门口，正将一些旧布撕成一条一条。

——扎一个拖把。他说。

她转过脸去，看到丈夫正在撕着衬衣。长久潮湿之后衬衣正走向糜烂。他将撕下的衣片十分整齐地放在腿上。

她伸过手去，抓住他的手。

"别这样。"她说。

他转过脸来，露出幸灾乐祸的微笑。

他继续撕着衬衣。她感到自己的手掉落下去，她继续举起来，又掉落下去。

"别这样。"她又说。

他的笑容在脸上迅速扩张，他的眼睛望着她，他撕给她看。她看到他的身体颤抖不已。他已经虚弱不堪，不久之后他便停止了手上的工作，脸上的微笑也随即消失，然后双手撑住床沿，气喘吁吁。

她将目光移开，于是雨水飞舞的旧墙重又出现。

——北京在什么地方？她问。

只有一个学生举手。

——康伟。

康伟站起来，用手指着自己的心脏。

——北京在这里。

——还有谁来回答？

没有学生举手。

——现在来念一遍歌词：我爱北京天安门……

床摇晃了一下，她看到丈夫站了起来，头将塑料雨布顶了上去。然后他走出了简易棚，走入飞扬的雨中。他的身体挡住了那堵旧墙。他在那里站着。破烂的衬衣在风雨里摇摆，雨水飞舞的情景此刻在他背上呈现。他走开以后那堵旧墙复又出现。

那个清晨，丝丝亮光倒向她目光所去的方向。

父亲说：

——刘景的鸽子。

一只白色的鸽子飞向日出的地方，它的羽毛呈现了丝丝朝霞的光彩。

旧墙再度被挡住。一个孩子的身体出现在那里。孩子犹犹豫豫地望着她。

孩子说："我是来告诉物理老师，监测仪一直很正常。"

她说："进来吧。"

孩子走了进来，他的头碰上了雨布，但是没有顶起来。他的雨衣在流水。

"脱下雨衣。"她说。

孩子脱下了雨衣。他依然站着。

"坐下吧。"

他在离她最远的床沿上坐下，床又摇晃了一下。现在身边又有人坐着了。傍晚时刻的阳光从窗户里进来异常温暖。

她是否已经告诉他物理老师马上就会回来？

旧墙上的雨水飞飞扬扬。

曾经有过一种名叫丁香的小花，在她家的门槛下悄悄开放过。它的色泽并不明艳。

——这就是丁香。姐姐说。

于是她知道丁香并不美丽动人。

——没有它的名字美丽。

第六章

一

傍晚的时候，大伟从街上回来时依然独自一人。李英的声音在雨中凄凉地洋溢开去：

"没有找到？"

"我走遍全镇了。"大伟踩着雨水走向妻子。

然后什么声音也没有了。

钟其民说："我知道星星在什么地方。"

吴全的妻子躺在床上。钟其民坐在窗旁的椅子里，他一直看着她隆起的腹部，在灰暗的光线里，腹部的影子在墙上微微起伏，不久之后，就会有一个孩子出现在空地上，他扶着墙壁摇摇晃晃地走路，孩子很快就会长大，长到和星星一样大。

星星不会回来了。

钟其民又说："我知道他在什么地方。"

吴全的妻子从火化场回来以后，没再去简易棚，而是走入家中，然后钟其民也走入吴全家中。

箫声飞向屋外的雨中。箫声和某种情景有关，是这样的情景：阳光贴着水面飞翔，附近的草地上有彩色的蝴蝶。但是草地上没有行走的孩子，孩子还没有出生。

钟其民并不是跟着吴全的妻子来到这里，他是跟随她隆起的腹部走入她家中。

现在吴全的妻子已经坐起来了。她的眼睛在灰暗的屋中有着水一般的明亮。

运河即将进入杭州的时候，田野向四周伸延，手握镰刀、肩背草篮的男孩，可能有四个，向他走来。那时候箫声在河面上波动。

吴全的妻子依然坐在床上，窗外的雨声在风里十分整齐。似乎已经很久了，人为的嘈杂之声渐渐消去。寂静来到雨中，像那些水泥电线杆一样安详伫立。雨声以不变的节奏整日响着，简单也是一种宁静。

吴全的妻子站了起来，她的身体转过去时有些迟缓。她是否准备上楼？楼上肯定也有一张床。她没有上楼，而是走入一间小屋，那可

能是厨房。

"啊——"

一个女人的惊叫。犹如一只鸟突然在悬崖上俯冲下去。

"蛇——"

女人有关蛇的叫声拖得很长，追随着风远去。

"蛇，有蛇。"

叫声短促起来了。

似乎是逃出简易棚时的惊慌声响，脚踩得雨水胡乱四溅。

"简易棚里有蛇。"

没有人理睬她。

"有蛇。"

她的声音轻微下去，她现在是告诉自己。然后她记忆起哭声来了。

她的哭声盘旋在他们的头顶，哭声显得很单薄，瓦解不了雨中的寂静。

钟其民听到厨房里发出锅和什么东西碰撞的声音。她大概开始做饭了。她现在应该做两个人的饭，但吃的时候是她一个人。她腹中的孩子很快就会出世，然后迅速长大，不久后便会悄悄来到他脚旁，来到他的箫声里。

箫声一旦出现，立刻覆盖了那女人的哭泣。雨中的箫声总是和阳光有关。天空应该是蓝色的，北方的土地和阳光有着一样的颜色。他曾经在那里行走了一天，他的箫声在阳光的土地上飘扬了一日。有一个男孩是在几棵光秃秃的树木之间出现的，他皮肤的颜色摇晃在土地和阳光之间，或者两者都是。男孩跟在他身后行走，他的眼睛漆黑如海洋的心脏。

吴全的妻子此刻重新坐在了床上，她正望着他。她的目光闪闪发亮，似乎是星星的目光。那不是她的目光，那应该是她腹中孩子的目光。尚未出世的孩子已经听到了他的箫声，并且借他母亲的眼睛望着他。

有一样什么东西轰然倒塌。似乎有人挣扎的声音。喊声被包裹着。

终于挣扎出来的喊声是林刚的：

"王洪生，我的简易棚倒了。"

他的声音如惊弓之鸟。

"我还以为地震了。"

他继续喊：

"王洪生，你来帮我一把。"

王洪生没有回答。

"王洪生。"

王洪生疲惫不堪的声音从简易棚里出来：

"你到这里来吧。"

林刚站在雨中：

"那怎么行，那么小的地方，三个人怎么行。"

王洪生没再说话。

"我自己来吧。"林刚将雨布拖起来时，有一片雨水倾泻而下。没有人去帮助他。

吴全的妻子此刻站起来，重新走入厨房。他听到锅被端起来的声响。他对自己说：

该回去了。

二

她感受着汗珠在皮肤上到处爬动，那些色泽晶莹的汗珠。有着宽阔的叶子的树木叫什么名字？在所有晴朗的清晨，所有的树叶都将布满晶莹的露珠。日出的光芒射入露珠，呈出一道道裂缝。此刻身上的汗珠有着同样的晶莹，却没有裂缝。

滴答之声永无休止地重复着，身边的哼哼已经消失很久了，丈夫是否一去不返？后来来到的是那个名叫白树的少年，床上又坐着两个人了。少年马上又会来到，只要是在想起他的时候，他就会来到。那孩子总是那样安安静静地坐在那里，没有哼哼声，也不扯衬衣，但是床上又坐着两个人了。

旧墙上的雨水以过去的姿态四溅着。此刻有一阵风吹来，使简易棚上的树叶发出摇晃的响声，开始瓦解那些令人窒息的滴答声。风吹入简易棚，让她体会到某种属于清晨户外的凉爽气息。

——现在开始念课文。

语文老师说：

——陈玲，你来念这一页的第四节。

她站了起来：

——风停了，雨住了……

雨水四溅的旧墙被一具身体挡住，身体移了进来，那是丈夫的身体。丈夫的身体压在了床上。白树马上就会来到，可是床上已经有两个人了。她感到丈夫的目光闪闪发亮。他的手伸入了她的衣内，迅速抵达胸前，另一只手也伸了进来，仿佛是在脊背上。

有一个很像白树的男孩与她坐在同一张课桌旁。

——风停了，雨住了……

丈夫的手指上安装着熟悉的言语，几年来不断重复的言语，此刻反复呼唤着她的皮肤。

可能有过这样一个下午，少年从阳光里走来，他的黑发在风中微微飞扬。他肯定是从阳光里走来，所以她才觉得如此温暖。

身旁的身体直立起来，她的躯体控制在一双手中，手使她站立，然后是移动，向那雨水飞舞的旧墙。是雨水打在脸上，还有风那么凉爽。清晨打开窗户，看到青草如何迎风起舞。

那双手始终控制着她，是一种熟悉的声音在控制着她，她的身体和另一个身体在雨中移动。

雨突然从脸上消失，风似乎更猛烈了。仿佛是来到走廊上，左边是教室，右边也是教室。现在开始上楼，那具身体在前面引导着她。

手中的讲义夹掉落在楼梯上，一沓歌谱如同雪花纷纷扬扬。

——是好学生的帮我捡起来。

学生在不远的地方也像雪花一样纷纷扬扬。

现在楼梯走完了。她的身体和另一具身体来到一间屋子里。黑板前应该有一架风琴，阳光从窗外的树叶间隙里进来，在琴键上流淌。没有她的手指风琴不会歌唱。

好像是课桌移动的声响，像是孩子们在操场上的喊声一样，嘈嘈杂杂。值日的学生开始扫地了，他们的扫帚喜欢碰撞在一起，灰尘飞飞扬扬，像那些雪花和那些歌谱。

还是那双熟悉的手，使她的身体移过去。然后是脚脱离了地板。她的身体躺了下来，那双手开始对她的衣服说话了。那具身体上来了，躺在她的身体上。一具身体正用套话呼唤着另一具身体。

曾经有一只麻雀从窗外飞进来，飞入风琴的歌唱里。孩子们的目光追随着麻雀飞翔。

——把它赶出去。

学生们蜂拥而上，他们不像是要赶走它。

有一样什么东西进入了她的体内。应该能够记忆起来。是一句熟悉的言语，一句不厌其烦反复使用的言语进入了体内。上面的身体为何动荡不安？

她开始明白了，学生们是想抓住麻雀。

——别赶它了。

麻雀后来是自己飞出教室的。

三

这天下午，大伟从街上回来时，李英的哭声沉默已久后再度升起。

大伟回来时带来了一个孩子，他的喊声还在胡同里时就飞翔了过来。

"李英，李英——星星来了！"

在一片哭声里，脚踩入雨水中的声响从两端接近。

"星星！"

是李英抱住孩子时的嗷叫。

孩子被抱住时有一种惊慌失措的挣扎声：

"嗯——啊——哇——"什么的。

"我是在垃圾堆旁找到他的。"

大伟的声音十分嘹亮。

"台风就要来了。"

依然是嘹亮的嗓音。

在风雨里扬起的只有他们的声响。没有人从简易棚里出来，去入侵他们的喜悦。

"台风就要来了。"

大伟为何如此兴高采烈，是星星回来了，还是台风就要来了？

星星回来了。

吴全的妻子坐在床上看着钟其民，那时候钟其民举起了箫。

戴着纸眼镜的星星能够看到一切，他走了很多路回到了家中。箫声飞翔而起。

暮色临近，田野总是无边无际，落日的光芒温暖无比。路在田野里的延伸，犹如鱼在水里游动时一样曲折。路会自己回到它出发的地方，只要一直往前走，也就是往回走。

李英的哭声开始轻微下去，她模糊不清地向孩子叙说着什么。大

伟又喊叫了一声：

"台风就要来了。"

他们依然站在雨中。

"台风就要来了。"

没有人因为台风而走出简易棚，和他们一样站到雨中。他们开始往简易棚走去。

钟其民一直等到脚在雨水里的声响消失以后，才重又举起箫。

应该是一片刚刚脱离树木的树叶，有着没有尘土的绿色，它在接近泥土的时候风改变了它的命运。于是它在一片水上漂浮了，闪耀着斑斑阳光的水爬上了它的身体。它沉没到了水底，可是依然躺在泥土之上。

大伟他们的声音此刻被风雨替代了。星星应该听到了他的箫声，星星应该偷偷来到他的脚旁。可是星星一直没有来到。

他开始想起来了，想起来自己置身何处。星星不会来到这里，这里的窗口不是他的窗口。于是他站起来，走到屋外，透过一片雨点，他望到了自己的窗口。星星此刻或许已经坐在那里了。他朝那里走去。

四

很久以后，她开始感觉到身体在苏醒过程里的沉重，雨水飞扬的声音从敞开的窗户流传进来。她转过脸去，看着窗外的风雨在树上抖动。然后她才发现自己赤裸着下身躺在教室里。这情景使她吃了一惊。她迅速坐起来，穿上衣服，接着在椅子里坐下。

她开始努力回想在此之前的情景，似乎是很久以前了，她依稀听到某种扯衬衣的声音，丈夫的形象摇摇晃晃地出现，然后又摇摇晃晃地离去。此后来到的是白树，他坐在她身旁十分安静。

她坐在简易棚中，独自一人。那具挡住旧墙的身体是谁的？那具身体向她伸出了手，于是她躺到了这里。

她站起来，向门口走去。走到楼梯口时，那具引导她上楼的身体再度摇摇晃晃地出现。但是她无法想起来那是谁。

她走下楼梯，看到了自己的简易棚在走廊之外的雨中，然后是看到丈夫坐在棚内。她走了过去。

当在丈夫身旁坐下时，她立刻重又看到自己在教室里赤裸着下身。她感到惊恐不已。她伸过手去抓住丈夫的手。

丈夫垂着头没有丝毫反应。

"我刚才……"

她听到自己的声音异常陌生。

"请原谅我。"她低声说。

丈夫依然垂着头。

她继续说："我刚才……"她想了好一阵，接着摇摇头，"我不知道。"

丈夫将被她抓着的手抽了出来，他说：

"太沉了。"

他的声音疲惫不堪。

她的手滑到了床沿上，她不再说话，开始望着那堵雨水飞舞的旧墙。

仿佛过去了很久，她微微听到校门口的喇叭里传来台风即将到来的消息。

台风要来了。她告诉自己。

屋顶上的瓦片掉落在地后破碎不堪，树木躺在了地上，根须夹着泥土全部显露出来。

丈夫这时候站了起来。他拖着腿走出了简易棚，消失在雨中。台风过去之后阳光明媚。可是屋前的榆树已被吹倒在地，她问父亲：

——是台风吹的吗？

父亲正准备出门。

她发现树旁的青草安然无恙，在阳光里迎风摇动。

——青草为什么没有被吹倒？

五

赛里木湖在春天时依然积雪环绕，有一种白颜色的鸟在湖面上飞动，它的翅膀像雪一样耀眼。

钟其民坐在自己的窗口，星星一直没有来到。他吹完了星星曾经听过的最后一支曲子。

他告诉自己：那孩子不是星星。

然后他站起来，走下楼梯后来到了雨中。此刻雨点稀疏下来了。他向吴全家走去。

吴全的妻子没有坐在床上，他站在她家的门口，接着他看到她已

经搬入简易棚了。她坐在简易棚内望着他的目光，使他也走了进去。他在她身旁坐下。

那时候大伟简易棚内传出了孩子的哭闹声。孩子的叫声断断续续：

"我要回家。"

"不是星星。"

他对她说。

六

现在床上又坐着两个人了。

白树从口袋里摸出红色的果子，递向物理老师的妻子。

"这是什么？"

她的声音从来没有这么近地来到他耳中，她的声音还带来了她的气息，那是一种潮湿已久有些发酸的气息。但这是她的气息，这气息来自她衣服内的身体。

她的手碰了一下他的手，一个野果被她放入嘴中。她的嘴唇十分细微地嚅动起来。一种紫红色的果汁从她嘴角悄悄溢出。然后她看了看他手掌里的果子，他的手掌依然为她摊开。于是她的两只手都伸了过去，抱住了他的手，他的手被掀翻，果子纷纷落入她的手掌。

他侧脸看着她，她长长的颈部洁白如玉，微微有些倾斜，有汗珠在上面爬动。脖颈处有一颗黑痣，黑痣生长在那里十分安静，它没有理由不安静。有几缕黑发飘洒下来，垂挂在洁白的皮肤上。她的脖子突然奇妙地扭动了一下，那是她的脸转过来了。

现在床上又坐着两个人了。这样的情景似乎已经持续很久了。丈夫在很久以前就已经离开她了。后来有一具身体挡住了那堵旧墙，白树来到了她身旁。她开始想起来，想起那具引导她进入教室的身体。

是否就是白树的身体？

此刻眼前的旧墙再度被挡住，似乎有两具身体叠在那里。她听到了询问的声音：

"要馒头吗？"

她看清了是一个男人，他身后是一个提着篮子的女人。

"刚出笼的馒头。"

说话的男人是王立强，白树认出来了。母亲跟在王立强的身后。母亲已经看到自己了，她拉了拉王立强，他们离去时很迅速。

那堵雨水飞舞的旧墙重又出现。多年前那座城市里也这样雨水飞舞。她撑着伞在那里等候公共电车。有两个少年站在她近旁的雨水中，他们的头发如同滴水的屋檐。后来有一个少年钻到了她的伞下。

——行吗？

——当然可以。

另一个少年异常清秀，可他依然站在雨中。他不时偷偷回头朝她张望。

——是你的同学吗？

——是的。

——你也过来吧。

她向他喊道。他转过身来摇摇头，他的脸出现害羞的红色。

——他不好意思。

那个清秀的少年一直站在雨中。

也是这样一个初夏的时刻，那个初夏有着明媚的阳光，那个初夏没有乌云胡乱翻滚。那时候他正坐在校门附近的水泥架上，他的两条腿在水泥板下随意摇晃。学校的年轻老师几乎都站在了校门口。他知道这情景意味着什么。物理老师的城市妻子在这个下午将要来到。有关她的美丽在顾林、陈刚他们那里已经流传很久。他的腿在装模作样地摇晃，他看到那些年轻老师在烈日下擦汗，他的腿一直在摇晃。身旁有一棵梧桐树，梧桐树宽大的树叶在他上面摇晃。

那些年轻的老师后来在校门口列成两排，他看到他们嘻嘻笑着都开始鼓掌。物理老师带着他的妻子走来。物理老师走来时满脸通红，但他骄傲无比。他的妻子低着头哧哧笑着。她穿着黑裙向他走来，黑色的裙子在阳光下艳丽无比。

一九九二年一月

飞翔和变形

今天演讲的主题是文学作品中的想象，"想象"是一个十分迷人的词汇。还有什么词汇比"想象"更加迷人？我很难找到。这个词汇表达了无拘无束、天马行空和绚丽多彩等等。

今天有关想象的话题将从天空开始，人类对于天空的想象由来已久，而且生生不息。我想也许是天空无边无际的广阔和深远，让我们忍不住想入非非；湛蓝的晴天，灰暗的阴天、霞光照耀的天空，满天星辰的天空，云彩飘浮的天空，雨雪纷飞的天空……天空的变幻莫测也让我们的想入非非开始变幻莫测。

差不多每一个民族都虚构了一个天上的世界，这个天上的世界与自己所处的人间生活遥相呼应，或者说是人们在自身的生活经验里，想象出来的一个天上世界。西方的神祇们和东方的神仙们虽然上天入地呼风唤雨，好像无所不能，因为他们诞生于人间的想象，所以他们充分表达了人间的欲望和情感，比如喜好美食，讲究穿戴等等，他们不愁吃不愁穿，个个都像大款，同时名利双收，个个都是名人。人间有公道，天上就有正义；人间有爱情，天上就有情爱；人间有尔虞我诈，天上不乏争权夺利；人间有偷情通奸，天上不乏好色之徒……

我要说的就是神话传说，这些故事中的神祇神仙经常要从天上下来，来到人间干些什么，或主持公道，或谈情说爱等等，然后故事开始引人入胜了。我今天要说的是这些神仙是怎么从天上下来的，又怎么回到天上去？这可能是阅读神话传说时经常让人疏忽的环节，其实这是非常重要的环节，可以衡量故事讲述者是否具有了叙述的美德？或者说故事的讲述者是否真正理解了想象的含义？

什么是想象的含义？很多年前我开始为汪晖主编的《读书》杂志写作文学随笔时，曾经涉及这个问题，当时只是浮光掠影，今天可以充分地讨论。当我们考察想象在文学作品中的作用时，必须面对另外一种能力，就是洞察的能力。我的意思是说，只有当想象力和洞察力完美结合时，文学中的想象才真正出现，否则就是瞎想、空想和胡思乱想。

现在我们讨论第一个话题——飞翔，也就是文学作品中的人物如何飞翔？有一次加西亚·马尔克斯在和朋友谈到《百年孤独》写作时遇到的一个难题，就是俏姑娘雷梅苔丝如何飞到天上去。对于很多作家来说，这可能并不是一个难题，这些作家只要让人物双臂一伸就可以飞翔了，因为一个人飞到天上去本来就是虚幻的，或者说是瞎编的，既然是虚幻和瞎编的，只要随便地写一下这个人飞起来就行了。可是加西亚·马尔克斯是伟大的作家，对于伟大的作家来说，雷梅苔丝飞到天上去既不是虚幻也不是瞎编，而是文学中的想象，是值得信任的叙述，因此每一个想象都需要寻找到一个现实的依据。马尔克斯需要让他的想象与现实签订一份协议，马尔克斯一连几天都不知道如何让雷梅苔丝飞到天上去，他找不到协议。由于雷梅苔丝上不了天空，马尔克斯几天写不出一个字，然后在某一天的下午，他离开自己的打字机，来到后院，当时家里的女佣正在后院里晾床单，风很大，床单斜着向上飘起，女佣一边晾着床单一边喊叫着说床单快飞到天上去了。马尔克斯立刻获得了灵感，他找到了雷梅苔丝飞翔时的现实依据，他回到书房，回到打字机前，雷梅苔丝坐着床单飞上了天。马尔克斯对他的朋友说，雷梅苔丝飞呀飞呀，连上帝都拦不住她了。

我想，马尔克斯可能知道《一千零一夜》里神奇的阿拉伯飞毯，那张由思想来驾驶的神奇飞毯，应该是一个家喻户晓的故事。当然这不重要，重要的是无论是山鲁佐德的讲述，还是马尔克斯的叙述，当人物在天上飞翔的时候，他们都寻找到了现实的依据。可以说《一千零一夜》里的阿拉伯飞毯与《百年孤独》的床单是异曲同工，而且各有归属。神奇的飞毯更像是神话中的表达，而雷梅苔丝坐在床单上飞翔，则是充满了生活的气息。

在希腊的神话和传说里，为了让神祇们的飞翔合情合理，作者借用了鸟的形象，让神祇的背上生长出一对翅膀。神祇一旦拥有了翅膀，也就拥有了飞翔的理由，作者也可以省略掉那些飞翔时的描写，因为读者在鸟的飞翔那里已经提前获得了神祇飞翔时的姿势。那个天上的独裁者宙斯，有一个热衷为父亲拉皮条的儿子赫耳默斯，赫耳默斯的背上有着一对勤奋的翅膀，他上天下地，为自己的父亲寻找漂亮姑娘。

在我有限的阅读里，有关神仙们如何从天上下来，又如何回到天上去的描写，我觉得中国晋代干宝所著的《搜神记》里的描写，堪称第一。干宝笔下的神仙是在下雨的时候，从天上下来；刮风的时候，又从地上回到了天上。利用下雨和刮风这样两个自然界的景象来表达神仙的上天下地，既有了现实生活的依据，也有了神仙出入时有别于世上常人的潇洒和气势。就像希腊神话和传说中，当宙斯对人间充满愤怒时，"他正想用闪电鞭挞整个大地"，将闪电比喻成鞭子，十分符合宙斯的身份，如果是用普通的鞭子，就不是宙斯了，充其量是一个生气的马车夫。《搜神记》里的这个例子，可以说是想象力和洞察力的完美结合。

第二个话题是文学如何叙述变形，也就是人可以变成动物、变成树木、变成房屋等等。我们在中国的笔记小说和章回小说里可以随时读到这样的描写，当神仙对凡人说完话，经常是"化作一阵清风"离去，这样的描写可以让凡人立刻醒悟过来，原来刚才说话的是神仙，而且从此言听计从。这个例子显示了在中国的文学传统里，总是习惯将风和神仙的行动结合起来。上面《搜神记》里的例子是让神仙借着风上天，这个例子干脆让神仙变形成了风。我想自然界里风的自由自在的特性，直接产生了文学叙述里神仙行动的随心所欲和不可捉摸。另一方面，比如树叶，比如纸张等等，被风吹到了天空上，也是我们生活中熟悉的景象。就像《红楼梦》里薛宝钗所云："好风凭借力，送我上青云。"正是这些为我们所熟悉的自然景象，让神仙无论是借风上天，还是变成风消失，都获得了文学意义上的法性。

在《西游记》里，孙悟空和二郎神大战时不断变换自己的形象，而且都有一个动作——摇身一变，身体摇晃一下，就变成了动物。这个动作十分重要，既表达了变的过程，也表达了变的合理。如果变形时没有身体摇晃的动作，直接就变过去了，这样的变形就会显得唐突和缺乏可信。可以这么说，这个摇身一变，是想象力展开的时候，同时出现的洞察力为我们提供了现实的依据。

我们读到孙悟空变成麻雀钉在树梢，二郎神立刻变成饿鹰，抖开翅膀，飞过去扑打；孙悟空一看大势不妙，变成一只大鹚冲天而去，二郎神马上变成海鹤追上云霄；孙悟空俯冲下来，淬入水中变成一条小鱼，二郎神接踵而至变成鱼鹰飘荡在水波上；孙悟空只好变成一条水蛇游近岸钻入草中，二郎神追过去变成了一只朱绣顶的灰鹤，伸着长嘴来吃水蛇；孙悟空急忙变成一只花鸨，露出一副痴呆样子，立在长着蓼草的小洲上。这时候草根和贵族的区别出来了，身为贵族阶层的二郎神看见草根阶层的孙悟空变得如此低贱，因为花鸨是鸟中最贱最淫之物，不愿再跟着变换形象，于是现出自己的原身，取出弹弓，拽满了，一个弹子将孙悟空打了一个滚。

这一笔看似随意，却十分重要，显示出了叙述者在其想象力飞翔的时候，仍然对现实生活明察秋毫。对于出身草根的孙悟空来说，变成什么不重要，重要的是达到自己的目的；贵族出身的二郎神就不一样，在变成飞禽走兽的时候，必须变成符合自己贵族身份的动物。不像孙悟空那样，可以变成花鸨，甚至可以变成一堆牛粪。

在这个章节的叙述里，无论孙悟空和二郎神各自变成了什么，吴承恩都是故意让他们露出破绽，从而让对方一眼识破。孙悟空被二郎神一个弹子打得滚下了山崖，伏在地上变成了一座土地庙，张开的嘴巴像是庙门，牙齿变成门扇，舌头变成菩萨，眼睛变成窗棂，可是尾巴不好处理，只好匆匆变成一根旗杆，竖在后面。没有庙宇后面竖立旗杆的，这又是一个破绽。

孙悟空和二郎神变成动物后出现的破绽，一方面可以让故事顺利发展，正是变形后不断出现的破绽，才能让二者之间的激战不断持续；另一方面也揭示了文学叙述里的一个准则，或者说是文学想象的一个准则，那就是洞察力的重要性。通过文学想象叙述出来的变形，总是让变形的和原本的之间存在着差异，这差异就是想象力留给洞察力的空间。这个由想象留出来的空间通常十分微小，而且瞬间即逝，只有敏锐的洞察力可以去捕捉。

阅读的经历告诉我们，无论是神话和传说的叙述，还是超现实和荒诞的叙述，义学的想象在叙述变形时留出来的差异，经常是故事的重要线索，在这个差异里诞生出下一个引人入胜的情节，而且这下一个情节仍然会留出差异的空间，继续去诞生新的隐藏着差异的情节，直到故事结尾的来临。

在希腊的神话和传说里，伊俄的故事是一个很好的例子。美丽的伊俄有一天在草地上为她父亲牧羊的时候，被好色之徒宙斯看上了，宙斯变形成一个男人，用甜美的言语挑逗引诱她，伊俄恐怖地逃跑，跑得像飞一样的快，也跑不出宙斯的控制。这时宙斯之妻，诸神之母赫拉出现了，经常被丈夫背叛的赫拉，始终以顽强的疑心监视着宙斯。

宙斯预先知道赫拉赶来了，为了从赫拉的嫉恨中救出伊俄，宙斯将美丽的少女变形成了一头雪白的小母牛，打算蒙混过关。赫拉一眼识破了丈夫的诡计，夸奖起小母牛的美丽，提出要求，希望宙斯将这头雪白美丽的小母牛作为礼物送给她。这时的原文是这样写的——"欺骗遇到了欺骗"，宙斯尽管不愿失去光艳照人的伊俄，可是害怕赫拉的嫉恨会像火焰一样爆发，从而毁灭他的小情人，宙斯只好暂时将小母牛送给了他的妻子。

伊俄的悲剧开始了，赫拉把这个情敌交给了百眼怪物阿耳戈斯看管。阿耳戈斯睡眠的时候，只闭上两只眼睛，其他的眼睛都睁开着，在他的额前脑后像星星一样发着光。赫拉命令阿耳戈斯将伊俄带到天边，离开宙斯越远越好。伊俄跟着阿耳戈斯浪迹天涯，白天吃着苦草和树叶，饮着污水；晚上脖颈锁上沉重的锁链，躺在坚硬的地上。

"小母牛的心怀着人类的悲哀，在兽皮下跳跃着。"叙述的差异出现了，变形的小母牛和原本的小母牛之间的差异，就是在伊俄变形为小母牛后随时显示出人的特征。可怜的伊俄常常忘记自己不再是人类，她要举手祷告时，才想起来自己没有手。她想以甜美感人的话向百眼怪物祈求时，发出的却是牛犊的鸣叫。关于伊俄命运的叙述不断地出现这样的差异，如同阶梯一样级级向上，叙述时接连出现的差异将伊俄的命运推向了悲剧的高潮。

变形为小母牛的伊俄在百眼怪物阿耳戈斯的监管下游牧各地，多年后她来到了自己的故乡，来到她幼时常常嬉游的河岸。故事的讲述者这时候才让她第一次看到自己变形以后的模样，"当那有角的兽头在河水的明镜中注视着她，她在战栗的恐怖中逃避开自己的形象"。母牛的形象和人的感受之间的差异产生了悲剧，而且是在象征她昔日美好生活的河岸上产生的。

叙述的差异继续向前，伊俄充满渴望地走向了她的姐妹和父亲，可是她的亲人都不认识她，感人至深的情景来到了。父亲伊那科斯喜爱这头雪白的小母牛，抚摸拍打着她光艳照人的身躯，从树上摘下树叶给她吃。"但当这小母牛感恩地舔着他的手，用亲吻和人类的眼泪爱抚他的手时，这老人仍猜不出他所抚慰的是谁，也不知道谁在向他感恩。"

历经艰辛的伊俄仍然保持着人类的思想，没有因为变形而改变，她用小母牛的蹄弯弯曲曲地在沙上写字，告诉父亲她是谁。多么美妙的差异叙述，准确的母牛的动作描写，蹄弯弯曲曲，写下的却是人类的字体。正是变形后仍然保持着人类的情感和思想，使伊俄与原本的真正母牛之间出现了一系列的差异，这一系列的差异成了叙述的纽带，最后的高潮也产生于差异中。当伊俄弯弯曲曲地用蹄在沙地上写字时，读者所感叹的已经不是作者的想象力，而是作者的洞察力了。在这个故事里，如果说想象力制造了叙述的差异，那么盘活这一系列叙述差异的应该是洞察力。

伊俄的父亲立刻明白了站在面前的是自己的孩子，"多悲惨呀"！老人惊呼起来，抱住他的鸣咽着的女儿的两角和脖颈，"我走遍全世界寻找你，却发现你是这个样子"！

伊俄变形的故事让我们更多地获得这样的感受，在小母牛的躯体里，以及小母牛的动作和声音里，人类的特征如何在挣扎。在波兰作家布鲁诺·舒尔茨的变形故事里，曾经精确地表达了人变形为动物以后的某些动物特征。

和《希腊的神话和传说》的作者斯威布一样，也和《西游记》的作者吴承恩一样，舒尔茨的变形故事的叙述纽带也是一系列差异的表达。布鲁诺·舒尔茨笔下的父亲经常逃走，又经常回来，而且是变形后回来。当父亲变形为螃蟹回到家中后，虽然他已经成为了人的食物，可是仍然要参与到一家人的聚餐里，每当吃饭的时候，他就会来到餐室，一动不动地停留在桌子下面，"尽管他的参与完全是象征性的"。与伊俄变形为小母牛一样，这个父亲变形为螃蟹后，仍然保持着过去岁月里人的习惯。虽然他拥有了十足的螃蟹形象和螃蟹动作，可是差异叙述的存在让他作为人的特征时隐时现。当他被人踢了一脚后，就会"用加倍的速度像闪电似的、锯齿形地跑起来，好像要忘掉他不体面地摔了一跤这个回忆似的"。螃蟹的逃跑和人的自尊在叙述里同时出现，可以这么说，文学作品中的差异叙述和音乐里的和声是异曲同工。

现在我们应该欣赏一下布鲁诺·舒尔茨变形故事里精确的动物特征描写，这是一个胆大的作家，他轻描淡写之间，就让母亲把作为螃蟹的父亲给煮熟了，放在盆子里端上来时"显得又大又肿"，可是一家人谁也不忍心对煮熟的螃蟹父亲动上刀叉，母亲只好把盆子端到起居室，又在螃蟹上盖了一块紫天鹅绒。然后布鲁诺·舒尔茨显示了其想象力之后非凡的洞察力，几个星期以后他让煮熟的螃蟹父亲逃跑了。

"我们发现盆子空了，一条腿横在盆子边上……"布鲁诺·舒尔茨将螃蟹煮熟后容易掉腿的动物特征描写得淋漓尽致，他感人至深地描写了父亲逃跑时腿不断脱落在路上，最后这样写："他靠着剩下的精力，拖着自己到某一个地方去，去开始一种没有家的流浪生活；从此以后，我们没有再见到他。"这篇小说题为《父亲的最后一次逃走》。

今天关于文学作品中想象的演讲到此为止，有关想象的话题远远没有结束，今天仅仅是开始。我之所以选择"飞翔和变形"作为第一个话题，是因为二者都是大幅度地表达了文学的想象力，或者说都是将现实生活的不可能和不合情理，变成了文学作品中的可能与合情理。当然大幅度表达文学想象力的不仅仅是飞翔和变形，还有人死了以后如何复活。如果以后有机会的话，我乐意继续讨论。这是我第二次来到延世大学，我以后还会回来，当我回来的时候，随身携带的演讲题目应该是《生与死，死而复生》。

2007 年 5 月 28 日

生与死，死而复生

去年九月里的一个早晨，我走在德国杜塞尔多夫的老城区时，突然看见了海涅故居。此前我并不知道海涅故居在此，在临街的联排楼房里，海涅故居是黑色的，而它左右的房屋都是红色的，海涅的故居比起它身旁已经古老的房屋显得更加古老。仿佛是一张陈旧的照片，中间站立的是过去时代里的祖父，两旁站立着过去时代里的父辈们。我的喜悦悄然升起，这和知道有海涅故居再去拜访所获得的喜悦不一样，因为我得到的是意外的喜悦。事实上我们一直生活在意外之中，只是太多的意外因为微小而被我们忽略。为什么有人总是赞美生活的丰富多彩？我想这是因为他们善于品尝生活中随时出现的意外。

今天我之所以提起这个一年前的美好早晨，是因为这个杜塞尔多夫的早晨让我再次回到了自己的童年，回到了我在医院里度过的童年。

当时的中国有一个比较普遍的现象，就是城镇的职工大多是居住在单位里，比如我的父母都是医生，于是医生护士们的宿舍楼和医院的病房挨在一起，我和我哥哥是在医院里长大的。我长期在医院的病区里游荡，习惯了来苏儿的气味，我小学时的很多同学都讨厌这种气味，我倒是觉得这种气味不错。

我父亲是一名外科医生，当时医院的手术室只是一间平房，我和哥哥经常在手术室外面玩耍，经常看到父亲给病人做完手术后，口罩上和手术服上满是血迹地走出来。离手术室不远有一个池塘，护士经常提着一桶病人身上割下来的血肉模糊的东西从手术室出来，走过去倒进池塘里。到了夏天，池塘里散发出了阵阵恶臭，苍蝇密密麻麻像是一张纯羊毛地毯盖在池塘上面。

那时候医院的宿舍楼里没有卫生设施，只有一个公用厕所在宿舍楼的对面，厕所和医院的太平间挨在一起，只有一墙之隔。我每次上厕所时都要经过太平间，朝里面看上一眼，里面干净整洁，只有一张

水泥床。在我的记忆里，那地方的树木比别处的树木茂盛，可能是太平间的原因，也可能是厕所的原因。那时的夏天极其炎热，我经常在午睡醒来后，看到汗水在草席上留下自己完整的体形。我在夏天里上厕所时经过太平间，常常觉得里面很凉爽。我是在中国的"文革"里长大的，当时的教育让我成了一个彻底的无神论者，我不相信鬼的存在，也不怕鬼。有一天中午我走进了太平间，在那张干净的水泥床上躺了下来。从此以后我经常在炎热的中午，进入太平间睡午觉，感受炎热夏天里的凉爽生活。

这是我的童年往事，成长的过程有时候也是遗忘的过程，我在后来的生活中完全忘记了这个童年的经历，在夏天炎热的中午，躺在太平间象征着死亡的水泥床上，感受着活生生的凉爽。直到有一天我偶尔读到了海涅的诗句，他说："死亡是凉爽的夜晚。"然后这个早已消失的童年记忆，瞬间回来了，而且像是刚刚被洗涤过一样的清晰。海涅写下的，就是我童年时在太平间睡午觉时的感受。然后我明白了：这就是文学。

这可能是我最初感受到的来自死亡的气息，隐藏在炎热里的凉爽气息，如同冷漠的死隐藏在热烈的生之中。我总觉得自己现在的经常性失眠与童年的经历有关，我童年的睡眠是在医院太平间的对面，常常是在后半夜，我被失去亲人的哭声惊醒，我聆听了太多的哭声，各种各样的哭声，男声女声，男女混声；有苍老的，有年轻的，也有稚气的；有大声哭叫的，也有低声抽泣的；有歌谣般动听的，也有阴森森让人害怕的……哭声各不相同，可是表达的主题是一样的，那就是失去亲人的悲伤。每当夜半的哭声将我吵醒，我就知道又有一个人纹丝不动地躺在对面太平间的水泥床上了。一个人离开了世界，一个活生生的人此后只能成为一个亲友记忆中的人。这就是我的童年经历，我从小就在生的时间里感受死的踪迹，又在死的踪迹里感受生的时间。夜复一夜地感受，捕风捉影地感受，在现实和虚幻之间左右摇摆地感受。太平间和水泥床是实际的和可以触摸的，黑夜里的哭声则是虚无缥缈，与我童年的睡梦为伴，让我躺在生的边境上，聆听死的喃喃自语。在生的炎热里寻找死的凉爽，而死的凉爽又会散发出更多生的炎热。

我想，这就是生与死。在此前的《飞翔与变形》里，我举例不少，是为了说明文学作品中想象力和洞察力唇齿相依的重要性，同时也为了说明文学里所有伟大的想象都拥有其现实的基地。现在这篇《生与死，死而复生》，我试图谈谈想象力的长度和想象力的灵魂。

生与死，是此文的第一个话题。正如我前面所讲述的那样，杜塞尔多夫的海涅故居如何让我回到了自己的童年，一件已经被遗忘了的往事如何因为海涅的诗句变成刻骨铭心的记忆，这个记忆又如何不断延伸和不断更新。周而复始，永无止境。这个关于生与死的例子，其实要表述的可能是想象力里面最为朴素也是最为普遍的美德——联想。联想的美妙在于其绵延不绝，犹如道路一样，一条道路通向另一条道路，再通向更多的道路，有时候它一直往前，有时候它会回来。当然它会经常拐弯，可是从不中断。联想所表达出来的，其实就是想象力的长度，而且是没有尽头的长度。

马塞尔·普鲁斯特是这方面的行家，他说："只有通过钟声才能意识到中午的康勃雷，通过供暖装置所发出的哼声才意识到清早的堂西埃尔。"没有联想，康勃雷和堂西埃尔如何得以存在？当他出门旅行，入住旅馆的房间时，因为墙壁和房顶涂上海洋的颜色，他就感觉到空气里有咸味；当某一个清晨出现，他在自己的卧室里醒来，看到阳光从百叶窗照射进来，就会感到百叶窗上插满了羽毛；当某一个夜晚降临，他睡在崭新的绸缎枕头上，光滑和清新的感觉油然升起时，他突然感到睡在了自己童年的脸庞上。

我曾经多次说过这样的话，如果文学里真的存在某些神秘的力量，那就是让我们在属于不同时代、不同民族、不同文化和不同环境的作品里读到属于自己的感受。文学就是这样的美妙，某一个段落、某一个意象、某一个比喻和某一个对话等，都会激活阅读者被记忆封锁的某一段往事，然后将它永久保存到记忆的"文档"和"图片"里。同样的道理，阅读文学作品不仅可以激活某个时期的某个经历，也会激活更多时期的更多经历。而且，一个阅读还可以激活更多的阅读，唤醒过去阅读里的种种体验，这时候阅读就会诞生另外一个世界，出现另外一条人生道路。这就是文学带给我们的想象力的长度。

想象力的长度可以抹去所有的边界：阅读和阅读之间的边界，阅读和生活之间的边界，生活和生活之间的边界，生活和记忆之间的边界，记忆和记忆之间的边界……生与死的边界。

生与死，这是很多伟大文学作品乐此不疲的主题，也是文学的想象力自由驰骋之处。与前面讨论的文学作品中的飞翔和变形有所不同，

生与死之间存在着一条秘密通道，就是灵魂。因此在文学作品中表达生与死、死而复生时，比表达飞翔和变形更加迅速。我的意思是说：有关死亡世界里的万事万物，我们早已耳濡目染，所以我们的阅读常常无须经过叙述铺垫，就可直接抵达那里。

一个人和其灵魂的关系，有时候就是生与死的关系。这几乎是所有不同文化的共识，有所不同的也只是表述的不同。而且万事万物皆有灵魂，艺术更是如此。当我们被某一段音乐、某一个舞蹈、某一幅画作、某一段叙述深深感动之时，我们就会忍不住发出这样的感叹：这是有灵魂的作品。

中国有 56 个民族，有关灵魂的表述各不相同，有时候即便是同一个民族，因为历史、地理和文化等诸多方面的差异，表述的差异也是显而易见。然而万变不离其宗，当一个人的灵魂飞走了，那么也就意味着这个人死去了。

在汉族看来，每个人都有一个灵魂。如果这个人印堂变暗，脸色发黑，这是死亡的先兆；如果这个人遭遇婴儿的害怕躲闪，也是死亡的先兆，因为婴儿的眼睛干净，看得见这个人灵魂出窍。诸如此类的表述在汉族这里层出不穷，而且地域不同表述也是不同。很多地方的人死后入殓前，脚旁要点亮一盏油灯，这是长明灯，因为阴间的道路是黑暗的。如果是富裕人家，入殓时头戴一顶镶着珍珠的帽子，珍珠也是长明灯，为死者在阴间长途跋涉照明。

生活在云南西北部的独龙族认为每个人拥有两个灵魂，第一个灵魂是与生俱有的，其身材相貌和性格，还有是否聪明和愚蠢都和人一样。而且和人一样穿衣打扮，人换衣时，灵魂也换衣。只有在人睡眠之时有所不同，因为灵魂是不睡觉的，这时候它离开了人的身体，外出找乐子去了。独龙人对梦的解释很有意思，他们认为人在梦中所见所为，都是不睡觉的灵魂干出来的事情。当人死后，第二个灵魂出现了，这是一个贪食酒肉的灵魂，所以滞留人间，不断地要世人供吃供喝（祭品）。

在云南的阿昌族那里，每个人有三个灵魂。人死后三个灵魂分工不同，一个灵魂被送到坟上，于清明节祭扫；一个灵魂供在家里；一个灵魂送到鬼王那里。这第三个灵魂将沿着祖先迁来的道路送回去，到达鬼王那里报到后，就会回到祖先的身旁。

灵魂演绎出来了无数的阐释与叙述，也提供了不少就业机会，巫师巫婆们，作家诗人们等等，皆因此来养家糊口。如同中国古老的招魂术，在古代的波斯、希腊和罗马曾经流行死灵术。巫师们身穿从死人身上扒下来的衣服，沉思着死亡的意义，来和死亡世界沟通。与中国的巫婆跳大神按劳所得一样，这些死灵师召唤亡魂也是为了挣钱。死灵师受雇于那些寻找宝藏的人，他们相信死后的人可以无所不知无所不见。招魂仪式通常是在人死后 12 个月进行，按照古代波斯人、希腊人和罗马人的见解，人死后最初的 12 个月里，其灵魂对人间恋恋不舍，在墓地附近徘徊不去，所以从这些刚死之人那里打听不出什么名堂。当然，太老的尸体也同样没用。死灵师认为，过于腐烂的尸体是不能清楚回答问题的。

有关灵魂的描述多彩多姿，其实也是想象力的多彩多姿。不管在何时何地，想象都有一个出发地点，然后是一个抵达之处。这就是我在前一篇《飞翔与变形》里所强调的现实依据，同时也可以这么认为：想象就是从现实里爆发出来的渴望。死灵师不愿意从太烂的尸体那里去召唤答案，这个想象显然来自人老之后记忆的逐渐丧失。中国人认为阴间是黑暗的，是因为黑夜的存在；独龙人巧妙地从梦出发，解释了那个与生俱有并且如影随形的灵魂；阿昌族有关三个灵魂的理论，可以说是表达了所有人的愿望。坟墓是必须要去的地方，家又不愿舍弃，祖先的怀抱又是那么的温暖。怎么办？阿昌族慷慨地给予我们每人三个灵魂，让我们不必为如何取舍而发愁。

古希腊人说阿波罗的灵魂进入了一只天鹅，然后就有了后面这个传说，诗人的灵魂进入了天鹅体内。这真是一个迷人的景象，当带着诗人灵魂的天鹅在水面上展翅而飞时，诗人也就被想象的灵感驱使着奋笔疾书，伟大的诗篇在白纸上如瀑布般倾泻下来。如果诗人绞尽脑汁也写不出一个字来，那么保存他灵魂的天鹅很可能病倒了。

这个传说确实说出了文学和艺术里经常出现的奇迹，创作者在想象力发动起来，并且高速前进后起飞时，其灵魂可能去了另外一个地方。有点像独龙人睡着后，他们的灵魂外出找乐子那样。根据我自己的写作经历，我时常遇到这样美妙的情景，当我的写作进入某种疯狂状态时，我就会感到不是我在写些什么，而是我被指派在写些什么。我不知道自己当时的灵魂是不是进入了一只天鹅的体内，我能够确定的是，我的灵魂进入了想象的体内。

为什么我们经常在一些作品中感受到了想象的力量，而在另外一

些作品中却没有这样的感受。我想，并不是后者没有想象，是因为后者的想象里没有灵魂。有灵魂的想象会让我们感受到独特和惊奇的气息，甚至是怪异和骇人听闻的气息，反过来没有灵魂的想象总是平庸和索然无味。如果我们长期沉迷在想象平庸的作品的阅读之中，那么当有灵魂的想象扑面而来时，我们可能会害怕会躲闪，甚至会愤怒。我曾经说过，一个伟大的作者应该怀着空白之心去写作，一个伟大的读者应该怀着空白之心去阅读。只有怀着一颗空白之心，才可能获得想象的灵魂。就像中国汉族的习俗里所描述的那样，婴儿为什么能够看见灵魂从一个行将死去的人的体内飞走，因为婴儿的眼睛最干净。只有干净的眼睛才能够看见灵魂，无论是写作还是阅读，都是如此。被过多的平庸作品弄脏了的阅读和写作，确实会看不见伟大作品的灵魂。

人们经常说，第一个将女人比喻成鲜花的是天才，第二个是庸才，第三个是蠢材，我不知道第四个以后会面对多少难听的词汇。比喻的生命是如此短促，第一个昙花一现后，从第二个开始就成了想象的陈词滥调，成了死灵师不屑一顾的太烂的尸体，那些已经不能够清楚回答问题的尸体。然而不管是第几个，只要将美丽的女性比喻成鲜花的，我们就不能说这样的比喻里没有想象，毕竟这个比喻将女性和鲜花连接起来了，可是为什么我们感受不到想象的存在？因为这样的比喻已经是腐烂的尸体，灵魂早已飞走。如果给这具腐烂的尸体注入新的灵魂，那么情况就会完成不同。马拉美证明了在第三个以后，将女人比喻成鲜花的仍然可能是天才。看看他是怎么干的，他为了勾引某位美丽的贵夫人，献上了这样的诗句："每朵花梦想着雅丝丽夫人。"

马拉美告诉我们，什么才是有灵魂的想象力。别的人也这样告诉我们，比如那个专写性爱小说的劳伦斯。我曾经好奇，他为何在性爱描写上长时间的乐此不疲？我不是要否认性爱的美好，这种事写多了和干多了其实差不离，总应该会有疲乏的时候。直到有一天，我读到了劳伦斯的一段话，大意是这样的：他认为女人之所以美丽，是因为她们身上散发着浓郁的性；女人逐渐老去的过程，不是脸上皱纹越来越多，而是她们身上的性正在逐渐消失。劳伦斯的这段话让我理解了他的写作，为什么他一生都在性爱描写上面津津乐道？因为他的想象力找到了性的灵魂。

这两个都是生的例子，现在应该说一说死了。让我们回到古希腊，回到天鹅这里。传说天鹅临终时唱出的歌声是最为优美动听的，于是就有了西方美学传统里的"最后的作品",在中国叫"绝唱"。

"最后的作品"或者"绝唱",可以说是所有文学艺术作品中,最能够表达出死亡的灵魂,也是想象力在巅峰时刻向我们出示了人生的意义。在这样的时刻,我们仿佛看到死亡的灵魂在巍峨的群山之间,犹如日落一样向我们挥手道别。我们经常读到这样的篇章,某种情感日积月累无法释放,在内心深处无限膨胀后沉重不堪,最后只能以死亡的方式爆发。恨,可以这样;爱,也能如此。我们读到过一个美丽的少女,如何完成她仇恨的绝唱《死亡之吻》。为报杀父之仇,她在嘴唇上涂抹了毒药,勾引仇人接吻,与仇人同归于尽。在《红字》里,我们读到了爱的绝唱。海丝特未婚生下了一个女儿,她拒绝说出孩子的父亲,胸前永久戴上象征通奸耻辱的红 A 字。孩子的父亲丁梅斯代尔,一个纯洁的年轻人,也是教区人人爱戴的牧师,因为海丝特的忍辱负重,让他在内心深处经历了七年的煎熬,最后在"新英格兰节日"这一天终于爆发了。他进行了自己生命里最后一次演讲,但他"最后的作品"不是布道,而是用音乐一般的声音,热情和激动地表达了对海丝特的爱,他当众宣布自己就是那个孩子的父亲。他释放了自己汹涌澎湃的爱之后,倒在了地上,安静地死去了。

二十多年前,我在中国南方的一个小镇图书馆里翻阅笔记小说,读到过一个惊心动魄的死亡故事。由于年代久远,我已经忘记这个故事的出处,只记得有一只鸟,生活在水边,喜欢看着自己在水中的倒影翩翩起舞,其舞姿之优美,令人想入非非。皇帝听说了这只鸟,让人将它捉来宫中,给予贵族的生活,每天提供山珍海味,期望它在宫中一展惊艳舞姿。然而习惯乡野水边生活的鸟,来到宫中半年从不起舞,而且形容日渐憔悴。皇帝十分生气,以为这只鸟根本就不会跳舞。这时有大臣献言,说这鸟只能在水边看到自己的身影时才会起舞。人臣建议搬一面铜镜过来,鸟一旦看见自己的身影就会立刻起舞。皇帝准许,铜镜搬到了宫殿之上。这只鸟在铜镜里看到自己后,果然翩翩起舞了。半年没有看到自己的身影和半年没有跳舞的鸟,似乎要把半年里面应该跳的所有舞蹈一口气跳完,它竟然跳了三天三夜,然后倒地气绝身亡。

在这个"最后的作品",或者说"绝唱"里,我相信没有读者会在意所谓的细节真实性:一只鸟持续跳舞三天三夜,而且不吃不睡。想象力的逻辑在这里其实是灵魂的逻辑,一只热爱跳舞胜过生命的鸟,被禁锢半年之后,重获自由之舞时,舞蹈就如熊熊燃烧的火焰,而且

是焚烧自己的火焰，最后的结局必然是"气绝身亡"。为什么这个死亡如此可信和震撼，因为我们看到了想象力的灵魂在死亡叙述里如何翩翩起舞。

我不能确定在欧洲源远流长的"黄金律"是否出自毕达哥拉斯学派，我只是觉得用"黄金分割"的方法有时候可以衡量出想象力的灵魂。现在我们进入了本次讨论的最后一个话题——死而复生。

我们读到过很多死而复生的故事，这些故事有一个共同的规律，就是在复生时总要借助些什么。在《封神演义》里，那个拆肉还母、拆骨还父的哪吒，死后其魂魄借助莲花而复生；《搜神记》里的唐父喻借助王道平哭坟而复生；《白蛇传》的许仙借助吃灵芝草复生；杜丽娘借助婚约复生；颜畿借助托梦复生；还有借助盗墓者而复生。

然而令我印象深刻的例子还是来自法国的尤瑟纳尔，尽管这个例子在我此前的文章里已经提到过。尤瑟纳尔在一个关于中国的故事里，写下了画师王佛和他的弟子林的事迹。里面死而复生的片段属于林，林的脑袋在宫殿上被皇帝的侍卫砍下来以后，没过多久林的脑袋又回到了他的脖子上，林站在一条逐渐驶近的船上，在有节奏的荡桨声里，船来到了师傅王佛的身旁。林将王佛扶到了船上，还说出了一段优美的话语，他说："大海真美，海风和煦，海鸟正在筑巢。师傅，我们动身吧，到大海彼岸的那个地方去。"尤瑟纳尔在这个片段里令人赞叹的一笔，是在林的脑袋被砍下后重新回到原位时的一句描写，她这样写："他的脖子上却围着一条奇怪的红色围巾。"这一笔使原先的林和死而复生的林出现了差异，也就出现了比例。不仅让叙述合理，也让叙述更加有力。我要强调的是，这条红色围巾在叙述里之所以了不起，是因为它显示了生与死的比例关系，正是这样完美的比例出现，死而复生才会如此不同凡响。我们可以将红色围巾理解为血迹的象征，也可以理解为更多的不可知。这条可以意会很难言传的红色围巾，就是衡量想象力的"黄金律"。红色围巾使这个本来已经破碎的故事重新完成了构图，并且达到了自然事物的最佳状态。如果没有红色围巾这条黄金分割线，我们还能在这个死而复生的故事里看到想象力的灵魂飘然而至吗？

2007 年 9 月 26 日

276

茨威格是小一号的陀思妥耶夫斯基

我二十岁的时候，第一次读到陀思妥耶夫斯基。那是一九八〇年，"文革"刚刚过去，很多被禁止的外国小说重新出版，但是数量有限，我拿到《罪与罚》的时候，只有两天阅读的时间，然后接力棒似的交给下一位朋友。

我夜以继日地读完了《罪与罚》。陀思妥耶夫斯基的叙述像是轰炸机一样向我的思绪和情感扔下了一堆炸弹，把二十岁的我炸得晕头转向。对于当时的我来说，陀思妥耶夫斯基的叙述太强烈了，小说一开始就进入了叙述的高潮，并且一直持续到结束。这是什么样的阅读感受？打个比方，正常的心跳应该是每分钟六十次，陀思妥耶夫斯基让我的心跳变成了每分钟一百二十次。这一百二十次的每分钟心跳不是一会儿就过去了，而是持续了两天。谢天谢地，我有一颗大心脏，我活过来了。

我当时太年轻，承受不了陀思妥耶夫斯基高强度的叙述轰炸，此后几年里我不敢再读他的作品。可是那种持续不断的阅读高潮又在时刻诱惑着我，让我既盼望陀式叙述高潮又恐惧陀式叙述高潮。那段时间我阅读其他作家的作品时都觉得味道清淡，如同是尝过海洛因之后再去吸食大麻，心想这是什么玩意儿，怎么没感觉？

这时候茨威格走过来了，对我说："嗨，小子，尝尝我的速效强心丸。"

我一口气读了他的《一个女人一生中的二十四小时》《象棋的故事》和《一个陌生女人的来信》……茨威格的叙述也是陀思妥耶夫斯基的套路，上来就给我叙述的高潮，而且持续到最后。他向我扔了一堆手榴弹，我每分钟的心跳在八十次到九十次之间，茨威格让我感受到了那种久违的阅读激动，同时又没有生命危险。那段时间我阅读了翻译成中文的茨威格的所有作品，他的速效强心丸很适合我当时的身

心和口味。

　　陀思妥耶夫斯基和茨威格是截然不同的两位作家，但是他们的叙述都是我称之为的强力叙述。为什么我说茨威格是小一号的陀思妥耶夫斯基？看看他们的作品篇幅就知道了，那是大衣和衬衣的区别。更重要的是，陀思妥耶夫斯基描写的是社会中的人，茨威格描写的是人群中的人。我当时之所以害怕陀思妥耶夫斯基，而对茨威格倍感亲切，可能是茨威格少了陀思妥耶夫斯基叙述中那些社会里黑压压让人透不过气来的情景。茨威格十分纯粹地描写了人的境遇和人生的不可知，让我时时感同身受。当我度过了茨威格的阅读过程之后（另一方面我在社会上也摸爬滚打了几年），再去阅读陀思妥耶夫斯基时，我的心跳不再是每分钟一百二十次了，差不多可以控制在八十次到九十次之间。

　　我二十岁出头的时候，茨威格是一个很高的台阶，陀思妥耶夫斯基是一个更高的台阶。我当时年轻无知，直接爬到陀思妥耶夫斯基的台阶上，结果发现自己有恐高症。我灰溜溜地爬了下来，刚好是茨威格的台阶。我在习惯茨威格之后，再爬到陀思妥耶夫斯基的台阶上时，发现自己的恐高症已经治愈。

2012 年 10 月 26 日

两个牙医

十多年来，我对一位名叫阿拉·阿斯瓦尼（Alaa Al Aswany）的埃及作家保持了浓厚的好奇心，差不多每年都会去当当网上搜索一下，有没有他的著名小说《亚库班公寓》的中文版，很遗憾一直没有出现。

原因很简单，他是一位牙医作家，而我做过五年牙医。这十多年来，我在不同的国家接受采访时，经常有记者提到埃及牙医阿拉·阿斯瓦尼，这些外国记者告诉我，阿拉·阿斯瓦尼写小说成名后仍然在自己的诊所里干着牙医工作。这让我有些惊讶，我是为了不做牙医才开始写作的，因为我不想总是看着别人张开的嘴巴，可是我的埃及同行看着别人张开的嘴巴好像乐此不疲，我猜想他在拔出别人的牙齿时也拔出了别人的故事，然后他在别人的嘴里装上了假牙，别人的真故事被他装进了小说。中国的网上介绍《亚库班公寓》时，说这是一部反映埃及社会百态的小说；在介绍阿拉·阿斯瓦尼时，说他一直以一个埃及知识分子的视角针砭时弊，以埃及大社会为背景，用文字刻画出丰满的人物形象。我搜索到阿拉·阿斯瓦尼被翻译成中文的一段话，当被问到为何不做专职作家时，他回答："社会是一个活生生的东西，你必须随时了解它的新动向，这就是我为什么坚持做牙医的原因。尽管眼下每周只有两天坐诊，但我永远不会让诊所关张，因为那是我的'窗户'，当我打开它时，我就能看到大街上发生了什么事。"

这段话让我觉得自己的猜想可能有一点点道理，当然我相信阿拉·阿斯瓦尼通过他的"窗户"看到大街上发生了什么事的视角是独一无二的。看到阿拉·阿斯瓦尼这段话的时候，我还没有读过他的小说，但是出于一个牙医对另一个牙医的理解，一个作家对另一个作家的理解，这样的双重理解让我相信，阿拉·阿斯瓦尼不会简单地直接地把别人的故事装进自己的小说，那些顾客的故事进入小说时，阿

拉·阿斯瓦尼首先要经过洞察力的筛选，然后想象力才开始运行。对于这样的作家，给他一个可靠的支点就足够了，他会尽情发挥，他会在一条正确的叙述道路上越走越远，根本不用担心岔路的出现，因为岔路会自动并向主路，他不仅越走越远，还越走越宽广。这就是为什么十多年来我对阿拉·阿斯瓦尼一直保持了浓厚的好奇心，我一直想翻开他小说的中文版，看看这个埃及牙医是如何在叙述里展现埃及的当下生活。

然后有一天，我在上海九久的编辑李殿给我发来微信，说她正在台北的诚品书店，问我要什么书，我请她找找阿拉·阿斯瓦尼的书，她说只有《亚库班公寓》，我说我要的就是这一本。几天以后，这本书在我手上了。

《亚库班公寓》向我们呈现了一个陌生的开罗，一个陌生的埃及，或者说为我们切出了阿拉伯世界里的一个阴暗面。阿拉·阿斯瓦尼用集中叙述的方法将那些分散在埃及和开罗各处的人和故事集中到了一幢名叫亚库班的公寓里。这部书给予我一个强烈的感受，就是阿拉·阿斯瓦尼所说的"社会是一个活生生的东西"里的"活生生"这三个字。重要的是阿拉·阿斯瓦尼在表现社会阴暗面的时候自己一点也不阴暗，爱与同情在这部书里随处可见。他是这样一个作家，用阳光的感受描写月光，用白昼的心情描写黑夜。

今天的题目是"文学创作与当下生活"，现在应该说说一个中国牙医如何描写中国的当下生活。我想说说《第七天》，这也是一部使用集中叙述方法的作品，我把分散在不同时间和不同空间里的人和故事集中到了"死无葬身之地"。因为时间有限，我只能说说《第七天》里的一个场景。这部小说 2013 年在中国出版，阿拉伯文版 2016 年出版。

小说开始的时候，一个名叫杨飞的人死了，他接到殡仪馆的一个电话，说他火化迟到了，杨飞心里有些别扭，心想怎么火化还有迟到这种事？他出门走向殡仪馆，路上发现还没有净身，又回到家里用水清洗自己破损的身体，殡仪馆的电话又来催促了，问他还想不想烧？他说想烧。那个电话说想烧快点过来。然后杨飞来到了殡仪馆，当然路上发生了一些事，他来到殡仪馆的候烧大厅，这是死者们等待自己被火化的地方，他从取号机上取下的号是 A64，上面显示前面等候的有 54 位。候烧大厅分为普通区域和贵宾区域，贵宾号是 V 字头，杨飞的 A 字头是普通号，他坐在拥挤的塑料椅子里，听着身边的死者感叹墓地太贵，7 年涨了 10 倍，而且只有 25 年产权，如果 25 年后子女无钱续费，他们的骨灰不知道会去何处。他们谈论自己身上的寿衣，都是一千元左右，他们的骨灰盒也就是几百元。贵宾区域摆着的是沙发，坐着 6 个富人，他们也在谈论自己的墓地，都在一亩地以上，坐在普通区域死者的墓地只有一平方米，一个贵宾死者高声说一平方米的墓地怎么住？这 6 个贵宾死者坐在那里吹嘘各自豪华的墓地，昂贵奢华的寿衣和骨灰盒，骨灰盒用的木材比黄金还要贵。

我虚构的这个候烧大厅，灵感的来源一目了然，就是从候机楼和候车室那里来的。至于进入候烧大厅取号，然后 A 字头的号坐在塑料椅子区域，V 字头的号坐在沙发的贵宾区域，这个灵感来自在中国的银行里办事的经验。中国人口众多，进入银行先要取号，存钱少的是普通号，坐在塑料椅子里耐心等待，有很多人排在前面。存钱多的是 VIP 客户，进入贵宾室，里面是沙发，有茶有咖啡有饮料，排在前面的人不多，很快会轮到。

来自现实生活的支点可以让我在叙述里尽情发挥，有关候烧大厅的描写，我数了一下，在中文版里有 10 页。我在这里想要说的是文学创作和现实生活的双向作用，一方面无论是现实的写作还是超现实的写作，是事实的还是变形的，都应该在现实生活里有着扎实的支点，如同飞机从地上起飞，飞上万米高空，飞了很久之后还是要回到地上；另一方面现实生活又给予了文学创作重塑的无限可能，文学可以让现实生活真实呈现，也可以变形呈现，甚至可以脱胎换骨呈现。当然前提是面对不同题材不同文本所作出的不同塑造和呈现，这时候叙述分寸的把握十分重要，对于写实的作品，最起码应该做到张冠张戴李冠李戴；对于超现实的和荒诞的作品，做到张冠张戴李冠李戴也是最起码的。这里我说明一下，卡夫卡《变形记》是一个很好的例子，格里高尔·萨姆沙变成甲虫以后仍然保持着人的情感和思想，如果将他的情感和思想写成甲虫的情感和思想，这就是叙述的张冠李戴；他翻身的时候翻不过去，因为已经是甲虫的身体，如果他还是人的身体轻松翻过去，也是叙述的张冠李戴。

就像牙医的工作，什么样的牙应该拔，什么样牙应该补，这是一个分寸如何把握的问题。应该拔的牙去补那是判断失误，应该补的牙去拔那是不负责任。还有假牙，也是一个分寸如何把握的问题，好牙

医应该拥有以假乱真的本领，让装在病人嘴里的假牙像真牙一样，不只是看上去像真的，咀嚼时也要像真的。如果拔掉了智齿再装上假智齿，这样的牙医，说实话我没有见过，这样的文学作品，我倒是见过一些。

2018 年 6 月 21 日

余华作品出版目录

中文简体字出版

长篇小说：

《在细雨中呼喊》，花城出版社 1993 年版，南海出版公司 1999 年版，上海文艺出版社 2004 年版，作家出版社 2008 年版，北京十月文艺出版社 2018 年版。

《活着》，长江文艺出版社 1993 年版，南海出版公司 1998 年版，上海文艺出版社 2004 年版，作家出版社 2008 年版，北京十月文艺出版社 2017 年版。

《许三观卖血记》，江苏文艺出版社 1996 年版，南海出版公司 1999 年版，上海文艺出版社 2004 年版，作家出版社 2008 年版，北京十月文艺出版社 2017 年版。

《兄弟》，上海文艺出版社 2005 年（上部）版，上海文艺出版社 2006 年（下部）版，作家出版社 2008 年版，北京十月文艺出版社 2018 年版。

《第七天》，新星出版社 2013 年版。

小说集：

《十八岁出门远行》，作家出版社 1990 年版。
《偶然事件》，花城出版社 1991 年版。
《河边的错误》，长江文艺出版社 1992 年版。
《余华作品集》（三卷），中国社会科学出版社 1995 年版。
《中国当代作家选集丛书——余华卷》，人民文学出版社 2001

年版。

《当代中国小说名家珍藏版——余华卷》，文化艺术出版社 2001 年版。

《现实一种——中短篇小说集上、下卷》，青海人民出版社 2002 年版。

《我没有自己的名字》，云南人民出版社 2002 年版。

《朋友》，江苏文艺出版社 2003 年版。

《古典爱情》，人民文学出版社 2006 年版。

《余华精选集》，北京燕山文艺出版社 2006 年版。

《黄昏里的男孩》，新世界出版社 1999 年版，上海文艺出版社 2004 年版，作家出版社 2008 年版。

《我胆小如鼠》，新世界出版社 1999 年版，上海文艺出版社 2004 年版，作家出版社 2008 年版。

《世事如烟》，新世界出版社 1999 年版，上海文艺出版社 2004 年版，作家出版社 2008 年版。

《鲜血梅花》，新世界出版社 1999 年版，上海文艺出版社 2004 年版，作家出版社 2008 年版。

《现实一种》，新世界出版社 1999 年版，上海文艺出版社 2004 年版，作家出版社 2008 年版。

《战栗》，新世界出版社 1999 年版，上海文艺出版社 2004 年版，作家出版社 2008 年版。

《我没有自己的名字》，人民文学出版社 2017 年版。

《我胆小如鼠》，上海文艺出版社 2017 年版。

《河边的错误》，时代文艺出版社 2018 年版。

《四月三日事件》，人民文学出版社 2018 年版。

随笔集：

《我能否相信自己》，人民日报出版社 1999 年版。

《内心之死》，华艺出版社 2000 年版。

《高潮》，华艺出版社 2000 年版。

《灵魂饭》，南海出版公司 2002 年版。

《说话》，春风文艺出版社 2002 年版。

《我能否相信自己》，明天出版社 2007 年版。

《间奏》，江苏文艺出版社 2009 年版。

《温暖和百感交集的旅程》，上海文艺出版社 2004 年版，作家出版社 2008 年版。

《音乐影响了我的写作》，上海文艺出版社 2004 年版，作家出版社 2008 年版。

《没有一条道路是重复的》，上海文艺出版社 2004 年，作家出版社 2008 年版。

《我们生活在巨大的差距里》，北京十月文艺出版社 2014 年版。

《文学或者音乐》，译林出版社 2017 版。

《我只知道人是什么》，译林出版社 2018 版。

中文繁体字出版

长篇小说：

《活着》，香港博益出版公司 1994 年版，台湾麦田出版公司 1994 年版。

《许三观卖血记》，香港博益出版公司 1996 年版，台湾麦田出版公司 1997 年版。

《呼喊与细雨》，台湾远流出版公司 1992 年版，台湾麦田出版公司 2003 年版。

《兄弟》（上部），台湾麦田出版公司 2005 年版。

《兄弟》（下部），台湾麦田出版公司 2006 年版。

《第七天》，台湾麦田出版公司 2013 年版。

小说集：

《战栗》，香港博益出版公司 1995 年版。

《2000 年文库——余华卷》，香港明报出版公司 1999 年版。

《十八岁出门远行》，台湾远流出版公司 1990 年版。

《世事如烟》，台湾远流出版公司 1991 年版。

《夏季台风》，台湾远流出版公司 1993 年版。

《黄昏里的男孩》，台湾麦田出版公司 2003 年版。

《我胆小如鼠》，台湾麦田出版公司 2003 年版。

《世事如烟》，台湾麦田出版公司 2003 年版。

《现实一种》，台湾麦田出版公司 2006 年版。

《鲜血梅花》，台湾麦田出版公司 2006 年版。

《战栗》，台湾麦田出版公司 2006 年版。

随笔集：

《我能否相信自己》，台湾远流出版公司 2002 年版。

《灵魂饭》，台湾远流出版公司 2002 年版。

《没有一条道路是重复的》，台湾远流出版公司 2003 年版。

《十个词汇里的中国》，台湾麦田出版公司 2011 年版。

《录像带电影》，台湾麦田出版公司 2012 年版。

《我只知道人是什么》，台湾麦田出版公司 2018 年版。

其他语言出版

其他国家语言出版

英文：

《往事与刑罚》，美国夏威夷大学出版公司 1996 年版。

《活着》，美国 Anchor Books 2003 年版。

《活着》，美国 Tantor（Audio）2017 年版。

《许三观卖血记》，美国 Pantheon Books 2003 年版。

《许三观卖血记》，美国 Anchor Books 2004 年版。

《在细雨中呼喊》，美国 Anchor Books 2007 年版。

《兄弟》，美国 Pantheon Books 2009 年版。

《兄弟》，美国 Anchor Books 2010 年版。

《兄弟》，美国 Recorded Books LLC（Audio）2009 年版。

《兄弟》，英国 Picador 出版公司 2009 年版。

《兄弟》，英国 Picador Paperback 2009 年版。

《兄弟》，香港 Picador Asia 2009 年版。

《十个词汇里的中国》，美国 Pantheon Books 2011 年版。

《十个词汇里的中国》，美国 Anchor Books 2012 年版。

《十个词汇里的中国》，美国 Gildan Media（Audio）2012 年版。

《十个词汇里的中国》，英国 Duckworth 出版公司 2012 年版。

《黄昏里的男孩》，美国 Pantheon Books 2014 年版。

《黄昏里的男孩》，美国 Anchor Books 2014 年版。

《第七天》，美国 Pantheon Books 2015 年版。

《第七天》，美国 Anchor Books 2016 年版。

《第七天》，澳大利亚 Text 出版公司 2015 年版。

《第七天》，新西兰 Text 出版公司 2015 年版。

《四月三日事件》，美国 Pantheon Books 2018 年版。

《四月三日事件》，美国 PRH（Audio）2018 年版。

《四月三日事件》，美国 Anchor Books 2019 年版。

法文：

《活着》，法国 Hachette 出版公司 1994 年版。

《活着》，法国 Babel（平装平丛书）2008 年版。

《世事如烟》，法国 Philippe Picquier 出版公司 1994 年版。

《许三观卖血记》，法国 Actes Sud 出版公司 1997 年版。

《许三观卖血记》，法国 Babel（平装平丛书）2004 年版。

《古典爱情》，法国 Actes Sud 出版公司 2000 年版。

《古典爱情》，法国 Babel（平装平丛书）2005 年版。

《在细雨中呼喊》，法国 Actes Sud 出版公司 2003 年版。

《一九八六年》，法国 Actes Sud 出版公司 2006 年版。

《兄弟》，法国 Actes Sud 出版公司 2008 年版。

《兄弟》，法国 Babel（平装平丛书）2010 年版。

《十八岁出门远行》，法国 Actes Sud 出版公司 2009 年版。

《十个词汇里的中国》，法国 Actes Sud 出版公司 2010 年版。

《十个词汇里的中国》，法国 Babel（平装平丛书）2013 年版。

《第七天》，法国 Actes Sud 出版公司 2014 年版。

《第七天》，法国 Babel（平装平丛书）2018 年版。

《一个地主的死》，法国 Actes Sud 出版公司 2018 年版。

德文：

《活着》，德国 Klett-Cotta 出版公司 1998 年版。

《活着》，德国 Btb 出版公司 2008 年版。

《许三观卖血记》，德国 Klett-Cotta 出版公司 1999 年版。

《许三观卖血记》，德国 Btb 出版公司 2004 年版。

《兄弟》，德国 S. Fischer 出版公司 2009 年版。

《兄弟》，德国 Fischer Paperback 2012 年版。

《十个词汇里的中国》，德国 S. Fischer 出版公司 2012 年版。

《十个词汇里的中国》，德国 bppBundeszentralefürpolitischeBildung 2013 年版。

《第七天》，德国 S. Fischer 出版公司 2017 年版。

《在细雨中呼喊》，德国 S. Fischer 出版公司 2018 年版。

意大利文：

《折磨》，意大利 Einaudi 出版公司 1997 年版。

《世事如烟》，意大利 Einaudi 出版公司 2004 年版。

《许三观卖血记》，意大利 Einaudi 出版公司 1999 年版。

《许三观卖血记》，意大利 Feltrinelli Paperback 2018 年版。

《活着》，意大利 Donzelli 出版公司 1997 年版。

《活着》，意大利 Feltrinelli Paperback 2008 年版。

《在细雨中呼喊》，意大利 Donzelli 出版公司 1998 年版。

《兄弟》，上部意大利 Feltrinelli 出版公司 2008 年版。

《兄弟》，下部意大利 Feltrinelli 出版公司 2009 年版。

《兄弟》，（合集）意大利 Feltrinelli Paperback 2017 年版。

《爱情和死亡的故事》，意大利 Hoepli 出版公司 2010 年版。

《十个词汇里的中国》，意大利 Feltrinelli 出版公司 2012 年版。

《十个词汇里的中国》，意大利 Feltrinelli Paperback 2015 年版。

《第七天》，意大利 Feltrinelli 出版公司 2017 年版。

《纽约时报专栏文章集》，意大利 Feltrinelli 出版公司 2018 年版。

西班牙文：

《兄弟》，西班牙 Saix Barral 出版公司 2009 年版。

《活着》，西班牙 Saix Barral 出版公司 2010 年版。

《活着》，西班牙 AUSTRAL 出版公司 2012 年版。

《十个词汇里的中国》，西班牙 Alba 出版公司 2012 年版。

《许三观卖血记》，西班牙 Saix Barral 出版公司 2014 年版。
《在细雨中呼喊》，西班牙 Saix Barral 出版公司 2016 年版。
《往事与刑罚》，西班牙 Saix Barral 出版公司 2019 年版。

加泰罗尼亚文：

《往事与刑罚》，西班牙 Males Herbes Publishing House 出版公司 2013 年版。

葡萄牙文：

《活着》，巴西 Companhia das Letras 出版公司 2008 年版。
《活着》，葡萄牙 Relogiod´agua 出版公司 2018 年版。
《许三观卖血记》，巴西 Companhia das Letras 出版公司 2011 年版。
《许三观卖血记》，葡萄牙 Relogiod´agua 出版公司 2017 年版。
《兄弟》，巴西 Companhia das Letras 出版公司 2010 年版。
《十个词汇里的中国》，葡萄牙 Relogiod´agua 出版公司 2018 年版。

荷兰文：

《活着》，荷兰 DEGEUS 出版公司 1994 年版。
《许三观卖血记》，荷兰 DEGEUS 出版公司 2004 年版。
《兄弟》，荷兰 DEGEUS 出版公司 2013 年版。
《第七天》，荷兰 DEGEUS 出版公司 2016 年版。
《空中爆炸——短篇小说集》，荷兰 DEGEUS 出版公司 2018 年版。

瑞典文：

《活着》，瑞典 Ruin 出版公司 2006 年版。
《许三观卖血记》，瑞典 Ruin 出版公司 2007 年版。
《十个词汇里的中国》，瑞典 Natur&Kultur 出版公司 2012 年版。
《兄弟》，瑞典 BokstuganWanzhi 出版公司 2016 年版。
《在细雨中呼喊》，瑞典 BokstuganWanzhi 出版公司 2017 年版。
《第七天》，瑞典 BokstuganWanzhi 出版公司 2017 年版。

挪威文：

《往事与刑罚》，挪威 TIDEN NORSK FORLAG 出版公司 2003

年版。

《兄弟》，挪威 Aschehoug 出版公司 2012 年版。

《第七天》，挪威 Aschehoug 出版公司 2016 年版。

丹麦文：

《活着》，丹麦 KLIM 出版公司 2015 年版。

《许三观卖血记》，丹麦 KLIM 出版公司 2016 年版。

《第七天》，丹麦 KLIM 出版公司 2017 年版。

《兄弟》，丹麦 KLIM 出版公司 2019 年版。

《十个词汇里的中国》，丹麦 KLIM 出版公司 2019 年版。

《现实一种》，丹麦 Korridor 出版公司 2018 年版。

芬兰文：

《活着》，芬兰 Aula & Co. 出版公司 2016 年版。

《许三观卖血记》，芬兰 Aula & Co. 出版公司 2017 年版。

《十个词汇里的中国》，芬兰 Aula & Co. 出版公司 2019 年版。

俄文：

《十个词汇里的中国》，俄罗斯 AST 出版公司 2012 年版。

《许三观卖血记》，俄罗斯 TEXT 出版公司 2016 年版。

《活着》，俄罗斯 TEXT 出版公司 2014 年版。

《兄弟》，俄罗斯 TEXT 出版公司 2015 年版。

罗马尼亚文：

《活着》，罗马尼亚 Humanitas 出版公司 2016 年版。

《许三观卖血记》，罗马尼亚 Humanitas 出版公司 2017 年版。

《十个词汇里的中国》，罗马尼亚 Humanitas 出版公司 2018 年版。

保加利亚文：

《活着》，保加利亚 Janet45 出版公司 2018 年版。

《十个词汇里的中国》，保加利亚 Janet45 出版公司 2019 年版。

波兰文：

《十个词汇里的中国》，波兰 Diaolog 出版公司 2013 年版。
《活着》，波兰 Diaolog 出版公司 2018 年版。
《许三观卖血记》，波兰 Diaolog 出版公司 2018 年版。
《在细雨中呼喊》，波兰 Diaolog 出版公司 2019 年版。
《我没有自己的名字》，波兰 Diaolog 出版公司 2019 年版。

阿尔巴尼亚文：

《活着》，阿尔巴尼亚 Onufri 出版公司 2018 年版。

捷克文：

《许三观卖血记》，捷克 Dokoran 出版公司 2007 年版。
《活着》，捷克 Verzones. r. o. 出版公司 2014 年版。
《第七天》，捷克 Verzones. r. o. 出版公司 2016 年版。
《兄弟》，捷克 Verzones. r. o. 出版公司 2018 年版。

斯洛伐克文：

《兄弟》，（上部）斯洛伐克 Marencin PT 出版公司 2009 年版。
《兄弟》，（下部）斯洛伐克 Marencin PT 出版公司 2011 年版。
《第七天》，斯洛伐克 Marencin PT 出版公司 2016 年版。

匈牙利文：

《兄弟》，匈牙利 Magveto 出版公司 2009 年版。
《十个词汇里的中国》，匈牙利 Magveto 出版公司 2018 年版。
《活着》，匈牙利 HELIKON 出版公司 2019 年版。
《第七天》，匈牙利 HELIKON 出版公司 2019 年版。

塞尔维亚文：

《活着》，塞尔维亚 GEOPOETIKA 出版公司 2009 年版。
《许三观卖血记》，塞尔维亚 GEOPOETIKA 出版公司 2014 年版。
《第七天》，塞尔维亚 GEOPOETIKA 出版公司 2017 年版。
《十个词汇里的中国》，塞尔维亚 GEOPOETIKA 出版公司 2018

年版。

《我没有自己的名字》，塞尔维亚 GEOPOETIKA 出版公司 2019 年版。

《在细雨中呼喊》，塞尔维亚 Albatros Plus 出版公司 2018 年版。

《活着》，波黑 Andric Institute 2018 年版。

《许三观卖血记》，波黑 Andric Institute 2018 年版。

《第七天》，波黑 Andric Institute 2018 年版。

斯洛文尼亚文：

《活着》，斯洛文尼亚 M. K. Group 2017 年版。

希腊文：

《活着》，希腊 Livani 出版公司 1994 年版。

希伯来文：

《许三观卖血记》，以色列 Am Oved 出版公司 2007 年版。

阿拉伯文：

《活着》，科威特 Ebdate Alimayia 出版公司 2015 年版。

《活着》，沙特 Madarak 出版公司 2018 年版。

《第七天》，科威特 Ebdate Alimayia 出版公司 2016 年版。

《第七天》，沙特 Madarak 出版公司 2019 年版。

《许三观卖血记》，埃及 ATLAS 出版公司 2016 年版。

《余华短篇小说选（1）》，埃及 Sefsafa 出版公司 2017 年版。

《余华短篇小说选（2）》，埃及 Sefsafa 出版公司 2018 年版。

《十个词汇里的中国》，埃及 NCT 出版公司 2018 年版。

《在细雨中呼喊》，意大利 Almutawassit 阿拉伯语出版公司 2018 年版。

波斯文：

《十个词汇里的中国》，伊朗 Markaz 出版公司 2016 年版。

《活着》，伊朗 Saless 出版公司 2018 年版。

《活着》，伊朗 ELMI-FARHANGI 出版公司 2019 年版。

土耳其文：

《活着》，土耳其 Jaguar Kitap 出版公司 2016 年版。
《许三观卖血记》，土耳其 Jaguar Kitap 出版公司 2018 年版。
《第七天》，土耳其 Alabanda 出版公司 2016 年版。
《在细雨中呼喊》，土耳其 Canut 出版公司 2019 年版。

乌兹别克文：

《活着》，乌兹别克斯坦 Akademnashr 出版公司 2019 年版。

格鲁吉亚文：

《活着》，格鲁吉亚 Intelekti 出版公司 2019 年版。

日文：

《活着》，日本角川书店 2002 年版。
《活着》，日本中公文库 2018 年版。
《兄弟》，日本文艺春秋 2008 年版。
《兄弟》，日本文春文库 2010 年版。
《十个词汇里的中国》，日本河出书房新社 2012 年版。
《十个词汇里的中国》，日本河出文库 2017 年版。
《许三观卖血记》，日本河出书房新社 2013 年版。
《第七天》，日本河出书房新社 2014 年版。
《纽约时报专栏文章集》，日本河出书房新社 2017 年版。
《世事如烟》，日本岩波书店 2017 年版。

韩文：

《活着》，韩国绿林出版公司 1997 年版。
《许三观卖血记》，韩国绿林出版公司 1999 年版。
《世事如烟》，韩国绿林出版公司 2000 年版。
《我没有自己的名字》，韩国绿林出版公司 2000 年版。
《在细雨中呼喊》，韩国绿林出版公司 2004 年版。
《兄弟》，韩国人文出版公司 2007 年版。
《兄弟》，韩国绿林出版公司 2017 年版。

《灵魂饭》，韩国人文出版公司 2008 年版。

《夏季台风》，韩国文学村庄出版公司 2010 年版。

《1986 年》，韩国文学村庄出版公司 2010 年版。

《战栗》，韩国文学村庄出版公司 2009 年版。

《十个词汇的中国》，韩国文学村庄出版公司 2012 年版。

《第七天》，韩国绿林出版公司 2013 年版。

《我们生活在巨大的差距里》，韩国文学村庄出版公司 2016 年版。

《我只知道人是什么》，韩国绿林出版公司 2018 年版。

《文学或者音乐》，韩国绿林出版公司 2019 年版。

越南文：

《活着》，越南文学出版公司 2002 年版，越南人民公安出版公司 2011 年版。

《古典爱情》，越南文学出版公司 2005 年版，越南人民公安出版公司 2011 年版。

《兄弟》上部，越南人民公安出版公司 2006 年版。

《兄弟》下部，越南人民公安出版公司 2006 年版。

《许三观卖血记》，越南人民公安出版公司 2006 年版。

《在细雨中呼喊》，越南人民公安出版公司 2008 年版。

泰文：

《活着》，泰国 Nanmee Books 出版公司 2009 年版。

《许三观卖血记》，泰国 Nanmee Books 出版公司 2009 年版。

《兄弟》，泰国 Nanmee Books 出版公司 2009 年版。

《十个词汇里的中国》，泰国 Nanmee Books 出版公司 2011 年版。

《第七天》，泰国 Nanmee Books 出版公司 2014 年版。

《在细雨中呼喊》，泰国 Nanmee Books 出版公司 2014 年版。

印尼文：

《活着》，印尼 PT GRAMEDIA PUSTAKA UTAMA 出版公司 2015 年版。

《许三观卖血记》，印尼 PT GRAMEDIA PUSTAKA UTAMA 出版公司 2017 年版。

《兄弟》，印尼 PT GRAMEDIA PUSTAKA UTAMA 出版公司 2018 年版。

《在细雨中呼喊》，印尼 PT GRAMEDIA PUSTAKA UTAMA 出版公司 2019 年版。

《我没有自己的名字》，印尼 PT GRAMEDIA PUSTAKA UTAMA 出版公司 2019 年版。

蒙古文

《十个词汇里的中国》，蒙古国 NEPKO 出版公司 2018 年版。

《活着》，蒙古国 Tagtaa 出版公司 2019 年版。

缅甸文：

《活着》，缅甸 Kant Kaw Wut Yee 出版公司 2019 年版。

印度马拉雅拉姆文（Malayalam）：

《活着》，印度 D C BOOKS 出版公司 2007 年版。

印度泰米尔文（Tamil）：

《许三观卖血记》，印度 Sandhya 出版公司 2014 年版。

印度印地文（Hindi）

《我没有自己的名字》，印度 Vani Prakashan 出版公司 2019 年版。

中国少数民族语言出版

维吾尔文：

《活着》，中国新疆人民出版社 2012 年版，中国喀什维吾尔文出版社 2013 年版。

《第七天》，中国新疆人民出版社 2014 年版。

《在细雨中呼喊》，中国新疆人民出版社 2015 年版。

哈萨克文：

《活着》，中国新疆人民出版总社 2013 年版，中国伊利人民出版

社 2013 年版。

彝文：

《活着》，中国四川民族出版社 2015 年版。

景颇文：

《活着》，中国德宏民族出版社 2014 年版。

朝鲜文：

《许三观卖血记》，中国延边人民出版社 2013 年版。

盲文出版

盲文：

《活着》，中国盲文出版社 2015 年版。
《在细雨中呼喊》，中国盲文出版社 2014 年版。